嗤《わら》う伊右衛門《いえもん》

京極夏彦

中央公論新社

⊙

目録

⊙

装幀　坂野公一＋吉田友美（welle design）

装画　Mike Dorsey
"Little crying girl" 2019

本文図版　葛飾北斎『百物語』（一八三一-三二）シカゴ美術館所蔵
五頁「お岩さん」
三五三頁「しうねん」

嗤う伊右衛門

お岩さん
百物語
前北斎筆

七

木匠の伊右衛門

伊右衛門《いえもん》は蚊帳《かや》越しの景色を好まない。

蚊帳越しの世間は如何《いか》にも霞《かす》んでいて、眸《ひとみ》に薄膜の張ったが如き不快を覚える。伊右衛門は取り分け明瞭《はっきり》と目の前の拓《ひら》けたのを好む訳ではないのだが、がさがさと擦瑕《すりきず》でもついたように世間が擦《かす》れて見えるのは嫌いだった。それだけではない。逆様《はんたい》に世間様から見たならば、蚊帳の中に居る己の姿こそ、研《と》ぎ忘れた鏡に映る虚像の如くに霞んでいるのに違いない。その見え方は即《すなわ》ち、今この時の真実《まこと》の己の姿に実に善《よ》く似合っていて、似合い過ぎているが故に何だか余計に厭《いや》だった。今の伊右衛門の人生は、当《まさ》にそうした茫漠《ぼんやり》と暈《ぼ》けたものである。

ならばそれは、結局蚊帳そのものが嫌いなのだと言い換えても同じことだろう。

そもそも蚊帳という奴は捉《とら》え処《どころ》がなくて扱い難《にく》い。そのうえ疎《うと》ましく思っている訳だから、毎夕毎夕いちいち吊るのが面倒になる。そうはいっても、藪蚊《やぶか》如きに好き放題そちこち食われるのも癪《しゃく》に障《さわ》る。一晩中蚊を追ってくれる者など勿論《もちろん》居らぬし、あちらこちらに蚊柱《かばしら》が立つ程の澱《よど》んだ水辺《みずべり》の安普請《やすぶしん》であるから、夏ともなれば否応《いやおう》なしに小さき虫は紛れて来る。仕方がなし、大層億劫《おっくう》な仕草で蚊帳を吊ることになるのだが、吊り終って後は甚《はなは》だ気分が悪い。

八

だから今宵《こよい》も伊右衛門は、誰が見ている訳でもないというのに、酷《ひど》く不機嫌を装って儀式の如く蚊帳を吊った。吊り終って暫《しばら》くはその真ン中に立ちはだかっていたものの、結局馬鹿馬鹿しくなって夜具の上に腰を下ろした。孤座《すわ》ってみたまではいいが、横になるでもなく、足を伸ばすでもなく固まっている。何とも落ち着かぬ。蚊帳で四角に仕切られた曖昧な空間が細かく伸び縮みしているように思えたからだ。目を遣れば、そもそも心許《こころもと》ない夜燈《よあかり》がちろちろと瞬《またた》いている。却説《さて》は油でも切れたかと、躰《からだ》を伸ばし頸《くび》を伸ばして角行灯《かくあんどう》の中を覗《のぞ》けば、蛾が一疋《いっぴき》紙の壁に当たって踠《もが》いている。かさこそと、微《かす》かに乾いた音がした。

伊右衛門は無言でそれを眺めた。やがて蛾は灯火に焦げて死んだ。

閑寂《しん》とした。

寝る気も失せて、伊右衛門は蚊帳越しに霞んだ外を眺《なが》める。薄膜一枚隔《へだ》てた夜は奈落《ならく》の底のように昏《くら》い。墨を流したような黒である。何もない。蚊帳を外してしまえば已もその闇に呑まれてしまうのに違いない。

——その方が善いのだ。

何故それができないか。

伊右衛門は眉根《まゆね》を寄せて俯《うつむ》いた。

その時——。

闇の彼方が僅《わず》か振《ふる》えた。戸板を叩く音だ。続けて声がした。

「旦那さん。伊右衛門の旦那さん。手前《てまい》でやす。直助《なおすけ》でやす」

九

「開《あ》いておる。戸締まりはせぬ」

ぞろぞろと戸の開く気配がして、夜陰が蠢《うごめ》く。黒い塊《かたまり》が這入《はい》って来る。

得体の知れぬ塊はぞろりと戸を閉め、戴きやすぜ——と言葉を発した。ぴちゃぴちゃと水の滴《したた》る音がする。溜息《ためいき》らしきものに続いて、かたり、と柄杓《ひしゃく》を置く響きが聞こえる。水を飲んだのだろう。水瓶に蓋《ふた》を被《かぶ》せ、塊は畳《たたみ》を擦《す》る音をさせて蚊帳の外で止まった。

掠れた闇にぼう、と面相が浮かんだ。凹凸《おうとつ》の少ない、卵の如き顔である。

狐狸《こり》川獺《かわうそ》の類ではない。名乗った通りの顔馴染《かおなじみ》、直助本人の熟面《じゅくめん》だった。

直助は深川万年橋の町医者西田 某《なにがし》の許《もと》に住込《すみこみ》で働く、所謂《いわゆる》下男である。

何の縁かは忘れたが、人嫌いの伊右衛門と言葉を交わす、数少ない知辺《しるべ》のうちのひとりだ。

直助は、卵に切れ目を入れたが如き細長い眼で蚊帳越しに伊右衛門を見た。感情は読めぬ。

「どうにもいけねえなァ。そう四角張ってちゃあ、寄る女だって寄りゃあしねえ。誰が見張ってる訳じゃなし、膝くらい崩したらどうなんです」

「この——この方が善いのだ」

「へえ、そうですかい。そうして蒲団《ふとん》の上に陣取って、四方八方藪睨《やぶにら》み、まるでこれから御腹でも御召しになろうかてェ面体《めんてい》だ。好きでそうしてるとも思えねえ」

「夏夜《かや》を好かぬのだから詮方《せんかた》ない」

「そんなに蚊帳が嫌《きれ》えなら、何も毎夜毎晩、律儀に吊るこたあねえでしょう」

「吊らずとも善いものであろうか」

一〇

「当たり前《めえ》でしょうよ。この破れ長屋で蚊帳吊ってるのは旦那くらいのもンさね」

「吊らずば蚊が食う」

直助は、くちぶとが怖くってドブ板横丁に住めますかい——と言って尻を捲《まく》り、手拭いで頸の後ろを拭いた。そして、お袖《そで》の奴も言ってましたぜ——と続けてから伊右衛門を再び見た。

お袖というのは伊右衛門と同じ長屋の斜向《はすむ》かいに住む十七八の娘である。直助の妹だという話だが、真実《ほんとう》か如何《どう》か、伊右衛門は詳しいことを知らぬ。伊右衛門は蚊帳の外に問うた。

「袖殿が——お前に何と申したと言うのだ」

「伊右衛門の旦那は生真面目《きまじめ》でいけねえと」

「いけないかな」

いけねえこたあねえですが——と言うや否や、直助は笑った。

「まあいいやな。旦那ってェお人は、そこがいいんでしょうよ」

伊右衛門は憮然とするばかりである。何が可笑《おか》しいのか解らぬ。

「それより直助。このような刻限にいったい何用なのだ」

「まだ宵の口でしょうよ」

「それは人によるであろう」

「手前には昼も夜もねえんです」

ふ、と直助から表情が消える。周囲の闇がつるりとした顔に滑り込んで、人だか闇だか判然としなくなる。蚊帳越しであるから、それは一層朦朧《もうろう》としている。

二

「住込の下僕が夜遊びとは良い身分ではないか」

「遊びも遊び、袖の寝起《ねせおこし》でやすよ」

「加減が――悪いのか」

袖は気さくな娘だが、どうも病《やまい》がちであるらしい。何の病か、伊右衛門は立ち入ったことは尋《き》かぬようにしているが、寝たり起きたりもう三月近くの長引きようであるから、いずれ質《たち》の悪い病なのに違いはあるまい。病床の身内の世話をした帰りなら責める訳にも行かぬだろう。

伊右衛門は豪《えら》く小さな声で、すまぬ――と詫びた。

「二三日外に出ておらぬ故、一向に気づかなんだが」

「心配はねえです。毎度のことでさ。それでね――」

直助の声音《こわね》が急に曇《くぐも》る。多分顔を背けたのだろう。

ぴちゃり、と音がした。

柄杓の雫《しずく》が垂れたのだ。

「旦那――」

低い声である。

「入ってえのは」

ぴちゃり。

入ってえものは――直助は同じことを繰り返して黙った。

伊右衛門は躰の方向《むき》を変える。幕面に投じられた己の影がぐるりと移動する。

二

「どうした。人というのは何だと言うのだ」

伊右衛門は抑揚《よくよう》なく平板な調子で、幕面に向けて尋ねた。勿論その外側にいる直助に語り掛けているのだが、元より直助だか闇だか判然とせぬのだし、伊右衛門に見えているのは先《ま》ず、がさがさした蚊帳なのであるから、蚊帳に向けて物申しているのと変わりがない。

「直助」

「旦那。その、人ってのは――」

ふわり、と皮膜が揺れて、人形《ひとがた》が瞬時《ひととき》だけ闇に浮かんだ。

「――人ってえものは、刺しゃあくたばるもんですかい」

直助はそう尋いた。

「刺すとは――」

「腹でも胸でも、ずぶりとやりゃあ――死にますかい」

「それは――」

安普請の隙間風がふう、と襟元を掠《かす》めた。

汗ばんでいた伊右衛門は思わず襟を正す。

蚊帳が再び揺れて、直助の景影は薄れた。

「――傷の深い浅いにもよろう」

「深く刺しゃあいいんですかい」

「深く――」

一三

伊右衛門は目を凝《こ》らす。

直助は項垂《うなだ》れて、戸口の方を向いている。

伊右衛門は察しあぐね、呟くように言う。

「ただ刺せば良いというものではなかろう」

「ところによりけりと、そう仰《おっしゃ》るんですね」

「まあな。人体には急所というものがある」

「それだ、その、急所ってヱのが知りてヱ」

直助は明後日《あさって》の方向に面《おもて》を向けたまま言った。

「――心の臓ですかえ。それとも脇腹ですかえ」

「それは」

「将《はた》また頸筋ですかえ――教えておくんなせヱ」

「何だ。おかしな奴よ。そう簡単なものではあるまい。いずれ急所に当たったところで、人というのは生き意地の汚いものだ。容易《たやす》く屠《はふ》ることは出来まい」

左様ですかい――と言って直助は一層顔を背けた。

蚊帳の外、射干玉《ぬばたま》の闇にその輪郭が溶ける。

「直助」

直助は振り向かなかった。

伊右衛門は春先のことを思い出している。

一四

梅が咲いた頃のことだ。伊右衛門は直助に乞《こ》われて、用心棒の真似事をしたことがある。

それは本当に真似事で、その時伊右衛門は厳《いかめ》しい面をして門前に仁王立ちしていただけだった。首尾よくことは済んだと聞き、伊右衛門は何もせずにその場を去った。だから直助達が何をしたのか、伊右衛門には皆目解らなかった。ただ長屋に戻った時、梅の花弁《はなびら》がはらりはらりと畳に落ちたのを、伊右衛門は瞭然《はっきり》と覚えている。伸ばし放題の月代《さかやき》に、花弁が積もっていたのであろう。それは偏《ひとえ》に伊右衛門が不動で居たという証拠である。後日、少なからぬ分け前を貰っても尚、伊右衛門は釈然としなかった。如何《いか》なる謀事《たくらみごと》の片棒を担がされたのか、今以《もっ》て伊右衛門は聞いていないのだが、思うに善からぬ野行《やぎょう》の一端ではあったのだろう。それ故か、未だ澱《おり》のようなものが肚《はら》の奥底に凝《こご》っている。どうにも性に合わぬのだ。

「悪事の相談ごとなら宅悦《たくえつ》にでもするが善かろう。俺は――もう御免だ」

「いけ好かねえ按摩取《あんまと》りの出る幕はねえんですよ。何も辻斬《つじぎ》り押し込みの荒事《あらごと》を働こうってえ話じゃねえ。ちょいとね、その、お侍《さむらい》様のお知恵を拝借してえだけで」

「侍の知恵とは何だ」

「そりゃあ旦那――」

直助の暈《ぼ》けた輪郭が歪《ゆが》んだ。蚊帳が撓《たわ》んだのだ。

「――人斬りですよ。人殺し。なンてったってお腰に重てえものぶら下げてるのは旦那がただけだ。手前は慥《たし》かに堅気じゃねえ。極道《ごくどう》ですがね。斬った張ったてえのには縁がねえもんで」

「そんなものは俺とて縁がない」

一五

イヤイヤそうは聞いてねえ、や、と、う、の腕前は相当のもンだと聞いてますぜ——そう言って直助は漸《ようや》く伊右衛門に顔を向けた。今度は伊右衛門の方が、ゆるりと顔を背ける。

「剣術と——人斬りは違う」

「違わねえでしょうよ——」

直助が身を乗り出した。伊右衛門は顔を横に向け、行灯の框《かまち》を見ていたのであるが、それは空気の動きで知れた。所詮昏くて善く見えぬのであるから、見ようが見まいが同じである。

「——剣術ってのは刃物振るって人を殺《あや》める術のこってしょう。そンな物騒な人斬り包丁《ぼうちょう》振り回すんですからね。どんな小理屈つけられようと、手前にゃ他の使い道は考えつかねえ」

「戯《たわ》けたことを申すな。群雄割拠《ぐんゆうかっきょ》する戦乱の世でもあるまいに、武士と雖《いえど》も簡単に殺し合うことなどがあろうか。首斬り役人でもない限り、人など斬らぬ。どこぞの破落戸無頼漢《ごろつきならずもの》の方が、余程場慣れしておろう。白状すればこの俺も、生き物を斬ったことなどない」

「斬ったことはなくたって、斬る術《すべ》は知ってるンでやしょう。剣術の流儀なンて手前にゃあとんと判らねえが、旦那はどこそこの免許皆伝だ、とか聞いてますぜ。だから」

「だから何だ」

「だからご伝授願いてえと、こう言ってるんでさァ」

ばさりと音がする。直助が尻を捲《まく》って座り直したのだろう。伊右衛門は言う。

「剣術が習いたくば道場にでも通え。知人も居る故、紹介状くらいなら書いてしんぜよう」

へん、と鼻を鳴らして直助は更に居直った。

一六

「笑わせちゃいけねえな旦那。剣術なんざ糞食らえですよ。棒振って楽しいなら籠掻《かごか》きにでも鉄棒《かなぼう》引きにでも弟子入りしまさあ。手前は何も、太刀筋がどうの型がどうの、道がどうの礼儀がどうの、そんなものはどうでもいいんで。要は相手が、相手が死にゃあいいんです」

死ねばいい――伊右衛門は両の眼目《がんもく》を細める。直助は続けた。

「どうなんです。脇腹ですかい。喉笛《のどぶえ》ですかい。どのぐらい深く刺しゃあ御陀仏《おだぶつ》するんです」

脇腹。喉笛。伊右衛門は眼を閉じる。

柔らかい血肉を包んだ薄い薄い皮膚。

皮膚が一文字にすうと割《さ》ける。どろどろとした血肉が溢れる。

伊右衛門は己の喉を押えた。皮膚が攣《つ》る。その下は柔らかい。

「よ――止さないか」

止しませんや――直助は更に蚊帳に顔を近づける。

「俺は――俺はそんな――人の殺め方など知らぬわ」

「しらばくれるもんじゃねえよ旦那。そこまで勿体つけるこたァねえじゃねえか」

「苦《く》吶《ど》いな。知らぬと申したら知らぬ」

伊右衛門は何故か語気を荒らげた。直助は畳を擦って躰ごと近づき、片膝を立てる。

「それじゃあ尋きますがね、そこに飾ってあるその長えもの、そりゃあ何でやす。武士《もののふ》の魂、人斬りの道具じゃねえンですかい。一度ならずと人様の、赤ェ血潮を吸った御道具じゃアねえと、そう仰るンですかね――」

一七

伊右衛門が視線《まなざし》を向けると蚊帳の外の直助は顎《あご》をしゃくって枕元の大刀を示した。

「――それともそれは真実《ほんとう》に、ただの棒きれ飾りものだと、こう旦那は仰るんですかい」

「飾り――よ」

伊右衛門はそう言うや、勢いその長い得物《えもの》を手に取ると、瞬時にすらりと抜き放つ。

直助が引く。伊右衛門は抜きざまに風を切って太刀筋を返し、その切っ先で直助の鼻先の蚊帳を突いた。直助はうう、と悲鳴を呑み込んで、後ろ手を突いた。

「な、何を、何をなさるんで」

伊右衛門は刃端で直助の鼻先に突き出た蚊帳を二三度揺すった。

かさかさとした質感の、霞んだ景色がゆらゆらと歪んで揺れた。

「見るがいい。こんなものでは――」

伊右衛門は蚊帳を真横に薙《な》ぎ払う。

「この薄っぺらの蚊帳とて切れぬわ」

「はあ、そ、そりゃあ、た、竹光《たけみつ》で」

直助は腰が抜けた腰が抜けた、と言い乍《なが》ら慌忙《あたふた》と躰を立て直し、大きく息を吐《つ》いた。

「だ――旦那も人が悪《わり》ィぜまったく」

「抜けば玉散る利兵《りへい》とでも思うたか。火燈《ほあかり》に翳《かざ》せど映りもせぬ。仮令《たとい》どれ程鍛《きた》えようとも研ごうとも、どうにもならぬなまくら竹光、正真正銘、紛《まが》うことなき飾り物よ。亡父の残した業物《わざもの》は、疾《と》うの昔に食い潰したわ。これでも主《ぬし》ゃあ、この俺に、人斬りの指南を所望《しょもう》するか」

一八

直助は胡坐《あぐら》を組み直し、解りやした解りやした、恥ィかかせちまった、申し訳ねえ——と言った。伊右衛門は竹光を鞘《さや》に収め、なあに恥とも思わぬわ——と独白《ひとりごと》のように言った。

「俺は現在《いま》、木匠《こだくみ》の術を以て食の生計《たづき》と為しておる。斯様《かよう》なものは本来は今の俺には無用のものじゃ。差料《さしりょう》などは邪魔なだけ。そうは申しても身なりは武士、格好《かたち》が悪い故、已《や》むなく差しているだけじゃ。嗤《わら》わば嗤え」

大《てえ》した腕だろうに、大工《でえく》に使うは惜しいがねえ——直助は力なく言った。

「何が惜しいものか。侍侍と威張ってみたところで、見栄で腹肚《はら》は膨れぬ。その日暮しのあぶれ者。背に腹は替えられぬわ」

「仕官の口はねえんですかい」

「仕官する気がないのだ」

惜しいがね——と直助は同じことを口にして黙った。

伊右衛門も黙った。

暫く静寂は続いた。

刹那《せつな》、羽音《はおと》が耳元を過《よぎ》った。

伊右衛門はびくりと顔を上げる。

——蚊がいる。

伊右衛門は直助に気取《けど》られぬよう、視線だけで周囲《あたり》を見回す。きっちりと薄膜に囲まれている。几帳面《きちょうめん》に吊っているのだから蚊が侵入《はい》って来る訳もない。吊り損じてもいなかった。

一九

気の所為《せい》か。神経の所為に違いない。その証《あかし》に――羽音はもう、

「旦那。どうしなさったね」

「いや」

もう羽音はしない。蚊帳の内側に蚊などいるものか。

解りやした、今の話は忘れてくだせえ――直助はそう言って頸の後ろを二度程叩いた。

ぺしゃりぺしゃりという音を最後に気配は途切れた。静かになると直助は夜の黒に呑まれて居るのだか居ないのだか判らなくなる。伊右衛門は直助の位置を見失い、見失った途端に何故か少しだけ狼狽《うろたえ》た。そもそも唐突に掻き乱し、ただ忘れろと言われてもそれは得心が行かぬ。

「理由《わけ》を――」

伊右衛門は問う。

「――理由を言え。直助」

「くだらねえこと。理由はねえ」

「何故《なにゆえ》――人の殺め方など知りたがる」

「話すことなんざねえ。旦那にゃ関係《かかわり》ねえ」

「恍惚《とぼ》けるな。どこの誰を殺めようと言うのだ」

「だから関係ねえことで。すまねえ。忘れてくだせえよ」

「言いたくないなら子細は尋くまい。だがな直助。袖殿の――」

伊右衛門はそこで言葉を止めた。説教など今の自分には一番似合わぬ。

二〇

伊右衛門は他人に干渉されるのも他人に干渉するのも厭《いと》う性分である。

「――ただ袖殿のためにも」

そこから先が続かない。

解ってますよ――直助は短く言った。そして、お袖のために、お袖のためにね――と何度か呟き、ふふふ、と不敵に笑ってから、それまでの陰鬱《いんうつ》を吹っ切るような明るい声で、

「なァに、日がな一日病人相手に居るってえと看《み》ている手前まで気が滅入《めい》る。辛気臭《しんきくせ》ェ話ばかりしてますてェとね、どうにも心持ちまで荒《すさ》んでくらあ。下郎《げろう》の戯言《たわごと》と聞き流してくだせェ」

と言った。

伊右衛門は何も答えなかった。所詮人の種類が違う。幾ら詮索しようと、朴念仁《ぼくねんじん》の伊右衛門などには直助の本意など計《はか》りようもない。直助は己の股《もも》のあたりをぺしゃりと打って、おう、蚊がいやがる、どっこい蚊帳の外じゃあ仕方がねえか、と譃《おどけ》たように言った。

「袖殿は――どこが悪い」

「却説《さて》ね。手前には難しいこたァ一寸《ちょいと》――まあ、気の病――でやすか」

「気――の――病」

「否《いや》ァ、その、気が狂《ふ》れたってえのじゃアないんで。乱心物狂いたあ違《ちげ》エやす。ほら、病は気からと申しますでやしょう。そういう類でさあ。なァに、犬に噛まれたようなもんでね」

「犬に――怪我か」

直助はへらへらと、息を洩《も》らすように笑い、善く解らねェや――と投げ遣りに結んだ。

二

「そうだ。話ァ変わりやすがね、旦那。ゆんべ、そこの辻堂《つじどう》の脇の松の木にね、針売りの姥《ばば》ァがぶら下がってたでしょう。旦那は見やしたか」

袖の話はしたくないのか、それとも真実《ほんとう》に詳しいことが解らぬのか、直助は話を逸《そ》らした。そして伊右衛門が返事をする間も置かず、見てねェんだろうなァ、旦那は野次馬《やじうま》する質《たち》じゃねえからなァ——と続けた。

「人斬りの次は首吊りか」

「へい、相変わらず生臭《なまぐせ》え話に違《ちげ》えはねえが、まあ世間話でやすよ。あの姥ァ暫くこの界隈うろついていやがったから、もしや旦那も見知っていなさるかもしれねえ」

「見かけたとしても覚えてはおらぬ」

「そうですかい。あの姥ァ、南京唐渡《なんきんとうと》と刷り記した袋にも、御簾屋《みすや》と印を捺《お》した袋にも、両方同じ屑《くず》針入れて売ってやがってね。まあ、いい加減な商売《あきない》してやがったんだが」

「唐針の殆《ほとん》どは国内《くにうち》で打ったものと聞く。それに縫針ならば都は姉小路《あねこうじ》、御簾屋が老舗《しにせ》と知れておる。どんな腑《ふ》抜《ぬ》けた針鉄師《はりがねし》が打とうが、そう書くのが相場だ。書かねば売れぬ」

そう書いても売れなかったんでさあ——直助はそう言って蚊帳の裾を僅か捲《めく》った。

「止せ。蚊が入る」

「おっとっと、こいつァ失敬。イヤね、手前はこれでも藪医者殿の下働き、屍体《ほとけ》さんも色色と見て来たが、ぶら下がってるそのまんまを、あンな間近で見たこたぁねえ。それにしても首吊りってェのは、ありゃあ汚ェもんでやすね」

二二

「左様な――ものかな」

「洟《はな》は垂れる涎《よだれ》は垂れる、屎尿《くそしょうべん》は出放題。人相まで変わっちまう」

「骸《むくろ》の面相は変わるものだ」

「それにしたってありゃ酷《ひで》エ。歯ッ欠け婆ァの皺《しわ》ッ面《つら》がね、こう腫《は》れて、元亀山《もとかめやま》のお化け張り子みてえに膨《ふく》れちまってね」

「酷《むご》いことだな。もうよい」

「水腫《むく》んでるってェんですか。面の皮がこう、ぴんと張っちまう。ありゃあ呼吸《いき》が詰まるからですかね。それともこう、顔に血が溜まっちまうんですかね」

「いい加減にせぬか直助。そんな話俺にしてどうなる――」

夜陰が振動する。直助が肩を揺すっているのだ。声を出さずに笑ったのだろう。

黒い塊は、伊右衛門の苦言など気にも掛けぬ様子で、一人語りの弁舌を続けた。

「それからね、あれも不思議なもンでやすねえ。こんな小せェ婆ァだったのに、背まで伸びちまって。背骨が空《す》いちまうンか」

「大概《たいがい》にせいと言うておろう。黙っておれば止《と》め処《ど》もなく――」

「旦那。首吊りってェのは――」

直助は制止する伊右衛門の弁を遮《さえぎ》った。

「――首吊りってェのは、だから、さぞや苦しいもんなんでやしょうねェ」

息が詰まる。血が溜まる。膨れる。皮が。皮が張る。

二三

――皮が破ければ。

苦しいんでしょうね、苦しいんでしょうね旦那――直助は反復する。

苦しい。

伊右衛門は気圧《けお》されて答えた。

「それは――苦しかろう。悶絶《もんぜつ》するが故にそのような形相になるのであろう」

「姥ァならずとも首吊りゃあみンな、ああいう風になっちまうもんですかね」

「誰でも――そう、なろう」

「そりゃあ忍びねえ。汚《きたね》ェ」

「何なのだ。いったい――」

伊右衛門は上体を捻《ひね》り直助と向き合う。

ぶん、と羽音がした。

――蚊だ。

「――こ――」

伊右衛門は乱れた。蚊帳の中に蚊が入り込んでいる。

「――今宵は、い――」

――蚊が飛んでいる。

「――い――いったい何のつもりなのだ直助。理由を話せと問わばそれは申せぬと言う。忘れてくれと申した尻から同じような繰り言を垂れる――」

——蚊は。

真逆《まさか》、蚊帳の裾が捲《めく》れてでも——。

「——お——俺はそのような話には興味はないのだ。人殺しだの自害だの、真実《まっこと》どうかしておるぞ。き、聞きとうもないわ。い——」

——蚊はどこにいる。

「——如何《いか》に朋輩《ほうばい》と雖《いえど》も、これ以上は」

「オヤ旦那、そこン処が綻《ほころ》びてますぜ」

「何——」

——蚊帳が——破れている。

「——今——何と申した」

ですからね——直助は多分立ち上がった。

ほら、ここですよ旦那、こりゃとんだ破《や》れ蚊帳《がや》だ、立派なようで襤褸《ぼろ》ですぜ——声の位置が暗闇の中を移動する。伊右衛門はその、声のする方向にぐるりと顔を回す。

ぶん、と羽音が耳元を過《よぎ》る。

——いる。

居ても立ってもいられなくなって、伊右衛門は無意味に立ち上がる。

ほうら、ここのところだ。

伊右衛門の額に汗が浮く。

二五

幽晦《ゆうかい》との境界が——破れている。

内部《なか》の薄明が昏黒《こんこく》に洩れている。

ならばそこから夜が染みて来る。

駄目だ駄目だ、それだけは厭だ。

蚊帳越しに臨む景色は大嫌いだが、闇が侵入《はい》って来るのはもっと厭な気がした。

裂け破れて流れ出るくらいなら、いっそ——膨れて死んだ方がマシではないか。

羽音がする。やはり蚊が居る。

伊右衛門はおどおど踏み出す。

ほらここだ、穴がありますぜ。

破れ目の向こうは直助の眼か。

細い細い眼《まなこ》の、どんみりと、闇より黒い眸《ひとみ》の表面《まく》に、点の如き光が、ちらちらと、明明《あかあか》と、
それは、幽《かす》かな焰《ほのお》に微《かす》かに照らされ映る、小さな小さな、伊右衛門自身の面ではないのか。

厭だ。

伊右衛門は慌てて穴を押えた。

直助の顔が覗いたのだ。

やけに——明瞭《はっきり》と。

小股潜りの又市

二六

御行《おんぎょう》の又市《またいち》は甚《はなは》だ気分が悪かった。

肩に棒が食い込んで来る。足場は悪く、荷は重い。又市はそもそも躰を使うのを好まぬ質《たち》である。偈箱《げばこ》より重いものは持ったためしがねえ――というのが又市の口癖《くちぐせ》であった。

又市は面《つら》を歪める。汗が額を伝い、眼に入りそうになったからだ。

だが――又市が顔を顰《しか》めたのは、汗や重さの所為《せい》ばかりではない。

又市がお先棒《さきぼう》を担いでいる天秤棒《てんびんぼう》の、その中程に括《くく》られ揺れている大荷物は、荷とはいっても商売《あきない》ものなどではなく真新しい棺桶なのである。中には勿論屍《しかばね》が蹲《うずくま》っている。つまり又市は今、死人《ほとけ》を運んでいるのだ。それで若気《にやけ》ていたのではその方がどうかしているというものである。棺桶担ぎの後棒を勤めるは、足力按摩《そくりきあんま》の宅悦である。宅悦は全盲でこそないのだが、矢《や》張《は》り夕刻では世間が善くは見えぬから当然のように足取りは覚束《おぼつか》なく、その千鳥足《ちどりあし》もまた、又市が機嫌を損ねる理由《そこ》のひとつである。少しでも足早になると不平が聞こえて来る。

目明きじゃねえんだ、チト早《はえ》エ――。

急に曲がるナい、儂《わし》は見えねエ――。

煩瑣《うるせ》エやこの按摩――と、又市は理不尽《りふじん》に腹を立てる。

二七

そもそも盲《めし》いた者に手伝わせる仕事ではなかろうし、ならば手伝いを強《し》いた又市の方が非道なのである。否否《いやいや》、本来ならば誰であろうと、斯様な忌《い》みごとに手を貸してくれただけで有り難いことじゃ——と、そう思わねば嘘である。可惜《あたら》世間の昏《くら》い身でありながら、棺担ぎに精を出す、その宅悦が、仮令如何《たといいか》なる不平憤懣《ふんまん》を垂れようと、それは仕方のない話。又市はすまぬと詫びてこそ、黙れと瞋《おこ》れる筋はない。そうは思うが、よたよたと右に蹣《よろ》け、左に蹣《よろめ》くその不安定な相棒の足運びは、又市の神経をいちいち逆撫《さかな》でした。

「ええい、もう一寸《ちょいと》気を入れて運べねえのかへぼ按摩。お前のような腰砕けじゃあ、棺中《なか》の姥アも一向落ち着かねェやな。尻《けつ》が痛《いて》ェと出て来るぞ」

「フン。文句があンのは儂の方さね。さっきから凸凹凸凹《でこぼこ》とこの下手糞め。仮令《たとい》何代待とうとも、己の血筋にゃ籠掻《かごか》きは、未来永劫出ねえわいな」

黙りやがれこの極道按摩、又市は毒突いてからわざと乱暴に三ツ辻を曲がった。宅悦は踏み出す向きを誤り、慌《あわ》てて踏鞴《たたら》を踏んで、空いた手に携《たずさ》えた足力《そくりき》の杖を落として大いに狼狽《うろた》え、おおい又さん、杖を落とした、命の次に大事《でえじ》な商売道具を落としちまったぁ、と叫んだ。

又市はちぇ、と舌を鳴らし、道端に避《よ》けて桶を置き、仕方がねえなとぼやきながら、黒ずんだ二本の杖を拾い、宅悦に渡した。

「ヘボ按摩。休むかい」

「おおよぅ。有り難《がて》ェ」

わさわさと鳥が飛び立つ。夏の夕暮れである。

又市は桶を縛った荒縄に右手を掛け、身軽に跳《と》んで、棺の蓋に腰を掛けた。

宅悦は二本の杖で辺りを探るようにしてから棺の横の叢《くさむら》に腰を下ろした。

暑《あち》いねエ——とぼやいて、相方は禿頭《とくとう》をばつるりと撫《な》でた。

慥《たし》かに蒸し暑い。風が凪《な》いでいる。小草の一本も戦《そよ》がない。

宅悦はごつい指の掌《てのひら》をはためかせ自《おの》が面《つら》に風を送り乍《なが》ら、

「又さんよ。この辺りはもう墓地かいナァ」

と尋いた。

「おう。墓ァ墓でも無縁の墓よ。右も左も草茫茫《ぼうぼう》の孤塋《こけい》ばかりだ。そんなだからナ、墓地だか荒れ地だか区別はねえが、もう半刻《はんとき》も経ちゃそこここに、鬼火の提灯《ちょうちん》が並ぶだろうぜ」

そいつァ見てえなあ、おっと儂にゃあ無理だがね——按摩はそう吹いてから呵呵《かか》と笑った。

宅悦は金柑頭《きんかあたま》に薄物一枚引っ掛けただけの赤裸である。何やら薄汚れた羅漢《らかん》の如き風貌だ。

又市は頭に手をやり、行者包《ぎょうじゃつつ》みにした白木綿《しらもめん》を解いた。ぬるりと滑《すべ》るように布切《ぬのきれ》は外れた。汗で湿っている。そのまま頭と顔を拭《ぬぐ》う。半端に伸びた頭髪が鬱陶《うっとう》しい。又市は御行を生業《なりわい》としている。御行とは行者紛いの格好で鈴《りん》を振り振り魔除けの御符《ごふ》を売り歩く者のことである。生臭《なまぐさ》とはいえ修験《しゅげん》行者の身なりであるから一応は頭を丸めている。だが剃髪《ていはつ》したのは梅の季節のことであり、以降は伸び放題である。無頓着《むとんちゃく》なのだ。もう八分から伸びている。一方、かの按摩は剃《す》らずとも一向に毛が生えぬらしい。こんな日ばかりはどうにも羨《うらや》ましくなる。

又市は、首から下げた偈箱も外し、頸周りの汗も拭った。棺桶がぎちぎちと軋《きし》んだ。

宅悦は耳聡《みみざと》くその音《ね》を聞きつけ、又さんや、お前さん桶に乗ってなさるね——と言い、片頬を攣《つ》らせて笑い、罰当《ばちあ》たりな野郎だ、それでも坊様かい——と揶《からか》うように続けた。又市は慥かに僧形である。しかし伝法灌頂《でんぽうかんじょう》も折伏《しゃくぶく》もされておらぬし、仏法に帰依《きえ》もしていない。己が僧侶だと思うたことは、此《こ》の世に生まれ落ちてからただの一度もない。そればかりか、俺は天下で第一の無信心と吹聴する程の男である。

「俺は坊主じゃあねえよ。物乞《ものご》いサね」

「御行てェのは願人坊主《がんにんぼうず》の類だろうサ」

「そもそもそうかもしれねえが、どっこい俺は贋物《にせもの》だ。御行てェのは冬のもの。この糞暑いのにこの江戸に、こうして居るのが贋物の証拠《あかし》よ。白状すればこの行衣も、鈴も偈箱もこの木綿まで、一昨年《おととし》の正月、行き倒れた御行から頂戴《ちょうだい》したものよ——」

又市は腰縄《こしなわ》に挟んでいた鈴を引き出して、りん、と鳴らす。

続いて棺に置いた偈箱から小さな紙片を一抓《ひとつま》み取り出《い》だし、

「——この化け物絵も天神札《てんじんふだ》も、死んだ御行の持ち物を見て、彫《ほ》り師騙《だま》して版木《はんぎ》を彫らせ、後は手前《てめえ》で墨を擦《す》り、見様見真似《みようみまね》で摺《す》ったもの。有り難くもなんともねえやい——」

と投げ遣りに言い、二三枚を宙に放った。

「——御利益なんザありゃしねえ。尤《もっと》もこいつを貰う奴とて、こんな紙屑《かみくず》ァ有り難ェとは思うまい。胡散臭《うさんくせ》ェ乞食《こつじき》が来た、ああ見苦しい眼が腐《くさ》る、さっさと去《い》ねと銭を出し、追い払《はろ》うてるだけだろう。こんな紙屑、洟《はな》かんで尻拭《けつふ》いて捨てていやがるぜ。即《すなわ》ち俺は物乞いだ」

珍しく焼《ヤケ》ッ八《パチ》になっているじゃねえかい又さん——と宅悦は善く肥《こ》えた顔を向けた。

「何がヤケなものかい。そのまンまよ」

「愚図愚図《ぐず》と愚痴を零《こぼ》しておいてそのまンまとはよく言った。口先三寸口八丁《くちさきさんずんくちはっちょう》、大言壮語《たいげんそうご》の大《おお》嘘吐《うそつ》き、口から先に世に出でた、口車《くちぐるま》の又さんらしくもねえ台詞じゃァねえか。己のことを物乞いたァ終《つい》ぞお前にゃ似合わねえ」

「煩瑣《うるせ》エやィこの按摩の軽口。黙って聞いてりゃあ人のことを騙《かた》り呼ばわりしやがって」

「真実《ホント》じゃねえか」

「おうよ——」

又市は笑った。慥かに宅悦の言う通り、又市は小股潜《こまたくぐ》りの二ツ名を以て称《よ》ばれる男である。先様の、僅かな隙を捕まえて、あの手この手で翻弄《ほんろう》し、虚言を以て丸め込むを得意とするが故である。談合上手といえば聞こえはいいが、ひとつ間違えば強請《ゆす》りだ集《たか》りだ騙りだと、陰口を叩かれても返す言葉はない八九三《やくざ》者である。そもそも小股潜りとは、卑怯《ひきょう》小細工を弄《ろう》するの意で、それを承知で通り名にしている訳だから、先《ま》ず又市自身が自覚していることである。

先達《せんだつ》ても、左門町《さもんちょう》の腹脹《はらふく》れ手合いを相手取って丁丁発止《ちょうちょうはっし》と弁舌を奮い、まんまと大金をせしめた。紅梅の、見事な時分のことである。

その際の、相棒のひとりが宅悦である。

「——そう言うお前も同じ穴だ。狸印《たぬじるし》に狐公《きっこう》呼ばわりされたかねエや」

尤もだ——と宅悦も笑う。

三一

「さァ斬れるもンなら斬ってみやがれェ――だったかえ。あン時ゃ小胸がすっとした。御家人相手に大見得切っての大博奕《ばくち》、小股潜りどころかサテ大層な千両役者だ。だからよ、又さん。その又さんの吐《は》く台詞じゃあねえと儂はこう言うてるんだわいな。そいつもみンな、お前の尻の下でくたばっている、ここな姥ァの所為《せい》かいな」

宅悦は足力杖で棺桶の胴をかつかつと小突《こづ》いた。

「巫山戯《ふざけ》るない蛸《たこ》按摩。何で如何《どう》して、この俺が」

「何で如何《どう》してては儂の台詞だわい。小股潜りの又市といやァ一寸《ちょいと》は巷《ちまた》に聞こえた悪党だ。その又さんが、銭になる、得になるなら兎《と》も角《かく》も、一文無しの身寄りなし、行きずり流れの首吊り姥ァ引き取るてえのは合点が行かねえ。おまけにこンな立派な桶まで設《しつ》らえてよう。お前さんが損得抜きで動く程、奇特で間抜けな野郎たア、到底儂にゃあ思えねえ」

「儲け話じゃァねえンだよ」

「だから得心行かねえのさ。どんな縁かは知らねえし、どこでどう仏心を持ったかも知らねえが、いずれ深ェ曰《いわ》くがあるに相違ねえ。でなけりゃ無頼の又公が、この宅悦に棺桶担ぎの相棒を頼む道理が見当らねェわ」

「誰も引き取らねえからよ」

「嘘つき名人の名が泣くぜ」

「ふん」

又市は何も答えずに、振り向かぬまま背後の茂森に気を遣った。

三二

——昏《くれ》ェ。

——後ろの森ン中ァ、もう真っ暗だ。

後背中《せなか》を眼《まなこ》にして森を視る。鬱蒼《うっそう》と茂る木木どもは、ただただ黙してそこに在《あ》る。

森の黒さが緊緊《ひしひし》と背に染みる。五臓六腑《ごぞうろっぷ》の端端《はしばし》で、騒騒《ざわざわ》と気が逸《はや》る。落ち着かぬ。

——いったい——何が騒いでやがる。

風はない。物音もしない。

宅悦が呟く。

「響動《どよ》めいて——いやがるねえ」

「な——何を言いやがる。蛙一疋《かわずいっぴき》居やしねえぜ」

「へへ、お前さんも聞こえてるンだろうに——」

又市は連れを見下ろす。羅漢の如き按摩は独白のように続ける。

「——儂には聞こえるわサ。この刻限、彼誰刻《かはたれどき》になったなら、儂はこの、遠耳《とおみみ》だけが命綱よ。目明きのお前に聞こえるくらいだもの、儂に聞こえぬ筈もないわい——」

宅悦は見えぬ眼《まなこ》を空目《そらめ》遣《づか》いに剝《む》いて、両の耳を抓《つま》んだ。

「——滂滂《ほうほう》、滂滂と、森が呻《うめ》いておるわいなぁ。善ッく聞こえるよう」

「馬鹿言うねェへぼ按摩。草木なんてものは自分《てめえ》で動けるものじゃねえや。人様が揺するか、風でも吹かなきゃあジッとしていらァ。鼻も口もねえものが呻くかい」

サァテね——宅悦は顎を上に向けて首ッ玉を回す。

「慥かに木は動かねえが、それでも生きてはいるじゃあねえかい。だからね、儂はこう思う。ありゃあ木が水を吸い上げる音じゃねえのか。傍目《おかめ》にゃトンと解らねえし、木の肌ァ、がさがさと乾いてるがね、幹の内にゃ、どくどくと水が流れていよう。一本二本がところじゃ聞こえやしねえが、あれだけ数がありゃ話は別よ。耳じゃあ聞こえなくたって、五体に聞こえちまうのサね。その聞こえようのねエ音がよウ、儂等人間様の気持ちを掻き乱すのサ。厭だねえ」

なる程ナ——又市は鼻でせせら笑う。

「そりゃそうなんだろうゼ宅悦よ。木は生きてらァ。だから人の気持ちも惑《まど》わすだろうよ。だがな按摩。その理屈で通すなら、この俺の、尻の真下に鎮座《ちんざ》坐《ましま》す仏さんはナ、もう疾《と》うにおっ死《ち》んでるんだぜ。死んだモンなら人様の気を、惑わすことも出来まいに。だから俺の投げやりも、こいつの所為《せい》じゃあ有り得ねえ」

又市はそう言い乍ら偈箱を摑み、棺桶からひょい、と飛び降りた。

なる程流石《さすが》に弁が立つ——そう言うや、宅悦もやおら立ち上がる。

「まあいいわい。それより又さん、この姥ァ何処《どこ》に埋《うず》める。経のひとつも誦《よ》むのかえ。それに卒塔婆《そとば》の一本も立てるのかえ。本物の坊様の姿はねえようだがね」

「冗談じゃねえ。棺桶買って埋めるだけで大枚叩《はた》いてるんだ。お前に払う手間賃も有らァ。この上に経だの卒塔婆だのが付くものか」

所詮は他人の野辺《のべ》送《おく》りかい——宅悦はそう言った。又市は首を曲げて棺の蓋を見る。

「所詮は——他人よ」

又市はそこで漸く振り返り、こんもり茂る森の様子を見た。

森はそこだけひたすら深く、やはりただひたすら昏かった。

宅悦は足力杖で探るようにしてから棺桶に取りつくと、二度三度指先で弄《まさぐ》ってから天秤棒をぐいと摑んだ。そして薄い眉《まゆ》を上げ下げして、

「又さんや。じゃあ土饅頭《どまんじゅう》でも盛るかいな」

と、念を押すようにもう一度尋いた。

「そんな——そんな手間も惜しいやい——」

又市は短く乱暴にそう答える。そして森を見つめたまま偈箱を頸に掛け、汗で湿った白木綿を頸に巻きつけて、そこでやっと、闇から目を離して再び棺の蓋を見た。

「——ただ埋めるだけよ。サァへぼ按摩、この辻折れりゃ一本道だ。手間賃取るなら文句は言うなよ。もう一働き手伝いやがれ。そろそろ暮れ六つの鐘が鳴らあ」

オイオイ、それなら早くしねえと拙《まず》いわい——宅悦が慌てて言う。笑わせやがる、そんな面してぞぞ神にでも憑《つ》かれたか——と又市は悪態《あくたい》を吐く。宅悦は不満げに言い返す。

「そうじゃあねえわい。幾ら日が長くなったというても、雀色《すずめいろ》ってえのは長続きしねえ。すぐに手元が不如意になるわい。この儂は兎も角も、又さんよ、お前さんまで世間が見えなくなっちまう。闇夜に墓掘りなンざ洒落《しゃれ》にならねえという話よ。危なくって仕様があるめえよ」

「心配要るめェ。鬼火が照らさァ」

又市は屈んで、棒を肩に乗せた。ぐい、とそれは肉に食い込んだ。

帳《とばり》はすぐに降りた。鬼火など灯る訳もなかった。

二人の小悪党が、草臥切《くたびれき》って長屋に戻ったのは、亥《い》の刻を半刻も回った頃である。

取り敢えず桶に水を張って、又市は手と足を洗った。ぴちゃぴちゃと水が撥《は》ねる。

皮膚《はだ》を覆ったぬるぬるとした穢《けが》れが浄水に溶けて、水中に舞う。暗中の水は艶《つや》やかに黒い。

桶の底までなど何寸とないというのに、奈落《ならく》まで続く底無しの井戸のようにも思える。心許ない行灯の燈がその表面を嘗《な》めて、ゆらゆらと形を変えながら揺蕩《たゆと》うている。

又市は土間に突っ立って己の巨肩《きよけん》を揉《も》んでいた宅悦に、足を洗えと告げた。

「ああ、冷てエ。すうとしやがる。又さんよ、どうだね。手間賃なんざ要《い》らねエから、代わりに冷酒《ひや》で一杯、この按摩に振舞《ふるま》っちゃあくれねエかい。厄落《やくお》としによウ」

　そいつァ安上がりだ——又市は気のない返事をする。

有り難《がて》エ有り難エ——宅悦は薄気味の悪い笑みを浮かべる。お神酒《みき》にありつけるなら銭は要らねエ、銭はお神酒に化けるだけよウ——と、按摩は這うようにして座敷に上がり込む。

「儂はね、又さん。本来は目明き按摩よ。足力療治てエのは目明きが相場だ。ナニ、元は百姓の倅《せがれ》だァな。童子《わらし》の頃から糞力《くそぢから》の他何の取り得もねエ餓鬼《がき》で、口減《くちべ》らしに奉公《ほうこう》に出されたがどのお店《たな》でも役に立たねエ。それであぶれて喰い詰めて、思いついたが按摩稼業だ——」

　宅悦はそこで噎《む》せた。

「——だがな、又さんよ。何の因果か知らねえが、按摩始めて二年で頭が禿《は》げた。五年で眼《まなこ》が萎《な》えた。元元按摩は座頭《ざとう》の生業、禿頭盲目も当たり前《めえ》。構やしねエがね、不思議なモンさね」

「役者が役ンままになっちまうようなもンかい」

又市は酒の支度《したく》をし乍ら生返事をする。支度といっても欠け茶碗を出すだけである。

「身なりが質《たち》を変えるてえのはあることさ――」

お前だって御行の格好していりゃあ、そのうち信心深《ぶこ》ゥなるかもしれねえわい――宅悦は頸を捻《ひね》って振り向き、そう揶《からか》うように言ってから胡坐《あぐら》をかいて落ち着いた。馬鹿言うんじゃあねえ、仮令《たとい》お天道様《てんとうさま》が西から出ても、神仏なんザ信じるか――と又市は嘯《うそぶ》く。

そして徳利から茶碗にどくどくと液体を注《そそ》ぐ。何が注がれているのか、微昏《うすぐら》いので判然としない。酒気《しゅき》が鼻を擽《くすぐ》って、初めてそれは酒と知れる。宅悦の心境が少しばかり解る。口中に含み、味も確かめずに流し込む。酔うだけならば味わわずとも良い。飲めば酒は五臓《ごぞう》に滲《し》みる。安酒は味わったところで所詮不味《まず》いのだ。その辺りは宅悦も心得たもので、ひと息に空《あ》ける。貧乏人は早く酔わねば損をするといわんがばかりの鯨飲《げいいん》である。

すぐに酔う。又市は疲れている。

「自慢じゃねえがこの俺もな――」

酔いに任せて、つい口が滑った。

身の上話などしたくもねエ――又市は真実そう思っている。しかし話し始めてしまった以上某《なにがし》か語らねば収まらぬ。口から先に生まれ出た、小股潜りの又市はそういう男なのである。

「――武州《ぶしゅう》の水飲みの子だ。親父《てておや》は、田は枯らす悪さはするの酒乱《のんだくれ》、稀代のろくでなしで、俺が八つの時分におっ死《ち》んだ。俺はそれから天涯孤独だ。誰の世話にもなっちゃいねェ」

「おッ母さまはどうなさったね」

言うだけ言ってそう問われ、又市は己の口の軽いを後悔する。

「――居ねエ」

「居ねエということがあるか。又さんお前、木の股からでも生まれたか。小股潜りが木の股から生まれたんじゃあ、こいつァ下手《へた》な地口《しゃれ》だわい」

又市はどくどくと黒い液体を注ぐ。

言いたくねえか――と宅悦が呟《つぶや》く。

そうじゃねえ、真実居ねえのよ――又市は開き直る。

「――誓って覚えがねエものよ。風の噂に聞いた切りだが、俺がまだ、二つばっかりの時分にな、手に手を取って男と逃げたという落ちサ。駆け落ちのお相手は小間物屋《こまものや》だか飴屋《あめや》だかってえ話だ。顔も知らねえ匂いも知らねえ。乳を嘗《ねぶ》った覚えもねえ。なら居ねえのとおンなじだ」

――そうだ。俺に母など居ないのだ。

又市も杯を干す。喉《のど》の芯《しん》を冷たいものが通る。だが腹の底は熱い。宅悦は汗ばんだ額をぴしゃりと叩く。そしてそうかい、それじゃあもう尋くまいと、そんなことを言う。

そして茶碗をぬう、と突き出して酒を催促しつつ、

「昔話はお互い得手じゃあねえや。それより又さん、ひとつお前に頼みてえことがある」

と、言った。

改まって何だい――と又市が尋き返すと、宅悦は鼻柱《はなばしら》に皺を寄せた。

「一寸《ちょいと》ね」

「ははア、この糞按摩、棺桶担ぎを頼んだ時に、いやに怪しい二つ返事で、馬鹿に素直に手を貸しやがると思えば、善からぬ下心がありゃあがったか。いけ狡《ずる》っ濃《こ》い按摩だ。だがな宅悦、貸す銭はねえし物もねえ。第一《でえいち》義理もモウねエぞ。今飲んでいるそのどぶろくで、お前の取り分は終《しめ》ェだぜ。さっき自分で吐《ぬ》かしたじゃあねえか」

又市が憎憎《にくにく》しい口調でそう言うと、宅悦は茶碗を畳に置き、両の掌《たなごころ》を又市に向けて、そう逸《はや》るな慌《あわ》てるな、まずは儂の咄《はなし》を聞いておくれ――と返した。

「儂はね、又さん。春以来、四谷の方もよく巡回《まわ》る」

「大《てえ》した按摩だ。脅《おど》した相手の肩でも揉みに行くか」

「交《ま》ぜっ返すない――」

宅悦は口吻《こうふん》を尖《とが》らせて笑った。

「――貴奴《きゃつ》じゃねえよう、民谷《たみや》様のところよ」

「その民谷たア、誰だい」

「ほうれあの時、あの色気触《いろかぶれ》の糞与力《よりき》を諌《いさ》めに来た手下《てか》の同心《どうしん》が居《お》ったじゃろう」

「ああ――あの爺ィかえ」

「民谷様は良い御方じゃ」

宅悦は無言で酒精《せが》を要求む。

又市は春のことを回想する。

三九

あの夜又市は、宅悦と、その朋輩で町医者下男の直助の三人に加え、用心棒代わりの浪人某を伴って、四谷左門町の御先手組組屋敷に乗り込んだのだった。

御先手《おさきて》御鉄砲《てっぽう》組与力《よりき》、伊東喜兵衛《いとうきへい》に抗議談判するためである。

——ありゃあ狒《ひひ》だ。

その時伊東は、酒気を帯びていた所為《せい》もあり、真実《ほんとう》に狒の如き獰猛《どうもう》な赤ら顔をしていた。右に宅悦、左に直助を従えて、意気揚揚《いきようよう》と乗り込んだはいいが、又市は正直身が震えた。伊東の方も配下の強面《こわもて》を二名確乎《しっか》り侍《はべ》らせていたからである。又市は所詮伊東宅は女所帯と高を括っていたし、助勢を頼めば己の恥を広めることにもなり、流石にそれは憚《はばか》るだろうと考えたのだが甘かった。恥を恥とも思わぬからこそ外道も非道も出来るのだと、又市はその時気づいた。

伊東の指先が柄《つか》に掛かり、ぱちりと鯉口《こいくち》が切られた時は、茫漠《ぼんやり》と死を覚悟したものである。

——斬れるものなら斬ってみやがれ、か。

先程、宅悦は溜飲《りゅういん》が下がったようなことを言ったが、又市にしてみれば焼《ヤケ》の勘八《かんぱち》である。

——斬られていたかもしれねえ訳だ。

無礼打ちである。又市のような塵屑《ごみくず》は侍から見れば当《まさ》に斬れるモノでしかなかろう。

折よく民谷という老同心が割って入っていなかったなら、重ねて六つであったろう。

まあ、あの爺ィが来なけりゃ危なかったかもしれねえ——又市は聴き取れぬ程の小声で言った。そうサ命拾いよう、民谷様ァ恩人さあね——と宅悦が言う。

ふん——と又市は鼻でせせら笑った。

四

ことの発端は昨年の暮れに遡《さかのぼ》る。師走の忙中、両国《りょうごく》の薬種問屋《やくしゅどんや》のひとり娘が拐《かどわか》されて、三日の後に逃げ帰るという騒動があった。戻った娘は手込めにされており、死ぬの生きるのの大騒ぎになった。下手人《げしゅにん》はすぐに伊東と知れた。最初《はな》から隠す気もなかったらしく、怒り心頭に発した亭主が捩込《ねじこ》むと、雀《すずめ》の涙程の詫び料をぽいと届けて寄越《よこ》したという。銭など要らぬと返しても受け取らず、取るの要らぬのと幾度かの押し問答があって後、如何《いか》にも埒《らち》が明かぬので薬屋の亭主はお畏《おそ》れ乍らと訴え出た。しかし予《あらかじ》めその筋には鼻薬が効かせてあったものと見えて、既に示談は成っているの一点張り、訴え出ても取り上げては貰えぬ有様。

却説《さて》もにっくきは伊東喜兵衛、男手ひとつで手塩に掛けて、御乳母日傘《おんばひがさ》で育て上げた箱入り娘、傷物にされてただで済ますか——と、業《ごう》を煮《に》やした亭主は半狂乱になり、娘を殺し伊東も殺して己も死ぬる、刺し違えても無念は晴らすと喚《わめ》き立てた。喚くだけならまだ良かったが、出刃を持ち出し娘に斬りつけるに至って、周囲の者共も大いに慌て、困り果てたようである。

この亭主が直助の顔馴染みであり、宅悦を巡って、結果又市が担ぎ出されたのである。又市は得意の弁舌も鮮やかに亭主を宥《なだ》めすかし、それ相応の礼金を戴けるならば、丸く収めて差し上げやしょう——と話をつけたのである。

亭主の望みはただひとつ、己の娘を正式に娶《めと》ってくれるよう、伊東喜兵衛に話をつけるということである。これは難儀な要求だった。曲がりなりにも相手は武士、身分違いの婚姻は、そもそも認められるものではないのである。

だが。如何《どう》いう心積もりだったのか、又市はその頼みを引き受けた。

調べてみればこの伊東という男、放逸放恣《ほういつほうし》なる行状《おこない》止まるところを知らず、賄賂《まいない》は取る目零《めこぼ》しはする、配下の者でも気に入れば取り立てて出世させるが、悖《さか》えば嫌がらせを延延《えんえん》と繰り返し、挙げ句汚い手を使い、罠に嵌《は》め失脚させるという外道。伊東の画策で禄《ろく》を召し上げられた同心も少なくはなかった。分けてもこと色の道にかけては見境《みさかい》なく、女人と見れば誰かれ構わず手をつける。それも口説《くど》く騙すという間怠《まだる》っこしいことはせず力ずくで手込めにするという困った族《やから》で、不惑《しじゅう》を過ぎて妻も娶らず、役宅にまで妾を二三人置く色狂い。加えて御先手組だけに滅法《めっぽう》腕が立つ。しかも暮し向きは裕福で、懐にはたっぷりと金子《きんす》を蓄えている。御先手組与力は御目見《おめみえ》以下、精精八十俵《せいぜいはちじっぴょう》高の貧乏暮しの筈が、如何《いか》なる金蔓《かねづる》があるものか。その所為《せい》か如何《どう》か組頭三宅彌次兵衛《みやけやじへい》の覚えもめでたく、傍若無人《ぼうじゃくぶじん》の横車も平気で押し通す音に聞こえた横紙破り。泣き寝入りした町家の娘は数知れず、怨みも積もって山となる程の有様だった。

手強《てごわ》い相手である。又市は直助を使って念入りに伊東の身辺を探り、伊東が異常な普請《ふしん》好きであることを突き止めた。伊東は年に数回、屋敷の改築を繰り返しており、先年、先先年と離れまで増築していた。二つの離れには、それぞれに侍妾《めかけ》を囲っているらしかった。

ただ、この離れの増築に就いては、表向き屋敷の修繕ということになっている。

それもその筈で、拝領宅地への新たな家作は禁じられていたし、屋敷を他人に賃貸しすることも禁じられているのである。間貸しをしている訳ではないにしても、囲い女は親族とは呼べぬし、そもそもそのような下賤の者共を役宅に幾人も住まわせて良い筈もない。又市は、それを強請《ゆす》りの種とすることに決めた。

——何とも手駒の少ねエことよ。

慎重な又市の仕事とも思えない。上手《うま》く運んだのが不思議なくらいである。

又市はその時、柄になく高圧的に喋《しゃべ》り飛ばした。まず慇懃《いんぎん》に下手に出、懐に這入《はい》って掻き回し、煽《おだ》て擽《くすぐ》りその気にさせて、ひとつ脅してまた宥め、乗せて落とすが常である。何故その時に限り、相手の悪事を暴き立て、罵《ののし》るように言ったのか、それは又市自身にも解らぬことである。伊東が余りに悪毒《あくど》いので、ややもすれば義賊《ぎぞく》気取りであったのかもしれぬ。

さあ如何《どう》する、お前に嬲《なぶ》られ泣かされた、女の怨みどうすりゃあ晴れる——と啖呵《たんか》を切り、組頭三宅様に凡《すべ》てを話す、さすれば宅地没収、お役御免は間違ェねエぞ——と脅しを掛けた。

——ちいとも効《き》いちゃアいなかったンだ。

伊東の吐く息は酒臭く、その言葉は冷ややかだった。

——薬種問屋の娘か。あれは中中の上品《じょうぼん》であったな。

伊東はそう言って笑い、大刀に手を掛けたのである。

斬って捨てれば終《しま》いだ。そんなことは解っていたのだ。又市はしかし、それでも引くことをしなかった。口先だけで世の中を二十と幾年亙《わた》って来た又市には勿体無い程の死に場所と、そう思うたに違いない。薄っぺらな紙の如き人生である、最期くらい実のある厚みが欲しかったと、そういう肚であったやもしれぬ。仮令《たとい》己は斬られて果つるとも、殺《や》り合いになれば門前の用心棒が助太刀に入るだろう。宅悦直助は逃げられるやもしれぬ。

そこに突然這入って来たのが——民谷又左衛門《またざえもん》だったのである。

民谷は用向きがあって伊東宅を訪れ、門前の浪人を見咎《みとが》めて徒《ただ》ならぬ様子に気づき、裏手から回り込み聞き耳を立て、与力殿の大方の悪事を知ってしまったのであった。民谷は同心であるから、勿論伊東よりも軽輩ではある。だが年齢は遥かに上で、組頭との交流もあるらしかった。老同心は満面に苦渋の表情を浮かべ、伊東を諫めた。伊東は伊東で狒《ひひ》のような面を歪め、取り巻き連中と顔を見合わせた。伊東にとっては好ましくない展開であったのだろう。

民谷は組頭には一切口外せぬと約束した。その代わり、以降は行いを正し、家中の妾は放逐して、薬種問屋の娘も嫁に迎えよ——と言った。身分は違えど方法はある、組頭の許諾も自分が取ろう、ここはひとつ、出来得る限りのことをしてことなきを得るよう、それが御身のためであると——民谷又左衛門は執拗《しつよう》に勧めた。

伊東は、苦虫を噛んだような顔になった。

その歪んだ顔を、又市は善く覚えている。

その場はそれで収まった。その後又市は伊東から口止め賃、薬屋から礼金を頂戴した。

——あの娘、あの狒の許に嫁に行ったか。

そうならば。それで良かったのか。だが。

「——そうそう、お梅さんもね、結局民谷の旦那が一旦養女に取って、それで無事、伊東の野郎に輿《こし》入れをしたようだわい。同役同士はいけねエとか、同じ組じゃいけねエとか、お侍てえのは嫁貰うンでも煩瑣《うるせ》エらしいが、民谷の旦那が骨折って、お頭《かしら》だかに根回ししたらしいぜ。何とも奇特なお方じゃあねエか。なア又さんよ」

なる程その手はあったかと、又市は頷く。宅悦の言う通り直参《じきさん》と家中《かちゅう》の婚姻さえ許されぬ世に、町人との縁組が叶う仕掛けはなかろうと、そう思っていたのだ。又市は伊東に御家人株を処分させ、つまりは侍を捨てさせて——というところまで企んだのである。しかし、考えてみれば御家人の娘が百姓町人の許に嫁《とつ》ぐ例ならままあるのである。この場合は捨てるといって、一度百姓や商人の家に養女に出し、その上で嫁に出して貰うのである。その逆もある訳だ。

——拾う——とでもいいやがるか。

薬種問屋の娘——お梅は、民谷に拾われたことになる。

しかし又市はそれでもまだ、何とも釈然としなかった。

祝言は上げちゃあいねえようだがね、体面もあらァな——と宅悦は言った。誰にも祝福されずとも形だけ夫婦《みょうと》になれば善いものか。如何《いかん》せんこれで禧《めでた》し禧しと、又市には到底思えない。

「何だか不服そうじゃアねえかい。まァ、済んだこたァもういいやね。又さんよ。そのな、民谷様のよウ、お力になっちゃくれねえかと、こういう話なのさネ——」

行灯に下方から照らされ、禿頭の肉塊は異様な愛想《あいそ》笑いを浮かべる。

「何でェ。小股潜りのこの俺に、いったい何が出来るてェんだ、おい」

「難しいこっちゃねえわい。ホレ、又さんがいつもやってる仲人口《なこうどぐち》よ」

「あの爺ィに若《わけ》エ妾でも世話しろてぇのか。そんな物好きゃ居ねえよ」

「そうじゃあねえよ。民谷様は伊東みてェな腐れ外道たぁ違うわぃナ」

「明瞭《はっきり》しねえ蛸《たこ》坊主だな。それじゃあなンだ、茶飲み婆でも捜すのか」

宅悦は口でも濯《すす》ぐように口許を動かして、旦那じゃあねえ娘御《むすめご》よう、と籠《こも》った声を発した。

「娘。民谷の娘かえ」

「おう。それが――」

民谷の家には今年で二十二になる娘がひとりいるのだと、宅悦は言った。二十歳を過ぎて尚嫁がぬは、武家の息女では行き遅れ、二十二ともなれば結構な年増である。何か余程の理由がない限り、おかめだろうがすべただろうが熨斗《のし》をつけてくれてやるのが武家の作法と、又市はそのように心得ていた。又市がそう告げると、宅悦は二度三度首を縦に振った。

「おうよおうよ。それがな、又さん。その娘御、お岩《いわ》様といいますがね」

民谷の娘は、名を岩というのだそうだ。

岩は、姿こそ良いのだが、年頃を過ぎてとんと浮いた話もなく、気位《きぐらい》が高いのか融通《ゆうずう》が利かぬのか、縁談なども悉《ことごと》く断ってしまう質であったという。父親はそれでも、娘の見栄《みば》えのするのを良いことに、鷹揚《おうよう》に構えていたそうである。実際十代の頃ならば容姿に魅かれ言い寄って来る男も数多《あまた》居たらしいが、目もくれぬ洟《はな》も引っ掛けぬでは話にならぬ。宅悦の話では、この又左衛門という男、謹厳実直《きんげんじっちょく》を絵に描いたような面白くも可笑しくもない男と評判で、お役のない日は内職もせず、不意の呼び出しに備え控え居る程の老実《ろうじつ》振り、真面目の上に糞がつく正直の上に馬鹿がつくと蔭で言われる程であるという。そんな風だから又左衛門からして男女の道など解らない。妻を亡くして十五年女気もまるでない。娘の色恋縁談話など、まるで興味がなかったと見える。岩の方もそれを良いことに男のような暮し振りであったという。

「それがさ、又さん」

「どうも話が回り苦呶《くど》いぜ。そンなお高くとまりやがった武家の嫁《い》かず後家《ごけ》に世話する男なんざ、心当たりはねえぞ。それに貧乏つっても株持ちだ。放っておいても欲の集《たか》った胡散臭《うさんくせ》ェ野郎なら集まって来らあ。寄り付く虫を選別するだけで済むじゃアねえか。頼みの筋が違わア」

宅悦は、いちいち腰を折るもんじゃねえよ——と言った。

「——お前が咬《か》むから回り苦呶くなるんだわい。いいか又さん、ナニも選《え》り好みが激しいだけの娘だてェなら、先方もわざわざ小股潜りなんぞに頼みゃしねえわい。いいか善く聞け。お岩様がなァ、小町と謳《うた》われる程の別嬪《べっぴん》だったなあ、そりゃあ昔の話よう」

「昔てえのは何でぇ。齢《とし》食ったっていってもまだ二十二、町人百姓から見りゃ」

「だから口を挟《はさ》むない——」

宅悦は、低い声を発した。

行灯の燈がふう、と揺れた。

「お岩様はなァ、一昨年の春に——疱瘡《ほうそう》を患《わずら》いなすった」

「疱瘡——か」

「それも飛び切り重かった。一命は取り留めたがね、その肌は渋紙《しぶがみ》のように渇き——」

「おい、宅悦——」

「髪は縮れて白髪が雑《ま》じり、枯れ野の薄《すすき》よ。左の額にゃ黒痘痕《くろあばた》、左眼《ひだりまなこ》は白く濁《にご》って見えなくなっちまった。おまけに何処を如何傷《どういた》めたか、腰も海老《えび》の如くに曲がっちまった——」

四七

「止せ。止めねえか。もう解った」

「可哀想《かあいそう》なお方よ。儂も二度程お見かけしたが、あれは――」

「もういい宅悦」

醜いから。わしが醜いから、お前様は――。

又市は掌で温めていた茶碗を敷居に置いた。

行灯の燈は一層弱まり、辺りは墓場の茂森の如くただひたすらに昏い。

その暗がりの中、まるで樹木が響動《どよめ》くような沈み声で、宅悦は語った。

「凶事てェのは続くものでね、先月民谷の旦那が怪我ァなさった。お手入れ中の鉄砲が如何《どう》した訳か破裂して、眼をやられた。養生手当ての甲斐もなく、勤役なり難しとお沙汰《さた》が下った。民谷の家にはお岩様の他に嫡子は居ねえ。このまま退いては跡式を相続する者が居ねえわい。同心株を売り払い、隠居することも考えたらしいがね、どっこい民谷家てえのは伊東なんかと違って古ィんだ。神君家康公《しんくんいえやすこう》江戸入府の際に同道し、武蔵国忍城《むさしのくにおしじょう》城番を勤めた三河《みかわ》の郷士がそもそもだてえから年季が入《へえ》ってる。その城番が御先手組に改役されて、あの辺りの土地を拝領したんだそうだわい。ならあの辺を、左門町と呼び慣わすずっと前《めえ》から、民谷のお家はそこにあンのよう。簡単になくす訳にも行くまいて。そこでじゃ――」

「そんなことはどうでもいいやい――」

引き受けたぜ――と又市は小声で言った。

行灯の火が消えた。

民谷岩

岩《いわ》にしてみれば、何を今更——といったところである——。

慥《たし》かに岩は縁を逃している。既に中年増《ちゅうとしま》である。だからといって、この期に及んで父は何を思ったのだろう。婿《むこ》を取らぬなら取らぬで岩には岩なりの信念《おもい》がある。

それは明瞭《はっきり》としたものでこそないけれど、確固《しっかり》としたものではある。

そしてそれは父である又左衛門にも——茫漠《ぼんやり》とではあろうが——解って貰えているのだろうと、岩はずっと信じていたのである。何故なら——。

縁組の話が持ち上がる毎、ヤレ何処其処《どこそこ》が気に入らないの気に食わないのと、岩が本気ともつかぬ理由を口にするのを、父は実に簡単に鵜呑《うのみ》にしていたし、小言ひとつ垂れもせず、岩の我儘《わがまま》を許してくれていたのであるから——。それをいいことに、岩は幾度縁談話を断ったか知れぬ。中には良縁も数多《あまた》あったのだろうが、何にせよ、兎も角興味がなかったのである。

——それが——何じゃ。

父の、岩に対する物腰の、あの豹変振りは何なのだと、岩は肚《はら》を立てている。

父は娘の、岩の気持ちなど、僅かばかりも汲んでくれてはいなかったらしい。

婿を取ってくれと——父は岩に頭を下げて懇願した。

——要するに。

世間体である。

見栄《みえ》である。浅ましい、卑《いや》しい心根である。

——何が御主《おのし》のためじゃ。

今身を固めるが御主のため儂《わし》のため、お家のためじゃと父は言った。

しかし岩に言わせれば、それは精精《せいぜい》家のためである。民谷の名が後の世に残るかもしれぬというだけのことである。岩のためになどなる訳がないし、父のためになり得るものでもない。

勿論岩とて馬鹿ではないから、このまま跡目が来なければ家名が絶えてしまうことは承知している。更に父が怪我《けが》をしたことも、以降お役は勤まるまいと沙汰《さた》があったことも知っている。

——それの、何処に不都合があろうか。

慥かに父又左衛門は仕事一筋の一本気な性質である。それは岩も誇りに思う。だから急なお役御免は辛かろうとも思う。生き甲斐を失い寂しかろうとも思う。しかし、例えば岩が婿を取ったところで父が役向きに戻れるものではない。そもそも、不慮の事故がなかったとしても、如何《いかん》せん父は高齢で、遠からず職を退かねばならぬ身なのである。それなら寧《むし》ろ、潔く同心株を売り払ってしまった方が良い。さすれば先先の生活《くらし》にも困るまい。家名が消えたところで父や岩が消えてなくなる訳ではない。何代目だかは心得ないが、それまでの、民谷家代代の歴史が消えてなくなる訳でもあるまい。大層古い立派な家系の、最後のひとりとなるだけである。

岩はそう言った。

五

○

岩の言葉を聞くなり、又左衛門は悩ましげに眉根を寄せ、岩に哀れみの視線を投げ掛けた。

そしてすう、と力なく立ち上がって、

ひとこと、心配致すな——と言った。

その時、岩には意味が解らなかった。

暫く経ってから父の言葉の本意に至り、岩はより一層に肚を立てた。

要するに父は——今の岩の許《もと》に来る婿などいないと——岩自身そう思っていると——それ故の妄言《もうげん》であると——岩の言葉をそういう意味に受け取ったのだろう。あの、哀れみに満ちた視線が何よりの証拠である。それはつまり、過去に於《お》いても父は——娘が婿取りを渋るのは、単に高望みをしていた所為《せい》だと、岩が婿の選《え》り好みをしていたのだと、そう思うていたという証でもある。そして現在、岩は選り好みの出来る立場にはないと、そう父は判断したのだろう。

——虚仮《こけ》にしおって。

まるで、まるで違っているではないか。

岩は最初《はな》から良い婿を欲してなどいない。本心厭だから厭だと言っていただけである。加えて、以前に比べ己の立場が取り分け不利になったとも、岩は微塵《みじん》も思ってはおらぬ。慥かに巷間《こうかん》で囁《ささや》かれている芳《かんば》しからぬ己の陰口を、岩とて聞かぬ訳ではない。評判が悪いのは承知している。だからといって如何《どう》しろというのだ——というのが岩の本心である。

——下郎どもめ。わしが——。

岩は己の額に触れた。強く押すとぐずぐずとした膿《うみ》が滲《にじ》む。

岩は一昨年の春に疱瘡《ほうそう》を患《わずら》っている。病の質《たち》が悪かったか、将《はた》また医者が知苦斎《ちくさい》だったか、随分と長引き、夏には命まで取られようかという容態にまで至ったが、神の御加護《ごかご》か仏の御慈悲《ごじひ》か夏を越すと一転して快方に向かい、秋には憑物《つきもの》でも落ちるように全快して、岩は一命を取り留めた。又左衛門は、これぞ先祖代代信仰している稲荷明神《いなりみょうじん》の霊験《れいげん》じゃと大いに喜んだ。

だが、真実御利益があるのならそもそも患うことはあるまいと、岩は思う。岩にしてみれば病が癒《い》えたのは己の気力と体力が保ったお蔭である。それに加えて幾許《いくばく》かの運が重なったという、その程度のことである。だから信心のお蔭とはとても思えなかったのだが、その少ない運をくれたのも神仏であるかもしれぬ訳だし、まあそう言われればそうかもしれぬと、それでも手を合わせ油揚げの一枚も供えてみたが、そのうち止せと咎められた。父は、一度は岩の命の助かったことを喜んだものの、そのうちすぐにうち沈み、繰り言《くごと》を垂れ始めたのである。

その時は、はて、あれ程信心の篤《あつ》かった父上が、何故信心を咎めるか——と訝《いぶか》しんだものである。今になってみれば納得が行く。凡ては岩の顔の所為《せい》である。

岩の顔は——二目と見られぬ程に——醜く崩れていたのである。

父は、可惜《あたら》うら若い、嫁入り前の娘が斯様な面になったのでは、生き延びたところで意味がない、不憫《ふびん》じゃ不憫じゃ——と繰り返した。そのうち、稲荷様も何処を向いていらっしゃったか、信心が足りぬとでも仰るか——と、まるで稲荷明神を怨むような言葉まで吐いた。信心深い父が神様相手に怨み言を垂れる程、岩の容貌は酷くなっていたのだった。それでも——。

岩は然程《さほど》に動じなかった。そんな自覚もなかったし、やはり興味がなかったからである。

皮が破けたの片眼が潰れたの、髪が抜けたの腰が曲がったの——死することに比べれば些細なことである。日日の暮しに困る程のことはない。それなのに父は、やれ恥ずかしかろう辛かろう、哀れじゃ哀れじゃと言う。岩は世間に対して恥ずべき行いなどは一切していない。いい加減にせよと言えば、すまぬ許してくれとすぐに引く。そして、腫れ物に触るように接する。目つきに哀れみが籠っている。そんな態度がいちいち肚《はら》に据え兼ねた。

だから岩は、余計矍鑠《かくしゃく》と振る舞って、それまで以上に外を出歩いた。

その結果の——嘲笑であり陰口である。悪評も立った。

父は、顔も隠さず出歩く岩に、驚嘆の眼差しを向けた。

昔の御主とは違うのだと、噛んで含めるように言った。

そんなことは百も承知だと告げると、父は茫然とした。

——父上とて、所詮は町下の下郎どもと同じじゃわい。

往来《おうらい》を行き交う者どもは、擦《す》れ違《ちが》いざまに大抵は岩の顔を凝視《ぎょうし》する。

真実《まっこと》以て無礼千万なる所業《しょぎょう》である。岩は苟《いやし》くも武家の息女《むすめ》である。そんなことは身なりを見ればすぐに知れよう。町奴《まちやっこ》風《ふ》情《ぜい》に愚弄《ぐろう》される謂《い》われはない。否、身分を問わず女人であれば、否否、男女を問わず誰であってもそれは同じことである。幾ら下賤《げせん》の者と雖《いえど》も、道すがら他人の顔を覗き込み、剰《あまつさ》え穴が開く程見つめるなど許されることではない筈だ。だから最初、岩は豪《えら》く驚いた。当然であるが、それまでそのようなことはただの一度もなかったことである。見知らぬ者に睨《ね》めつけられれば、先《ま》ずは誰でも愕《びく》りとしよう。驚いて後に、岩は酷《ひど》く戸惑った。

そして次に、もしや己が失念しているだけで、見つめている相手は旧知の者であるやもしれぬ――と思い直しもした。もしもそうであるならば挨拶《あいさつ》もせずに居るのは岩の非礼になろう。仮令《たとい》そうではないにせよ、何か用向きがあってのことやもしれぬと――岩はそうも思った。だから岩は慎重に相手を見返して、愛想よく会釈のひとつもしたものである。

途端に相手は目を逸らした。顔を背けた。面を隠し、身を縮めてこそこそと岩の前から逃げ去った。そうして、物蔭に隠れ、すっかり見えなくなってから、

――笑った。

そうしたことは幾度もあり、その度に誰もが笑った。くすくす、けらけらと可笑しそうに笑った。それが己を晒《あざわら》う声だとは、岩は終《つい》ぞ思わなんだ。――ある日のことである。

話し声が届いた。

御覧《ご》かい、今の女――。

媚び売って来やがッた――。

笑いかけやがったじゃねえか――。

四谷には鏡磨《と》ぎ師が居ねエのか――。

あの御面相《ごめんそう》じゃ鏡の方が逃げ出すわい――。

ご尤もだ。あれじゃあ研いだ鏡でも錆《さび》が浮くわナ――。

身が震えた。笑われているのは――どうやら岩だった。

――わしが、物欲しそうな顔をしていたとでも申すか。

やがて巷間では、民谷の家の娘御は、町で出会えば色目を遣う——と噂が立った。岩にしてみれば出来るだけ普通に振る舞ったつもりが、下郎どもにはどうもそう見えたらしい。

それでも岩は悲しむことも羞《は》じ入ることもせず、ただ憤《いきどお》った。岩は生来気性が激しく、理に適わぬこと道に外れることを心底嫌う質《たち》である。心底嫌うだけならず、意に染まぬ状況には烈火の如く怒る質でもある。

だから岩は、それまで以上に毅然《きぜん》とした態度で臨んだ。顔を見られる度に姿勢を正し、屹度《きっと》相手の目を見据えた。しかし相手の態度は変わらなかった。目を逸らし口に手を当て、遣り過ごしてから——哂う。

あんな面でも男が欲しいかね——。

それは欲しかろう、鬼も十八、疾《と》うに過ぎておる——。

今までお高くとまっておった故、罰が当たったのに違いない——。

あんな面になるまでは洟《はな》も引っかけなんだものを——。

もう遅いわい。あの面じゃあ——。

——面。

そして岩は、その時漸く世間が己の面を覗き込む理由を知った。

醜いから。醜いから見るのだ。見世物でも見るように。

そして嗤うのだ。蔑《さげす》むのだ。卑《いや》しむのだ。

——愚かしいことよ。

酒癲《さかがり》ならば御酒《ごしゅ》を断てば良かろう。花顚《かてん》ならば色欲情欲を堪《こら》え鎮《しず》めれば済むことであろう。だが容貌《かおかたち》の醜《みにく》きを治せ、容姿《すがた》の可笑《おか》しきを正せといわれても如何《いかん》ともし難い。四六時中面形《おもがた》を被《かむ》って過ごす訳にも行くまいし、それでもならぬというならば、死ぬより他に道はあるまい。ただ醜いから死ねというのなら、そもそも蛇蝎《だかつ》に生きる権利はなかろう。そうかといって毅然としておれば、やれ気狂《きちが》いじゃ風癲《ふうてん》じゃと囃《はや》される。岩はそれまでも、己の容姿の美しきを鼻にかけたことなどなかったし、今とても己の醜きを恥じてなどいない。勿論気が狂《ふ》れていることもない。ただいつも堂堂と、分相応に振る舞っているつもりである。それなのに——。

岩は憤りが押えられずに、畳を二度三度打ち、それでも収まらず障子に指を突き立てた。ぱん、と弾けるような音がした。

指を引き下ろす。ざりざりと障子紙が裂ける。庭が覗いた。

風通しが良くなる。外気を吸って、岩は少しだけ清清する。

——わしは間違《まちご》うておるじゃろうか。

岩は自問する。

慥かに損な性分ではあろう。それは岩も自覚している。悲惨なる己の不遇を呪い悲しんで、日夜泣き濡れて暮していたならば、世間の目も違っていただろうとも思う。そうして顔を隠し家に籠っていたならば、世間も寧ろ憐憫《れんびん》の情を以て迎えてくれたかもしれぬ。あれ程の器量良しが、何の因果でそのように——と、涙のひとつも零《こぼ》してくれたやもしれぬ。

しかし同情されることに何の意味があろう。

岩が病に罹《かか》ったのも、岩の顔が崩れたのも、誰の所為《せい》でもない。泣き濡れて如何《どう》なるものでもない。誰が悪いのでもない以上、誰を責めることも出来ぬ。だからといって天を怨んでも詮方ない。それは逆恨みというものである。これは仕方のないことなのである。だから、徒《いたずら》に哀れんで貰っても困るのだ。謂われのない同情は迷惑である。

況《まし》て誹謗中傷《ひぼうちゅうしょう》される謂われなど、尚更岩にはないのだが。

如何《どう》あれ岩は、自分は間違っていないと結論した。世間に阿《おもね》り、世間の顔色を窺って要領よく生きられない自分は不器用だとも思うが、それでも間違っていることはあるまい。間違っていない以上、悪いのは世間の方である。そして、その世間に気を遣い、世間に倣《なろ》うているならば、そんな父の在り方も、また正しい在り方ではないだろう。

岩は父の老いさらばえた横顔を想う。

あの一徹な老人は、よもや己の在り方が正しくないなどと——生まれてこの方ただの一度も考えたことはなかろう。実際又左衛門という男は、娘の岩辺りが見ても、それはそれは正しい男である。四角いものは四角く丸いものは丸い。父の見る世間はそういうものである。それは正しい。揺るぎない。疑いようもない。だから父は——己を疑うたことことて一遍もあるまい。

謹厳実直、質実剛健——それでいて雁字絡《がんじがら》みの頑固者という訳ではない。笑いもすれば泣きもする。ただ父は、皆が笑うようなことで笑い、皆が怒るようなことに怒る。そこが歴然と岩とは違う。岩は可笑しくなければ笑わぬし、仮令《たとい》通夜の席であっても可笑しければ笑う。

要するに又左衛門という男は、粗相《そそう》もせぬが目立ちもしない、沈香《じんこう》も焚《た》かず屁《へ》もひらずといった人柄なのである。それは小物役人には向いた性質なのだろうが、謂わば高高《たかだか》それだけのものである。そうして捉え直してみるならば、それまで誇りと思うていた父の勤勉も忠義も忍耐も、然程《さほど》に褒《ほ》められたものではないのかもしれぬと――岩は思った。

――お役目大事。

父の信念と思うていた。だが、それは信念などではないのだ。あの男にはそれしか出来ぬというだけのこと。しかもその大切大事なお役目からして棒突《ぼうつき》である。あんなお役目なら――。

――童にも出来ようぞ。

ならば単なる木偶坊《でくのぼう》ではないか。そもそも御先手組などという組は、この江戸の町にとって要るものなのだろうかと――岩はそうまで思う。

御先手というは先陣を切るの意であるという。有事の際、上様の先陣を勤めるのが御先手組の本来である。しかし、却説《さて》現在《いま》は如何《いか》にと問うならば、精精《せいぜい》助役《すけやく》で火盗《かとう》改《あらため》を勤める程度。平素の勤めは御門――蓮池、平川口、梅林坂、紅葉山、坂下の五門――の交替警護がお役目である。いうなれば門番、番兵なのである。

例えば今の世が動乱の世だというのなら、御門警護に番兵も要るかもしれぬが、そもそもこの安寧《あんねい》の世に、門を破って何が攻め来るというのか、岩には一向に解らぬ。関所《せきしょ》改《あらため》ならまだしも解るが、このご時世、商家の蔵でも見張った方がまだ役に立つというものである。それにしたって棒切れを持った老人が茫《ぼう》と立っていて、いったい何が防げよう。

それでも与力ならまだ見栄えがする。同心になると格好からして門番である。御鉄砲組といっても鉄砲を持ち歩く訳でもなく、普段は日焼けした羽織を纏《まと》い、六尺棒を持って突っ立っているだけなのだ。世間でもその様を虚仮《こけ》にして、棒突、棒突と——軽く呼ぶのである。だから同心といっても町奉行《まちぶぎょう》勘定奉行《かんじょうぶぎょう》のそれとは大いに違う。支配が違うというような問題ではない。同じ若年寄《わかどしより》支配であっても、御徒衆《おかちしゅう》や御目付《おめつけ》役は勿論のこと、例えば御船手《おふなて》にしても定火消《じょうひけし》にしても火盗改にしても、それぞれ重要なお役目ではあろう。身分俸禄の高き低きに拘《かかわ》らず、いずれもなくては治世ままならぬ役職である。だが御先手組は違う。要らぬ。

慥かに武家というのは元来戦《いくさ》をするものであるし、つまり身分の低きは雑兵である。平時に雑兵が余るのは当たり前のこと。だから御先手組などという役職は、平穏の世に溢れかえった下級御家人に、無理矢理俸禄を分配するために、名目上残されただけの無為なお役目なのだ。

要らぬ仕事であろう。

役向き自体がそもそも用無しなのであるから、それしか出来ぬ父の如き男は、世間にとって役立たずでしかあるまい。御役目大事と虚勢を張っても、虚しいだけであるやもしれぬ。

それなのに——。御先手は民谷家代代の仕事なり、与力役が配される迄、我が民谷家は何百石《こく》を拝領し、上様の芝増上寺《しばぞうじょうじ》参詣の折りにも当に先陣を切ってその警護を勤め云云《うんぬん》と——。父の口癖である。昔語りの時にだけ、又左衛門は少し胸を張り、慢心するが如き顔をした。

昔を自慢して何になるか。現在《いま》の己に誇れるものがないが故に、先祖の功を誇るのだ。

——戯《たわ》けじゃ。

先祖は先祖、己は己である。名家名門と吹いたところで所詮は御目見の叶わぬ身分、雑兵の裔《すえ》に過ぎぬ。昔のことはいざ知らず、今は高高《たかだか》三十俵三人扶持《ふち》の貧乏暮しではないか。三日勤めの一日を内職に当てもせず、ありもせぬ有事に備え控え居るなど、単なる戯けである。

それ程までにして先祖に、家名に、役向きにしがみつかねば成り立たぬなら、父という人間はいったい何処に居るのか。岩は仏間に目を遣った。

仏壇が在る。尤も霞んで善く見えはしない。

かたり、と音がした。

風はない。

――騒ぐか。

鈴棒《りんぼう》がことり、と転がった。

――怒りやるか。ヤレ浅ましい。

岩の不遜《ふそん》な想いに、死人が怒ったのかもしれぬ。

温和《おとな》しくせよ――岩は仏壇を睨みつけた。

――死人風情には何も出来ぬわ。

生きておっても儘ならぬのに。

死人などに――。

そもそも、岩という名は死人の名である。何代だか前の、民谷家の女の名なのである。

貞女の鑑《かがみ》。そう聞いている。傾きかけた民谷の家を再興した功があるのだそうである。

いつの頃のことかは知らぬ。米価下落の折りであったという。御家人悉く扶持を減らされ、民谷家もご多分に洩れず貧窮極まって、最早株を売らねば立ち行かぬというところまで行ったのだそうである。そんなお家の一大事を、その、岩という名の女は救ったのだという。

その女は、何でも口減らしのために民谷の名を捨て家を出て旗本某の許に住込で下女奉公、寝食を忘れてただひたすら働き、仕送りをして民谷家を支えたと伝えられる。やがて甲斐あって家計も上向きになり、改めて奥向きに迎えられ、生涯を終えた――というのである。

内助の功というらしい。その女が信心していたのが、庭の稲荷明神であると聞いた。

母も、祖母も、自慢気に語った。だが岩は聞くだに釈然とせなんだ覚えがある。滅私奉公が貴いことか。それも、背に腹は替えられぬという切迫した状況なら兎も角も――。岩に言わせれば替える腹など幾らでもあった筈なのだ。何故なら、そうした逼迫《ひっぱく》した状況は民谷家に限って訪れたものではない筈だからである。主を持たぬ浪浪の身でもあるまいに、役宅住まいの同心が、一軒だけ没落するなど考え難い。ならば何故、民谷だけがそれ程貧しかったのか。

答えは簡単である。内職をしなかったのだ。旧来御家人の三日勤めという仕組みは、ひとりで済む役を二人三人で行うからこそ出来た仕組みである。二人で余る役儀を三人で行うから三日に一日休みが出来る。四十五俵の扶持米が三十俵に減る。ならばその、休みの分の一日に、減らされた分を稼がねば、喰うに困るは必定である。これが町奉行普請《ふしん》奉行の手下辺りなら、上下を問わず賄賂《まいない》なども取れるやもしれぬが、ただ突っ立っておる門番風情には袖《そで》の下《した》も儘ならぬこと。恥も外聞も捨て、細工ものでも何でもせねば、暮しが立たぬは自明の理である。

但し。表向きはいみじくも武士たるものが内職などという卑しい行いを為すのは以ての他である——とされている訳だし、お役目なき日も弛《たゆ》まずに、武芸学問の精進に当てるべし——とされているのも事実である。だからといって馬鹿正直に言い付けを守る愚か者など、岩が見渡したところで何処にも居らぬ。居ない筈である。皆、それでも暮しているからである。

しかし。民谷家は違うのだ。岩の父が未だにそうであるように、幾ら貧しかろうと苦しかろうと、その時もまた内職もせず、真面目に四角張って暮していたのに違いない。

それは正しい。正しいが、間違っている。だから岩に名をくれた、古《いにしえ》の岩という女も、偉いと褒めるその前に、犠牲になったと見るべきである。少なくとも岩はそう思う。慥かに稀に見る立派な婦《おんな》ではあったのだろうが、それでも矢張《やは》り——馬鹿である。

仏壇の戸がすう、と動いた気がした。

気の所為《せい》である。

静止したものも凝眄《ぎょうぼう》すれば少しは蠢《うごめ》いて見える。

それは自《おの》が心が揺れる所為である。錯覚である。

——馬鹿らしい。

何にせよ、その女の名を、生まれ乍《なが》らにして岩は冠せられてしまったことになる。岩はそれからして気に要らぬ。どれ程の偉人かは知らぬが、可惜この世に生を受け、何故に故人の名を貰わねばならないか。死人に倣えというのだろうか。それでは——岩自身は何処にいる。

岩は仏壇から目を逸らし、顔を二度三度振った。

仏壇など壊してしまいたくなる。死人と繋がっていたくない。だから婿など取るものか。

――何じゃ。何じゃ何じゃ――。

岩は手を伸ばし、再び障子を破った。自分の思いは何故世間に通じないか。たったひとりの肉親にすら通じないか。違うなら違うで、得心の行く説明をしてみよ――。

岩は立ち上がり、乱暴に障子を開け放った。

くれぐれも障子を開け放たぬように――父は岩にそう言い付けた。病み上がりの身に外気は毒じゃと、そう含められ、岩は丸丸二年の間、言われる通りにしていた。しかし今になって考えてみれば、それは父の世間体を憚っての浅知恵である。垣根越し、誰が覗くとも限るまい。ヤレ化け物が居る、アレが評判の鬼娘か――と、囃《はや》されることを厭うたのであろう。

――馬鹿にするのも大概にせよ。

岩は叫びたくなったが、堪えた。

代わりに息を沢山吸い込んだ。腰が曲がってしまってから深い呼吸もし難《にく》いのである。途端に噎《む》せた。風が顔に当たって、爛《ただ》れた額がひりひりとした。涙が滲む。勿論悲しみの涙ではない。岩の左目は、常時濁っていて、僅かな刺激でも涙腺《るいせん》が緩むのだ。苛苛《いらいら》した。

岩は額の上のかさかさの縮れ毛を掻き毟《むし》り、掌《てのひら》についたそれを庭に向けて払った。

払い終えてから、さぞや滑稽《こっけい》な動作だったろうと――思った。

本意ではないにしろ、自虐的になった方がまだ気が楽である。

瞬間、岩は世間を気にした。ふと顔を上げる。

六三

——居た。見ていた。

社《やしろ》の陰。生け垣越しにこちらを凝乎《じっ》と見ている者が居た。

「な——何者か」

男である。行者包みに頭を包《くる》んだ、どうやら僧のようである。

「ぶ、無礼であるぞ。ここを民谷又左衛門の役宅と知って——」

りん。

男は鈴を鳴らした。

「御主様《おんしさま》が当家の娘御——お岩様でおわすか」

落ち着いた声であった。岩は姿勢を正した。

「如何《いか》にも吾《われ》が岩である。そう言うそなたは何処の誰じゃ」

「見ての通りの御行乞食。名乗る程の値もねえ屑にござい」

男は笑うどころか頬ひとつ動かさなかった。

「屑がいったい何用じゃ。いずれ下賤の者の評判を聞きつけて、民谷の家の化け物をひと目見やれと馳《は》せ参《さん》じたか。わしが噂の化け物じゃ。篤《とく》と見やれ。笑わっしゃれ」

岩は曲がった腰を伸ばす。顔を向ける。これで大抵の者は——。

男は岩の眼を見返した。

「ぶ——無礼な、お」

きつく視《み》る。

男は身じろぎもせず、無礼は承知――と言った。

「所詮礼儀作法のねえ場所に身を置いておりやす」

「お、おのれ――無頼め」

岩は身構える。護身の術くらいは心得ている。

「おっと動いちゃいけねえ」

男は手を翳《かざ》し、す、と稲荷社の陰に身を躱《かわ》して視界から消えた。

陰に隠れて、

――笑うか。

気配は残っている。しかし笑い声は聞こえなかった。

「何じゃ何じゃ。笑いたくば――笑うがよいぞ」

岩は稲荷明神に向けて――呪うように言った。

「さァ、笑いやれ。声なと上げて笑い物にせよ」

「別に」

――声だけが聞こえた。

「別に可笑しかァねえ」

「ならば――蔑むかえ」

岩は怒鳴る。馬鹿にせよ、見下すがよい――。

「気位の高ェ武家の娘御を、乞食風情が蔑む謂われはねェんで」

「なにッ――」

社の脇から左半分だけ顔が覗いた。岩は微《かす》かな圧力を感じる。男の左目からするすると視線《まなざし》が繰り出されて、岩の顔といわず躰といわず、するすると岩の表面を滑《すべ》り纏《まつ》わりつき――。

――止せ。

「では何じゃ。何じゃ何じゃその眼は。この見苦しき姿を――哀れんでもいやるか」

「哀れむ――そりゃあ一番違《ちげ》ェやしょうぜ」

男は全身を現した。岩は顔を逸らした。

「哀れみを欲していなさるなら哀れみもしましょうが――」

「意味が解らぬ」

「あなた様は強いお方とお見受けしやす。憐憫同情は無用かと――」

「ならば――解っておるのならば去《い》ね。同情するは愚弄するに同じ」

岩はそう言ったが男は動かなかった。岩は身を堅くする。

男は嘗《ねぶ》るように岩を見る。そして値踏みでもするように幾度か頷いた。

「それにしても隙のねえお方だ」

――何を言う。何が言いたい。

「それに――噂に違《たが》わぬ別嬪《べっぴん》だ」

岩は躰を縛る視線の縄を一瞬にして千切《ちぎ》り、悪鬼の形相を湛《たた》えて男を睨み据えた。

岩が言葉を発する前に――。

りん。

男は手に持った鈴を鳴らした。

そして意外にも——微笑《ほほえ》んだ。

「おのれ——」

「おッと冗談で言ってるんじゃアねえんで」

男はぞくりとする程低い声で、綺麗だから綺麗だと言ったまでで——と言った。

岩は激昂《げっこう》し、足を踏み鳴らして怒鳴った。

「ぐ——愚弄するにも程があろうぞこの下郎めッ。この腐《くさ》れ爛《ただ》れて崩《くず》れた面の、どこを綺麗と言いやるかッ。下手な申し開きをしようものなら、即刻この手で」

「幾ら爛れようと崩れようと、土台の良いのは隠せねえ。いいや、それだけじゃねェ。それにお前様は心根が清廉《せいれん》でいらっしゃる。痛痛しい程、ひとつも淀《よど》んだところがねえ。澄んでいらっしゃる。そこを綺麗と申し上げたまで」

——何故に動じぬ。

岩はやや混乱している。

——こやつは——何者じゃ。

岩の背に、冷たいものが降りる。

稲荷の社の鳥居《とりい》の朱が、傾きかけた夕陽に鮮やかに映えている。

岩の目には、その朱は滲み揺れて映っている。涙の所為《せい》である。

暫くの間をおいて、岩はやっと口を開く。

「巫山戯《ふざけ》たことを――」

漸くそれだけ言った。

「巫山戯ちゃあいねえ」

――間髪を容れず答える。

「ならば――気休めか」

「そんなこっちゃアそちらさんの気は休まらねえでしょうよ」

「ええい、聞いておれば次から次へ、愚にもつかぬことを語り散らしおって。ならば何故に道行く者は吾を覗き込む。何故に世間は吾を笑う。醜いが故に覗くのであろう。醜い顔と笑うのであろう。この家にも鏡くらいはある。吾とて美醜の区別くらいはつくわ」

男は豪《えら》く悲しそうな眼をして岩の顔を見た。多分岩はといえば、本当に鬼と見紛うばかりの形相をしていたに違いない。男は、失礼を承知で申し上げますがね――と言った。

「鏡がおありなら――髪結いくらいはお呼びなせえ」

「こ――このような縮れ髪、結うて如何《どう》なるものでもないわ」

「そうじゃあねえでしょうお岩様。お前様、そこな髪毛の縮れる前《めえ》から、お髪《ぐし》になンざ興味がねえ、否、御自分のお姿なンぞにゃ興味がねえんじゃあないんですかい」

岩は返答に詰まった。それは慥かにその通りだったからである。

岩は、不潔はいたく嫌うが、己を飾ることには興味がなかった。

髪を結うのも同じこと。己で結うが身嗜《みだしな》み。高価な油も不要であれば、髪結いなど頼んだことはない。それでも一向に不便などなかった。それは間違ってはおらぬ。至極当然のことであろうと――岩は考える。あの、世間体を気にする父でさえ、そんな岩を責めたことなどないのだ。岩の胸の内を見透かすように――声が響いた。

「それはお前様が化粧せずとも綺麗だったお蔭よ」

岩は、ふう、と顔を上げる。男の姿を目で探す。

「お岩様――お前様、婿を取る気は、ねえと見た」

――こ奴は。何故。

男の姿が見当たらぬ。岩は狼狽《うろたえ》る。

「な――何故そのような、そなたは」

そのぐらいは解りやしょう――稲荷社の後ろ側から声は発せられた。

「透き通ったお前様の心根なんザ丸見えでさア。いいですかい、今のお前様が醜いのだとしたら、その理由はただひとつ。綺麗に飾らねえからだ。慥かにそのお顔の傷は尋常じゃねえ。ですがね、正直言えばそんなもの、如何様《いかよう》なりとも誤魔化せやしょう。白く塗って紅を注《さ》しゃそれで済む。元来お前様は人並み外れた器量良し。片眼に星があるぐれえ却って御愛敬ですぜ。痘痕《あばた》も笑窪《えくぼ》の何とやらだ。そのお腰だって、通いの按摩にでも頼みゃ半月もすれば良くなる腰でさァ。お髪《ぐし》を綺麗に撫でつけて、それで頭巾でも被りゃいいことだ。それでもそれをしねえのは、余程に己を自分の顔を、飾りたくねえ質《たち》と見た。違ぇやすかい」

男は再び姿を現し、生け垣に手を掛けた。

岩は答えず、首を曲げ仏間に気を遣った。

騒騒《さわさわ》と気配がしたからだ。仏間の障子は夕陽に映えて朦朧《ぼんやり》赤く染まっていた。

そして岩は思う。それは何も自分に限ったことではあるまい。武家の娘なら誰でもそう思う筈だ。徒《いたずら》に己を飾ることよりも、常にきちりとしておれば、それが何にも勝る身嗜みじゃと——そう岩は躾《しつ》けられたし、それは慥かに理に適うておると——ずっと、今まで思うていた。

振り返れば男の顔の陰影が濃くなっている。陽が横に降りて来ている。男は言う。

「飾らねえでも綺麗なうちは良かっただろうが、今のお前様は飾らなきゃならねえ」

岩は吐き捨てるように言う。飾る——愚かしい。

遊《あそ》び女《め》白《しろ》ッ首《くび》でもあるまいに、武家の娘が紅白粉《べにおしろい》を塗りたくっても詮ない話。何より紅を買う金もない。貧乏同心の娘には、着飾る洒落《しゃれ》はただの贅沢である。着物を仕立てた覚えもないし、櫛笄《くしこうがい》を見立てた覚えもない。男は——続けた。

「お岩様、善くお聞きなせえ。世間の下司どもがお前様を笑うのは、そのお顔の疵《きず》が醜い所為《せい》じゃあ御座居ませんぜ。そンな隠せば隠せるものを隠さねえ。飾りもしねえし恥かしがりもしねえ、そんな強《つえ》エお前様が、世間は怖《こえ》えんだ。怖えから嗤《わら》うんでさあ」

——怖いから
——嗤う。

——岩は指先で額を触る。強く押すと膿が滲む。

「怖いから――嗤うとは」

「嗤うよりねえでしょうよ。そんな目に遭っても平気だと、お前様は躰張ってお言いなさる。でもお前様を嗤うようなとんまな野郎どもは、もしお前様と同じ目に遭ったなら、とてもまともに生きちゃいられねえ程の、肝《きも》の細《ほせ》エ、意気地なしの小物ばかりでやすよ」

「吾は――そのような者どもに媚《こ》び諂《へつら》うつもりはないわ」

りん、と鈴が振られた。

「お岩様。お前様は立派だ。強エ。そして間違っちゃいねえ。間違っちゃいねえが、正しくもねえ。お前様は強エから、他人《ひと》の痛みが善く解らねえんだ。自分は痛くなくったって他人は痛エんだ。お前様が痛くなくったって、傍《はた》は痛エだろうと思うンだ。慥かにお前様の仰る通り、哀れむと蔑むは同じこと。可哀想にも様《ざま》ァ見ろも同じことさ。だがね、世の中にゃあ、そんな哀れみでも欲しいてエ、如何《どう》しようもねえ屑がいるんでさあ。屑だから、疾《やま》しい気持ちがあるから、蔑まれても仕様がねえ。それならせめて情けが欲しい――そんな連中が大勢居りやす」

「そなた――いったい」

「情けにしても怨みにしても、受ける方にその気がなきゃア成り立たねエんです。哀れみを受ける方ってのはね、それが真実《ホント》は蔑みだったとしても、蔑まれてるたあ思わねえ。それが世間の約束ごとで。それを破っちまっちゃ始まらねえ。想いってのはねお岩様、どんな想いでもそのまンま相手に通じることなんかねエんです。想われる方が勝手に作り出すもので御座居ましょうよ。ですからね、いずれ――喜ぶも怒るも――お前様次第で」

「吾——次第」

からから、と仏壇の鈴棒が転げた。

何を言う。馬鹿らしい。戯けじゃ。馬鹿にするのも大概にせよ。虚仮《こけ》にしおって。下郎どもめ。愚かしいことよ。何じゃ何じゃ。止せ。わしは——わしは間違うておるじゃろうか。

「そうやって、周《まわ》りの囲いを破りまくっても、お前様孤立《ひとりだち》するだけですぜ。幾らお前様が強くったって、そう保《も》つもんじゃあねえ——余計なお世話で御座居ますがね」

ことり。鈴棒が畳に落ちた音。

騒ぐな。死人風情に何が——。

「いいですかい、お前様の父上は、それは正しくはねえかもしれねェが、ただお前様のことを想ってはいますぜ。お前様にそのお気持ちを汲むおつもりがおありなさるンなら」

「な——何のことじゃ」

男は抑揚なく、こう結んだ。

「その気があるなら婿を探して参りやしょう」

男の顔は夕闇にじんわりと滲み始めていた。

「飾ってみなせエ。飾ってみて——それでもお厭なら——断るがいいでしょうよ」

岩が我に返った時、既にその姿は消えていた。

庭も仏間も、すっかり昏《くら》い。

岩は静かに、障子を閉めた。

七二

灸閻魔の宅悦

宅悦は躰中の皮膚という皮膚で夜気《やき》を受け止め、自《おの》が太鼓腹を波打たせて気を鎮めた。それでなくとも夏の夜は落ち着かぬ。躰の表面にぬらぬらと汗が湧き、巨軀を包んだ肌の凡《すべ》てが粘膜と化したように敏感になる。日中は馬の尻のように厚い、鈍感な肌であるのに。

夜は総身が眼《まなこ》になる。

この眼ばかりは閉じようとしても閉じることが出来ぬ。御来迎《ごらいこう》が世間を照らし、本来の眼が開く迄は、こればッかりは閉じることが叶わぬ。冬場は着物でも夜具でも纏えば良いが、夏場はそうは行かぬ。宅悦は肥えている所為《せい》か人一倍大汗《おおあせ》である。汗腺が開けば余計に敏感になるだけである。襤褸布《ぼろぬの》の如く横たわっていても、盗汗《とうかん》滴《したた》るこんな夜は厭で厭で仕様がない。

宅悦は思う。

この不快な思いをなくすため、人間様には目ン玉が付いているのだ――と。

眼を患う迄は、これ程不快な思いはしなかった。だからそう思うのである。

四六時中こうして躰中で世間を感じていたならば、多分すぐにも気が狂《ふ》れる。人は、世間を眼で見ていると錯覚しているから何とか保《も》っている。瞼《まぶた》を閉じれば見えなくなると錯覚しているから安心できているだけなのだ。でも真実《ほんとう》は、眼を瞑《つむ》っても世の中は余計に善く見える。

——ものは眼で視《み》るもんじゃねエ。

宅悦はのそりと身を起こし、擦り切れた半纏《はんてん》を抓《つま》んで広げ、己の大きな背中に掛けた。

無理に眠ることを潔《いさぎよ》く諦めたのだ。眠れぬのならば、縦で居ても横で居ても同じだ。

破れた渋団扇《しぶうちわ》を引き寄せて、ばたばたと粗暴に扇《あお》ぐ。微温《なまぬる》い風。ちいとも涼しくない。

宅悦は想いを巡らせる。

最初は——滲《にじ》んで見えたのだ。三間《さんげん》先の足袋《たび》屋の看板が、二重《ふたえ》三重《みえ》に見えたのだった。

いずれ疲《つかれめ》眼近眼《ちかめ》の類ぞと、自分で灸を据えたりもしてみたが一向に善くはならず、やがて足袋屋の看板は縁が霞《かす》み、色が失せて、煙のように靄靄《もやもや》としてしまった。そうなるともういけない。転《まろ》びぶつかり転げ落ち——何をやるにも要領を得ぬ。明るいうちはまだ見当がついたが黄昏《たそがれ》て後は文字通り暗中《あんちゅうも》模索《さく》、目隠し鬼の鬼にでもなったような有様。しかして按摩稼業は暮れて始まるようなものであり、結果宅悦は夜毎の商売を緩緩《ゆるゆる》と控え始めた。そのうち足下指先まで朧《おぼろ》になり昼日中でも霞むに至って宅悦は完全に竦《すく》み、一切身動きが出来なくなった。

心細かった。親に捨てられ主も持たず、何の拠り所もなく生きて来て、それでもそれまで宅悦は、一度としてそんな薄寒《うそさむ》い思いをしたことなどなかった。

それはなまじに見えた所為《せい》であろうと——宅悦はそう思っている。全く見えぬなら兎も角、僅かでも見えるから眼に頼るのだ。だが衰えた眼は頼りなく、だから殊更《ことさら》不安になるのだ。

しかし所詮はその日暮しの半端者、備え蓄えがある訳でもない。一日休めば一日の断食、十日も休めば飢え死にしよう。すぐに窮状は極まって、宅悦は吹っ切ったのだった。

生馬《いきうま》の目を抜き仏の箔《はく》を剝《は》がすお江戸の町では、仮令《たとい》俄《にわ》か座頭と雖《いえど》もうかうかしてはいられない。流石に見えぬ眼で灸《やいと》療治は出来ぬだろうが、取り敢えず揉み療治だけなら出来そうだった。陽が落ちる前に切り上げれば何とかなろう、いつまでも惧《おそ》れてばかりは居られぬと——。

そうして宅悦は昏い世間に出た。出れば出たで度胸がついた。そして宅悦は気がついた。

見えぬのに——見えるのだった。

暈《ぼ》けていた足袋屋の看板が明瞭《はっきり》と見えるようになっていた。決して眼が治ったのではない。相変わらず目玉は五割も働かぬ。矢張《やは》り眼力は至らぬのである。それでいて、それは善く見えた。知識《ちえ》やら記憶《おぼえ》やら経験《ためし》やら——宅悦には善く解らぬものだが——それ等が足りぬところを補ってくれたのであろうか。仕組みは善くは解らぬまでも、宅悦はものの見方を会得した。看板はそこにあると知れば——そこに在った。ならば見えるというよりも、心中に像を結ぶというた方が中《あ》たっていよう。慥《たし》かに目明きにはものが見えるが、本来ものは見えるのではない。視るのである。即ち真実《ほんとう》にものを視るのは眼に非ず、そう知って宅悦は落ち着いた。落ち着くとともに、陽の照っているうちは差し障りなく、常人と変わらぬように動けるようになった。

半年かかった。

但し。夜は矢張り駄目だった。五割どころか目玉は全く働かぬ。それでは補いようもない。已《や》むなく宅悦は辺りを手探り、風や温もりを読み、僅かな匂いを嗅ぎ微かな音を聞いて——何とか生きる術《すべ》を学んだ。陽が落ちて後は、指が耳が鼻が、肌が目玉の代わりとなった。世間は眼で知るに非ず、体中で識《し》るのだと学び、宅悦は一層の不逞不逞《ふてぶて》しさを手に入れたのだった。

七五

更に一年かかった。

そうして宅悦は、夜の仕事も再開したのだった。

昼は目明きと変わらずに過ごし、夜は盲人として送る――宅悦はそうした、謂わば二重の人生を手に入れたのである。逢魔刻《おうまがとき》を境にして、宅悦は二つの人生を生きている。いずれも捨てたものではなかった。目玉に頼り切って生きていた頃よりも、ずっと世間が近かった。

だが。

――ありゃあ――視たかぁなかったわい。

宅悦はその光景を思い出し、幾度目かの後悔をした。

昼――見える時分――に視たものは、夜――見えぬ時分――には、より明確に再現される。思い出す、というような生易しいものではない。役に立たぬ目玉の裏側に、恰《あたか》もそこにあるが如きに像を結ぶのである。

宅悦は顔を天井に向けた。

い、い、い、
ぶら下がっているような――気がしたからだ。

宅悦は今朝、首吊りを視た。しかもただの首吊りではない。ぶら下がっていたのは宅悦の善く知った者だった。赤の他人の死骸《むくろ》なら別段如何《どう》ということもない。先日もぶら下がっていた無縁をひとり埋めて来たばかりである。

――嗚呼《ああ》厭だわい。胸糞《むなくそ》が悪《わり》いやい。

宅悦は湿った畳に再び身を横たえた。

月も出ていない闇夜である。今そこに、それが——首吊りがぶら下がっているのかいないのか、宅悦には確認出来ぬ。しかし宅悦の目玉の裏には、今将《まさ》にそれはくっきりと映っている。揺れている白足袋。細い脛《すね》。赤い襦袢《じゅばん》の裾。臙脂《えんじ》に格子縞《こうしじま》の見覚えある着物。はだけた襟元から覗く、痩せた胸元。そして——食い込んだ荒縄。毒色《ぶすいろ》になった頸周り。反対に、真っ白く血の気の飛んだ肌理細《きめこま》かな皮膚。ぴんと張った筋。そのうえに酷《ひど》く膨れた——。

——あの膨れ切った面。

元より見えぬ眼は瞑《つむ》れない。だからその絵は消せない。記憶頼りの視覚であるから、焼きついてしまっては如何《どう》しようもない。だからその膨れた顔は——消えないのだ。

生前は、細面の、線の細い、果敢《はか》なげな面影の娘だった。

ぶら下がっていたのは、お袖——直助の妹——であった。

宅悦は直助に乞われてここ二月程の間、戌《いぬ》の日毎に袖の長屋に出向き、かの娘に灸を据えることを習慣《ならい》としていた。表向き灸療治は控えていたのだが、直助に懇願されてのことである。

どこが悪《わる》いってワケでもねエんだけれどね——。

どうにも塞ぎ込んじまっていけねェ——。

あれじゃあ治る病も治らねエ——。

直助はそう言った。

直助は宅悦の博奕《ばくち》仲間で、当然まっとうな男とはいえなかったが、袖は明るく健気《けなげ》な娘だった。悪い遊びの朋輩として、毎度毎度袖の気を揉ませている宅悦は、二つ返事で引き受けた。

七七

数度通ったが甲斐もなく、袖の具合は然程《さほど》良くならず、かといって悪化するでもなく、容態は一向代わり映えしなかった。それでも宅悦は、まあこれも気晴らし憂《う》さ晴らし、話し相手になれるなら――と通い続けた。宅悦の感触では袖は血の道の病か、さもなければ神経の所為《せい》である。但しいずれも確証はなく、ただ生命《いのち》を脅かす程深刻な病状ではないことは確実だった。

――ナニも死ぬこたアねェんだ。

だが――。長屋は大騒ぎだった。

人垣を越えて割り込むと――膨れた――袖が揺れていた。

その真下で直助が蹲《うずくま》ったまま、喚《わめ》き、叫《さけ》び、哭《な》いていた。鋳《い》かけ屋とでろれんが必死の形相でそれを取り押さえていた。お役人が来るまではお役人が来るまでは――などと言う、その口振りから考えて、直助が骸を引き下ろそうとするのを防いでいるらしかった。

宅悦は大いに魂消《たまげ》慌《あわ》てて、つんのめるような姿勢で直助の横に転がり込んだ。

直さん、こりゃあ一体《いってえ》――。

聞けど質《ただ》せど直助は嗚咽《おえつ》を漏らし、俺が悪かった兄《あに》さんを許してくれ、袖よ袖よと繰り返すばかり。何がどうしちまッたオイ直助よウと、尚も問い詰めたのだが、いきなり背後から肩を抱かれて、宅悦は直助から引き剝された。

顔見知りの浪人――伊右衛門であった。

伊右衛門は無言で首を振り、宅悦を諫《いさ》めた。諫められて漸く、宅悦は我を取戻した。

そして改めて、ぶら下がる骸――袖の姿を、水腫《むく》んだその顔を穴の開く程視たのだ。

——酷《むご》いことよ。

そのうち袖が縫い子をしていた仕立屋《したてや》の亭主が現れ、続いて大家に引かれ小者中間《ちゅうげん》を引き連れた八丁堀《はっちょうぼり》が人垣を割って到着した。絽《ろ》の羽織を粋《いき》に着熟《きこな》した廻《まわ》り同心は片頬《かたほ》を攣《つ》らせて十手の房を揺らしただけで敷居も跨《また》がず、岡っ引きだか下っ引きだかが一寸突《ちょいとつ》いただけで、袖の検分は終わったらしかった。見苦しい、さっさと下ろせ——と同心は横柄に言った。それを聞くなり直助はでろれんと鋳かけ屋を振り解《ほど》き、ヤイもう一度言ってみやがれ、袖のどこが見苦しい、己そんなに偉《えれ》えなら、今すぐ袖を生かして返《けえ》せ——と雷鳴《ごろつ》いた。無礼者——中間が透《す》かさず腰に差した木刀を構えた。出て行けこの野郎——と直助が食ってかかる。同心が何か言う前に伊右衛門が前に出、早速の御出信《おいでまこと》に忝《かたじけ》なく存ずる、彼《か》の者は身内を失《うしの》うて取り乱しております故この場は平に御容赦願いたい——と、慇懃無礼《いんぎんぶれい》に言い放った。大袈裟《おおげさ》な動作ではなかったが、隙のない動きだった。下っ引きも中間も先手を封じられ、直助もまた硬直した。

そこに直助の雇い主である西田尾扇《びせん》が駆けつけ、同心の袖にひしと取りつき、何やら耳打ちをして取り成した。そのお蔭で何とかその場は収まったのだが——。ただ直助だけはやおら登場した自《おの》が主人《あるじ》の顔を、まるで化け物でも見るように凝視して固まってしまった。尾扇は周囲《あたり》中に気を配りつつ、如何《いか》にも労《いたわ》るような仕草で直助に近付くと、その耳元に口を寄せて——。

囁いた。

直助以外には聞き取れなかっただろう。だが、宅悦は聴き逃さなかった。

尾扇は慥かにこう言った。

身に沁《し》みたか――。

もう侍には手を出すまいぞ――。

そう聞こえた。直助は血走った眼で主人を睨み、押し黙って顔を赤くした。あれは――。

――何故じゃ。

その時宅悦は、尾扇は直助が八丁堀などに無鉄砲に歯向《はむこ》うたことを窘《たしな》めたのだと――そう思った。それ以外に受け取りようがなかったからである。しかし――。

――違うておったのかもしれぬ。

ならば他にどんな意味があるというのか。直助はそれから、部屋の隅で膝を抱え、本当に魂の抜けた如きに放心してしまった。哀れ悲しや妹を、無残に失った故の忘我じゃと、その場に居た誰もがそう思った。だが――。

――それも違うたのかもしれぬ。

それから宅悦は伊右衛門等とともに袖の遺体を下ろし、長屋総出でソレ坊さんだ棺桶だと騒動になったのだが、直助は呆《ほう》けたように腑《ふ》抜《ぬ》けて一向役に立たなんだ。のみならず、そのうち人の出入りに紛れて姿を消してしまったのである。妹の――通夜だというのに――。

それきり直助は戻らなかった。宅悦はあれこれと支度を助けて、伊右衛門や仕立屋に後を託して、一刻程前に漸漸《ようよう》帰宅したのである。

――眠れるワケがねえや。

宅悦は瞼《こす》を擦り、寝返りを打った。

まんじりともせぬうちに逮夜《たいや》は明けた。

格子の外に微かな陽光を確認するや、総身に張り詰めていた神経が、衰えたふたつの眼に集まった。宅悦はその両の眼を閉じて、漸く世間と切れることが出来た。宅悦が人心地《ひとごこち》ついてうとうとと微睡《まどろ》んだのは、だから外が薄明《うすあか》くなり、明け六つの鐘が耳に届いた頃のことである。

汗が陽光に当たり、実に暖かい。湯気に包まれるような、奥深い安堵感が宅悦を支配する。

とろとろと意識がとろける。

良い——心持ちだ。眠れる。

その時。

ぬるり、とした濡れた感触。

皮膚の表面を這うように、腹の下の方から何かがせり上がって来る。

ぬるり。ぬるり。

宅悦は、ぎゅう、と抱き竦める。

ぬるぬるとした柔らかいものだ。

胸の上に袖の顔がつるりと出た。

おお袖さんか。袖さんが来たか。

宅悦は慈《いつく》しむように強く抱いた。

袖の躰が宅悦の腕と腹に密着し、ぎゅうと萎《しぼ》む。

袖は——苦しいような、愛《いとお》しげな表情になった。

宅悦はより一層の一体感を求める。

恍惚《こうこつ》か苦悩か、袖は眉根を寄せる。

顔がむくり、と膨れた。

構いやしないよ。

儂は御覧の通りの醜男《しこお》じゃ、釣合《つりあい》がとれていいわい。

膨れてしまった袖は震え、何か言いたげな顔をする。

恥かしがることはねえわい。良い子だ良い子だ——。

膨れた顔の、蕾《つぼみ》のような小振りの丹花《くちびる》がわないた。

宅悦の頸に吐息がかかる。

ああ、声が出ねえのかい。

死んでいるんだものなア。

死んで——。

「おう」

宅悦は声を上げた。びっしりと寝汗をかいている。畳もしとどに濡れていた。

「悪い——夢を——」

宅悦は暫くその濡れた畳の目を眺めて、不快とも愉悦ともつかぬ不安定な、どこか擽《くすぐ》ったい気持ちを噛み締めていたが、そのうちどんな夢だったのかすら忘れて身を起こした。

「——誰じゃ」

戸口に又市が立っていた。

「おう——ま、又さんか。何だ人の悪い。覗くなら声のひとつもかけたらどうじゃ」

「煩瑣《うるせ》えや。幾ら呼んでも出て来ねぇから、留守か夜逃げか、将《はた》また悪行祟《たた》ってくたばったかと覗いてみりゃあ大鼾《おおいびき》だ。茹《う》でた蛸《たこ》みてえに赤くなりゃあがって。何刻だと心得ていやがる」

どうせ戯《たわ》けた夢見て喜んでいやがったんだろうよ——と言い乍《なが》ら又市は上り框に腰を降ろした。悪い夢を見たんだよう——と宅悦は答えた。

「それより宅悦よ。聞いたぜ——お袖坊のこと」

又市は首をうんと曲げて肩越しに顔を見せた。

「えれぇことになったなあ。で、直の野郎はどうしてる」

「直さんは——それより、おい又さん、今ァ何刻で——」

野辺送りなら最前《さいぜん》済んじまったよ——宅悦のもたもたとした問い掛けが終る前に、又市は素っ気なくそう答えた。それから大きく向き直り、この時季置いといちゃァ長屋中が屍臭くなっちまうぜ——と続けた。宅悦は弔《とむら》いに行くつもりだったのだが、どうやら寝過ごしたらしい。

「おっと仕舞《しも》うた失敗《しくじ》った。それにしても——又さんやけに詳しいじゃねえかい」

「なァに棺桶屋の泥太《どろた》が吹いてやがったのよ。聞きゃあ何でも、仕立屋の彦兵衛《ひこべえ》が自腹切ったてェ話よ。弔いごとを仕切りやがった。大方あの御釜《おかま》野郎、お袖坊に岡惚《おかぼ》れしていやがったに違ェねえ。不惑面《しじゅうづら》下げてみっともねえ。兼兼脂下《かねがねやにさ》がった、いけ好《す》かねぇ野郎だとは思うておったが、死人に色目遣ったって仕様がねえ。化けて出るだけじゃあねえか。なあ」

宅悦は何故か背徳《うしろめた》い気になり、蒸《む》れた禿頭を掻いた。

「そう言うがな又さん。縫い子の弔い出すなんザ、彦兵衛さんも殊勝じゃあないかい」

「何だい、あの糸瓜《へちま》の肩持ちゃあがるのか糞按摩。俺の言うのはな宅悦、本当にソノ気があるんなら、生きてるうちにモウ一寸《ちょいと》、親身になってやれなんだのかと、そういう意味よ」

まあなあ――宅悦は生返事をして胡坐《あぐら》をかく。又市も尻を端折《はしょ》って、それより直の奴はどうしたんだ、それを尋いているんじゃねえか――とぞんざいに言った。

「直さんは――居ねえのかい」

「俺は知らねえ。知らぬからこそ尋いてるンだ。だがな宅悦、あの糸瓜の仕立屋が、でけえ面して居るてェことが、即ち直の居ねえ証拠じゃあねえか。直はあの彦兵衛のことを毛嫌いしてやがったからな。愛想《あいそ》ばかりは良いものの、ありゃ大層な吝嗇《しみったれ》で、お袖坊にも色目は遣うが銭は出さねえ、泡銭《あぶくぜに》みてえな手間賃でさえしぶりやがると、豪《えら》く怒ってたじゃねぇか」

そう言われれば――そうだったようにも思う。直助は彦兵衛のことに関して、宅悦にも度度語っていた筈だ。ただ宅悦はどういう訳か、直助が語った内容に就いては善く覚えておらぬ。

宅悦は昨日の模様を面白可笑しく又市に伝えた。深刻な話し振りは慣れぬし、照れる。

又市は熟考して腕を組み、宅悦はこう結んだ。

「続く時は続くもんだ」

「続くてぇのは何だい」

首吊りよォ――宅悦はわざと巫山戯《ふざけ》た口調で言う。

「巫山戯るねえ」

又市は酷く不機嫌な顔をした。

宅悦は素直に詫びた。元元袖の死に動揺しているのは宅悦の方なのだ。しかし――。

これは宅悦の善く知る又市の反応ではない。又市は天下一の無信心、江戸一番の罰当《ばちあ》たりと自ら名乗る程の不敬な男である。とはいえ、何分口八丁の小股潜りの言うことであるから、本心なのか照れ隠しなのか宅悦には計り知れぬが、少なくともついこの間――針行商の姥ァが首を縊《くく》った日――迄は、又市は額面通りの無信心だった。心中者の生き残りを助けるため、どこぞから新仏《にいぼとけ》を攫《さら》って来て片割れに仕立てたり、廃寺の仏を鋳潰《いつぶ》して売り捌《さば》いたり、宅悦でさえ顔を顰《しか》めるような所業も平気の平左という剛の者であった。それが――。

宅悦は又市の彫りの深い顔を視る。眼を患って後に知り合った者の顔は皆、その多くの部分が宅悦の想像によって補われている。だから宅悦の視ている顔が真実の面か如何《どう》かといえば、それはかなり怪しい。ただ宅悦にとってそれは真実である。声や質や立ち振るまいや、そうした人を造る凡てのものが、容貌《かお》として像を結んだものが、宅悦の視ているそれだからである。

狡猾で大胆だった筈のその顔が、宅悦には最近、幾分陰鬱な顔に映る。

その、薄い唇が開いた。

「伊右衛門の旦那は――」

あの人はどんな様子だった――と又市は声の調子を落として尋ねた。

宅悦の視た限り、昨日の伊右衛門は平素と変わった様子もなく、落ち着いていた。

そう告げると又市は矢ッ張りナァ――と言い、息を漏《も》らした。

「何だい又さん。不服そうじゃぁねえかい。そうよナ、あの旦那ァ普段から心持ちの知れねえお方だからなァ。昨日に限って、取り立てて慌ててる悲しんでるてぇ素振りゃあなかったが、だからといってあの方が冷てェ奴酷《ひで》ェ奴と決めつけるなァ早とちりだわい。親身になってあれやこれや手伝うておったわい。瘦せても枯れてもお武家様だ。頼り甲斐《げえ》はあらァ――」

八丁堀の手下《てか》を制した時の身の捌き方など、中中どうして堂に入ったものである。あれ程僅かな動きで、何人もいた小者を一度に封じてしまったのであるから、相当な手熟《てだ》れだというこ とぐらいは宅悦にでも解った。もしもあの時あの場に伊右衛門が居合わせなかったら、直助は間違いなくひと騒ぎ起こしていただろう。悶着を起こしていれば直助もただでは済むまいし、下手《へた》を売ればお縄になっていたやもしれぬ。だから――。宅悦が尚も伊右衛門を担ぐようなことを言おうとするのを、又市は手で止めて、それから如何《いか》にも小馬鹿にしたような眼で宅悦を眺め回し、そうじゃアねえよゥ勘の悪い蛸《たこ》坊主だなァ――と言った。

「そうじゃねえとは」

「お袖坊よ」

「お、お袖ちゃんが」

「お前本当に判らねえか」

宅悦が憮然として判らん、と言うと、又市は呆れ顔で、お袖坊はナ、伊右衛門の旦那にホの字だったのよ、すぐに知れることじゃあねえか――と言った。

宅悦はそう聞いても尚、暫くは又市の言葉が通じず、やおら間をおいてから、そうかい、そうだったかいと言って膝を打った。

「袖ちゃんが——あの旦那にねェ」

「恍惚《とぼ》けたこと吐《ぬ》かしやがるぜ。直の奴見てりゃ判りそうなもんじゃねえか」

「そうかいなァ。判らなんだがなァ。慥かに直さん、旦那たぁ昵懇《じっこん》の仲だが」

「ふン、愛憎半《なか》ばてェ奴よ。直助は、お袖坊のことに関しちゃァまるで馬鹿だからな。虫がつかねえように鵜《う》の目鷹《たか》の目で見張ってやがっただろう。親代わりに育てたんだと言ってやがったから、まぁ解らねエでもねエんだが、一寸《ちょいと》行き過ぎだァな。彦兵衛だって何度嚙み付かれたか知れたもんじゃねえ。その袖が惚れたと知ってあの直が、黙っている訳《わき》ゃねえだろう」

「待っとくれよ又さん、惚れたの腫れたのと言いなさるがね、浪人とはいえ相手はお武家だ。所詮は叶わぬ恋じゃろうて。心配するまでもねェわい。そんなことは直さんだとて——」

「馬鹿だなお前《めえ》も。だから余計に心配なんじゃねぇか。町娘が食い詰め浪人に惚れて何かいいことがあるか。だがな、直助にしてみりゃここが思案どころよ。妹思えば気が逸《はや》る。奥手のお袖坊のことだから、別に兄様何とかしてくれと、拗込《ねじこ》んだ訳じゃねえだろが、そこがいじらしいじゃねえか。鳴かぬ螢《ほたる》が身を焦《こ》がす、不憫で不憫で仕様がねえ。そうはいっても敵は侍、相手次第じゃ豪《えれ》えことになる。侍相手にゃ喧嘩《けんか》も出来ぬ、場合によっちゃア何よりも、後の始末が悪《わり》いやい。弄《もてあそ》ばれて捨てられるのが関の山だ。そうなってからじゃ遅《おせ》ぇんだ。だからよ」

「だからなんだい」

「聞きゃあ直の奴ァ、妹の見初《みそ》めた憎い素《す》浪人の面ァ見届けてやろうとナ、それで乗り込んだんだとよ。それが伊右衛門の旦那と会った最初なんだそうだ。会ってみて、もしロクでもねえ野郎だったなら、鼻ッ柱の一本も潰してやろうと、どうもそういう肚《はら》だったらしいぜ」

「しかし――旦那の方にゃその気はなかったと」

「おうよ。お目文字《めもじ》叶えば何てこたァねえ。その気がねえのを通り越し、伊右衛門殿はお袖の名前も善く知らなかったてぇ話よぅ。あの旦那ァ、石部《いしべ》金吉《きんきち》の睾丸《きんたま》に鉄兜《かなかぶと》お被《かぶ》せたみてぇに堅ェお方だと、直の野郎は言ってたぜ。まあ直にしてみりゃあ、ほっとするやら悲しいやら」

「如何《どう》して悲しいのじゃ」

「だってお前、そこまで連れなくっちゃ、それはそれでお袖坊が可哀想じゃあねぇかい。磯《いそ》の鮑《あわび》の何とやら」

「ううん――」

宅悦は唸った。中中難しいものである。又市はこう続けた。

「そんなことでもなくちゃあよ。そもそも直の奴が侍と知り合いだてぇことからして変じゃねぇか。お前は俺なんかよりずっと直とは長《なげ》ェんだろう。妙だと考えたこたァねえのか」

宅悦は言われて初めてそこに至った。思い起こせば直助は、侍は嫌ぇだ虫唾《むしず》が走ると、繰り返し言っていた。そして一方伊右衛門は、紛うことなき二本差し、浪浪《ろうろう》の身であろうが大工を生業としていようが、お侍には違いない。笑いもしない堅物侍と半端者の医者の下男の取り合わせは慥かに妙だが、よもやそんな馴れ初めであったとは、宅悦は終《つい》ぞ思いつかなんだ。

況《まして》や袖の淡い恋情となると、宅悦のような野暮天《やぼてん》には図りようもなかった。

宅悦が直助と出会ったのは中間部屋の博奕場で、まだ眼を患う前だから、彼此《かれこれ》三歳《みとせ》は経っている。又市の方はこの界隈にふらりと訪れてから一年に満たぬし、又市と直助が宅悦を介して知り合ったのは伊東の一件の時である。だから又市の言う通り、宅悦の方が直助とは長い。しかし又市はその僅かの間に、宅悦なぞより遥かに多く直助方の事情を摑んでいたようである。

おい宅悦よ、お袖坊が塞《ふさ》いじまったのはいつのことだ——と又市は尋いた。

「うン——そうよな、三月ばかり前だわい。直さんはそれッからこっち付き合いが悪い。儂に灸を頼みに来たっ切り、道で遭っても上の空よう」

そうかい——と又市は腕を組み、直め何を隠していやがるか——と首を傾げて、

「その——藪《やぶ》医者は、侍にゃ手ェ出すな、といいやがったんだな」

と尋いた。

「儂の耳にはそう聞こえたが」

「灸閻魔《やいとえんま》の地獄耳なら聞き違うこたあねえか」

又市はそう言った。灸閻魔というのは宅悦の別称である。

「まるで判じ物じゃわい。無学な按摩にゃトンと判らぬわ」

侍なァ——と又市は呟いた。それから更に難しい顔を造り、再び尋いた。

「お袖坊は何の病だったたんだ」

「判らぬ」

八九

だが——又市の言う通りであったなら、袖の病は即ち、恋煩《こいわずら》いだったという可能性もあるのではないか。もしそうならば、お医者様でも草津の湯でも、神も仏も治せぬ病。とても灸では癒えるまい。宅悦がそう言うと又市は、そうじゃあねえだろう——と即座に否定した。

「なぜ違うと判るね又さん」

「直が袖坊の懸想に気がついたのは去年の春のことだそうだ。袖坊が病みついたのが三月前ってえんじゃあ、勘定が合わねえや。一年も後のことだぜ」

宅悦が直助から伊右衛門を紹介されたのは、慥か去年の秋口であったと思う。だから大方、又市の言う経緯《いきさつ》は正しかろう。それは正しかろうが——。

「待てよ又さん。その後袖ちゃんの心変わりがなかったとしたら——それで三月前によォ、伊右衛門の旦那に募《つの》る想いを打ち明けたとしたらどうだえ。打ち明けたはいいがすげなくされて床に伏し、挙げ句の果てに——オイ、じゃあ袖ちゃんが首吊った理由ってのは旦那が——」

否否《いやいや》違うよそうじゃねえ——と、又市はすぐに宅悦の疑念を打ち消した。

「だから俺ァ最前も、旦那の様子を尋いたんじゃねえか。さっきのお前の話に依れば、伊右衛門様ァ最後まで、お袖坊の気持ちを知らされてなかったとしか思えねえ」

慥かに——伊右衛門が袖を振ったのなら、もしや死んだは自分の所為《せい》と疑っただろうし、そんな惧《おそ》れがあったのなら、伊右衛門が幾ら沈着な武士《もののふ》でも、ああも泰然としては居られまい。

宅悦は額の汗を拭った。又市は、お袖坊何もかも胸の底に仕舞ったまま ひとりで逝《い》っちまったか——と、ぼそぼそ呟き、もう一度息を洩らした。逝っちまった——。

うんと遠くで蜩《ひぐらし》雑じりの油蟬《あぶらぜみ》が啼《な》いていた。

「伊右衛門の旦那は――色の道たぁ無縁の御仁だからのぅ――」

殆ど意味のない吐息の如き述懐。宅悦は感想を持ち兼ねている。

想いが通じぬのは辛かろう。しかし告げて連れなくされるよりマシな気もする。

「宅悦よ」

「何じゃ」

「その朴念仁の旦那ンとこへ案内してくれ。俺は聞くばかりで行ったことがねぇ」

「何じゃ又さん。野辺送りは終わってるんだろうに。今更手伝いでもねえわいな」

お袖坊のところじゃねえ、伊右衛門様のところよ――又市はそう言いがてら立ち上がる。

宅悦は妙にそわそわして、慌てて丸めてあった単衣《ひとえ》に袖を通し、二本の足力杖《そくりきづえ》を摑んだ。

「な、何だ又さんどうした訳だ」

「訳は道道話すわい。旦那は長屋に居るのだろう」

大工仕事がない限り、伊右衛門は大抵長屋に居る筈だ。宅悦がそう告げた時、又市はすでに真っ白にすっ飛んだ屋外に出ていた。宅悦は後を追う。

又市は軒下に下げてある看板を人差指《ひとさしゆび》で突《つつ》いていた。

宅悦の別称――灸閻魔は、その看板に由来する。看板といっても風雪に晒《さら》され白茶けた木片で、そこには歳経《としふ》りて擦《かす》れた下手な絵が描かれている。

表には焦熱地獄で仏頂面を下げた閻魔大王の絵――。

裏を返せば鬼に灸を据えられて悦《よろこ》んでいる閻魔――。

滑稽な絵面である。閻魔の上には大きく灸、と書いてあり、更に横には、ぢごく之ゑむまもゑびすかほ――と記されている。宅悦に灸を指南してくれた恩人から譲り受けたものである。

宅悦は足力按摩を始める際、何の考えもなしにそれをぶら下げ、ぶら下げて以降一度も触れていない。しかし世間はその朽ちた看板を囃し立て、宅悦のことを灸閻魔だの、艾《もぐさ》地獄の宅悦だのと呼ぶのである。

外は風があるので、屋内より幾分涼しい。

又市はすたすたと足早に歩く。宅悦はいつも、ついて行くのが大変だ。

「俺はな、ここ十日ばかり、東へ西へ駆け摺り回って婿捜しをしている」

「ああ。民谷様の――」

「良い男ってのは中中居ねえものよ。話に乗って来る野郎は株狙い金目当ての粕《かす》ばかり。釣合の取れる奴は馬鹿ばかりよ。部屋住みだの浪人だのなんて奴等は根性が捻曲《ねじまが》っていやがるし」

「そうよなァ。だが――」

宅悦はそこで息が切れる。

又市は、民谷の婿養子捜しに関していつになく親身になっている。頼んだ手前もあり、懸命になってくれることに就いては宅悦も嬉しい。嬉しいが、真っ当に捜しても見つからぬからこそ、小股潜りに頼んだのである。騙す透かす誑《たぶら》かすで連れて来なければ誰も来ないからこそ、又市の詐術《さじゅつ》に託したのである。それが――どうしたことだ。

宅悦がそう言うと又市はそんなことはねえ――と言った。

「何の障りもねェ。わざわざ悪い婿連れて来るこたぁねえ」

障りはないと――又市は言う。又市はどうやら民谷の屋敷に赴いて娘の顔を見て来たらしいのだが、それでそう言い切る理由《わけ》が宅悦には解らぬ。少なくとも宅悦の見かけた娘――岩は、とても婿取りに支障がないとは思えなかった。それとも、あの醜げな顔は、宅悦だけに視えていた幻だとでもいうのか。その可能性は――宅悦の特性《たち》を考えに入れれば――ないでもない。

宅悦は民谷の娘の顔を思い出す。どうにも朧である。白く濁った左目。黒痘痕《あばた》。縮れた髪。

宅悦にはあの娘の醜い部分しか見えていなかったのかもしれぬ。それ以外の部分は、宅悦が勝手に埋めて、勝手に視ていたのかもしれぬ。

それ以外。それは、膨れた――。

――違うわい。それは袖の顔じゃ。

宅悦はその大頭を振る。記憶の袖を追い出す。

代わりに伊右衛門の顔を思い浮かべる。こちらも――暈《ぼ》けている。

――何の際立ちもねえ。

宅悦にとって伊右衛門の顔は、幕がかかったように明瞭《はっきり》としない。

そんなことを思っているうちに又市の背中は遥か向こうに行ってしまっている。

案内しろと言い乍ら案内人の先を歩くような、又市というのはそんな男である。

手習い草子を手にした町娘がふたり、足早に通り過ぎた。

——もう八つ過ぎかえ。

宅悦は足を止めて天を仰いだ。

蟬が啼き止んでいる。

岩——。

伊右衛門。

「おおい、又さん、待っとくれ」

宅悦は歩を早め、又市に取りついた。

「又さん、お前真逆《まさか》、伊右衛門の旦那をば、た、民谷様の——」

「そうじゃ。己の思うた通りよ。宅悦——」

又市は振り返った。陽を背負ったその顔は、そこだけ夜のように黒かった。

「——伊右衛門の旦那をお岩様に周旋する」

きっぱりと通りの良い声で御行は言った。

宅悦は、何故か心拍の早まるのを感じる。

「そ、そんな、それはあンまり急だわい。袖ちゃんが首吊ったなァ昨日のこったぜ。その気持ちを知り乍ら、縁談持ちかけるてぇのかい」

「寝惚けたことを吐かすない。だからこそ俺は幾度も尋いたし確かめた。伊右衛門の旦那ァ、お袖坊の恋心なんザ知らねぇんだ。知っていたなら兎も角も、知らないならば差し障りゃあねえ。旦那には関わりのねえことじゃねえか」

「し、しかし又さん」

「いいか宅悦。人は死ねば終わりだ。死人の都合なんか考えてる暇ァ俺ァにはねえんだよ」

「そりゃあ無体だあんまりだ。お袖ちゃんが可哀想じゃわい」

「それじゃあ宅悦、これから旦那のところに行って言え。死んだお袖は、伊右衛門様を想うていやしたぜ、斯斯然然で候と、旦那の御前で申し上げろい」

「それは」

「旦那想って死んだ袖が可哀想でなりませぬ、就いちゃあ旦那、頭丸めて仏門に入り生涯通じて袖坊の供養をしてくんなましと――頼みやがれ。頼めるか」

又市の言う通りであろう。伊右衛門にしてみれば――そんな義理はない筈だ。

そんなことは宅悦にも解っている。そういう問題ではないのだ。それは――。

宅悦は沈黙した。

ごろごろと遠雷が聞こえた。

――厭だ。

ひと雨来るか。

夕立ちは宅悦から凡てを奪う。嗅覚《はな》も聴覚《みみ》も触覚《はだ》も。

宵《よい》ならずとも夜より昏《くら》く、宅悦は世間から孤立する。

宅悦は顎を突き出して、再び天を仰いだ。

無数の雨粒が落ちて来るところが視えた。

酷くゆっくりに視えた。

雨粒は皆、袖の顔をしていた。

それが最後だった。宅悦の視界はそこで途絶えた。

袖の顔をした雨粒は、ぱらぱらと宅悦の顔に当たり、頬を濡らし、頸を伝った。

袖のような夏の雨は宅悦の全身をぬるぬると生温かく包んだ。

——儂は。

「ま——又さん——」

——袖よ。

「お前その口で——」

——醜いから。

「伊右衛門様を騙す気か」

ざあざあと世間は騒いでいる。

雨水の幕に遮《さえぎ》られて、宅悦は孤立している。

「知り合いを騙して——」

——嗚呼、何も視えぬ。

雨音に雑じって声が聞こえた。

「騙しゃあ——しねえよ」

又市は多分そう言った。

民谷又左衛門

又左衛門は瘧《おこり》に罹《かか》ったように震えていた。

体調は著しく悪い。のみならず心持ちも不安定で、恰《あたか》も船酔いでもしたが如き塩梅《あんばい》である。

縁側に座していること自体が、もう辛い。血がどくどくと躰中を巡り、息遣いが荒くなる。

脈に合わせてずきずきと右肩が疼《うず》く。又左衛門は左手で痺《しび》れた右の二の腕を摑んだ。

視野が狭い。距離感が持てない。狭い視界の外に何かが居るような錯覚に囚《とら》われる。

びくりと反応して、又左衛門は一度左後方を確認して、それから庭に視線を戻した。

――何を怯《おび》える。

庭の稲荷社の脇には最前よりずっと、巡礼《じゅんれい》に似た白装束の、僧形の男が控えている。

男は地べたに膝をつけ、畏《かしこ》まって頭《こうべ》を垂れている。殆ど動かない。落ち着いている。

「又市殿――」

又左衛門はどうにも落ち着かない。

「そのようなところに居らずとも――こちらに御上がりになったら如何《いかが》か」

「滅相《めっそう》もねえ。御武家様の御座敷に気楽に上がれるような身分じゃあ御座居ませぬ」

「そうはいってもこれは拙者の頼みごとなれば――」

「御心遣い有り難く存じ上げます。ただ——くれぐれも奴《やつがれ》などにゃあお構いくださいませんよう、お願《ねが》え申しやす。民谷様こそ御身体《からだ》御大事、どうぞ御楽になさってくださいやせ」

「うむ——」

又左衛門はゆるりと顔を背け、遠近感に乏しいその視線を奥の間に投じた。

——岩。

何故にこれ程騒騒《さわさわ》と気が逸《はや》るのか、又左衛門には善く解らない。

これは——善い話である筈だ。少なくとも民谷の家にとっては。

——岩は——矢張《やは》り厭がっておるか。

無理もない。如何《いかん》せんあの面体では、幾ら優しく親身にされたとて素直に受け取れるものではあるまいし、僻《ひが》み妬《ねた》んで世を拗《す》ねたとて、それもまた已《や》むを得ぬことであろう。遮二無二《しゃにむに》婿を取らせることは、今の娘にとっては酷なことであると——いっていえないことはない。

だが。

上手《うま》く行くものであれば——。

しかし。

又左衛門は自《おの》が葛藤の正体を見極めることが出来ない。

お岩様は——と又市が尋いた。又左衛門は、奥の間の襖《ふすま》を見たまま答える。

「奥に居るとは思うが——伏せっておるのか、ここ幾日かは籠り切りで余り姿を見せぬ」

「左様ですか」

「又市殿――」

「殿は余計で」

「本当に――参るのか」

参《めえ》りやす――と又市は慇懃《いんぎん》に答えた。

来るか、来るのか――と、又左衛門は幾度か繰り返し乍《なが》ら、襖から畳へと視線を移す。

――今更何を戸惑う。

決めたことではないか。あの日――。

――もう決めたのじゃ。この期に及んで逡巡《しゅんじゅん》するなど。

又左衛門は視野の外の何かから顔を遮《さえぎ》るように、額に手を翳《かざ》した。

不慮の事故は――又左衛門から左目の視力と右腕の自由を奪った。

手入れ中に鉄砲が暴発した。予測不能の、あり得ぬ事故であった。

火の粉は左眼に入り、銃身は右肩を砕いた。幸い生命《いのち》に別状はなかったが、老境に差し掛かった又左衛門に最早お役目が果たせないだろうことは、もう誰の目にも明らかだった。

不思議と悔しくはなかった。諦めはすぐについた。又左衛門は傍《はた》が思っている程勤勉な男ではない。ただ、決められたことしか出来ぬ質《たち》だし、やらずとも済むことはしない質だという、それだけである。だから又左衛門は素直に隠居を決めて、正直いって少し安心した。

又左衛門は疲れていたのである。早くに妻を亡くし、娘とふたり淡淡と、当《まさ》しく十年一日が如くに同じ日日を積み重ねて来て、気がつけばぐったりと倦《う》み疲れていたのである。

――もう充分であろう。

気がつけば又左衛門は、もう間もなく六十の声が聞こえる程に齢《よわい》を重ねていたのである。

近親者や組内に同心株を譲るような者はいなかったから、すぐに売却することを考えた。

三十俵三人扶持の同心株も売却すれば二百両にはなる。借財を返済してもまだまだ余る。

この怪我は不幸ではない。天が与え給うた好機なのであろうと、そう迄思うた程である。

ただ。

ただ――又左衛門は、その決心を娘に告げることが――如何《どう》しても――出来なかった。

何の取り得もない自分が、娘の前で父じゃ男じゃ侍じゃと威張っていられたのも、凡《すべ》てはその努力――無為なる勤勉――のお蔭なのだと、又左衛門はそうも思っていたからである。

岩は多分、又左衛門の勤勉なるを以て己の、民谷家の誇りとしている。又左衛門はそう信じていた。否、又左衛門がこの齢《とし》を迎えるまでそんな瘦せ我慢を続けて来られたのも、そうした娘の目があったからだといっても過言ではない。岩の手前、又左衛門は謹言励行の忠節の徒という役を演じぬ訳には行かなかったのだ。だから――ここであっさりと身を引き、御家人株を売り払うなどと申せば――きっと軽蔑されるに違いない。そう思った。

娘に蔑まれるのだけは厭だった。

そこで又左衛門は、岩には内密にしたまま、縁者に株売買の相談を持ちかけた。

だが親類縁者の殆どは反対した。江戸開府以来続く民谷の家を潰す気か、代代勤めた御先手組のお役目をみすみす他人に譲るのかと騒ぎ立て、又左衛門を糾弾《きゅうだん》したのである。

勝手なことを申すな——というのが又左衛門の真情であった。

親類といっても、そもそも余所《よそ》の家に嫁いだり養子に行った者の裔である。他人だ。そこまで言うなら自《おの》が息子でも孫でも養子に寄越《よこ》せば良いことである。だが誰もそうしないのは、民谷の家を、微禄《びろく》な御先手組同心を小馬鹿にしているからである。意見する奴等の家は大抵、民谷の家より良い家柄で、役向きも立派なのだ。又左衛門はうんざりした。

そもそも旗本でもあるまいに、代代続いて候の、三河以来で候のと、まるで題目の如くに唱えるが、所詮御抱席《おかかえせき》は一代限り。御譜代席《ごふだいせき》とは違い世襲しないのが決まりごとである。家名は勿論嫡子に譲るが、役向きまでは相続せぬが習わし。代替わりの場合は、あくまで新規御召し抱えになるのである。嫡子を含む近親者のいずれかが、同役として召し抱えられる際にやや優遇されるという、それだけのことである。大方は組内の談合で跡目が決まるが、表向きは隠居でも死亡でも凡ては反古《ほご》になる。だから同役が何代も続く方がどうかしているのである。

但し。だからこそ——どうかしているからこそ——それは自慢にもなる。又左衛門も、それは誇り高き功績であると教わって育って来たし、それを認めぬ訳ではない。実際それ程偉くもないお役目を何代にも亙って勤め上げて来た馬鹿馬鹿しさは、それでも又左衛門のどこかを支えている。だがしかし。所詮形に無理のあるものはいつか壊れるのだ。流れに逆らってまで護る価値がある伝統だとは、今の又左衛門には思えなかった。

だが。

親類どもはこう言った。

岩殿は如何《どう》なさるおつもりか——。

御先手組同心の息女ならまだしも——。

浪人の娘で中年増では。しかもあの気性——。

何よりも——あのお顔。入縁《いりえん》はなくなると知れ——。

御家人株と役宅があるうちは、まだしも望みはあろうが——。

——岩。

岩である。

又左衛門は苦悶した。岩はことある毎に婿など要らぬと言うのだが、本当にそれでいいものか、如何《どう》あれ妻となり母となることが、矢張り良いのかもしれず、そうでなくても徒《いたずら》に、父の都合でその道を、勝手に閉ざして良いものか——思案を重ねた末、又左衛門は決めたのだ。

お役御免となる前に婿を捜し、岩と添わせ、跡目を譲ると——又左衛門はそう決めた。

そして初めて又左衛門は、岩に対して——積極的に——婿取りを持ちかけたのだった。

予想通り岩は、それまで通り猛烈に拒んだ。婿など要らぬと言った。

のみならず。

岩は、株など売ってしまえ——とも言った。予想外のことであった。

又左衛門は愕然《がくぜん》とした。娘が株を売れ家を潰せと、本心から思うている筈はない。それは、絶対に岩の本音ではあるまい。岩の言葉を額面通りに受け取ってはならぬ。ならば——。

狼狽の後、又左衛門はすぐに娘の真情を察した——つもりになった。

己の醜い面で婿取りなどが叶う訳はないと、岩はそう思うているに違いないのだ。

不憫でならなかった。又左衛門は何故か酷《ひど》く後悔し、動揺したことを覚えている。

――心配致すな。

どんな手を使ってでも婿を捜そうと、又左衛門はその時強く思ったのだ。

――どんな手を使ってでも。

過去には縁談話が引切《ひっきり》なしにあったのだ。中には欲に目の眩《くら》んだ有象無象《うぞうむぞう》も多く居た。そうした族《やから》なら、もしや、岩のあの顔でも、入婿話に乗って来るやもしれぬ。株目当ての小悪党ならすぐにも集まるだろう。しかし。

それでは意味がないのだ。そのような不逞《ふてい》の族を迎えるということは、結局家名を絶やすのと同じことである。第一そんな者と添うたところで、岩が幸福《しあわせ》になるとも思えない。凡ては岩のことを願ってのことである。騙《だま》されて、家督を盗《と》られて何とする。ここは何としても立派な跡取りを捜さねばなるまい。だが。

――あの――顔では。

矢張り障害《さわり》が大き過ぎよう。ならば――。

――騙す。騙すしかあるまい。だが――。

右目の焦点を畳から庭へと動かし、又左衛門は又市を見た。先程から全く変わらぬ姿勢で、僧形の男は畏まっている。この男、如何《いか》なる難儀な談合も巧みな弁舌で纏め上げる――小股潜り――騙しの名人であるという。

「又市殿」

「何で御座居ましょう民谷様」

「いや――その――婿は――」

騙す。騙せるのか。騙して良いのか。

又左衛門は一気に言葉を失う。

世間を欺くことがどれだけ難しいことか、又左衛門は善く知っている。

半年前。又左衛門は人生で最初の嘘を吐《つ》いた。

上役である与力伊東喜兵衛の悪行の後始末のためである。寒い時分のことである。

又左衛門も旧知の商家の娘が伊東の毒牙にかかり、その親が抗議談判のため使者を寄越したのであった。与力の色狂いは薄薄《うすうす》知ってはいたが、聞くだに酷い行状に、又左衛門は呆れた。

使者は伊東に、行いを悔い改め妾を放逐《ほうちく》し、凌辱した娘を嫁に取れ――という要求をした。

元より町家の娘を娶ることなど出来るものではないし、最初《はな》から伊東にその気はない。しかし先方は要求を呑まねば組頭様に訴え出る、斬るなら斬れという意気込み。又左衛門にしてみれば、伊東に加担する義理もなかったのだが、偶《たまさか》知ってしまったそのうえは、見て見ぬ振りもできまいし、目前で使者が討たれるなどは真っ平御免、組内での雑多雑多《ごたごた》が長引くことも迷惑だったから、兎に角伊東を宥《なだ》めてその場を収めた。それから一計を案じたのだった。

力で圧《お》す、金で押える、伊東の遣り方はいずれも妥当とはいい難い。ここはひとつ、方便を使う――騙す――しか穏便に済ます方法はなかろう。そう思った。老獪《ろうかい》な、浅ましい知恵だ。

又左衛門は商家に出向いて、こう告げた。

一旦娘御を民谷家の養女に迎え、武家の息女としたうえで、伊東の家に嫁がせよう——と。

主人は泣いて喜んだ。しかしそれは嘘だ。実際には難しい。組頭に根回ししたところで簡単に適うことではない。伊東にはこう言った。

取り敢えず妾女の類は外に出し、代わりにその娘を家に入れよ、商家側にはあくまで輿入れと思わせておくが本当に嫁に取ることはない。外聞を憚るから祝言は上げぬと言えば済む。娘は頃合いを見計らって離縁を言い渡せば良い。離縁の理由など、捜せば幾らでも見つかろう。それまで暫くの間は素行正しく過ごされよ。それが御身のためである——と。

——懲《こ》り懲《ご》りだ。

八方丸く収まればと思うただけだった。しかし罪悪感は日増しに募り、眠れぬ夜が続いた。

伊東は一応、又左衛門の奸計通りに行動した。囲っていた侍妾も追い出し、娘を役宅に迎えて後は温和《おとな》しくしている。それでもいつ何時、まやかしが発覚するやもしれぬと考えると又左衛門は気が気でない。何かの弾みに娘が欺瞞《ぎまん》を知り、親元に駆け込まぬとも限らない。

曲がりなりにもこちらは侍、お咎めはあるまい。しかし、又左衛門には堪えられぬ。

怨みを買うのは御免だ。つまらぬことをしたと熟熟《つくづく》後悔した。

そんな矢先に事故に遭った。矢張り——良いことはないのだ。

——だから。

これ以上嘘を重ねることは——。

又左衛門は、又市の様子を窺う。

鳥居の横。まるで使い狐の如く。

――正に使いじゃ。

伊東のところに訪れた使者というのは、他ならぬこの又市なのである。

又市は――又左衛門の嘘を知らない。それも又左衛門には堪えられぬ。

もしや知っているのではないかと、疑心暗鬼になる。

知っていて、知らぬ振りをして――もしそうならば。

「又市殿」

又左衛門は又市の名を呼んだ。これで何度目だろう。

「我が方より依頼しておき乍ら斯様なことを申すのは――その、甚だ心苦しいのだがな」

又左衛門はそこで激しく咳き込んだ。

婿取りは――無理だ。矢張り駄目だ――。

違う。もう止めよう――なのか。そのひと言に又左衛門は詰まる。

嘘は露見するものなのだ。騙しても騙し切れることなどあろうか。

所詮は下級御家人の貧乏所帯、騙しに騙して婿を連れて来たところで、岩の顔を見れば逃げ出すだろう。そうなれば岩は単なる業曝《ごうさら》し。余計惨《みじ》めになるだけだ。

否。それをも更に言い包《くる》め、宥め透かして祝言まで持ち込むことも――噂に聞こえた小股潜りなら出来るのかもしれぬ。出来るのかもしれぬが、それでも――。

保《も》つ訳がない。そんな痴《し》れ者は居らぬ。だが――それは又左衛門の今の懸念とは矢張り少し違う。岩の気持ちか――岩の気持ちを――否、そうではなくて――しかし。

そうではないのだ。何だろう。又左衛門には己の葛藤の正体が見えない。

又左衛門は再び激しく噎《む》せた。

又市は面《おもて》を上げた。

「申し訳御座居ません民谷様。どうにも婿殿の到着が遅れておりますようで、今暫くお待ちくださりませ。何しろ水先案内を勤めまするが足元も覚束ねえ按摩取りでやすから、然《さ》して遠くもねえ道程《みちのり》も、山あり谷ありで――」

「いや――」

又左衛門は沈黙した。その顔色を、多分敏感に読み取ったらしく、又市は言った。

「なアに、そう気を遣われるこたァねえ。もしも連れて来た男がお眼鏡に叶わねえ時は御断り戴いて結構で御座居ます」

「こ、断る――断るなど」

「奴《やつがれ》の顔の立つ立たねえなんて御心配《しんぺえ》は要りやせん」

「そ、それは」

又左衛門は耳を疑った。正気か。

断れる立場ではない。騙すのだ。

「又市殿。そなた、その、岩の――」

岩の面を御存知か——と又左衛門が口にする前に。

又市はにんまりと笑った。

「何を御迷いです。民谷様」

「迷う——迷うておる訳では——ないが」

——迷っているではないか。

「わ——儂はそなたの評判を宅悦から聞き及び、それで、その——婿捜しを頼んだのである。そなたの巧みな弁舌と、世間の広いのを——何と申すか——」

しどろもどろ。将《まさ》に又左衛門のことである。

又市は一層に不敵な笑いを浮かべた。

「騙し技、透かし技。慥《たし》かに奴《やつがれ》はそうした詐術を心得ておりやす。通常の仲人口は、その辺のうらなりの世間知らずを罠に嵌《は》め、口説《くど》き落として籠絡《ろうらく》し、ろくでもねえ悪場《あばず》擦れ娘に宛《あ》てごうたり、くたばり損ないの因業《いんごう》爺騙《だま》くらかして強欲な出戻りの年増世話したり、そんなもんでやすがね。言ってみりゃ一から十まで嘘で固めた法螺《ほら》話。しかし」

「しかし」

「この度は違《ちげ》えやす」

「違うとは」

「嘘はねえ」

「う——嘘偽りなく申して——来る婿が——居るのか」

「居りやす。憚《はばか》りながら申し上げれば、お岩様のお顔の疵なんざ何でもねえ。世間にゃもっと酷え面がごろごろしてやすぜ。しかしそれが皆、嫁げぬ貰えぬもンかといやぁ、そんなこたあねェ。要は気の持ちようでやす。お岩様を見た目以上に醜くしてるなァ、岩様自身と、それから何より、あなた様で御座居ましょう」

「儂が」

「あなた様の御目にゃあ、娘御のお姿が実際よりずっと見苦しく映ってござる。その視線《まなざし》が、お岩様を一層醜くさせているんでさぁ」

「岩は――そんなに醜くはないと――」

「婿取りの障りにゃあならねえ、と申し上げておりやす」

又左衛門は混乱した。

――岩。

視角の外に居る何かが、凝乎《じっ》と又左衛門を見つめている。

顔を左に向ける。今度は又市が視角の外に外れて、同じように又左衛門を見つめた。

視角の外から又市は言った。

「お畏れ乍ら、無礼を承知で申し上げやす。お岩様の婚礼が、今まで調《ととの》わなかった本当の理由は、お岩様が自ら拒んだからというよりも――」

――何を言い出すのか。

「――あなた様がそれを望まなかった所為《せい》なんじゃあ御座居ませぬか」

「儂が――」

そんなことはない。縁がなかったのは岩が拒んだからで――。

――そうだろうか。

「そのような――ことは」

「無理に婿を取ることだってできた筈でやしょう」

――そうなのか。

どくどくと血が流れて、右の肩が疼いた。

十五年前妻に先立たれ、十年前に母が逝った。中間も小者も居らぬ。それからは。

岩とふたりの暮し。言葉を交わすことも少なく笑うことも少なく。それでも――。

岩が見ていたから。岩のために。岩が怖くて。

又左衛門は、己の老いて堅く萎縮した魂に亀裂が走るのを感じている。

そう――。家名もお役目も、勤勉も忠義も、親類縁者の意見も世間体も、武士《もののふ》の一分も代代の忠節も、嘘も誠も、何も彼《か》も関係なく、当の岩の気持ちすらも関係なく、ただ偏《ひとえ》に又左衛門の葛藤は、又左衛門だけの問題なのである。涸泉の如く皹《ひび》割《わ》れた、齢《とし》経《ふ》りし魂の、陰と陽とに引き裂かれて相争うた末の、愚かしき葛藤である。相反するふたつの魂が又左衛門の中で鬩《せめ》ぎ合っていただけである。

「観念なさいませ――」

「儂は――」

又左衛門は見えぬ左眼が温《ぬく》まるのを感じた。視角の外の温度が上がる。

——泪《なみだ》か。

泪というものは眼《まなこ》から湧くのだと、又左衛門は永く久しく忘れていた。

又左衛門は節榑立《ふしくれだ》った指で目頭を押さえる。気の所為《せい》じゃ気の迷いじゃ。己は武士である。婦童《おんなこども》でもあるまいに、泪を流したことなど、生涯でただの一度も——。

見苦しゅうございますぞエ又左衛門殿、そなた、それでも男《おのこ》かえ——。

——母じゃ。

胸臆《きょうおく》の底からの母の声音。視界の外からの又市の声音。

「民谷様——。娘の良縁を願いつつ、また片方で嫁がせてなるかとも思うは、世の父親《てておや》の習いとか。取り分け不思議を打つことでも——ありやせんや」

「さ——左様——か」

又市が——見ている。見透かしている。

岩様は奥方様に似ておいでか——又市は、唐突にそう尋いて来た。

「な、何故そのようなことを」

「ナニ。どなた様のお血筋かと思いやしてね」

「岩は——」

決して亡妻には似ていない。自分の角ばった皺ッ面とも似ているとは思えぬ。そう告げると又市は、それじゃあ殿様の御母堂様にでも似なさったか——と言った。

一一一

「――御母堂様ァお綺麗な御方だったんじゃァ――御座居やせんか」

そんなことは考えたこともなかったから、又左衛門は狐に抓《つま》まれたような気になった。

若い頃の母の顔など、老い入れた又左衛門が覚えている訳もない。長命だった母は、妻よりも長く生きて、老醜《ろうしゅう》を晒《さら》して死んだ。生前は毅然《きぜん》として大きく見えた母は、干物のように縮んで、滑稽ですらあった。一番小さな棺桶に入れてもまだ余った程である。その頃既に五十路《いそじ》に差し掛かりつつあった又左衛門は、岩とふたり然《さ》したる感慨もなく母を送った。嫌いだったか。好いていたのか。凡ては遠い昔のこと。何も覚えてはおらぬ。

そう言った。

「貴殿と違うて儂は老耄《おいぼれ》。母のことなど覚えにない――」

「覚えにねえのは同じこと。奴《やつがれ》は武州三多摩《さんたま》の出でやすが、おッ母様《かさま》とは細《こま》けえ時分に生き別れ、顔も声も温もりも、名前《なめえ》さえ覚えちゃおりやせん。生まれついての母なしと、思って生きて参《めえ》りやした」

「母のない――」

母。又左衛門は母の記憶を辿《たど》る。十年前迄は、慥かにその女は居たのだから。

母は厳格な武家の妻女だった。風化した記憶を寄せ集めても、厳しい言葉や冷たい仕打ちの断片しか思い出せない。母はいつも又左衛門を視ていて、泣けば叱られ怠ければ叩かれて、そうして又左衛門は泣きも怠けもせぬ男となった。罵《ののし》りや譏《そし》りや、そうした多くの詞《ことば》どもが、面白くも可笑しくもないこの老人を造り上げたことは多分間違いがない。

母。母上。

まだまだ一人前ではござらぬ――――。

それでも民谷の家の跡取りか――。

又左衛門の嫁取りが遅かったのも、そうした母の苦言があったからである。

何も変わってはいないではないか。

又左衛門は老いた鎧《よろい》を纏った童だ。

――まだ視ているのか。この、年老いた――儂を。

又左衛門は視界の外を気にする。視界の外に居るのは――母なのか。

つまらねえ話をお聞きくだせえ――同じく視界の外から又市が言う。

幼い又左衛門は慌てて老人の面の皮を取戻す。頬が首筋が痙攣《けいれん》した。

「ナァニ婿殿がいらっしゃるまでの、ほんの暇潰しで御座居ます――」

見れば又市は顔を背《そむ》け、鳥居の上の方を見ている。

朱塗りが処どころ剝《は》げている。乾燥した、古びた木肌が剝《む》き出しになっている。

ついひと月前のことでやすが――と、そのままの姿勢で僧形の男は語り始めた。

「雑司《ぞうし》が谷《や》の界隈に唐針売りのお槇《まき》てえ姥ァが流れて来やした。なァに、針行商といっちまえば聞こえはいいが、持ってるなァ錆《さ》びたなまくら針ばかり。誰も買いやァしねえ品。商売《あきない》っ気なンざこれっぽっちもねぇ、そういう姥ァと思うてくだせエ」

品物が悪いのか――と尋くと又市は、それ以前の話でやすよ――と答えた。

「針売りてぇのは姥ァと相場が決まっておりやしょう。それが、道行く男、手当たり次第《しでぇ》色目を遣う。こう、撓垂《しなだ》れて、猫撫《ねこな》で声でどうだいどうだいと声を掛ける。まあ、夜《よ》鷹白《たかしら》拍子《びょうし》のつもりなんでやしょうがね。見れば七十過ぎの垢《あか》だらけの姥ァで、しかも渋紙《しぶがみ》みてぇな面には斑《まだ》らに白粉を塗り歯のねえ口に紅まで注《さ》して、どう見たって人三化七《にんさんばけしち》。宵の口に出食わそうもンなら、肝《きも》の細《ほせ》え野郎なら腰抜かしやす。あの齢あの襤褸纏《ぼろまと》いじゃあ——相当怖エ」

「それは」

醜い面。

又市は続ける。

「その姥ァが、何処《どこ》が気に入ったのか知りやせんがね、辻堂に居着いちまった。一寸《ちょいと》した名物でさぁ。我ァ何処其処《そこ》で会ったの見かけたの、俺ァ針を買《こ》うたのと」

「ふ、不心得な。年老いた乱心者を哄笑するとは——如何《いかが》なものか」

気持ちのいいこっちゃねえですが、世間てエのはそういうもので——と又市は言った。

「それはそうなのかもしれぬが——そのような身なりに落魄《おちぶ》れ、尚も躰を売ろうとするは余程哀れな身の上。困窮極まって——」

「そうじゃねエんですよ。姥ァは小金を持っていて、自分と寝たら金を遣ると言うンでさあ」

「——金子《きんす》を。それは——面妖な」

「左様で。どんな苦渋を嘗めて来たんだか、若エ頃どんな浮き名を流したんだか知らねェが、ありゃぁ男欲しさに道に迷った——色狂いでやす」

「へい。その婆ァ、本当に銭は持ってたようでやすがね、自分のこたぁ若くッて綺麗なまンまだと、思い信じて疑わねぇ。朝晩鏡を覗いても、染みやら皺やら白髪やら、都合の悪《わり》いところは見えねエらしい。それで、男求めて諸国を巡り渡っていやがった。初めのうちゃあ恋しい愛しい何野誰兵ヱ様を探し訪ねる旅だったらしいですがね、西へ東へ幾年《いくとせ》も彷徨《さまよ》い歩くそのうちに、お相手のことを忘れたか、目的自体を忘れたか、何か取り違えて、ただの色狂いになっちまった——」

「色狂い」

「哀れなり」

「哀れでサァ。奴《やつがれ》はその哀れな婆ァから、あり金みンなふンだくろうと——企みやした」

又左衛門は訳の解らない不安に襲われる。

又市の語りが何を意図したものなのか摑めなかったからだ。世間話なら兎も角も、己の悪功《わるごう》を吹聴するとなると理解に苦しむ。いずれ油断のならぬ小股潜り、肚に一物あるものか、それともただの与太話なのか——と、瞬時《ひととき》そう考えた又左衛門は、不可解な表情を見せたらしく、その動揺はすぐに小股潜りに読み取られる。

「厭な咄《はなし》でござんしょう。これも皆奴《やつがれ》なんぞとつき合うた故の、お耳汚しとお諦めなされ。何せ奴《やつがれ》は、少しゃあ聞こえた悪擦者《わるずれもの》。婆ァ騙して金巻き上げるなんざ朝飯前で御座居ます。お武家様方の暮しとは、遠く無縁の下賤の咄。塵屑《ごみくず》みてえな暮ししてますてえと、それでも善くあることなンで御座居ます——」

「そなた何をした。夜討《やう》ちか、それとも辻斬りか」

お武家様はこれだから困る——と又市は笑った。

「何もしやせん。望みを聞いてやっただけで——」

そして又市は語った。

兄さん、兄さん、どうだエ、どうだエ、わしと一晩、しんみりねっこりと過ごさねえかエ。

そうかい姐《ねえ》さん綺麗だねエ、よウし買った、今宵真猫《しんねこ》決め込むか。一体《いってえ》幾らで褥《しとね》を取るか。

イヤだ、わしゃアお女郎《じょろ》じゃあない、銭なら此方《こちら》が出そうじゃないか、一両かエ二両かエ。

小股の切れ上げた姐さんと、一晩差し向けえで銭まで貰えるたぁ、こいつぁ化かされたか。

狐や狸じゃないわいナ、御覧これなる胴巻きに銭ならたんとあるわいナ、さアお上がりナ。

「そうして奴《やつがれ》は、疎《あばらす》簀堂《どう》に引き込まれた」

「そなた——その乱心者と枕を交《かわ》したと申すのか」

「なあにだぼ鯊《はぜ》遊びと割り切りゃあ、ド多《た》福《ふく》も唐茄子《とうなす》も一緒だと、そう高を括ったんで御座居やすよ。殿様の前じゃ言い難いが、色の道なんてエものはそれぞれで。犬でも鶏でもいいものが、お相手は如何《どう》あれ立派な人間様。しかも女にゃ違エねえ——」

「左様——か」

「お槇ゃ余程嬉しかったか、小娘みてえに色めき立って、破れ辻堂の真ん中に莫蓙《ござ》を敷き、早速帯を解きやしてね。襦袢《じゅばん》姿でひとり語り。しんさん、しんさん——と呼んで来る」

「しんさんとは」

「どうも奴《やつがれ》のことをそう呼んでるンでやす。聞きゃあお槇は三十年前、二十二の夏に男に捨てられ、以降は恋しい主様《ぬしさま》探しての、行方宛てのねエひとり旅。長ぇ放浪で、余程に無茶をしたものか、如何《どう》見ても七十過ぎだが、勘定してみりゃまだ五十幾つだ。逢いたかったよう寂しかったようしんさんと、言う口振りから考えて、その捨てた男が新吉か信三郎か、しんさんてぇ名なんで御座居やすよ。そうして見るなら見苦しい色惚けも、言葉仕草がいじらしい。柄にねエ、何だか急に仏心が出ちまった。そこでね──」

又左衛門は思う。

又市は金目当てと言うたが、又左衛門はそうは思わない。多分小股潜りはそうした事情を知っていて、そのうえで声を掛けたのではあるまいか。満願叶えば見苦しい、男狂いの悪癖も収まるやもしれぬ。一途さ故に狂うた幸薄き老女の、可笑しくも悲しき奇矯を見るに見兼ねて、これ以上世間の物笑いの種となるを厭うた末の行動なのではなかったか。

自分で言う程又市は、悪い男ではないのだと、又左衛門は思うている。

「そこで──その──」

又左衛門は右目を閉じる。

荒れ果てた昏《くら》い小屋。乾いた板張りの床。埃《ほこり》。湿った筵《むしろ》。

横たわる老女。又市。ふしだらに脱ぎ捨てられた着物類。

「お守り袋が」

「守り袋──」

一一七

又市は黙った。

又左衛門は眼を開ける。

「守り袋が如何《どう》なされたのじゃ」

「いえね、まあ、如何《どう》でも――いいことで」

歯切れの悪い返答である。小股潜りとも思えない。

又左衛門は、急に海原に放り出されたが如き不安を感じる。

頭の外側に又左衛門には及ばぬ厭な答えがある――そんな気がした。

もしや。

「又市殿」

へい、と又市は顔を上げる。

「そなた、その守り袋に――」

――頭の外側に。

「守り袋に見覚えが、確《しか》とあったのではあるまいな――」

――外側から視ているのは。

「又市殿。よもやその槇なる老女、その方の生き別れになったという――」

――母か。

そういう咄なのか。

違エやす、そりゃあ違エやす――と又市は大袈裟に頭《かぶり》を振った。

「殿様もお人が悪《わり》い、冗談を申されるにも程がありやす。仮令《たとい》見覚えがあろうとも、そんなナァ誰だって持ってやすぜ。お槙の姥ァが奴《やつがれ》の、おッ母様である訳がねぇ。そりゃあ万にひとつの割でやしょう。それじゃあ拾った富籤《とみくじ》で、千両中《あ》てるようなもの」

慌てた口振りではなかった。当て推量は外れたか。

言われてみればその通り、歌舞伎《かぶき》浄瑠璃《じょうるり》でもあるまいに、造り咄でない限り、滅多にあり得ぬ偶然と、又左衛門はすぐに想いを翻《ひるがえ》す。しかし。

「又市殿。その方、その――槇とか申す老女と――」

イヤね、結局駄目でやしたよ、何もかも――と又市は言った。

「情けねえ、奴《やつがれ》は姥ァを抱くこともならず、金も貰えずでさぁ。お槙はその後死んじまいやしてね。その時に銭は持ってなかったようで。誰かに掠《かす》め盗られたかと思うと今も悔しい限りでさァ。眼ェ瞑《つむ》っていたしていりゃあ、金二両にはなってたものを。惜しい惜しいという咄、まァ大《て》《え》した咄じゃあねえんでさァ。この咄はこれまでだ」

「何を申すか。元来はその方が語り出したことであるぞ」

某《なにがし》か意味のある語りぞと――又左衛門は勘繰《かんぐ》っている。

申し訳御座居ません、お座興代わりのただの戯言《ざれごと》――と又市は言った。

「斯様に悪巧《わるだく》みってぇのは上手《うま》く運ばねえと、そう言う咄でござんすよ。ですからこの度この家の、仲人口を引き受けて、嘘偽りは控えよと、肝《きも》に銘じた次第でさあ――おっと無駄口利いてる暇はねえようで御座居やすぜ――」

又市は漸くそこで立ち上がり、又左衛門は漸く又市より遠くに右目の視線《まなざし》を向けた。

善く知った宅悦按摩の肥えた顔が見えた。布袋和尚《ほていおしょう》の如き禿頭には汗が光っている。

おお、遅くなり申した民谷様、凡ては儂の所為《せい》でござると、按摩は遠くから詫びた。

その後ろに。

又左衛門は目を凝らす。

隻眼の又左衛門は遠近の差が怪しい。

血がどくどくと躰中を巡り、息遣いが荒くなる。

脈に合わせてびくびくと風景が伸び縮みするように見えた。

褐色の着流しに大小を差した、偉丈夫の浪人が立っている。

蒼白い精悍《せいかん》な顔。伸びた月代《さかやき》の毛髪が、額にかかっている。

又市は動き、さあ表からお這入《へえ》りくだせえなどと言うているが、又左衛門には言葉が遠い。

浪人は何やら難しい顔をして笑いもせず、姿の良い歩き振りで裏木戸を抜け、再び震え始めていた又左衛門の前に出ると、畏まって丁寧に礼を尽くした会釈をした。

拙者は——。

——何か言うておる。

「御覧の通り浪浪の身。身分が違いますれば、庭先から失礼申し上げます」

「——そこもとが」

「摂州《せっしゅう》浪人、境野《さかいの》伊右衛門と申します」

「伊右衛門――」

こ奴が岩を娶ると、民谷の家の跡を取ると――。

五年前お取り潰しに相成った何何藩の云云《うんぬん》の、何何流免許皆伝で候《そうら》えばと――又市が視界の外から言うている。それは立派なお方で候と、外側から告げている。そんなことは関係ない。

「そなたが――娘の――岩の」

儂の娘は鬼娘じゃ、ふた目と見られぬ醜女《しこめ》であるぞ。

到底嫁になどできるものではないのだぞ。

聞いて驚け。見て失せろ――。

「伺うております」

「知って――何故」

「娘御は清廉なる心根の佳人と聞き及びます」

「しかし――娘は、面が、醜くも面が崩れて」

「容貌など、何の障りにもならぬと存じます」

「だが――生涯添うて貰わねばならぬのだぞ」

「色道に興味はござらぬ。妾愛人の類ではござるまい。武家の婚儀はお家のため、家内を治め子孫を絶やさぬがためと存じまする。家を治むるは国を治むる基本となり、子孫を絶やさぬは国の繁栄《いやさか》の基本となりましょう。これ即ち国のためお上のため――そう思うております」

――大義名分じゃ。

一二一

「伊右衛門殿。御先手同心は微禄。暮し向きは逼迫《ひっぱく》しておる。加えて、当家は永く続いておるだけで名家ではない。それでも――」

何を必死に言い繕《つくろ》っておるものか――。伊右衛門は笑いもしない。

「貧乏浪人の暮し向きを御存知か。拙者、二君に事《つか》えずと志《こころざし》を立て今日まで仕官をせずに参った。だがお目見以下とはいえ御先手組は直参。貴家はそのお役目を代代勤め上げられた、拙者などには余りある家柄。そちらに不足があろうとも、我が方に不足のあろう筈もござらぬ」

「そうは申しても――その」

又左衛門は瘧《おこり》に罹《かか》ったように――震えた。

民谷様――と又市の声がする。又左衛門は震えが止まらない。

「民谷様。伊右衛門様ァお気に召しませぬか。明瞭《はっきり》仰ってくだせえまし」

明瞭《はっきり》申されよ、又左衛門殿――。

――母上。母上儂は。

この旦那ぁ愛想がねェ分信用できる、儂も世話になっておりまする――と宅悦の声がする。

それを聞くと伊右衛門は、酷く窶《やつ》れた表情を見せ、低い声でこう言った。

「拙者――生まれて此の方笑うたことがござらぬ。斯様に愛想のない男。本来乞われて参っただけなれば、気に入らぬと申されれば返す言葉は持ちませぬ。このまま退散致します――」

「本当に――良いのか」

――本当に良いのか。

何を迷うておる――。

何を迷うておるのだ又左衛門殿――。

――母上。

「い――伊右衛門殿」

又左衛門はぐらりと右に傾いた。顔を伏せ、見上げるようにして、頼りない視線で伊右衛門を見る。伊右衛門。又市。宅悦。鳥居。稲荷社。生け垣。視野に収まる者ども。そして視界の外からの視線――母の、問い質すような視線。左後ろ。奥の間に――そう。岩が。

「岩に――お会いになられるか」

そうすれば厭になる。否、岩が拒む――。

伊右衛門は笑いもしない。そして答える。

「岩殿が望むならば」

「岩が――望むなら」

又左衛門は左に頸を回す。死角はそれに合わせて移動する。いつまで経っても視野の外に居る何かの正体は知れない。伊右衛門が言う。

「もし岩殿が、拙者に会うことを望まれぬのであれば、謁見の必要はござらぬ」

「岩に会わずに――会わぬまま婿入りをすると申すのか」

「御意。ただ――同じく、岩殿が拒むのであれば――拙者は婿には参りませぬ」

「岩――」

又左衛門は躰ごと左に向いて、更に頸を曲げ、右目で奥の間を見た。

奥の間の襖が、細く、細く開いていた。

その細い線の如き隙間から。

岩の姿が覗いていた。

背筋を伸ばし、髪を綺麗に撫でつけて、紅を注《さ》し、薄く淡く化粧をして。

岩の右眼は又左衛門を捉えている。

凜《りん》としている。

良いのか。

良いのだな。

――母上。母上。

又左衛門は瘧に罹ったように震えている。

そして泪を出さずに泣いている。凡て解っている。

――儂が悪かった。許してくれ。凡ては儂の所為《せい》なのじゃ。

どくどくと自《おの》が血潮の流るる音を聞き乍ら、又左衛門は岩を凝眸し、そのままの姿勢で、

「岩を――娘を――民谷の家を――ご家名を――」

と途切れ途切れに言い、やっと向き直って、

「譲ろうぞ――伊右衛門殿」

と、言った。

民谷伊右衛門

伊右衛門は、その日も障子の桟《さん》を直していた。

民谷の家に入って二箇月。伊右衛門は三日置きに家屋の修繕を続けている。

御先手組最古参である民谷家の屋敷は、拝領されてより可成《かな》りの歳月《としつき》が経っている。屋敷替えでもあれば修復もされたのだろうが、民谷の場合は代替わりのみである。どれ程大事に使おうとも建物は朽《く》ちる。それなりに手入れ手当てはされているものの重ねた月日は旧家の壁柱を確実に蝕《むしば》んでいた。幸い岩は大層綺麗好きであったようで、隅隅まで掃除だけは行き届いていたが、又左衛門は修理修繕の素養を持ち合わせていなかったらしく、傷んだ家屋に便の悪さを感じ乍《なが》らも、已《や》むを得ず放置しておいたものらしい。費用が捻出できなかった所為《せい》もあろう。

伊右衛門はまず、建付けの悪い戸が嫌いだ。

開き悪《にく》いのは構わぬのだが、歪んだり縮んだりして隙間が開くのは如何《どう》にも我慢がならぬ。完全に遮蔽《しゃへい》できぬのなら開け放しておいた方がいい。しかし、戸があるのに開いているというのは落ち着かぬ。尻の据《す》わりが悪い。遮《さえぎ》るべき処だからこそ戸があるのであり、戸がある以上は閉まるべきなのである。

――直さねばなるまい。

家に這入《はい》った最初の感想である。

二月前――婚礼の日。伊右衛門はその日の午後、家財を纏めて長屋を出た。

家財といっても禄《ろく》なものはない。塵芥《ごみくた》を処分したら荷は殆ど何もなかった。

遊興に縁のない伊右衛門には蓄財もない代わりに借財もなく、家賃も滞納していなかったから、実に呆気《あっけ》のない転宅であった。又市と宅悦が手伝いに馳せ参じたが、余人の手を煩《わずら》わせるまでもなく、手荷物ひとつで足りた。

裃《かみしも》や袴《はかま》は又市が用意してくれた。

月代《さかやき》も髭《ひげ》も綺麗に剃《す》り、髷《まげ》も結い直して、腰のものを差し替えた。

新しい差料は、又市が何処からともなく調達して来たものである。

竹光じゃあ格好がつきやせんぜ――と、小股潜りは言った。伊右衛門は自《おの》が大刀が紛《まが》い物であるとはひと言も告げていない。直助に聞いたのかとも思ったが、直助は妹の不幸以来姿を晦《くら》ましており、だから違うのかもしれなかった。ならば何故知れた――と訝《いぶか》しんでもみたが、いずれ如何《どう》でも良いことで、伊右衛門はすぐに忘れた。捨目《すてめ》が利く男なら解ることかもしれぬ。

銘はねえ。ただ切れるなァ善く切れやす――。

又市はそう言った。長く竹光を差していた所為《せい》か、やけに腰が重かったことを覚えている。

ただ重いと、ずしりと重いと、そんなことだけを考え乍ら、伊右衛門は左門町に向かった。

末永く、お仕合わせに――。

見送る小股潜りの、その薄い唇は、慥《たし》かにそう動いた。

暑い日だったと思う。久し振りに露呈した月代《さかやき》に西陽が照りつけ酷《ひど》く熱かった記憶がある。

宅悦に導かれ、伊右衛門が初めて民谷家を訪れた日から、僅かに十日目の祝い事であった。

結局伊右衛門はあの日、岩には会わず仕舞いに帰った。それでも民谷又左衛門は、その日のうちに、摂州浪人境野伊右衛門民谷家養子縁組に関する御伺《おうかが》いを、御先手組御鉄砲頭三宅彌次兵衛に申し立てたらしい。如何《いか》なる根回しがあったものか伊右衛門は知らぬが、それはすぐに認められた。報せが届いたのは訪問から五日後のことだった。その時には吉日を選んで、祝言の日取りまですっかり決まっていたのだった。町方の婚姻は祝言を挙げて初めて成り立つが、武家の婚姻は許可が下りた時点で成立する。だから、伊右衛門は、報せを受けたその時既に、民谷伊右衛門になっていたことになる。

妻となる岩と――一度も会わぬまま。

それに就いて伊右衛門は、別段不自然だとは思うていない。

婚儀の段が調って後も、取り分け違和感も危惧感も抱かなかった。ことの運びが迅速であると感心した程である。婚礼に臨む際も、一切後悔はしなかった。それは、今以てしていない。

縦《よしん》ば、ひと目ふた目見たところで、いったい相手の何が解ろう――。ひと言ふた言言葉を交した程度で相手の凡《すべ》てを承知できようか――。高高《たかだか》容貌と、性質の片鱗《へんりん》が知れる程度である。その程度で人間の凡てを理解しようというは叶わぬ望み。凡てを理解できたというならそれは思い上がりである。十年つき合おうが三十年暮そうが解らぬものは解らぬし、それなら何も知らずとも、一度も会わずとも同じことである。

何よりも、容顔気性《ようがんきしょう》は二の次である。縁組に当たり、吟味《ぎんみ》するには及ぶまい。あの日、又左衛門に語った事柄は、伊右衛門の真情であるといって良い。

当人同士、双方に異存がなければそれで良いではないか。

それでも――。

見知らぬ女を生涯の伴侶とするは軽挙妄動《けいきょもうどう》、のみならず、見知らぬ家まで嗣《つ》ぐは無謀無配慮《むぼうむはいりょ》という見方もあろう。それはそうなのかもしれぬ。何を拠り所として意を固めたのかと問い詰められたなら、伊右衛門は返答に窮する。それは伊右衛門自身にも善く判らぬ。判らぬが、決して又市の言葉を頭から信用した訳ではない。彼《か》の御行、大悪党とは思えぬまでも小悪党には違いなく、下賤なる奸徒《かんと》の甘言を鵜呑《うのみ》にする程、伊右衛門は愚かではない。

しかし例えば、周旋したのが又市などではなく、身分高く素姓貴き侍《たっと》であったとしても、それは同じことなのだ。所詮《しょせん》伝聞に違いはなく、他人《ひと》の口を介して真実を知ることは難しい。誰がどのような思惑で語れども、言葉というものはそもそも半分は嘘なのだ。語り手が幾ら真実を語ったつもりでいても、語りは真実そのものではない。逆に出鱈目《でたらめ》な言葉を並べても、半分は本当になる。一から十まで拵《こしら》えるのは至難の業だし、遍《あまね》く逆様《さかさま》に述べたとて、底が知れれば却って道理が汲《く》めるからだ。一方で、もしも騙し通して貰えたならば、嘘は丸ごと実となる。

だから伊右衛門にとって世の中は、常に半分程度実《まこと》である。

そして少なくとも伊右衛門は又市の言葉からも実を汲んだ。

元より又市は美辞麗句《びじれいく》を並べ立てて誘った訳ではなかった。

面体渋紙の如く引張《ひきは》り、髪は枯れ野の薄《すすき》の如く縮み、眼潰れ絶えず涙を流し——。

只今のお岩様は、慥かに譬《たと》うるものなき程に見苦しゅう御座居やす——。

しかしそれも凡ては御心次第。伊右衛門様の御気持ちひとつ——。

もしお岩様が望むのならば、美しゅうもなりやしょう——。

そう言ったのである。

——岩殿が望むなら。

だからこそ伊右衛門は又左衛門にそう言ったのだ。そして、岩は縁組を望んだのであろう。

ならばそれで良い。他に何の不足があろうか。俸禄を頂戴出来る身分となるは是非なけれ。

善きこと二ツはなきものと、伊右衛門は迷わず分別を極めたのだ。それ以上の理由はない。

そして——伊右衛門は後悔だけはしていない。分相応、凡てはこんなものだと思うている。

又市の言葉は九分通り中《あ》たっていたことになる。伊右衛門は今そう感じている。

——今だから——思えることではあるか。

少なくとも婚礼の席に向う途中、伊右衛門はそこまで達観していた訳ではない。

寧ろ、濁流に流されるが如き快感に身を委ねていたというのに近いかもしれぬ。

自分という人間は本来、そうした投げ遣りな、半ば卑怯な面を持っているのだと、伊右衛門は自覚している。傍目《おかめ》に見れば潔い行動も、実は多くが自暴自棄《じぼうじき》の結果なのだと、伊右衛門はそう弁《わきま》えている。その時もそうだったに違いないのだ。

組屋敷の木戸には婚礼を祝う提灯《ちょうちん》が掲げられていた。

中道の中央に立ち、ずらりと並ぶ拝領屋敷を眺めても伊右衛門はまだ腰の大刀の重さだけが気になっていたように思う。武家屋敷と雖《いえど》も同心程度では精精《せいぜい》敷地百坪、敷地の半分は畑である。門構《もんがまえ》も粗末な丸木を立てているのみ。ちまぢまと建て込んだ町の長屋と比べると如何《いか》にも閑散としている。その中、一戸だけ門柱に提灯を据えた屋敷があり、それが民谷家だった。日暮迄にはまだ間があったが、それでも蒼白い風景に朦朧《もうろう》とした橙 色《だいだいいろ》は不思議に映えていた。

祝言は組屋敷を挙げて行われた。

伊右衛門は大挙して訪れた同じ顔をした者どもの区別がつかず、ただただ辟易《へきえき》した。

伊右衛門殿――。

婿殿――。

大勢に紛れて、よたよたとした又左衛門が居た。

老人は初見の時より更に衰弱して、縮んでいた。

馬手《めて》はすっかり利《き》かぬようであり、左眼の上に貼った膏薬《こうやく》も痛痛《いたいた》しかった。

玄関から横長の四畳間を抜ける。伊右衛門は造作ばかりに気を懸けた。次の六畳間には大勢の人間が座って居た。八畳程の仏間らしき部屋から廊下へと出る。伊右衛門が最初に立った庭を眺《なが》めつつ、最初に又左衛門が座っていた縁側を抜けて、茶の間に至る。そこで待たされた。

その頃はもう外は黄昏《たそがれ》ており、行灯に火を入れるか入れぬかという刻限であったように思う。

香でも焚《し》き染めているものか、不思議な香りがした。

その間――伊右衛門は、ひと言も口を利いていない。

どれ程待ったものか。

やがて襖が厳《おごそ》かに開き、介添えに手を引かれて――。

――岩。

質素ではあるが品良く着飾った娘が静静《しずしず》と歩み出た。

俯《うつむ》いていた。部屋は微昏《うすぐら》く顔は殆ど見えなかった。

伊右衛門は敢えて覗き込むようなことはしなかった。

十分に――綺麗だと――そう思うた所為《せい》である。

岩様が望むのならば――。

岩は、伊右衛門の隣に孤座《すわ》った。有象無象《うぞうむぞう》が一気に躁《はしゃ》いだ。

伊右衛門殿、これなるが当家の娘岩殿でござるぞ――誰かが言う。伊右衛門は黙して頷く。

暫の間。これは素晴らしい婿殿じゃ器量も骨柄《こつがら》も三国一じゃ――と囃す声。嬌声。罵声か。

否、あれは祝いの歓声であったのか。又左翁《おう》、主や良い婿を取ったり――笑い声。詠《あざけ》りか。

千秋楽《せんしゅうらく》を謡《うた》う声。宴席のさわさわしき声。酒香。熱気。開け放たれた襖。

伊右衛門はただ黙して前を向き、岩もまた押し黙ったまま俯向いていた。

宴はすぐに終わった。

提灯の火も落とされ、客は三三五五に散り、賑賑《にぎにぎ》しき宴の後の閑寂が夏の夜を支配した。

驚いたことに貧乏所帯には中間男《ちゅうげんおとこ》も小者も居らず、又左衛門も早早《そうそう》に仏間に引き籠った。

本当に静かだった。

客が誰も居なくなって尚、岩は閨《ねや》の襖の真ン前に、小指一本動かさず畏まったままで居た。

伊右衛門もまた座敷の中央に座し、横になるでもなく、足を伸ばすでもなく固まっている。

気の早い秋の虫が、ほんのひと鳴きして止んだ。

閉めた障子に目を遣ると、障子紙が破れていた。

――厭だ。


伊右衛門が立ち上がる。岩も立ち上がる。

岩は無言で襖を開け、無言で隣室に這入り、無言で床を展《の》べ、無言のまま奥の間に消えた。

伊右衛門は荷を解き、持参したほぼ唯一の家財を取り出《い》だした。蚊帳《かや》――である。伊右衛門は取り立てて岩に許可を得るでもなく至極当然に振る舞い、恰《あたか》も儀式の如くに蚊帳を吊った。

やにわに薄膜を張ったが如く視界が擦《かす》れて、伊右衛門は茫漠《ぼんやり》と、世間から隔絶した。

喧騒に満ちた浮世は蚊帳越しにして漸く伊右衛門から遠退き、伊右衛門は落ち着く。

蚊帳に投じられた自《おの》が影を見つめた。影は大きく壟《うね》り、二度三度揺らいで止まった。

緩緩《ゆるゆる》と顔を向けると、曖昧な結界の中に、岩が這入って来ていた。

夜着に着替えている。半身は夜に溶けていて、善く見えなかった。

頼りのない行灯の火燈が揺れていた。伊右衛門はその火を消した。

結界も――消えた。

伊右衛門の躰は夜陰と雑じった。

そして、伊右衛門は岩を抱いた。

そうすることが当たり前だから——伊右衛門は岩を引き寄せた。同じようにそうされることが当たり前だから——岩は身を任せたのだろう。それはそれ以上でもそれ以下でもなく、ただそれだけで十分に足りたものである。

これでいい。睦《むつ》みごとというものは、それ以上は凡てまやかしで、そう出来る限りそれ以下ということはあり得ないのだから——。

何も彼《か》も、凡ては墨を流した如き漆黒の闇の中の出来事である。燈罔《あかりな》き闇の中では、伊右衛門は己を確乎《しっか》り保つことができない。だから執拗に、殊の外執拗に、己の境界を明確《はっきり》させんがために、伊右衛門は強く岩を抱いた。

紙の質感だった。伊右衛門は、さらさらと細かな擦瑕《すりきず》でもついたようなその皮膚《はだ》に密着し、指を這わせた。その擦《かす》れた境面が己と世間の境界である。微かな息遣い。岩はただひたすら堪《こら》えているように思えた。躰が堅く引き攣《つ》っていたからである。

刹那《せつな》、伊右衛門は、何故か切ない程に、岩が愛《いとお》しくなった。

反《そ》った背《せな》から頸。そして頬。闇の中で伊右衛門は岩の像《かたち》を探る。指が額にかかった時、岩は初めて抵抗し、伊右衛門の腕を摑んだ。胸が裂ける程——伊右衛門の鼓動は高鳴った。

伊右衛門はすぐに手を退《ひ》いたが、その指の先に、ほんの僅か、湿った感触が残った。

——ああ。

そこが。

それでもふたりは、最後まで言葉を交すことがなかった。

そして。

婚礼の日の翌朝――伊右衛門は平素より遅くに覚醒した。

床に岩は居らず、台所から何やら支度をする物音が聞こえて、伊右衛門は実に温《ぬく》い気持ちになったことを善く覚えている。伊右衛門は父母を失ってから五年、家族とは無縁の暮しを続けている。寡《やもめ》暮しでは自分以外が立てる音を聞いて目覚めることはない。

伊右衛門は暫しその甘《あま》っ怠《たる》い気持ちを腹中で温めて、漸く躰を起こし、台所の方を見た。

蚊帳越しに、襷《たすき》掛《が》けの岩の姿が見えた。

岩は手を止めて、顔を向けた。表情はない。言葉もない。

右半面を眺《なが》める限り、岩はこの上もなく美しい婦《おんな》である。

伊右衛門は気恥ずかしさのようなものを感じて畏まった。

――すまぬ。

すまぬ――それが伊右衛門の、民谷伊右衛門としての、民谷家に於ける、岩に向けた第一声である。何を詫びたのか、何故詫びたのか、伊右衛門にも判らない。

又左衛門からは、婚礼の翌日はゆるりと休まれるが善かろうと――言われていた。組頭や与力への挨拶、仕事の引き継ぎ等手続き全般、後日追って沙汰あるまで待て、と申し渡されている。何刻に起きようと、或《あるい》は起きまいと、謝ることはないのである。

岩は伊右衛門に冷ややかな視線を浴びせ、再び勝手仕事に戻った。

伊右衛門はその態度に対して、如何《どう》対処して良いか判らなかった。

手持ち無沙汰になり、伊右衛門は床を上げ、蚊帳も外すことにした。

夜具を仕舞い蚊帳に手を掛けて、ふと見れば、岩がまた睨んでいる。

伊右衛門は手を止めて、何か——と問うた。

岩は返答せず、すぐに視線を中空に漂わせて、眉間《みけん》に皺を寄せ、小声で何か言った後、また背を向けた。その時伊右衛門は自分が何か大きな過失でも犯してしまったかのような錯覚を覚えた。そして不安を払拭せんと、再び岩に真意を問おうとして——止めた。

その後——。

朝餉《あさげ》の膳が支度された。

そこで、伊右衛門は陽光の下《もと》——初めて岩の顔を明瞭《はっきり》と見た。

左眼の瞼《まぶた》から額にかけてがやや腫れ上がり、灰を塗《まぶ》したかのように黒ずんでいる。

その痣《あざ》の部分は、開いた毛穴に血が溜るものか、点点と、黒い痘痕《あばた》となっている。

左眼の眼睛《がんせい》は魚鱗《ぎょりん》でも嵌《は》めたが如く白濁した翳眼《えいがん》で、白睛《はくせい》は充血し潤んでいる。

痣の上の髪の毛は縮れ、色抜けでもしたように、そこだけ白髪が雑じっている。

眉を落とし、鉄漿《おはぐろ》をつけた粧いが、余計に疵を目立たせていただろう。

茫然と——見蕩《みと》れた。

痛痛しい。これは疱瘡《ほうそう》の痕《あと》では——ない。

そう思った。哀れんだ訳でも厭うた訳でもなかった。ただそう思ったのだった。

岩は翳眼できつく伊右衛門を睨《ね》めつけた。

伊右衛門は狼狽した。悪気はないが、背徳《うしろめた》かった。だから。

——すまぬ。

と、詫びた。詫びた後に続けるべき言葉は見当たらなかった。

幾ら相手が妻だとはいえ、礼を欠いた態度ではあっただろう。

岩はそれでも何も言わなかった。それは、それ切りになった。

だから伊右衛門は未だに、その時の岩の真意が汲めずにいる。

もしや。伊右衛門が顔の疵を醜いと感じたと——だから見入っていたのだと——それで己のことを厭になったのではないかと——岩は案じていたのかもしれぬ。その時もそれは考えた。

しかしそうかと思うて様子を窺うに、羞《はじ》らっているようにも見えなかったのだ。ならば単に、伊右衛門の無礼に腹を立てていただけかもしれぬ。すると岩は怒っていたのか。それとも戸惑っていたのかもしれず、或《あるい》は普段より不機嫌を装う質《たち》なのかもしれぬ。もしや普通にしているのを伊右衛門が勘繰っただけか。疵がある故に表情が読み取り悪《にく》かったのか。将《はた》また悪しき病がその顔を、世を拗ねたような貌《かお》に固めてしまったものか——。否、岩とてうら若き新妻なのだ。面と向かって接《まじ》と顔を見られれば、恥ずかしかろう。ならば矢張《やは》り——。

その時も伊右衛門は、どこか上の空で、それでいて豪《えら》く煩悶したのだった。

お召し上がりにはなりませぬのか——。

その時、岩はそう言った。

——すまぬ。

伊右衛門は三度《みたび》──詫びた。

岩は一層きつく唇を結んだ。

伊右衛門はその唇を見て、それから顔の痕を見て──。

今度は眼を逸らした。

直視できない。岩が醜い所為《せい》ではない。それは伊右衛門自身の問題である。

あれだけの痕である。目に入らぬ訳がない。無視するのは却っておかしい。

だが気にし過ぎるのは勿論、気にせぬのもまた不自然である。

労《いたわ》りと励ましと、慈《いつく》しみと哀れみと。そうした気持ちは──。

蔑《さげす》みと罵《ののし》りと、誹《そし》りと諛《あざけ》りと、そうした気持ちに摺《す》り替《か》わる。

凡ては加減次第。その案配が伊右衛門には量《はか》れなかったのだ。

汗をかき、ただ箸を動かして口に運んだ覚えがある。

何を食うたかまるで覚えていない。味がしなかった。

ただ障子の破れ目が気になっていた。

それから後のことは善く覚えていない。伊右衛門が又左衛門の姿が見えぬのを、舅《しゅうと》殿は如何《いかが》した──と尋き、岩が、伏せっております──と答えたようにも思うが、定かではない。

伊右衛門は食事の後、すぐに又左衛門に会ってあれやこれや言葉を交わしたのである。いずれ狭い家であるから、家人の居所など尋かずとも判ることである。もしそうなら、伊右衛門が岩とまともに口を利いたのは婚礼から三四日後ということになる。

その日、又左衛門は更に一層衰弱していた。

そしてまるで遺言でも言い渡すが如く、伊右衛門に多くのことを告げた。

まず岩のこと。

岩の名は、四代前の当主、民谷伊織《いおり》が娘、於岩《おいわ》に肖《あやか》った名だということ。

そもそもは古伝に残る磐長姫《いわながひめ》という女神に由来する、善き名であること。

於岩の婿は伊左衛門《いざえもん》といい、その夫婦が民谷家中興《ちゅうこう》の功績者であること。

後から気がついたことであるが——。

又左衛門は喘息《ぜんそく》のような声で言った。

先祖は伊左衛門、そなたの名は伊右衛門、正《まさ》しく合縁奇縁《あいえんきえん》の巡り合わせであろう——。

伊右衛門殿、縁が通じたこのうえは、くれぐれも岩を頼みましたぞ、岩を、岩を——。

岩には悪いことをした、岩にはなんと詫びても詫び切れぬ、儂が、儂が悪いのだ——。

舅は左手だけで伊右衛門の掌を握り、右眼だけで、泣いた。

——何故にあれ程あの老人は、己を叱責したのであろうか。

その点に就いて伊右衛門は、未だに善く理解できていない。

ただ、その後も又左衛門は涙声のまま語り続けたのだった。

親類縁者のこと。お役目のこと。組内のこと——。

聞けば御先手組というのは大層古くからあるお役目で、古《いにしえ》には三十四組もあったが、徐徐に組数が減り、今は御弓組九組御鉄砲組十九組であるという。

重ねて又左衛門は滔滔《とうとう》と民谷の先祖の忠臣振りを語った。

この地に於ける民谷家の歴史は御先手組の歴史と等しく古く、そのお蔭もあってか、又左衛門は前《さき》の組頭三宅左内《さない》の御目に止まり、同役を代代勤め上げた稀《まれ》なる家系として称えられ二十余年を勤めたのだ――という。その左内が六年前に鬼籍に入った。跡目を受けた今の組頭三宅彌次兵衛は温厚篤実《おんこうとくじつ》な人柄にして才気煥発《さいきかんぱつ》なる仕事振り、実に立派な頭であるが、先代の寵臣たる又左衛門は元服前より彌次兵衛を見知っており、それ故か折につけ御目をおかけくださるのだ――そうである。伊右衛門の跡式相続が驚く程速やかだったのもその所為《せい》なのであろう。

左門町組屋敷に住まう御鉄砲三宅組の同心は三十人、与力は十騎。筆頭は伊東喜兵衛、但し伊東は与力の中では一番の新参であるという。伊東は、元は蔵前《くらまえ》の札差《ふださし》の倅《せがれ》であったが、六年ばかり前、与力伊東某の隠居に当たり組内縁者に跡式を譲る者が居ないのを善いことに、大枚を叩《はた》いて養子縁組の手続きを取り、お抱え席の分限を買い取ったのであるという。伊東は商家の出とはいえ腕も相当に立ち、良からぬ噂も多いが、敵に回せば面倒故、確《しか》と心得おくことが肝要じゃ――と又左衛門は噛んで含めるように言った。伊東は相当に悪辣《あくらつ》な男であるらしい。

しかし人格高潔な組頭が居乍ら、何故にそのような非道な者が筆頭与力に取り立てられるのか、伊右衛門には得心が行かなかった。そう告げると又左衛門は暫く考え、大きな声では申せぬことだが――と前置きしてから、伊右衛門を招き寄せて、嗄《しわが》れた小声で、
それには理由がござる――。

と言い、そこで顔を曇らせ、矢張り知らせぬ方が善かろうか――と迷い、

おいおいに語ろうぞ、婿殿――。

と告げた。そして、ただこれだけは知っておけ――と続けて、
筆頭与力着任以来、伊東様は殊の外岩に執心しておられたのだ――。

と言った。伊東は過去、岩を嫁に差し出すように幾度も又左衛門に詰め寄ったのだと言う。

尤も、岩には一切明かしていないのだと舅は言った。元より婿取りすらも拒む娘が、他家に嫁ぐなど承知する筈もない。組内の縁組はそもそも法度、二十も齢《とし》の離れた悪党と、掟破りの縁組をしたとて、岩のためになる訳もなく、民谷の家は絶えるだけ。とはいえ伊東は上役であり、手に負えぬ横紙破りでもあり、又左衛門は内内のうちに断るべく、苦心惨憺《さんたん》したらしい。

岩があのような面相になって後は流石にお諦めになったとみえる――。

つい先頃も恩を売り、因果を含めておいた故、心配はなかろうが――。

如何《いか》なる契機《きっかけ》で逆恨み、因縁をつけて参るか知れたものではない――。

十二分に用心召されよ――。

老人は伊右衛門の耳元に口を寄せ、聴き取れぬ程の小声でそう結んだ。

そして又左衛門は震え出した。眼を見開き、口中で念仏を誦え始めた。

伊右衛門が老人の肩越しに視線を送ると――。

歪んだ襖と柱の細い隙間から。

岩が覗いていた。

――岩。

伊右衛門は障子張りの糊《のり》を練り乍ら、その時の、衰えた老人の矮軀《わいく》を想った。

僅かな関わり、果敢《はか》なき縁であったとはいえ、跡目を譲られた以上父である。

――用心召されよ。

思えばそれが、伊右衛門の聞いた又左衛門の、最後の言葉となったのである。

――否、違うか。

義父の最後の言葉は慥か――。

――母上お許しください、か。

念仏雑じりに、老人はそんなことを呟いていたように思う。

老僕民谷又左衛門は、その日の夜半から矢庭《やにわ》に病みつき、婚礼より二日の後に、不帰の人となったのだった。正に禍福《かふく》は糾《あざな》える縄《なわ》の如し、祝い事が一転して忌み事となったのだった。気づいたのは岩だった。朝を迎えて老人が何も言わぬので不審に思うたのだそうである。岩は血の気こそ失せてはいたものの、悲鳴を上げるでもなく慌てるでもなく、淡淡《たんたん》と父の死を伊右衛門に告げた。見れば又左衛門はこのうえなく悲しそうな顔で、眠るように死んでいた。

永遠に悪い夢を見続ける、老いた小児のようだった。

伊右衛門は仏間に気を遣る。結句伊東の大声を憚る隠事は、義父の口からは聞けなんだ。

――もう少し話しておけば良かったか。

そうも思う。しかしその時、又左衛門の痙攣は止まらず、伊右衛門は舅を床に寝せて、そのまま家から出たのだった。畑にでも出たものか、覗いていた筈の岩の姿はもうなかった。

又左衛門を寝かせ、そのまま家を出た伊右衛門は、その日夕刻迄組屋敷を廻り、与力十騎と組頭の役宅を巡って所在と姓とを確認した。正式にお役が貰えるのは翌日以降であるらしかったから、取り分け挨拶廻りをしようという肚積《はらづも》りがあった訳でもなく、謂わば暇潰しである。というより、家に居づらかったというのが正解であったかもしれぬ。

与力宅はすぐに解った。片扉とはいえ与力宅は冠木門《かぶきもん》なのである。

そして。徘徊するうちに伊右衛門はあることを思い出した。梅の頃、又市や直助宅悦に乞われて用心棒を引き受けた際に、引かれ訪れ来た場所は、正にこの組屋敷この一角であり、伊右衛門が突っ立っていたのは件《くだん》の与力、伊東喜兵衛方の門前であったのだ。門前に立ち見上げると、庭から枝振りも見事な、大きな梅の木の腕が、中道に向け突き出ていた。なる程己の月代《さかやき》に積もった花弁《はなびら》は、この枝より離れたものであったかと、伊右衛門は妙に感心したのだった。

——伊東——喜兵衛。

前日の祝言の座にも列席していた筈である。ただ伊右衛門には誰が伊東か区別のつく訳もなく、もしや、岩のこと僅かなりとも遺恨ありと思わば、出席していなかったかもしれぬ。

——却説《さて》、あの極道落者ども、この悪党与力の家で何を企てたものか。

熟熟《つらつら》そんなことを考えていると、中から若い娘が顔を出し、何か御用で御座居ますか、と問うた。否これは失礼余りに枝振りの善き梅木なれば一寸見蕩れておりました——と伊右衛門は誤魔化した。そなた様は伊東様の御息女か——と問うと、娘は悲しげに、

囲われ者です——と言った。

まだ十六七の娘である。身なり素振りから察するに、妾とは思えなかった。

伊右衛門が何か問おうとすると、すぐに中間男が出て来て娘は中に引き込まれてしまった。

その時如何《いか》にも三一侍《さんぴん》といった風体の中間は、サア御新造様、外に出ちゃアいけねえ——と言った。眉も剃らず歯も染めず、娘は娘、凡《およ》そ新造に見えるものでもなかった。

——あの娘、何であったか。

その後突然の葬式などがあったから、伊右衛門はその娘のことを忘れていた。

役宅巡りを終えて戻った後も、伊右衛門は岩と会話が持てず、又左衛門も床に伏しており、半ば仕方がなしに落ちた棚を吊ったり外れた手摺《てすり》を直したりしたのだった。そのうち又左衛門の容態はみるみるうちに悪くなり、岩は死神に見込まれた舅の看病に執心していたから新参の入婿などにはかける言葉もなく、それで又左衛門はそのまま逝ってしまったのだから、結局葬儀一切が片付くまで、伊右衛門は岩とまともに口を利くことがなかったのである。

結句、おかしな具合にはなった。視線だけが行き交う、言葉のない静謐《せいひつ》な暮し。

そのまま——ひと月。仇《かたき》同士でもそれだけ暮せばもう少し馴れ馴れしくなろう。

伊右衛門は黙黙と棒突を熟《こな》して、休みには家を修繕した。

お役目には慣れたが、岩との暮しには未だ慣れていない。

この古い家の中にだけは、緊緊《ひしひし》と何かが張り詰めている。

しかし伊右衛門はいずれ慣れるとも思っている。過不足ない暮しではあるのだ。

——まず、家を直すことだ。

ただ出来ることをするだけである。

無心に木っ端《こっぱ》を削り、造作《こしらえ》ものをしている間、伊右衛門は何より安心出来る。

細工や手仕事は自分に向いている。伊東も何も言って来ないし、平穏である。

伊右衛門は障子紙を丁寧に貼って行く。

すうと撫でる。

岩を思う。

伊右衛門は、どうやら、岩を愛《いと》おしく思っている。

ただ、そう思うのはひとりで居る時だけである。

何かの拍子、一瞬胸中に岩への想いが過《よぎ》るのだ。

そんな時は決まって何処かしら背徳《うしろめた》い気になる。

なぜそうなるかに就いて、伊右衛門は心当たりがある。休みの度の夫の大工仕事を、岩は快く思っていないのだと——伊右衛門が勘繰っているからである。確証はない。平たく考えれば嫌われる行いではない。別にお役目を怠けている訳でもないし、迷惑も懸けていないと思う。壊れた家が直るのが厭な訳もないのだから、文句を言われることもない筈なのだが——。

でも岩は厭がっているのではないかと、伊右衛門は勘繰っている。

伊右衛門は手を止め、庭の稲荷社に目を遣った。

——次はあの社を直さねばなるまい。

鳥居も塗り直し、箔も貼り直し——。

生け垣の手入れも怠って久しいようである。

枯れているのか塵芥《ごみ》が溜っているのか、乾《かわ》き、燻《くす》んでいる。

伊右衛門は生け垣に沿って視線を移動させ、庭を見渡した。

何本かある庭木も立ち放しで、もう枯れ葉が落ち始めている。一面雑草も生い茂っている。

何を作っているのか判らない畑。いずれ尋こうと思いつつ未だ伊右衛門は尋き逸《はぐ》っている。

――岩。

手拭いを被り、襷掛けをした岩がこちらを見ている。土で汚れた手拭いから白い顔が覗いている。畑仕事をしていたのだろう。いつから――。

――いつから見て。

伊右衛門は俊敏に躰の方向《むき》を変え、貼りかけの障子を背にした。襖障子を庇《かば》うかの如き姿勢である。刷毛《はけ》をことりと縁に置く。

「岩――」

伊右衛門は何故か岩を呼んだ。

岩は呼ばれるままに歩み寄る。

「岩。何とか申せ。何故そう黙っておる」

申しても詮方なき故――と岩は言った。伊右衛門には不服な答えだった。

「それは如何《いか》なる意味か。俺が障子を貼るのが可笑しいか。鉋《かんな》を揮《ふる》うは武士の仕事ではないと申すか。可笑しいなら申せ。申してみよ――」

——何を——熱《いき》り立っているのだ。

「斯様な職人仕事、武士の嗜《たしな》む技ではないと申すか」

「そうは——申しませぬ」

「ならば何じゃ。俺はそなたが何もせぬからしておるのだぞ。家を守るは女の役割ではないのか。破れ障子を幾日も放っておいて、世間体が悪いではないか。どんな噂が立つやもしれぬ。俺は寧ろそなたの代わりに、そちのために、しておるのだぞ。その態度は何じゃ」

吾《われ》がため——岩は顔を顰めた。

「何か。何か言い分があるなら申すが善い」

——何もこんな物言いをせずとも——。

伊右衛門は己が御せていない。何故に絡《から》んだか。岩が何も言わぬからか——。

ならば言わせて戴きます——岩がそう言うたので伊右衛門の気勢《きせい》は殺《そ》がれた。

「何故御自分でおやりになる前に、岩よやれ、汝《なんじ》がせよと仰らぬのです」

「そなたに——大工仕事は出来まいに」

嗾《けしか》けておいてすぐに萎《な》え、伊右衛門はもうこれ以上の議論をしたくない心境である。しかし岩は毅然として、蚊帳吊り障子張りくらいは出来ましょうや——と言った。

「出来る出来ぬの話ではない。出来るなら何故せぬのだ」

「仰《おお》せの通り、吾は畑仕事がある故に、家内のことは疎《おろそ》かになりがち。しかし畑を耕さねば毎日の食事の支度が出来ませぬ。作りて喰うて、替えて喰うて、売りて喰うておりますれば」

民谷家の懐の事情は伊右衛門も了解している。返す言葉はない。

伊右衛門は静かに、左様であったな、それに就いては感謝致しておる――と言った。それで終わりの筈だった。だが、岩は顔を上げ、感謝など御無用に――と厳しい口調で言った。

「旦那様は父より跡式一切を嗣ぎ、今はこの民谷家の主でおわしましょう」

「如何《いか》にも左様である」

「ならば――」

岩は背筋を伸ばし伊右衛門を見据えた。

「――旦那様が妻たる吾に感謝するなど笑止千万。妻が奥向きを切り盛りするは当たり前。家内の瑣事《さじ》がなっておらぬと、叱られるなら兎も角も、感謝される謂《いわ》れはのうございます」

「そうは――申しても、その」

「ご休暇の度、そうして寝食をお忘れになる程に大工仕事に精を出される。それは吾へ向けた当てつけでございましょうか」

「当てつけてなどおるものか。そちには大切な畑仕事があるのであろう。先程そう申したではないか。さればこそ、家内の瑣事はこの俺が――」

善いか伊右衛門殿――岩は伊右衛門の言葉を遮った。

「普請修繕は結構なれど、木だ紙だ鎹《かすがい》だと出費も馬鹿になりますまい。その技その暇がおありなら、寧ろ内職のひとつもお熟《こな》しになるが善いではございませぬか。生計《たづき》が潤えば吾とてもこれ程迄に畑仕事に、精出す理由もありませせぬ。さすれば障子なと襖なと張りもしましょう」

「儂に――内職をせよと――申すか」

岩の言葉は伊右衛門の意表を突いた。武士たるもの、食うために働くが如き卑賤《ひせん》な行いを為すべきではない――そう岩は考えている筈だと、伊右衛門は頭から信じ込んでいたのである。

「旦那様は――内職を卑しきこととお思いか」

伊右衛門は勿論そんな風に考えてはいない。

ただ岩の気持ちが汲めぬ。答えようがない。

「――もしも卑しいとお思いなら、そのような職人仕事、仮令《たとい》手慰《てなぐさ》みと雖《いえど》も、為すべきではございますまい。如何《どう》あれ武士のすることではございませぬ。大工でも経《きょう》師屋でも、金を渡してさせるが宜《よろ》しかろう。支払う金がないのなら、金を稼ぐが宜しかろう。それは出来ぬと申すなら、普請修繕など分不相応ということじゃ。そう心得て父又左衛門は何もせなんだのです」

理に叶っている。そう伊右衛門は思った。伊右衛門には、当主として為すべきことが他にも沢山ある筈だと――そういう意味なのであろう。岩の言葉にも一理ある。伊右衛門は兎に角この場を収めるべく、多くを肚に呑み込んだ。そして、

「――すまぬ」

と詫びた。

途端に――岩は激昂した。

「何故、何故そのように謝りますのじゃ」

何じゃ何じゃと、岩は遣り場のない怒りを叩きつけるように地面を数度踏みつけた。

「この家に参られてから、すまぬすまぬと詫びごとばかり、聞き苦しゅうございます。まるで戯《たわ》け者の如くこの岩の顔色ばかりを窺うて――」

「岩――」

戯け者の如く――顔色を窺う――そんな。それは。

肚が立った訳ではなかった。伊右衛門は偏《ひとえ》に周章していたのだ。

しかし口から出ずる言の葉は、相手を扇動するようなそればかりである。

「い――如何《いか》に妻と雖も、主たるこの俺に向こうて戯け呼ばわりは聞き捨てならぬ」

岩はそれを受け、更に挑発するような口調で返した。

「何が主じゃ。主なら主らしゅう振る舞われよと申しております。主なら、役に立たずとも威張りおれ。それをいちいちすまぬすまぬと、詫びるくらいならば止すがいい。どれ程お床に居らりょうとも、この醜き顔を嗤おうとも、ご勝手でございましょう」

「な、何を申すか。お――俺はそちのことを醜いとは思うておらぬ」

それは――本心だ――。

「これでもかえ。この顔でもかえ」

岩は被った手拭いをかなぐり捨て、爛れた痣を向けた。

――何故――。

何故このようなことに――。

吾を見よ、吾が顔を、吾が心を見よ――と岩は大声で叫んだ。

「ええい、止さぬか。そのような立ち振る舞いこそ見苦しいわ。慣れぬ暮しよ忌中よと、堪えて鎮めて黙しておれば、幾日経てど言葉もなく、愛想笑いも見せもせず、主を虚仮《こけ》にするのも大概にせよ。どれ程俺が寛容でも、いずれ堪忍袋《かんにんぶくろ》の緒も切れようぞ」

伊右衛門は片膝を立て、大声で怒鳴る。最早言葉は本意を離れ、上滑りしている。

岩は泣き乍ら駆け寄り、伊右衛門の横、縁側から上がり込んで、通り様に、

「いったいどこが寛容であろうか。日長こそこそと鬱陶《うっとう》しい。伊右衛門殿、そなた様、吾に一度として夫らしき姿を見せ申したか。一度でも吾の胸中を察したことがおありになるか」

と捨て文句を言った。

——岩の気持ち。

考えた。察した。でも——だから。

待てい——と伊右衛門は奥へ向かう岩を制する。岩は振り向かずに止まって、これ以上は無駄、詮なきことと申し上げた通り——と言い放つ。何が詮なきか、儂には解らぬとでも申すのか——と伊右衛門が怒鳴りつける。解るまい、解るまいゾと岩が言う。伊右衛門も激昂する。

「ええい小賢しい女め。察する故に詫びたのだ。気に懸けているが故に様子を窺うのだ。それを取り上げて誹謗しておいて、何を今更そのように、察せよ気に懸けよと申すか。そもそも俺の不手際を申し立てる前に、その方も妻ならば、夫を立て家を守って、慎《つつ》ましやかに振る舞ったらどうじゃ。聞いておれば好き勝手なことを並べおる。お役目大変と労《ねぎら》うどころか、無言を以て働かせ、挙げ句の果てに役立たず呼ばわり、内職せよとは如何《いか》なる了見か——」

――そんなことは如何《どう》でも良いことではないか。それなのに――。

岩は愈々《いよいよ》猛《たけ》り狂い、山犬のような声で吠えた。

「役立たず故に役立たずと申したまで。何の誇りも意地もなく、ただ人目を気にし妻に諂《へつら》っているような腰抜けに、ただ詫びられて媚《こ》びられて何としょう。吾は女なれど民谷家の総領《そうりょう》。総領として恥じることなきように今日迄過ごして参りましたわい。男子なれば女房を呼び迎える筈なれど、女の身なればそれもならず、今まで婿を取らずに居ったのも偏《ひとえ》に吾を女と思い侮《あなど》て、然《さ》したる覚悟もなしに罷《まか》り越し、剰《あまつさ》え実子の吾を差し置いて家を嗣がんと図ったり、邪《よこしま》なる相談を極め給《たも》う故。古より縁遠き女は五十歳六十歳迄も娘にて暮すことも珍しからず、もし縁遠く婿なければ、吾を以て民谷の家を嗣ぐ覚悟をしておったものを――」

伊右衛門は立ち上がる。岩に歩み寄る。岩は避けて縁側に戻る。

何を愚かな。そちは女だ。お役には就けぬ。家は絶えよう――。

伊右衛門はそう毒突いてから、岩の肩を摑んだ。

岩は鋭き右眼と濁った左眼で伊右衛門を睨んだ。

「愚かはどちらか伊右衛門殿。仮令《たとい》お役御免になろうとも役宅を追われようとも、仮令嫡子が居らずとも、吾が朽ち果てるその時迄、民谷の名は残りましょうぞ。赤の他人に譲るくらいならその方が善い。そうしようと思うて居ったもの――」

何を愚かな――伊右衛門は岩を突き放す。

岩は蹣跚《よろけ》て縁に倒れ、伊右衛門を肩越し睨《ね》めつけて、伊右衛門の貼った障子を打ち抜いた。

伊右衛門は駆け寄り岩の顔を平手で強く打った。

指先に。湿った。

「――縁あって――旦那様を婿に迎え、民谷の名跡を嗣いで戴く運びとなるに当たり、吾にもそれなりの決心覚悟があり申した。その婿がそれでは――何のための決心か、何のための覚悟か――何のため――恥を忍んでこの――面で――」

伊右衛門は岩を包み込むように、そっと抱いた。

「岩。もう良い。儂が――心得違いをしておった」

「旦那様」

その時。

ぞろり、と何かが動いた。

岩の下に、

大きな蛇がいた。ぞろり。

岩はその蛇の鎌首をくい、と摑み、するすると引き摺り出して、そのまま庭に放った。

伊右衛門は細かい汗をびっしりとかいている。

蛇など何処から侵入《はい》ったのだ。何故蛇が屋内に。

何処からでも侵入りましょうぞ――。そんな――伊右衛門は汗を拭う。

ぬるりとする。手を見る。岩を打った手の――。

その掌には、べったりと血膿がついていた。

伊東喜兵衛

喜兵衛は肚《はら》の底に溜まった泥《どろ》を薄めるように酒を飲んでいる。

清めるように、ではなく、薄めるように、である。物心ついた頃からどろどろと澱《おり》のように溜まり続けるその泥は、腹を裂いて掬《すく》い出しでもせぬ限り、増えこそすれど減りはせぬ。なくなるものでないのなら、どれだけ酒を食らおうと、精精薄まるだけである。

横座では同心の秋山長右衛門《あきやまちょうえもん》が、幇間染《ほうかんじ》みた間抜け面をひっきりなしに動かして、何か語っているのだが、喜兵衛には何も聞こえていない。喜兵衛は、考えている。

何か――気に入らぬことがあるとする。その場は遣り過ごしてしまうような些細なことである。そんな時、喜兵衛の肚の中に、ぶくり、と泥が湧く。それは消えずに溜まる。そして何日も、時には何年も経ってからその泥は浮いて来て、喜兵衛は居ても立ってもいられなくなる。そうなると意趣返しをしなければ収まらぬ。ただの仕返しではない。数倍数十倍にして返さねば気が済まぬ。いや、何をしたって気は済まぬのだ。一度湧いた泥は、生涯消えぬのである。

餓鬼の時分から、喜兵衛という男はずっとそうだった。人生五十年、四十を二つ三つ出て、もう後がないところまで来て、それでいったい自分は如何《どう》したというのだ。肚の底に腐った泥を溜め込んで、ただそれを後生大事に腐らせて、それが人生というものか。そう考えている。

——気に入らぬ。実に気に入らぬ。

幾ら酒で薄めてもすぐ澱む。下腹の辺りから赤く灼《や》けた泥土がぶくりぶくりと湧いて来て、それはのろのろと溜まり、そしてみるみる胸の内までせり上がって、やがて真っ黒く埋《うず》まる。

囲い女に児《こ》が出来たのだ。

気が鬱《ふさ》ぐ、食が進まぬと如何《どう》にも執拗《しつこ》く訴えるので、今朝程顔見知りの医者——西田尾扇に診断《みたて》させたのである。作病《つくりやまい》か、精精鬱病《ふさぎやまい》であろうと高を括っていたところ、医者坊《いしゃぼん》はしたり顔で、ご懐妊です、御目出度《おめでと》う御座居ますなどと吐《ぬ》かした。作りごとを吐かすな——と怒鳴りつけ、散散尾扇を殴りつけたが、幾ら打っても同じことを言う。どうやら本当らしかった。

堕《お》ろせ流せ殺してしまえ——と、喜兵衛は声を荒らげて医者に命じたが、尾扇はそれはなりませぬ、とほざき、こう続けた。

あのお身体《からだ》で子堕ろしなど滅相もない。母体の御命も保証し兼ねまする——。

女——梅を失うのは厭だった。

正確にいうなら、喜兵衛は梅の躰を失うことが厭だったのだ。情がある訳でもないし、哀れみを持っている訳でもない。梅は喜兵衛にとって具合の良い道具に過ぎぬ。馬や鉄砲と同じである。しかし殺したくないからといって放っておく訳にも行かぬ。馬は乗ることが叶わねば意味がない。鉄砲は撃てねば意味がない。慰みものに出来ぬのなら、女などそもそも傍におく意味がない。孕《はら》み女など喜兵衛にとっては女ではない。ならば殺しても同じか——とも思う。

伊東喜兵衛とはそうした男である。

そもそも梅は囲い女である。正式な手続きを以て迎えた妻ではない。勝手に跡取りを産んで貰っては困る。大体梅は商家の娘で武家の娘ではない。町娘が与力の嫁になれる訳がない。尤も——養女に迎え入れ候という、死んだ民谷又左衛門の書き付けは手元にある。これは梅の生家を誑《たぶら》かすために認《したた》められたもので何の効力もない。その書き付けを頼りに、組頭に願い出れば何とかなるやもしれぬが——そんなことをするのは死んでも御免だった。

喜兵衛は、組頭に弱みを見せるくらいなら死んだ方が良いとまで考えている。

正妻を迎えるつもりもないし、子孫を残すつもりもない。誰かに家督を譲るつもりもない。

——伊東喜兵衛は一代限りだ。

何より喜兵衛は自分に子が出来たという、その事実が許せなかった。

肚の中の真っ黒い泥が、女の腹を借りて凝《こご》ったのだとしか思えない。

赤子を見る度、縊《くび》り殺したくなる。

伊東喜兵衛とはそういう男である。

兎に角気に入らなかった。

喜兵衛はだからこうして酒を食らって、せめて肚の中の泥を薄めている。秋山はそんな喜兵衛の事情など知らぬから、懸命に、口角泡を飛ばして何かを語っている。実に鬱陶《うっとう》しい。しかし馬鹿で愚鈍な秋山は気づく様子もない。喜兵衛の不機嫌は普段のことだからか——否、そうではないのだ。秋山は熱心に他人《ひと》の顔色を窺う癖に、その顔色を読むことが出来ぬ男なのだ。

——愚か者。糞侍め。

喜兵衛は、腰に二本程重たいものを差してはいるが、元元の二本差しではない。

喜兵衛は、蔵前の札差の総領として育った。裕福で、暮しに困ったことはない。

父は蔵宿《くらやど》――札差仲間の月行事《がちぎょうじ》を勤める程の男で、喜兵衛はその跡継ぎだった。

札差というのは禄《ろく》な商売ではない――喜兵衛はそう思っている。何かを作る訳でも、売る訳でもない。札差というのは御蔵米の受領代理人である。お上から支給される扶持米《ふちまい》を、旗本御家人に代わって受け取り渡すだけのこと。仲介料は雀《すずめ》の涙、侍から貰う札差料は百俵につき金一分で、売側手間賃は百俵につき金二分と決められている。普通ならそれで儲かる訳はない。

それでも、札差という商売は濡《ぬ》れ手に粟《あわ》である。からくりは簡単で、結局、金貸しをしているだけである。侍と雖《いえど》も米だけ食って生きることは出来ぬから、扶持米の大半は換金されることになる。米には相場があるから値段は常に一定ではない。そこで札差は米を担保に金を貸しつけ、利息で儲けるのである。そういう商道《あきない》の仕組みは、幼い頃からみっちりと叩き込まれた。

喜兵衛は、算盤《そろばん》の七ツ玉を読むことと他人の顔色を読むことだけを教えられて育ったのだ。

そして喜兵衛は秋山の顔色を読んだ。底が知れている。何も考えていない。

喜兵衛は――この秋山という男が大嫌いだ。

しかし秋山の方は喜兵衛に嫌われているなどと、多分、全く思っていない。

嫌う理由は簡単である。単に気に入らないからである。喜兵衛が与力になった時、そして喜兵衛が町人の出と知った時、秋山は明らかに嘲笑するような視線を寄越《よこ》したように――喜兵衛は感じたのだった。以来喜兵衛は事ある毎に秋山を責め、叩き、罵り続けた。

秋山は当惑し、困憊《こんぱい》し、躰まで壊した。それでも喜兵衛は決して許しはしなかった。勿論、喜兵衛が標的にしたのは秋山だけではなかったのだが、三十人からいる同心連中の中でも秋山は抜きん出て——苛《いじ》め甲斐があったのである。それなのに——秋山は今や喜兵衛の腹心といわれている。それは喜兵衛側に変節があった訳ではなく、偏《ひとえ》に秋山の勘違いに依る関係である。

勘違いの元は明白である。秋山の家には先代の残した多額の借財があり、それを嗅ぎ付けた喜兵衛がその肩代りを申し出たのである。秋山は大いに驚き、怨みも憎しみも搔き消えたものか、掌《てのひら》を反《かえ》したように謝意を表し、新参与力の柔順な家来となったのだ。以来、この腰抜け侍は、腰巾着《こしぎんちゃく》の如く喜兵衛に纏《まつ》わりつき、悪事の片棒でも平気で担ぐようになった。

武士の威厳も、人としての誇りも、今の秋山は何も持っていなかった。

そうしたものは金で買えるものだ。それは安いものである。

秋山の侍を、喜兵衛は僅かな金で買ったのだ。

——馬鹿な男よ。

喜兵衛を育てた先代——与兵衛《よへい》は、金を払って済むことならば、何をしようが構いはせぬと豪語するような男だった。凡《すべ》ては人の上に立ち大勢を動かす裁量を養うためなのだと——要は金で済むことか済まぬことか、見極める目が大切なのだと——そう教えたのも与兵衛である。

それが真理であるならば、例えば世の女など凡て売女《ばいた》である。それこそ何をしようとも、後で金を渡せば——大抵は黙る。結果的に、どのような放蕩三昧《ほうとうざんまい》も、どのような悪逆無道も許されることの範疇《はんちゅう》だったのだ。世の中の殆どのことは、金で解決できたのだ。だから、つまり。

だから、金は持っていた方が勝ちなのだと——つまり、ただ大金を稼ぐためだけに人生はあるのだと——そう叩き込まれて喜兵衛は育った。札差は碌な商売ではないが、馬鹿な商売でもない。居乍《いなが》らにして大金を掠《かす》め取れるのだから、馬鹿な貧乏人よりは偉いのだと、そう思うようになった。しかし、それでも喜兵衛はひとつだけ——納得の行かぬことがあったのである。

金を借りに来る貧乏な馬鹿侍はいつも威張っていた。金を貸す父はいつも頭を下げていた。

金を貸す方が、借りる者に諂《へつら》うのは嘘である——喜兵衛がそういうと与兵衛はこう答えた。

侍は威張るが仕事、威張らせておけばいいだけのもの——。

頭を下げて金になるなら何万遍《なんまんべん》でも下げるが商人《あきんど》じゃ——。

そうか、とも思った。しかしその時。ぶくりと泥が湧いた。

気に入らなかったのである。

喜兵衛は肚のぬかるみからその時の泥を掬い上げた。

それから、秋山の間抜け面を見る。

——反吐《へど》が出るわ。

喜兵衛は、秋山を侮蔑した。

「——で、如何《いかが》致しましょう」

秋山はそう言った。

「何を」

「ですから民谷のことでございます」

民谷伊右衛門――。

民谷又左衛門が選んだ民谷家の婿。民谷岩の夫――。

喜兵衛は酒で濁った眼を見開く。漸く秋山の言葉が届いた。

「どうにものらりくらりと正体のない男に御座居ますな、あの伊右衛門という男は。しかもあの又左殿に輪をかけた石部金吉、酒は嗜《たしな》む程度、女買いも博奕《ばくち》も縁がない。道楽といえば釣りを少少齧《かじ》るだけ。それでいてお役目一筋というには程遠い。出世にも金にも執着のなき様子」

そんな男が居るものか――と喜兵衛は吐き捨てるように言う。

「酒飲まずして何の浮き世か。女居らずして何の男か。金なくして――何の人生か」

そうだろう馬鹿野郎――と怒鳴って、喜兵衛は秋山に杯をぶつけた。

秋山は手を翳《かざ》してそれを避《よ》け、そう仰いますが――と言った。

「――伊右衛門と申すは、そうした男なので御座居ます」

詫びるようにそう言ってから秋山は新しい杯に酒を注《つ》ぎ、喜兵衛に差し出した。その卒《そつ》のない仕草がまた気に入らぬ。喜兵衛は益々に機嫌を損《そこ》ねた。

庭に目を遣る。

喜兵衛は暑いの蒸れるのを大いに嫌う。秋と雖もまだまだ冷え込む時季ではないから、戸も襖も何もかも開け放してある。離れの向こうに喜兵衛は真新しい木戸を確認する。

――伊右衛門。伊右衛門よ。

喜兵衛は伊右衛門の取り澄ました白面をその木戸に重ねる。

慥《たし》かに、伊右衛門という新参同心は、秋山の言うた通りの人間である。

それを真面目というのなら、とことん真面目な男といえようし、面白くないというのなら、実《まこと》に面白くない男であろう。初会の時とて笑いもせず、世辞のひとつも言うでなし、堅苦しい紋切りの挨拶をしたばかり。しかして愚鈍な印象もなく、肚に一物あるものかと探りを入れても柳に風。野次《や》《じ》ろうが褒めようが一向襤褸《ぼろ》も出さぬ。秋山などとは大違いの、責め甲斐も叩き甲斐もない男である。

気に入らなかった。

何故民谷の婿になどなったか。借財はあれど財産はない。目が眩《くら》む程の身分家柄でもない。

そのうえ岩は——何故あの岩の——岩の婿になど——。

——岩は。

まるで気に入らなかった。

ひと月程してから、喜兵衛は伊右衛門が木匠普請の技に秀でているとの噂を聞きつけた。非番の日には自《おの》が屋敷の修繕に腐心しているという話だった。そこで喜兵衛は、ものは試しと古くなった裏木戸の修繕を依頼してみたのだった。もし断らば、否、断らぬまでも難色でも示せば責め立てる理由ができる。受けたとしても細工が下手《へた》なら文句も言えよう。隙は、生じる。

ところが——伊右衛門は厭がるでもなく、つうとやって来て器用に木戸を直したのだった。粗《そ》相《そう》もせず失敗《しくじり》もせず、手《て》捌《さば》きも早く細工も巧みで、出来栄えも申し分なかった。普請好きの喜兵衛の目にも十分に適う仕上がりであった。

善い出来だ善い出来だ――と、結局喜兵衛は伊右衛門を褒めた。肚の中で泥が滾《たぎ》るのを堪《こら》え大いに褒めた。褒めども煽《おだ》てども伊右衛門は逆上《のぼ》せることなく、隙も見せずに畏まるだけで、酒肴を振る舞えばそこそこ喰《く》らい、慇懃《いんぎん》に礼を述べてさっさと帰った。

喜兵衛は最後まで伊右衛門の、その蒼白い細面が読み切れなかった。

以降、喜兵衛は幾度も伊右衛門に屋敷の修繕を手伝わせたが、全く尻尾を出さぬ。取り分け愛想の悪いこともないし、つき合いの悪いこともないのだが、喜兵衛等古参に胸襟を開くこともないのである。秋山辺りはそうした喜兵衛の苛立ちを敏感に察したものと見えて、最近では頼みもしないのに伊右衛門の動向を探っては、逐一御注進に参じるのである。

喜兵衛の顔色が曇ったのを早速に読み取ったらしく、秋山は軽口を叩いた。

「まあ、仰る通り、あの立ち枯れた又左殿でさえ、死ぬ前は金を欲しがったとか――ならば、あれは――そう、伊右衛門めは、差詰《さしず》め女ですかなあ」

「何を根拠に言う。当て推量で申しておるのであろう」

滅相《めっそう》もない――と秋山は手を振り眼を剝き弁解する。

「いいえ――その、何と申しましてもにょ、女房殿が」

「女房が何じゃ」

喜兵衛が強く言うと秋山はすぐにおろおろと引く。実にいじましい。臆病者は、あのご面相ではその、何で御座居ましょう――と語尾を濁らせ、満面に笑みを浮かべた。

「まあ、何といっても俄《にわ》か同心、難癖をつけるのは簡単で御座居ましょうが」

「難癖――難癖とは何じゃ。貴様この儂が難癖をつけるとでも申すのか」

「い、いいいえ、その、伊右衛門も慣れぬお役目故、落ち度もあろうかと」

「落ち度があれば何だ。何だというのだ。さあ申してみよ」

「いいえ、お、お気に召さぬのでしたら、お役御免にでも」

「黙れ。生利《なまぎ》きな口を叩くな、この馬鹿めが――」

――下郎め。三一《さんぴん》侍め。

秋山は何も解っていないのである。それも当然で、喜兵衛は何も説明していない。

伊右衛門を放逐するのは簡単なことである。ただそれでは喜兵衛の気が収まらぬ。

秋山は酒杯を転がし膳を除けて平身低頭、額を畳に擦り付けて詫びた。

「け、決してそのような――ご気分を害されたならこれ、この通り――」

秋山はかなり長く土下座した姿勢のままでいたが、やがて顔を上げ、

「い、伊東様、そ、それでは矢張《やは》り、又左衛門殿のようにこ、ころ――」

と涙を溜めて――そう言った。

「おのれッ何が言いたいッ――」

喜兵衛は大声を上げ杯を畳に叩きつけて秋山を睨んだ。

秋山は三寸程浮き上り、尻餅を衝くように畳に落ちた。

又左衛門のように――ころす。民谷又左衛門のように。

又左衛門は死んだ。喜兵衛が殺したようなものである。

ただ、喜兵衛は決して、又左衛門が邪魔だったから消したつもりではない。慥かに彼《か》の老僕は余計なことを多く知っていたし、何かと煙たい存在になっていたことも事実ではあったが。

鉄砲の暴発は秋山の仕掛けた罠であり、勿論そう仕向けたのは喜兵衛である。

致命傷ではなかったが、御先手組同心としては致命的であった。それも喜兵衛の狙い通りである。喜兵衛は秋山に火薬の量を加減するように指図したのだ。秋山はそう指示されたすぐ後に、左様ですな、殺すのは忍びのうござる——と言った。喜兵衛の仏心と取ったのだろうが、大間違いである。殺すのが忍びなかったのではない。死んでしまっては苦しまぬから、殺さなかっただけである。お役目に誇りを持ち、家柄にしがみつき、侍に固執している老人から、その凡てを奪ってやったらどうなるか——喜兵衛はそれが見たかったのだ。あっさり死んで貰ったのでは気が済まぬから、そう命じただけなのである。秋山に右へ倣えと、喜兵衛に媚を売る同心どもの多い中、又左衛門だけは最後まで喜兵衛に侍を売り渡さなかった。喜兵衛は秋山のような腰抜けの手合いも大嫌いだが、又左衛門のような馬鹿も大嫌いなのである。

しかし。

どうも善く解らなかった。

又左衛門は苦悶するどころか、楽になる、さっさとお役を引きたいというようなことを身内に漏らしていたという。そのうえ来る筈のない婿が来て、民谷家の存続も相成ってしまった。華《か》燭《しょく》の典も滞りなく済み、それからすぐに死んだと聞いては——もしや満足して後の大往生かと、勘繰ってしまう。ならば何のために罠に嵌《は》めたか解らない。喜兵衛の気の済む訳がない。

だから民谷又左衛門の死は、喜兵衛の腹中に収拾のつかぬ大量の泥塊を残したのである。

秋山はもう手の施しようのない程に狼狽している。喜兵衛の酒は不味くなる一方である。

不味い酒は濁っているから、飲めども飲めども肚の泥水は澄まぬ。

下がれ——と言おうとした刹那《せつな》、襖が開いた。

同心の堰口官蔵《せきぐちかんぞう》が控えていた。

堰口は矢張り喜兵衛の腰巾着のひとりである。ただ秋山などと違い、中中悪知恵の働く小悪党であり、油断のならぬところがある。堰口は秋山に一瞥《いちべつ》をくれると片頬を攣《つ》らせて声を出さずに笑ってから喜兵衛を見て、伊東様、梅殿は如何《いかが》なされた——と尋いた。

「呼べど叫べど返事がござらぬ故、無礼を承知で上がらせて戴きましたが」

「うむ——」

喜兵衛は一層に機嫌を損ねた。

思い出したくないことである。

「——梅は離れで臥《ふ》せっておる。中間も小者も用足しに出ておる」

ご病気か——と言い乍ら堰口は秋山を差し置いて喜兵衛の真向かいに陣取った。

鯰《なまず》の如き面である。鯰は秋山を横目で見つつ、抑揚をたっぷりとつけた独特の口調で、

「伊東様、実は御耳に入れておいた方が宜しいか——というようなことが御座居ましてな」

と、言った。

勿体《もったい》をつけるでない——と、ぞんざいに答える。喜兵衛はこの堰口も——大嫌いである。

「民谷のことで御座居ます。伊東様、民谷はこちらに幾度か御邪魔して居りましょうが、その際にお梅殿に御目通り叶うて居りますかな」

「まあ、二度三度酌をさせた覚えがあるが」

「左様で御座居ましょう。拙者昨日、貴奴《きゃつ》めとお役目が一緒で御座居ましてな。それが普段なら口も利かぬ民谷の奴が、こう尋いて来た。——堰口氏《せきぐちうじ》、あの伊東様の御役宅に坐《おわ》す娘御はどなた様か、御息女かと思いきや、聞けば与力はお独り身、而《しこう》してお女中とも思えぬ出で立ち、ハテ妹御やら御親戚やら——と」

「で——貴様は何と申したのだ」

「はい、詮索はせぬが宜しかろう——と申しましたが」

堰口らしい——と喜兵衛は思う。

用心深い男なのだ。一方秋山はと見れば、役立たずは歯を剝き出して、ソレ御覧なさいあの伊右衛門、お梅殿に岡惚れしているのでは御座居ませぬか、何しろ女房殿があのご面相ですからなあ——などと同じようなことを繰り返し、下卑た口調で言っている。

全く以て救い難い馬鹿である。喜兵衛は心底そう思う。堰口も同様に思うたらしく、渋面を作って一度喜兵衛を見た。そして秋山に軽蔑の毒の籠った視線を送ってから、こう言った。

「伊東様。即ち、伊右衛門構うに値せず——ということで御座居ます」

秋山は狐に抓《つま》まれたような顔で、何故じゃ——と尋いた。堰口は獅子鼻を底意地の悪そうに膨らませ、それから怪訝な様子でいる間抜け面の同僚に向けて、馬鹿にするような口調で、

「解らぬか秋山。お梅殿をこちらのお屋敷に入れる画策をしたのは、誰あろう民谷又左衛門であろう。それは御主も知っておろうが。伊右衛門はその又左の選んだ娘婿なのだぞ」

と言った。秋山は、そんなことは存じておるわ——と不服そうに言った。

「ならば解ろうものを。伊右衛門がお梅殿の素姓を知らぬということは、貴奴は又左衛門からそうした事柄に就いて、子細を一切聞かされていないということになろう。つまり貴奴は単に仕官に目の眩んだ食い詰め浪人。我等は元より、伊東様程のお方が相手にされるような手合いではないということになるではないか。左様で御座居ますな、伊東様——」

「それが何じゃ。如何《どう》したと申すのじゃ」

「ですから——あれは何も存じませぬぞ」

「それだけのことで何が解ろう。民谷が恍惚《とぼ》けているということもあろう」

「却説《さて》——その線は——御座居ますまいな」

堰口は眉を曲げた。厭な眼つきである。

「拙者が思うに、伊右衛門は騙されたので御座居ます」

「騙された——とは」

「又左衛門の古狸めに一杯食わされたので御座居ますよ。どうも伊右衛門、婚礼の日まで嫁御のご面相を知らなんだらしい。伊右衛門が民谷家を訪れたのを見た者も居りませぬし、又左衛門は怪我をしてから屋敷を出ておりませぬ。さりとて旧知の仲とは思えませぬ。組頭様に御伺いを立て、許可のお沙汰あってより婚礼まで僅かに五日。如何《いか》にもこれは早過ぎましょう」

「早いな」

「又左衛門、娘の顔の醜きを隠し、伊右衛門めを謀《たばか》ったのに違いありませぬ。更に又左衛門は
「又左衛門は婚礼の翌日病みつき、その翌日には死んでおります。これでは込み入った話も出来ますまい」

なる程そうか、それであのような女を嫁に――と秋山は感心する。

「だが堰口。それとて推量ではある。証はない。まず騙されたと知れば黙っておるまい」

喜兵衛は投げ遣りにそう答えた。そういうことに興味はなかった。だが堰口は不敵に笑い、
証は御座居まする――と言った。そしてやや身を屈め、前に乗り出して、何故か小声になり、
夫婦仲で御座居ますよ――と告げた。

「夫婦仲が如何《どう》したのだ」

「連日連夜、隣家に届く程の仲違《なかたが》い。先日などは攫《つか》み合いの大喧嘩を――」

「夫婦仲が――悪いのか」

喜兵衛は庭を見る。あの無表情の伊右衛門が妻《おんな》と喧嘩口論をするだろうか。

そしてあの岩が――。

ぶくり、と泥が浮上する。

取り澄ました岩の顔と、醜く崩れた岩の顔が眼《まなこ》の裏側で交差する。

あの岩が取り乱すだろうか。果たしてそんなことがあるだろうか。

「それは――真実《ほんとう》か」

堰口は口の端を吊り上げた。

「真《まこと》も真。あの家あの妻で婿に入った伊右衛門の本心読み難く、何事か企《くわだ》てあっての縁組かと思いもしましたがな。これが企《たくら》みごとならば、左様な喧嘩は致しますまい。そのうえ梅殿のことも知らぬとなれば、又左衛門からも何も聞いてはおりますまい。伊右衛門は欲に目が眩み、糞《ばば》を攫まされた譃者《おどけもの》に御座居ます。ならば伊右衛門、何の畏《おそ》れることがありましょう」

「堰口」

堰口は片頬を攣らせ、はい――と答えた。慢心している。

「聞き捨てならぬな。もし伊右衛門があることないこと又左衛門から聞いていたとしたら――儂は伊右衛門を怖がると――畏れるとでも申すのか。貴様」

――冗談ではない。

そんな下らぬことは関係ないのだ。喜兵衛は己の肚の底に沈殿する泥――悪心に忠実に生きているだけである。堰口は蒼白になり、失言でござった、違いまする、お気に障られたのでしたら御詫び致します、何卒何卒――と頭を下げた。結局堰口とて秋山と同じである。

「ああ鬱陶しいわ。貴様等と話すことなど何もない。もう良い。去《い》ね――」

喜兵衛は手の甲で払い除けるような仕草をし、憎憎しげに言った。

「――儂はそもそも又左衛門とて畏れておった訳ではないわ。組頭と通じておる故、面倒を嫌うて意見を容れただけである。怪我を負わせお役目から外したのも、あの皺面が気に入らなかったからじゃ。伊右衛門とて同じこと。気に入らぬから気に入らぬのみ。貴様等揃いも揃って下らぬことに気を回しおって、これ以上つまらぬことを並べ立てると斬って捨てるぞ」

喜兵衛は刀掛けに手を伸ばす。

「い――伊東様」

堰口は硬直して座り直した。

「――何故にそこまで、民谷になど拘《こだわ》られるのです。それは民谷家は代代続きし家柄、御先手組生《は》え抜きでは御座居ます。とはいえ高高同心、又左衛門は組頭様の覚えも目出度かったようですが、伊右衛門は新参者のただの軽輩。まともに関わるまでもなき輩《やから》。潰すのとて造作もない。片や伊東様は飛ぶ鳥を落とす筆頭与力、その伊東様が――何を執心なさいます」

「拘っては――おらぬ」

喜兵衛は民谷の家になど拘っておらぬ。家など眼中にない。ただ――。

――岩。

最初喜兵衛は、中中己に靡《なび》かぬ又左衛門に業を煮やし、何とか手の内に囲い込もうと思い、娘が嫁《い》き遅れているのを良いことに、無理な縁談話を持ちかけただけだった。又左衛門は同心最古参であり組頭とも懇意の様子でもあったから、喜兵衛は何かにつけ扱いに手を焼いていたのである。ただ――これが普段の喜兵衛なら、早早に岩を手込めにでもしていた筈である。

喜兵衛は何故か手を出す気にならず、岩も見向きもしなかったが、気にもならなかった。

所詮本気ではなかったのだ。のらくらと躱《かわ》されているうちに瞬く間に三年四年が過ぎた。

喜兵衛は一度も正面から岩を見たことがなかった。

そのうちに岩は病みついた。一昨年のことである。

そして――喜兵衛がまともに顔を見る前に――岩は醜く変貌した。

与力殿を袖にした天罰じゃと、腰巾着どもは噂した。

しかし。

毒を――。

岩は毒を盛られたのだと――最初にそう言い出したのはこの男――堰口である。

今と同じ訳知り顔で、今より一層に忠臣振って。

あの痘痕《あばた》は疱瘡《ほうそう》の痕《あと》とは様子が違いまする。毒、唐《から》の毒で御座居ますよ――。

堰口はそう言った。

最初、訝《いぶか》しんだ堰口は岩の父――又左衛門に心当たりを尋いてみたのだという。

しかし父親は真逆《まさか》真逆の一点張りで埒《らち》が明かなかったのだ――と堰口は語った。

岩に毒を盛って得をする者など居りませぬ――と又左衛門は言ったという。堰口はそこでこう思ったのだそうだ。慥かに――民谷のような貧乏同心では怨みを買うこともあるまい。しかし喜兵衛のように羽振りの良い与力なら別である。逆怨みをする有象無象《うぞうむぞう》もいることだろう。ならば――これは喜兵衛に怨みを抱く何者かの仕業ではなかろうか――と。

兼ねてより喜兵衛が嫁に望んでいた娘――岩に毒を盛り、ふた目と見られぬ顔にして――。

その憶測を聞いた時、喜兵衛は激怒した。真に受けた訳でもなかったのだが、何故だか無性に腹が立ったのだ。大いに気に入らなかった。その時も、どくどくと泥が肚の中を満たした。

――岩。

「ええい黙れ。儂は民谷になど拘っておらぬ」

喜兵衛は再度、強くそう言った。

左様ですかな――堰口は珍しく絡んで来た。

「お畏れ乍ら拙者にはそうは思えませぬ。先の薬種問屋の一件だとて元を辿れば岩殿から出たことで御座居ましょう。慥かにあの娘御――岩殿は勿体のないことをしたが、本当にあれは、あの薬屋の仕業なので御座居ましょうか。毒を盛ったのは伊東様に怨みを抱く誰か別の者の仕業であったやもしれませぬ。それを――あの西田とか申す筍《たけのこ》医者の言うことを真に受けて、意趣返ししたまでは良う御座居ましたが、結局話は拗《こじ》れてしまったではありませぬか――」

慥かに。その時喜兵衛は如何《どう》かしていた。

喜兵衛はまず岩の脈をとった医者を呼びつけた。それが西田尾扇である。

侍に囲まれて尾扇は怯え、歯の根の合わぬ震え声で訥訥《とつとつ》と言い訳をした。

疱瘡と申すのは発熱《ほとおり》三日出斉《でそろい》三日廻漿《みずもち》三日貫膿《やまあげ》三日収靨《かせ》三日と申します――。

半月あれば平癒するもの。岩殿は三月四月《みつきよつき》病みついて、しかもあの面相――。

慥かにただの疱瘡ではないのは事実――ただ巷では当方の見立て違い、まるで八幡《やわた》の藪知《やぶし》らず、藪にかかって出口なしなどと囃しまするが――自分の処置は間違っていない、処方した薬も毒ではないと、尾扇は泣いて陳情した。聞く耳持たぬと重ねて問うと、小心者の医者は、確《しか》と疱瘡は本復し候えば、あれは別の病なり――と言い始め、そのうちに、そう申されるなら何者かが毒を盛ったということもあるかもしれませぬ――などと言い出した。

一七一

——藪医者め。

喜兵衛は尾扇を脅かし、更に民谷宅の詳しい事情を聞き出した。そして民谷の家に頻繁に出入りしている薬売りがいるということを突き止めたのである。薬売りは名を小平《こへい》といい、血の道に効くそうきせいという唐薬を民谷の家に納めているという話だった。その薬は代代民谷家の女が愛用しているとのことで、どうやら岩も服用しているらしかった。

そこで喜兵衛は秋山堰口らに命じて薬屋小平を探し出し捕まえて締め上げた。捕《と》えてみれば小平は齢端《としは》も行かぬ若造で、自分は届けているだけだ、許されよ許されよと泣くばかり。卸《おろ》しているのはどこじゃと問えば、両国の薬種問屋だという。名を問えば利倉屋《とくらや》とすぐに吐いた。

だが、それから先は闇の中だった。

尾扇以外に民谷家に薬を持ち込めるのは利倉屋しかなく、ならば利倉屋が怪しいのは目に見えているのだが、如何《いかん》せん当の民谷には害を被った意識がない。喜兵衛がものを申しても縁組の時と同じでのらくらと躱されてしまう。却説《さて》岩の顔はと見れば、醜く崩れて見る影もない。

真相は知れない。

そうなると余計に気に入らなかった。その時も泥が湧いた。

どうしても気が鎮まらず、結果喜兵衛は喜兵衛なりの決着をつけることにしたのだった。

利倉屋の娘を拐《かどわか》し、蹂躙《じゅうりん》したのである。理由は一切言わなかった。喜兵衛は喜兵衛の中で決着がつくなら、それで良かったのである。尤も、泣き叫ぶ娘を手込めにしたところで、肚の底の泥は凝《こご》るばかりで、晴れる気配も何ひとつなかったのだが。だから——。

「尾扇の話の真偽など問題ではない。儂は好きに振る舞ったまでじゃ」

喜兵衛は答えるのが面倒になっている。それでもまだ、堰口は不服そうに続けた。

「しかし伊東様。結局御身は側女《そばめ》を出され、遊興もお控えになられた。それもこれも、皆あの一件から出たことに御座居ましょうに」

「しかし堰口、尾扇はその責を負い、あの袖と申す娘を伊東様に差出して来たではないか」

「そうは言うが秋山。善く考えてみよ。何より調べてみれば自分の下男が談判を焚《た》き付けた張本人だったというのは如何《いか》にも出来過ぎているではないか。しかも尾扇めは、あの憎げな鉢《はち》坊主の方は所在が知れぬなどと申し立てておるのだぞ。そうで御座居ましょう伊東様。そもそもあの時あの場面に又左衛門が参ったことも、拙者には偶然《たまさか》の成行とは思えませぬが――」

「それは偶然である。又左衛門は羽織を届けに来ただけだ」

「ですが、素直に又左の言うことを――」

黙れと言うておる――喜兵衛は凄んだ。

事実、その一件は後に長く尾を引いた。高い釣りがたんと来た。

理由を知らぬ利倉屋は激怒し、使者を寄越して強請《ねだり》ごとの強談判《こわだんぱん》へと打って出た。将《まさ》に斬って捨てんとするその時その場面に、民谷又左衛門が来合わせたのである。

そのまま使者を斬り、又左衛門を拗伏《ねじふ》せることも出来た。しかし又左衛門は――。

伊東様、これ以上の御乱行は、い、い、兄上様の御為にも――お控え下され――。

と言ったのだった。

一七三

誰も知らぬ筈のそのことを、老同心は知っていた。

喜兵衛は顔から火が出る程に熱くなったことを覚えている。

結果、喜兵衛は又左衛門の意見を容れた。利倉屋の要求も表向きは呑んだ。

妾女を役宅から出し、代りに利倉屋の娘――梅を奥向きに迎え入れたのだ。勿論嘘である。

無理な要求に策を練り、民谷家の養女となって後伊東家に嫁ぐのだと、嘘言を弄して利倉屋を騙したのは又左衛門である。老僕は飄飄《ひょうひょう》と、これは四方丸く収める方便なり――と言った。

利倉屋とは長い付き合いですが、伊東様は上役――。

まあ、上役の利を取るのが世渡りというものでしょうなあ――。

なに、儂が一筆認《したた》めますれば利倉屋は信用しましょう。頃合いを見計らって――。

離縁と称して家を出せば良い――という企みごとだった。

小賢しい――。恩を売ったつもりか――。

気に入らなかった。

その小賢しい立ち振る舞いが仇《あだ》となった。その時、民谷又左衛門の命運は尽きたのだ。

民谷の家は絶える筈だった。それが――。

だから――。

堰口は重ねて言う。厭な目つきだ。

「もしや又左衛門めは組頭様と懇意なのを善いことに、伊東様を――」

「苦呶《くど》いぞ堰口。組頭も民谷も関係なきこと。儂は好きなようにしておるというが解らぬか」

「しかしあの時の按摩取り、あの按摩がその後も民谷宅に出入りしているところを見た者も居るのですぞ伊東様。凡ては又左衛門の謀《はかりごと》であったやも——」

「言うことが違うておるぞ堰口。その又左衛門は死に、その方の推量では、婿の伊右衛門は何も知らぬ筈と——今その口でそう申したではないか」

「ですから民谷になどもう関わられることはないと申し上げております。多くを知りし眼の上の瘤《こぶ》、又左衛門も今は亡く、岩殿は顔醜く崩れ、しかも婿までお取りなさった。最早関わり合うても損ばかり、得のひとつもあるまいものを——」

「損得ではない」

堰口は不可解な表情を見せた。

——これは狂人を見る眼じゃ。

——儂が狂うておると言うか。

喜兵衛は膝を崩し、大声で怒鳴った。

「ええい黙れ。何じゃその顔は。貴様等に何が解ろう。去《い》ねと言うたら去ね」

「伊東様。何もそのような面白うも可笑しゅうもないことにご執心なされなくとも——」

喜兵衛は膳を蹴倒し、堰口の胸ぐらを攫《つか》んで、その耳元で言った。

「堰口。貴様——女を抱いて面白いか」

「何と——仰る」

「酒を食ろうて楽しいか。金を遣うて可笑しいか」

「そ——それは」

「儂はな、どれ程金を遣おうと遊ぼうと、面白くも可笑しくもないのだ。何人女を抱こうとも何斗酒を食らおうとも、何ひとつ楽しくなどないわ。儂の肚の中が貴様に解るか。貴様のような腔《うつけ》に解ろう筈もないわ。とっとと——出て行けッ」

喜兵衛は堰口を突き飛ばし、後ろ手で大刀を掴んだ。堰口は翻筋斗打《もんどりう》つように倒れ、喜兵衛は空を斬ってその喉元に鐺《こじり》を突き出し、皮一枚開けて止めた。

「出て行かぬと——喉笛掻き斬るぞ」

ひいひいと悲鳴を上げて堰口は這うようにして座敷を出た。

「元値の知れた木端《こっぱ》侍《ざむらい》め——」

喜兵衛は鞘尻《さやじり》で横倒しになった膳を薙ぎ払った。

それから秋山の名を呼んだ。返事はなかった。見れば秋山は喜兵衛の見幕に己を失い、放心している。もう一度強く呼ぶと臆病者は蚊の鳴くような返事をした。

「な——何かご、御用で」

「伊右衛門を呼んで参れ」

「こ、これから、い、今」

「今すぐじゃ。普請の相談があるからすぐに来いと言え」

秋山は返事もそそこに縁側から転げ出た。

——あれでも侍か。

庭に唾を吐く。
喜兵衛の屈折が、あのような馬鹿どもに解る訳もない。
熱い、赤黒い泥が肚の底で沸沸《ふつふつ》と煮える。
ぶくぶくと——古い泥土が浮上して来る。
思い出したくもない憤懣が、はち切れんばかりに膨満して顔を出す。
——気に入らぬ。
見透かすような堰口の眼も、鈍感な秋山の眼も、凡てが気に入らなかった。
喜兵衛は縁側に出た。
離れに燈が灯っている。梅が居るのだ。
木戸を見る。
——伊右衛門。
——伊右衛門は——知らぬか。
ならば。
——又左衛門以外は——誰も知らぬこと——。死人に口なし。
そのこと。隠し事。
露見しても困ることなどない。だから本来隠す必要もない。
しかし。
兄上様の御為にも——。

——巫山戯《ふざけ》るな。

喜兵衛は——先の組頭三宅左内の落胤《おとしだね》なのである。

つまり今の組頭三宅彌次兵衛は、喜兵衛の腹違いの兄ということになる。

その昔——三宅左内が部屋住みの折に懇意にしていた札差の下働きに御手を付け、産ませた子供こそが喜兵衛なのだ。跡目争いか世間体か、どんな事情があったのかは知らぬが、いずれ侍の大義名分から——喜兵衛は町家に引き取られ、札差の跡取りとして育てられたのだった。

そのことを知ったのは、慥か喜兵衛が二十六の時である。

その時、喜兵衛は嫁取りが決まっていた。意に染まぬ縁組ではあったが、商売上は最良の選択だったから文句のあろう筈もなかった。祝言を機に先代も隠居を決めて、将に身代を引き継がんというその時に、喜兵衛はそれを知らされた。その時既に、喜兵衛は一端《いっぱし》の商人だった。

喜兵衛の頭は、金になるなら幾ら下げても平気な頭になっていた。

その、喜兵衛が——。

侍の子——だという。

流石の親父も気が緩んだのであろう——と喜兵衛は思う。

黙っていれば解らぬこと。否、黙っていた方が得になること。得になることならば、親が死んでもやり通す、札差与兵衛一生一度の不覚であったろう。守銭奴《しゅせんど》の吝嗇家《りんしょくか》の金亡者《かねもうじゃ》のといわれた先代も、輪をかけて強欲な二代目が出来たため、安心して口が滑ったのであろう。よもや喜兵衛がそれを知り、身代棒に振るような行いに出ようとは、微塵も思うていなかったろう。

喜兵衛はそれを聞くなり、父を打ち据え、育ての母と妹を犯して、大金を持って遁走した。

喜兵衛とはそういう男なのである。

侍には無条件に礼を尽くせと教えたのは先代である。女は凡て売女だと教えたのも親父である。自分が真に侍ならば、卑しき商人《あきんど》は頭を下げよと、父に知らしめたのだ。血の繋がりがないのなら、母妹と雖もただの女と、そう教えてやったのだ。それまでの喜兵衛にとっては、血の繋がった者だけが女ではなかったのだ。それがないのなら、家族と雖も女郎と一緒である。

喜兵衛は遊廓に立て籠り、放蕩三昧に明け暮れた。

その間に、妹は首を縊《くく》り、母は気が狂《ふ》れて死んだ。

与兵衛は進退谷《きわ》まり三宅左内に相談を持ちかけた。

若気の至りの後始末、左内は不肖の息子の乱心乱行に取り乱し、押取刀《おっとり》で駆けつけた。

喜兵衛はその時初めて——本当の父親の顔を見た。

喜兵衛は一貫して強硬な姿勢を取り、自分を旗本次男坊と認め、せめて部屋住み扱いとするよう要求したが叶わず、いずれ何等かの形で召し抱えると約束だけさせたのである。その後、喜兵衛は札差の鑑札を弟に譲り、遊び暮す一方で武術を極めた。約定が叶うたのはそれから十年の後、左内の死後のことであった。遺言を受けた兄——彌次兵衛の采配に依るものである。

こうして喜兵衛は御先手組与力、伊東喜兵衛になったのだ。

金子《きんす》は弟の懐から、無尽蔵に出る。怖いものなどなかった。

ただ、厭なものは幾らでもある。

世の中の凡てである。
喜兵衛は離れに向かった。
戸口から中に向け声を掛ける。
梅、梅、今宵これから客が参るぞ。
母屋は荒れておる故、この離れに通す。
支度をせい。酒など肴など用意するが善い。
窶《やつ》れた梅が不安げに顔を出す。
――孕み女など女ではないわ。
小者が戻り次第料亭に走らせる故、それまでの中継ぎじゃ。
颯颯《さっさ》とせぬか、そなたとて、出は卑しくとも武家の妻女であろう。
梅は無言で支度を始める。喜兵衛はそれを見つめている。
――この腹に子が居るか。
忌ま忌ましい。
ぶくり。
きい、と音がする。
木戸に目を遣ると。
蒼白い顔の伊右衛門が立っていた。

民谷梅

梅はついこの間まで、自分を童女《こども》だと思うていた。箸《はし》でも棒でも転げれば可笑しかったから、笑うた。生きる思案死ぬ思案など、とんとした覚えがない。

——だからこうして。

だからこうして生きている。思い返せば、死のうと思えばいつでも死ねた筈である。機会は幾度となくあった。拐《かどわか》されて戻った折も、父の顔を見るなり死ぬ死ぬと騒いだ程である。それでも死ななかったのは、本気ではなかったからだろう。自分が如何《いか》に大変な目に遭ったかを周囲に解らせんと言うてみただけのこと。自分が厭な思いをした分だけ、まるで帳尻でも合わせるかの如く、誰かしらに厭な思いをさせたかっただけだ。単に甘えていたに過ぎぬ。辛い苦しい悲しい虚しい——勿論本当にそうだったのだけれど、それでもその時は子供だったのだ。

でも、この離れに住むようになってから、梅は本気で、しかも幾度となく死ぬ思案をした。

今の暮しは、地獄というより他に喩《たと》えようがない。手込めにされただけで済んでいたなら犬に咬まれたのと変わらぬが、軟禁され、昼夜を問わず辱《はずかし》めを受けて、それが延延明日《あす》も明後日《あさって》も無限に続くとなると話が違う。泣き寝入りしていた方が何倍もマシだったことになる。

梅は騒いだ自分を、それを真に受けた父を、そして間に立った民谷又左衛門を怨んだ。

梁《はり》を見れば首吊りを、刃物を見れば自刃を思うた。見張り番の目を盗み逃走して、川にでも身を投げようと、幾度も、幾度も考えた。しかしそれでも梅は死ねなかった。怖かった訳でも幼かったからでもない。父やお店《たな》や、大勢のお店の奉公人達のことを慮《おもんばか》った結果である。

例えば――梅がこの離れで首でも吊ろうものならば、累は必ず父の許に及ぶだろう。

伊東喜兵衛とはそうした男である。

勿論――ただ逃げることも考えた。しかし、縦《よしん》ば首尾良く逃げられたとて同じことなのだ。もし捕まれば今より悪くなることは目に見えているし、仮令《たとい》逃げ果《おお》せたとしても誰かしらが害を被ることは間違いない。いずれ死のうが逃げようが、父を始めとする大勢が迷惑するのである。死人も出るやも知れぬ。逆様《はんたい》に、このまま梅ひとりが堪《こら》え続けることが出来るのならば、どれだけ騙されていようが、父の心中は穏《おだ》やかなままであろうし、店がどうかされることもあるまい。だから梅は逃げもせず、死にもしなかったのである。

そうした配慮が出来るようになった分、梅は大人になっている。皮肉なもので自由に死ねる時分には死ぬことなど考えることもせなんだ癖に、自由に死ねなくなって初めて梅は死に就いて思案を巡らせている。

もう、子供ではない。

それもその筈で、拐された時き生娘《むすめ》だった梅が、今や腹に子を宿す――母なのである。

――喜兵衛の――子。

それを思うと父やお店に対する配慮など掻き消えてしまい、即刻死んでしまいたくなる。

懐胎を知らされた時は動顚した。耳の奥にただ死ね死ね死ねという耳鳴りが鳴り響いた。

医者の尾扇は、これは目出度《めでた》き煩《わずら》いと存じければ油強きもの辛きもの御無用、追っ付け平産くださいませ——と言った。しかし梅の耳には、ただ死ね死ねとしか届かなかった。言葉は聴き取れるのだが意味は届かず、どのような言葉も皆、死ね、という意味に聞こえたのだった。

今度こそ死のうと思った。

喜兵衛の子を宿したまま生き続けるなど——況《まし》てやその子を産むなどと——身の毛が彌立《よだ》つ。

夕方近くになって見張りの中間が使いに出た。梅は寝ている間も見張られている。見張りは昼夜交代で、風呂でも雪隠でも見張る。誰もいなくなることなどは滅多にないことだった。

死ぬならばこの時しかないと思った。

ただ、離れから出ることは出来ない。

庭に面する母屋の戸襖は凡《すべ》て開け放してある。見咎められずに外に出るのは無理である。

離れの中で死ぬしかない。命を断つのに適当な刃物はなかった。ならば——。

紐《ひも》。紐ならある。

何処かに吊して——踏み台を——。

死ね死ね死ね死ね。耳鳴りがした。

途端に、梅は強い眩暈《めまい》に襲われた。

そうして。

梅は今、まだ生きている。

身綺麗に支度を調え、紅まで注《さ》して、作り笑いまで浮かべている。

こうしたことが出来ている以上、それ程自分は辛くもないのか——などとも思う。

——酌までして。

まるで遊女《あそびめ》のような仕草で。

そうした仕草もここで覚えた。覚えたといっても未だ手慣れたものではない。それに見知らぬ客ならまだ良いが、秋山だの堰口だの、そもそも自分を拐し手込めにした下手人どもを相手にして、どのような顔をして酌をしろというのか、梅には解らない。酌をさせる喜兵衛の神経もまた解らない。それでもいつの間にか笑みを作っている自分が、梅には余計解らない。

静静と、杯に酒精を満たす。

客は畏まって礼をした。

客。民谷——伊右衛門。

この若い同心も梅には善く解らない。民谷というからにはあの又左衛門という老人——死んだという——の縁者なのであろうが、何の説明もないし、尋く訳にも行かぬから知りようがない。ただ、いずれこの家に来る者であるから、悪党外道の類には違いあるまい——とも思う。類は類を呼ぶの喩え通り、喜兵衛の朋輩や手下どもは悉く悪党であると梅は思うからである。しかし伊右衛門に限っては朋輩手下という感じもしない。来れば職人のように仕事をし、ただ帰る。何よりこの伊右衛門は、他の男どもと違って愛想笑いを一切しない。まるで笑わない。

喜兵衛宅を訪れる悪党どもは、大抵へらへらと笑っている。金満与力のお零《こぼ》れに与《あず》かろうと卑屈に擦り寄る賤《いや》しい笑い、傲慢な上役の悪態に対する作り笑いに苦笑い、悪事に交わる薄笑い馬鹿笑い――。誰も彼もへらへらと顔を弛《たる》ませ、真顔で居る者などいないのだ。

でも伊右衛門は笑わない。難しい顔をしている訳ではないが、決して笑わない。

喜兵衛も笑うことは少ないのだが、こちらは顕《あきら》かに不機嫌なだけである。梅が思うに、喜兵衛という男は、兎に角世の中が気に入らないのだろう。つまらなくて仕様がないのだ。伊東喜兵衛という男には、楽しい嬉しいという感情自体が欠落しているようだった。一方伊右衛門は不機嫌というよりは、どちらかというと淋しそうに――梅の眼には映るのだった。

真顔の伊右衛門は梅の注《つ》いだ酒を一口だけ嘗めて、一層に畏まってから言った。

「先刻秋山殿が拙宅に参られまして、伊東様火急の御用と承りましたもので、斯様な刻限に失礼かとも思いましたが、取り急ぎ罷《まか》り越《こ》しました」

喜兵衛は微動だにせず、大儀である――と答えて、手酌で愛用の椀盃《ひはい》を満たしてから、相変わらず楽しいことなど何もないというような狒《ひ》の如き仏頂面で伊右衛門を嘗めるように見回した。梅はこの、人を値踏みするような目つきにだけは慣れぬ。慣れぬというより厭だ。

伊右衛門は動ずる様子もなく、却説《さて》、急ぎのご普請と伺いましたが――と、問うた。

喜兵衛は口許だけ歪ませて笑った振りをし、楽にせい――と言ってからこう答えた。

「普請は嘘だ」

「嘘――とは」

「そうでも言わねば其処許《そこもと》も家を出難《でにく》かろうと思うたまでじゃ」

「出難いと申されますと」

「用もないのに家は空けられまいが」

「そのようなことは御座居ませぬが」

左様かな——と喜兵衛は意地の悪そうな顔を見せる。

「それに其処許、最近では木匠の技を余業としておると聞く。幾ら儂が上役じゃと申しても、生業《なりわい》で為しておるものを只《ただ》で使うては筋が通るまいて」

「それは——申し訳も立たぬこと。汗顔の至りと——」

「なに、恥ずることはない。禄の低きは承知しておる。竹細工傘張り盆魚《ぼんぎょ》の養殖と、当節内職をせぬ御家人はない。其処許の如き巧みな腕を持っていて金に変えずば宝の持ち腐れじゃ」

伊右衛門は一層に畏まった。喜兵衛は不機嫌な目つきのまま、声を出して笑った。

「今後は手間賃を払おう。入り用ならば今まで手伝うて貰った普請代も渡そうと思う」

「それは——お心遣いは忝《かたじけ》なく存じまするが——」

「要らぬと申すか——」

喜兵衛はふん、と鼻を鳴らし、殊勝な心掛けよ——と投げ遣りに言った。

梅には弄《もてあそ》んでいるように見える。

「民谷、呼んだのは他でもない。昨今貴様に就いて良くない噂を耳にしたものでな」

「良くない——噂で御座居まするか」

「良くないな。そう。其処許、内儀《ないぎ》とは上手く行っておるか」

伊右衛門は答えず、一度口につけただけでずっと手に持っていた杯をぐい、と空け、それはどのような意味で御座居ましょうか――と、逆に問うた。

「上手く行っておらぬのだな」

「上手くと――申しますれば」

「夫婦《めおと》の間のことじゃ。あの又左衛門の娘御――否、其処許の内室は、兼ねてより――これは悪口ではない故気を悪くせぬように――兼ねてより気性激しきとの評判著しき故」

伊右衛門は俯向《うつむ》き、薄い唇を開きかけて、閉じた。どうやら慎重に言葉を選んでいるようだった。警戒しているのかもしれない。否、伊右衛門は警戒しているのに違いないのだ。梅は伊東宅で暮した半年の間にも、失言《うせごと》を論《あげつら》われて失脚した軽率な輩《やから》を幾人となく見ているのだ。

「伊東様。何ごとも――内内の瑣事なれば」

「誤魔化すな民谷。日を問わず昼夜を問わず、争いごと絶えず――と聞いておる」

伊右衛門は杯を手にしたまま止まった。

「伊東様――左様なことを――何故に――」

「儂は筆頭与力。配下の内情を知らいでか」

慥《たし》かに仰せの通り――と言って、伊右衛門は頭《こうべ》を垂れた。

「内内の恥が与力様のお耳にまで届いていようとは努努《ゆめゆめ》思いもせず、厚かましくも斯《かく》の如く御酒まで戴いております。この民谷伊右衛門、己の厚顔無恥にいい加減愛想が尽き申した――」

伊右衛門は杯の縁を懐紙で拭《ぬぐ》って、丁寧に膳に戻した。更に梅が続けて酒を注ごうとするのを静かに制し、その一瞬だけ、梅と伊右衛門の視線《まなざし》は絡んだ。

絡んだ視線はするりと抜ける。喜兵衛の胴間声が聞こえる。

「民谷、勘違いを致すな。何も儂だけが耳聡い訳ではない。其処許の家の諍《いさか》いごとは、組内の者なら誰でも存じておることである。先日は――そう、攫《つか》み合いの大立ち回りであったと聞いておるぞ――真実なら見とうなくとも目に止まる。聞きとうなくても耳にも入ろう」

伊右衛門の醸し出すどこか淋しげな印象は――梅の中では――内儀と攫み合っての諍いごとなどと全く結びつかなんだ。梅は喜兵衛の言葉に実感が持てず、改めて伊右衛門の顔を見た。

――ぞっとする程に――。

伊右衛門は、その整った面立ちを少しだけ曇らせた。

「それは――益々以てお恥ずかしい限りに御座居ます」

伊右衛門は否定しなかった。すると事実なのだろう。

喜兵衛は首を上下に振り、矢張《やは》り真実《ほんとう》か、と呟《つぶや》いた。

「どうなのだ民谷。責めておるのではないぞ。儂は其処許の性質に就いて多少なりとも存じておるつもりじゃ。儂にはお主が女房と攫み合うような男とは思えぬのだ。それとも――岩殿は噂に違《たが》わぬ悪妻か。温厚な其処許が激昂する程じゃ。余程不出来な妻なのであろう」

伊右衛門は眉を顰め、それは違いまする――と、やけにきっぱり言った。

そして一転して淡淡と続けた。

「凡ては拙者の不徳の致すところ。神懸けて妻《さい》に落ち度は御座居ませぬ。拙者が民谷家の家風に似《そぐ》わぬ故の行き違い。拙者、五年の長きに亙り浪浪の身として市井に身を置き、不本意乍《なが》らも卑賤なる行状が骨身に染みておりますれば、代代続きし武家の息女たる妻との間に悶着《もんちゃく》の生じるは必定。諍いの非は遍《あまね》く拙者に御座居ます。ただ、再三申し上げます通り、内内のことで御座居ますれば、今後は己を戒め、組内の同輩諸氏にご迷惑の及びませぬよう、重重心を砕き精進致します故、過日の恥はどうかお忘れくださいますよう、伏してお願い申し上げます」

伊右衛門は膝を横に除《の》けて両の手を畳に突き、深深と頭を下げた。

喜兵衛は蝦蟇《がま》のように潰れた顔で、伊右衛門を一方的に見下した。

「用心深い男よな」

「用心――とは」

「儂が信用ならぬか。民谷」

「さ、左様なことは一向に」

「それでは何を用心しておる。又左衛門が何を申したかは知らぬが、儂に心は二つないぞ」

「義父は――別に――用心など」

「左様かな。与力伊東に気をつけろ、誓って心を許すなとでも――申したのではないのか」

小馬鹿にするような口調である。もし本当にそう言われていたところで、はい左様ですと答えられる訳もなし、ならばどれだけ違うと申し立てたところで、一向に真偽の程は知れない。片や黙っていればいたで、矢張りそうかと責められる。問われた方に出口はない。

蝦蟇は黙って様子を窺っていたが、やがてその無愛想な唇を開いた。

「まあ良い。民谷、内儀とのこと――それ程までに話しとうないのか」

「い、いいえ。ただ与力様のお耳を褻《けが》すまでもなきことと存じますれば」

そこで喜兵衛は、濁った眼で梅を見据え、何をしておる、客人に酌をせい――と言った。

梅は慌てて徳利を手向ける。伊右衛門は怖《お》ず怖《お》ず杯を差し出し、遠慮がちに会釈をした。

喜兵衛はその様子を眼を細めて見て、

「民谷。其処許はそれなる梅の素姓を――何も知らぬな」

と言った。

「存じませぬ」

「その梅はな」

顎をしゃくる。

「岩殿の――妹である」

伊右衛門は殆ど動かなかったが、微かに狼狽の色を見せた。

「真実《ほんとう》の妹ではない。元は商家の娘だ。ただ子細《わけ》あって――」

梅は顔を上げ喜兵衛を睨んだ。目が合う。逸らす。俯向《うつむ》く。

「――儂の許に居る。その際骨を折ったが其処許が舅殿よ。侍に娶らせる腹積もりで養女に迎えたのだ。梅の生家に宛てた又左衛門直筆の証文の控もある。ただ、未だ輿入れの御伺いを出しておらぬ故、それなる娘は民谷梅。其処許の義妹であるぞ。確《しか》と違いないな――梅」

「え――」

――何を――考えているのだろうか。

梅は戸惑う。喜兵衛の本意が知れぬ。

伊右衛門もまた混乱しているように見えた。

「しかし岩――いえ、妻は左様なことを何も」

「岩殿こそ何も知るまい。凡て、先代又左衛門の弄した策である」

「しかし義父とて、生前左様なことは一言も――拙者、何ひとつ」

「申されぬ事情があったのであろう」

「その――事情とは。その子細とは」

「又左衛門が語らなかったのであれば儂の口からは言えぬ」

何という狡い男だろう――梅は口を開こうとしたが、何を言うべきかを見失っておろおろと
ふたりの侍を見比べ、結局は沈黙した。矢張り――喜兵衛の真意が知れない。

伊右衛門は神妙な顔つきで、神経質そうに居住まいを正した。

喜兵衛は大声で言った。

「不服そうであるな民谷。まあ、時機に至れば凡て判ることだ。多くは聞くな。ただ、これだけは心得ておけ。其処許が亡父民谷又左衛門は、生前娘婿である其処許に対して決して肚《はら》を割ってはおらぬのだぞ。これ程の大事を隠しておったのであるから、それは明白である」

伊右衛門の答えも待たず、喜兵衛は更に大声で、まるで恫喝《どうかつ》でもするように続けた。

「さあ如何《どう》か。又左衛門が其処許に、儂に関するどれ程の苦言を呈したのか、それは敢えて尋くまい。その一言一句どこまで信用に値《あたい》するものか、其処許は善ッく思慮せねばなるまいな。死人の戯言《ざれごと》に惑わされ、筆頭与力の心遣いを無にするは得策とはいい難いのではあるまいか。儂はな、其処許にとって益とはなれど損になろう話など——一度たりとも申してはおらぬぞ」

これではまるで強談判《こわだんぱん》である。しかも目的が善く解らぬ無理強《むりじ》いである。今のままだと、喜兵衛はただ、伊右衛門に内儀のことを詳《つまび》らかに話せ——と声高に要求しているだけなのだ。

梅は伊右衛門に気取《けど》られぬように喜兵衛を睨んだ。

伊右衛門の低い声が聞こえた。

「伊東様。仰せの事柄、いちいち御尤《ごもっと》も。拙者の如き軽輩に対する濃《こま》やかなるお心遣い、実《まこと》に痛み入ります。民谷伊右衛門、返す言葉は御座居ません。ただ、只今この座で伊東様に御相談申し上げるべきような煩《わずら》いごとは——矢張り幾ら捜しても見つかりませぬ。家内の悪評は精精身から出た錆《さび》、貧しきことを除けば暮し向きは足りております」

「民谷」

「は」

「窶《やつ》れておる」

「窶れて——」

「疲れておる。生気が失せておる。其処許の申す通り、屋敷内のことは屋敷内で済ませるが当然。而《しこう》してその面体は何じゃ。それでお役目が勤まるのかと——儂はそれを案じておるのだ」

──案じている。

嘘ばかり言う。梅は再び喜兵衛に嫌悪の視線を投げかけた。

この畜生《けだもの》が、他人のことを案じたりする訳がないのだ。喜兵衛という男は、常に重箱の隅を突《つつ》くように他人の粗探《あらさが》しをし、僅かでも相手に隙あらば、そこを狙ってねちねちと甚振《いたぶ》るだけである。ならば──喜兵衛は何度も伊右衛門を呼びつけては仕事をさせ、隙のない新参同心の隙を見出さんとしていたのかもしれぬ。そして喜兵衛はそれを見つけたのだ。即ち閨門《けいもん》の不和こそが伊右衛門の隙である。喜兵衛は案ずるどころか責める気だ。嬲《なぶ》るつもりなのだ。そのために伊右衛門という男の、妻との確執の詳細を知りたがっているのであろう。

梅は再度伊右衛門を見た。唇を軽く噛み、同心は黙して杯を見つめている。

梅はそのまま眼を伏せた。可惜《あたら》若い同心風情、毒蛇の如き喜兵衛相手に敵《かな》う訳がない。

──何を気にしていやる。

梅はいつの間にか伊右衛門という同心の一挙手一投足をやけに気に懸けている。

──知らぬ相手というに。

梅は頰の辺りに何やら落ち着きのない騒騒《さわさわ》しさを覚えた。

伊右衛門が──見ている。梅は見返すことが出来なんだ。

何を畏まっておる、紙一枚の縁《えにし》とはいえ兄妹、気安くせぬか──と喜兵衛は言う。

しかし伊右衛門は一向緊張を解こうとはしない。

喜兵衛は北叟笑《ほくそえ》んでいる。まあ良いなどと言う。

「急に言われたとてすぐには馴れるまい。だがな民谷。今後、儂のことは上役ではなく親類と思え。目を掛けて進ぜよう。妙な顔をするでない。儂は屋敷の普請が道楽でな、其処許の腕は大いに買っておる。この梅のこともあり、兼兼懇意にしたいと思うておったのだ。ただ、梅のことを始め死んだ又左衛門が隠し事をしておる節もある故、言い出すのを憚っておったのだ。お役目のことは元より女房のこと家のこと、以降気兼ねなく相談致せ」

喜兵衛は上機嫌である。梅は機嫌の良い喜兵衛の姿など初めて見た。

伊右衛門は畏れ入ります――と慇懃《いんぎん》に述べて、再び深く頭《こうべ》を垂れた。

喜兵衛は、まあ今日はたんと飲むが良い、いい、もうすぐ肴も届くであろう――と大いに砕け、のみならず梅にまで、さあ本日ただ今よりそこな伊右衛門がそちの兄じゃ、血縁の契《ちぎ》りの慶事、遠慮をせずにそちも飲め――などと言うた。梅はこの家に来てから酒を飲まされたことなどない。否、そんな人間並みの言葉を掛けて貰ったのは初めてだった。

暫くすると小者が二名程、立派な重箱を運んで来た。名の知れた料亭の、豪華な膳だった。

喜兵衛は中間に命じて庭から紅葉の枝を採らせて座敷に飾り、さあ飲めや食えや今宵は宴じゃと柄になく躁《はしゃ》ぐ。梅は益々与力の心を見失い、ただただ戸惑う。

伊右衛門は殆ど喋らず、梅もまた黙して、結果喜兵衛だけが大いに語った。やがて欄間に淡月がかかり、料理も尽き、話も尽きたものか、座は静寂になった。ふと見れば喜兵衛は正体をなくして寝入っている。飲めども飲めども毛程も酔わぬ男と思うていたから、梅は大いに驚き伊右衛門に視線を向けた。そして、向けた途端に気不味《きまず》くなった。

虫の音が喧《やかま》しい。ずっと鳴いていたものか。

梁を見上げる。その時梅は急に思い出した。

——忘れていた。

梅は踏み台を探していたのだ。死ぬ途中だったのだ。それが——。

梅はひととき、死を望んだことも辛かったことも悲しかったことも——拐されたことも手込めにされたことも軟禁されていることも——身籠ったことさえ——皆忘れていた。

梅の、あらゆる不幸の元凶たる伊東喜兵衛を目前にしてである。

——喜兵衛は。

眠っている。もしや——今なら。

死ぬか。逃げるか。でも。例えば。しかし。

この伊右衛門に凡てを話して仕舞ったとしたら——。

「梅殿」

「はい」

梅は胸轟《とどろ》き言葉を忘れる。伊右衛門は、問うた。

「先程の伊東様のお話は——真実《まこと》なのであろうか」

「は——い」

嘘ではないのだ。喜兵衛は肝心なところを隠しているだけだ。

「嘘偽りは——ございませぬが——ただ——」

伊右衛門は不思議な表情になり、奇縁であろう——と呟いた。

「実《まこと》に——奇縁に思う。伺《うかご》うた折は寝耳に水、正直言って半信半疑、揶《からか》われておるとしか思えなんだが——尤も未だ信じられる話とは思えませぬ——否、信じられぬのではない、驚いておるだけなのですが——果たして如何《いか》なる子細あってのことか——見当もつかぬ」

「それは——」

拐し。そして——。

「そ——それは——」

梅は喜兵衛の様子をちらと窺う。あの男が。あの醜い蝦蟇が。あの腕が。指が。

あれは芝居見物の帰り道。乳母が当て身を受けて。ぶたれた。蹴られた。猿轡《さるぐつわ》。

腕を押えられて。裾を割られて。秋山や堰口のしたり顔。喜兵衛の醜い赤ら顔。

その子を腹にまで宿して——それは。それは惨《むご》い。

梅は語ろうとしたのだが、咽喉《のど》が詰まった。

その様子を見咎めたか、伊右衛門は止めた。

「否。この場は聞かずにおきましょう」

そう言ってから同心は喜兵衛を見る。

「亡き舅又左衛門も何も語らず、伊東様もまた語ることを憚られた。いずれ深い理由《わけ》があるのであろうが——伊東様が拙者の如き軽輩に心安くしてくださるのも、偏《ひとえ》に律儀と思えばこそであろう。ここでそなたより子細を聞いてしまっては、そのお心を裏切ることともなろう」

「でも」

「梅殿御自身も、話し難きことと推察仕《つかまつ》るが」

「それは」

虫の音が止んだ。

――ほんとうに。

今、この場で何も彼《か》も、この伊右衛門に告げたなら如何《どう》なるだろう。

もしかしたら。否、この人とて喜兵衛の配下には違いない。ならば。

そんな梅の逡巡など知れる筈もない。伊右衛門はつうと腰を上げた。

「長居を致しました。どうやら伊東様もお休みになられた御様子――」

「はい」

「このままではお風邪を召しまする。拙者が母屋へお連れしましょう」

「そうしたことは――中間や小者に――私は勝手に母屋に行くことを」

実際に禁じられているのは凡ての外出である。あらゆる自由である。

「それでは――お暇《いとま》致します。本日の御礼は必ず、何かの折にいずれ」

「お待ちください」

梅は引き止める。

――何故止める。

「私は――」

伊右衛門が顔を向ける。梅は再び言葉に詰まる。視線で訴える。

伊右衛門はそんな梅の瞳を見返して、ほんの少し、眼を細めた。

「民谷様、早夜《はや》も更《ふ》けております。組屋敷と申しますれど御宿までは道隔たり、夜道の程御心元なくありましょう。幸い離れはもう一棟御座居ますれば、今宵は此処へお泊まりに――」

伊右衛門は暫く思案する様子を見せてから、一度喜兵衛を気にして、お心遣い実に有り難く存じまするが、家に去り難き用事がござる、最早お暇申します――と言った。

「去り難き御用事――」

梅は酷《ひど》く気に懸かる。

「――それは奥方様の」

伊右衛門は答えず顔を上げた。鬢《びん》の毛が一筋垂れた。梅は続けて言う。

「お宿に御用のこととて――他のことにてはあるまじ。知れたること。それを知り乍ら是非お泊まりあれとは申し難きこと――されば民谷様、奥方様――この梅の姉様とは、如何《いか》なる婦《ひと》に御座居ましょうや――梅の姉様は、お岩様と申される方は――」

会ったことのない姉――伊右衛門の妻。喜兵衛の話に依れば、その女は烈女であり、伊右衛門とは不仲であるという。しかし伊右衛門は、神懸けて妻に非はないと断じ、妻のある身と外泊も憚る素振りを見せる。

――好いておられるか。

「――さぞや、お美しいお方なので御座居ましょうや」

「それは――」

伊右衛門は白地《あからさま》に表情を曇らせた。

それから妻は正しき女、そう、正しき女でござる――と小声で言って梅から顔を背けた。

梅はその背にすがるように立ち上がり、民谷様、と呼んだ。正しい女とは如何《いか》なる女か。

伊右衛門は半身振り向き、あなたも民谷姓なれば、その呼び方は如何《いかが》かな――と言った。

しかし――兄様とは呼べますまい、況《まし》て――伊右衛門様とも呼べますまいと、梅は言う。

伊右衛門で結構です――と言ってから義兄は身支度を調えた。

どうしてもお帰りになるのですか――と梅は背中を追うように立つ。

伊右衛門は振り向き、梅の肩越しに寝入る喜兵衛を眺め乍ら、諭《さと》すように言った。

「拙者この御組へと参り未だ間もなく、伊東様にはお馴染みも深からぬにお心隔《へだ》てなく、懇《ねんごろ》に申し下さるこそ忝《かたじけ》なく存じます。正直申し上げれば、先刻伊東様の仰せられた通り、与力殿には用心のことと、亡き又左衛門殿は申しておったのです。それが毎度のお引き立て、のみならずこの度のこともあり、拙者も考えを改め申した。お言葉通り今後も懇意にさせて戴けるならこれ幸いに存じます。ならばここで分別をつけるが礼儀。故にお暇致します。御序《ついで》の節、宜しく御礼申し賜《たま》えかし。伊東様に直接申すが筋なれど、人目も多く打ち過ぎ侍《はべ》れば――」

梅は黙して頷く。死にたい気持ちは失せ、虚ろな胸中には代わりに寂しさが満ちていた。

梅はそれから手燭を点して縁に立ち、小者を呼び寄せて提灯を用意するよう伝えた。

伊右衛門は寝ている喜兵衛に一礼してから座敷を出て梅の横に立った。竹縁に並ぶ。

「伊右衛門様」

梅は己の心の程が知れぬ。うち沈んでい乍らも、浮浮《うかうか》としている。

「梅は慥かに、紙一枚の縁にて民谷の娘には御座居ます。しかして」

「申されるな」

「我が身は濁江《にごりえ》の流れに似たる河舟の綱《つな》で苦しむ身にしあれば――」

「拙者とて」

伊右衛門は言葉を切り、その横顔に益々の寂寥を湛《たた》えて沈思《ちんし》した。

家紋の染め抜かれた提灯を掲げた小者が訪れる。伊右衛門は顔を余所《よそ》に向けたまま礼をして庭へと下りる。屹度《きっと》またお出でくだされと梅がすがるに、伊右衛門は細き眉を悩ましく歪め、

「拙者、独り身ならば――」

と言った。

一斉に虫が鳴き出した。

梅は夢夢《くらくら》と眩暈を覚えて竹縁に座り込み、木戸の辺りにもう闇に溶けて見えぬ筈の伊右衛門の背中を幻視して、それをずっとずっと、頭の中も胸の内も空にして、ただ茫然と見続けた。

――逃げているだけ。

厭で厭で仕様がない現世《うつしよ》から逃げているだけ。逃げ出す術も逃げる場所もない梅は、あの男の背中にそれを見つけただけなのだ。それだけだ。それ以上の気持ちは。そんなものは。ずきり。下腹が痛んだ。

「独り身ならば――如何《いかが》しようというのかな」

――腹の子の声。

違う。

途端に梅は強い力で腕を引かれ、仰向けに倒れるように座敷に引き込まれた。

厭なもの――厭なものの塊が伸《の》し掛かる。ぐう、と首根を押えられる。太い指が乱暴に襟元を弄《まさぐ》る。それはそのまま懐に差し込まれ、左の乳房を千切《ちぎ》るように強く摑む。鈍い――痛み。

「この売女め。とうとう本性を現しおったな」

荒く酒臭い息。獣臭い体臭。脂の浮いた鼻先が項《うなじ》に押しつけられ、不快が総身に行き渡る。

「だ――旦那様」

ざらついた厚い舌先が頸を嘗《ねぶ》る。熱い唾液。耳球《みみたぶ》を噛む歯。吐息。耳元で鄙俗《いやらし》い声がする。

「屹度またお出でくださいまし――とな。しおらしいことよのう。片腹痛いわッ」

「お――覚醒《おき》て」

当たり前じゃ――喜兵衛は怒鳴り、振り解くような仕草で梅を畳に叩きつけた。

「この喜兵衛、あればかりの狂水《くるいみず》で宵の口から眠り込む程腰抜け侍ではないわ。端《はな》から仕組んだ空寝入り。何を話すか乳繰《ちちく》るかと聞き耳を屹《そば》だてておったまでじゃ。容易《たやす》く掛かりおって」

「な――何ということを」

大当たりであったな梅――喜兵衛は梅の右手の指を踏みつけて躙《にじ》った。

「惚れたな」

「な、なにを」

惚れたであろう、惚れたのだッ——罵声に続いて眼の前が暗くなり、激痛が走った。

喜兵衛が肩口を蹴りつけたのだ。

「け——決して、そのような——」

喜兵衛は袴を捲《たく》し上げて梅の眼の前に蹲《しゃが》み、見下した嗄《しゃが》れ声で言った。

「埋火《うずみび》の下に焦がるる想いとか。青臭い小娘でも女は女。良いか、嘘じゃ違うと申しても、それが惚れたという気持ちじゃ。腹に儂の子を入れて若い男に惚れるとは、淫らな女じゃ——」

喜兵衛は膳の上の徳利を手にすると、残った酒を梅の頸筋《くびすじ》に垂らした。

つう、と冷たい液体が糸を引くように襟首に当たって、胸元へと伝う。

「だ——だんな——さま」

「お前は伊右衛門が気に入ったのであろう。如何《どう》じゃ、あの白白しい面が好きか。あの腕に抱かれたいか。如何なのじゃ。好いておるなら好いておると言えッ。言わぬかッ」

この売女めッ——喜兵衛は再び怒鳴り、徳利を梅の腹に思い切り投げつけた。

悲鳴も出ない。起き上がる気力もない。

喜兵衛が顎を摑む。梅は無理矢理顔を捻《ひね》られる。見たくもない狒面が見える。

「のう、梅よ——」

喜兵衛は唇を見苦しく歪ませる。笑っているつもりなのだろう。

「お前が好きと言うたならば——この喜兵衛とて、考えぬでも——ないのだぞ」

意味が解らなかったから、梅は狼狽《うろたえ》た。喜兵衛は蔑むようにこう続けた。

「そうはいっても妻あるお方——と、でも思うておるのか」

「それは」

「あの伊右衛門の女房というのはふた目と見られぬ醜女だ」

「しかし——あの方は」

——好いている。奥方を。

「体《てい》の良いことを吐《ぬ》かしておったが、悉皆嘘《しっかい》に決まっておる。ただでさえ肩身の狭い婿養子、加えての貧乏暮し。そのうえ女房はあの面相。のみならず気性荒き性質《たち》悪き女房じゃ。聖人君子であろうとも、三日と持たぬは必定じゃ。いずれ魂胆あっての辛抱であろうが、伊右衛門にその気があろうとも女房の方が厭がるだろう。何を拠り所に堪えておるのか知らぬが、保つ訳がない。そんな男は居らぬ。いいや、居ってはならぬ——」

喜兵衛は徐徐に梅から視線を外し、中空に向け毒突いた。

「誓って女房に非はありませぬ——だと。格好をつけおって。澄まし面で人を誑《たぶら》かしおって気に入らぬわ。あの岩に惚れる男が居るものか。化けの皮を剝いでやろうぞ。思い知るがいい」

——狂うている。

梅は喜兵衛の眼の焦点が暈《ぼ》けているのを認めて、髪の毛の太るような恐怖を感じた。

尋常ではない。喜兵衛は一転して梅を睨みつけ、さあ言え、伊右衛門様が好きだと申せ——と梅を責めた。好きじゃ好きじゃ添わせておくれと言うてみよ——と、幾度も殴った。

殴られ乍ら蹴られ乍ら梅は思った。惚れたの好きだの愛しいだの、そういう気持ちは喜兵衛にはないのだ。慈しんだり情けをかけたり頼ったりすがったりすることもないのだ。そして喜兵衛は、そうした自分に理解出来ぬもの凡てを憎み、その凡てを打ち壊さねば気の済まぬ男なのだろう。即ち、伊東喜兵衛という男は悪意の塊なのだ。

梅は痣だらけにされて、それから犯された。

途中吐気《とき》が湧き、幾度か吐いた。

座敷の紅葉が気になった。

それだけを見ていた。

その翌日から、伊右衛門は殆ど毎日呼びつけられた。

勤めを終えてから、笑わぬ義兄は律儀に訪れ、棚を吊ったり床を張ったり、宛《さなが》ら下僕のように使われた。非番の日は朝から呼ばれ、酒宴があればつき合わされた。それでも伊右衛門は文句を言わずに通った。そうまでさせる喜兵衛の腹積もりは、梅にも知れない。一方梅は相変わらず離れに隔離され監視されていたし、偶偶傍《たまたまそば》に寄ったとて喜兵衛の眼が光っているから、気安く口を利ける状況ではなかった。いずれ凡ては喜兵衛の張った罠なのである。梅は遠くから眺めているしかない。否、喜兵衛は、伊右衛門の姿を遠くから梅に見せたかったに違いない。

何故なら——確実に、梅の気持ちは伊右衛門に向き始めているからである。伊右衛門がいる間、どうやら梅は死ぬことを考えない。梅は眺めるだけでも幽《かす》かな安らぎを覚えるようになっている。そして梅は、喜兵衛の思惑通りに嵌《はま》って行く腑甲斐《ふがい》のない己を笑った。

そして一方で伊右衛門の身を案じた。

喜兵衛の仕掛けが如何《いか》なるものか梅には見当もつかなんだけれど、伊右衛門もまた、その術中に堕ちていることは確実だった。その所為《せい》か、伊右衛門は日に日に窶れ、衰えて行くように梅には思えた。理由は解らなかったけれども、単なる疲労の相とは、思えなかった。

ひと月ばかり経った。

堰口秋山の腰巾着二人に伊右衛門を加え、酒宴が催されて、梅も母屋に呼ばれた。

魂胆ありと訝しんでもみたが詮方なく、梅は身支度を調え、櫛を飾り紅まで注《さ》した。粧《よそお》っているうちに、梅は小娘の頃を思い出していた。飾った梅が座敷に這入《はい》ると、秋山は、

「オヤお梅様、まるで九重の花に立田の紅葉を折添えたる粧い、流石《さすが》伊東様が手中の璧《たま》で御座居ますするなあ。伊東様が余人に見せぬのも道理。花は綺麗な程、虫がついていけませぬ」

と、世辞とも御託ともつかぬことを言った。暫くして、なる程これは梅が離れに幽閉されていることに就いての、伊右衛門に対する言い訳なのかと、梅は酌をし乍ら思い至った。

伊右衛門を見る。

不精髭が伸びている。鬢《びん》の毛はほつれ、頬には痣があった。

眼つきも虚ろで、隈《くま》まで浮いている。皮膚《はだ》に艶もなかった。

喜兵衛はそんな伊右衛門を見回し、詠《あざけ》るようにこう言った。

「伊右衛門――その方とは内外共に心安くし、諸事を頼み申せども、未だ内室には対面せず。どうじゃ。岩殿は達者か。その後も上手く――やっておるのか」

伊右衛門は口を一文字に結んだ。

「答えがないな。貴様いつぞや、心を砕き精進して和やかに暮すと——そう申しておったが」

伊右衛門は畏れ入ります——と頭を下げた。

梅は驚いた。

「何じゃ。謝ることはないぞ。どうだ伊右衛門。次の非番に、岩殿をこの家に連れて参れ。又左衛門の思い出話などをしたいものである。それに——梅のこともある」

伊右衛門は答えなかった。どうした民谷——と堰口が囃すように言う。

「自慢の女房、他人には見せられぬか。慥かに拙者も近近は見かけぬぞ」

矢張り虫がつくのが心配か——と、秋山が茶茶を入れる。伊右衛門は苦しげに答えた。

「これ程ご懇意にして戴き、女房をお目に掛けたしとは疾《と》くより心づきておりましたが」

「何じゃ」

「只今——人前に出すべき様子に御座居ませぬ」

ふん——と喜兵衛は鼻で笑った。

「世間の下世話の如く、貴き寺は門から見ゆとか。されば我が妻——志まで面の如くなり果て——いいえ、拙者はこれも因果と諦めておりまするが、人前に連れ参るとなりますと——」

「なる程。相当酷い目に——遭《お》うて居るようだな」

「妻は拙者がこちらに出入りしますことを快く思うて居りませぬ。伊東様のくださる手間賃お志も喜びませぬ。同じ内職をするのでも、何故組内でするのだと申しまして」

「如何《どう》いう意味じゃ」

「上役からの心付けはどのような形にても正しからずと」

「凡て手間賃じゃ。正当なる報酬である」

「金品など受け取らず尽くすなら忠もなろうと申します」

「ならば金など渡さねば良いではないか」

「それでは生計《たづき》が成り立たぬと」

堰口が横から口を出した。

「融通の利かぬことを言う。しかし民谷、貴殿も情けのない男よな。女房など頬のひとつも張るなりして、いうことを聞かせれば宜しかろうに」

「金輪際《こんりんざい》手は上げぬと——伊東様に誓いました故」

「それで貴公が殴られておっては洒落にならぬぞ」

堰口は揶《から》揄うようにそう言った。伊右衛門は何も言わず、ただ耐えている。

それは酷い、そんな女房は追い出すが善かろうに——と、秋山が言った。

「小糠《こぬか》三合あれば入婿にはなるなと申すであろう。民谷とてあれが迎えたる女房なれば、今まで添うてはおるまい。凡ては入婿なれば是非に任せず——じゃ。鬼の如き内儀のため、可惜身《あたら》を徒《いたずら》にせんとや、折節《おりふし》にふれ人知れず涙に咽《むせ》び居るのであろうて。のう民谷」

伊右衛門は堰口の悪罵を一切否定しなかった。だからといって同意を示すでも、調子に乗り女房を貶《けな》すでもなく、寧ろ内儀が悪く言われる度、酷く悲しそうな顔をした。

そんな伊右衛門の心中もまた、梅には計り難い。しかし少し前まで子供だった梅には、解らずとも当たり前のことかも知れぬと――そうも思った。

伊右衛門は重い口を開いた。

「妻に――怨みは――御座居ませぬ。ただ、出家同然の戒行にて日夜精進致しておるつもりが想い一向に妻に届かず、もどかしく、耐え難く――こちらで戴きます一杯の酒を朝夕《ちょうせき》の楽しみと致し、今日まで命を繋いでおります」

なる程、世間の邪推は凡て真実なのだ。但し伊右衛門の、悪妻に対する気持ちだけが世間のそれと違っているのである。喜兵衛はどこか満足そうに頷いた。

「されば伊右衛門、以前申した通り儂は其処許のため親身尽《しんみづく》で当たろうと思うておる。話の通りなら子も出来まじ。所帯を持つは子孫を生《な》すためであろう。子がなければ何の用にも立たぬぞ。差し当たり奉公もならず、不忠の至りじゃ。最早親御も死なれしことなれば、誰に憚ることもあるまい。離別せい。望み通り気に入る女を肝煎《きもいり》申すぞ」

「それは――」

伊右衛門は顔を強張らせた。

「――忝《かたじけ》なき思《おぼ》し召し――さりながら――拙者入婿なれば左様なことは」

「如何《いか》なる智者なりとも謀《はかりごと》を以てせんに成就せずということなし、愚痴の女房離別せんにいと易かるべし、じゃ。任せておくが善い」

伊右衛門は形容し難い態度を取った。

伊東様、それは――何、善いではないか悪いようにはせぬ――幾度か応酬があった。

伊右衛門は消沈して、梅の方を初めて見た。喜兵衛も伊右衛門の頑迷加減に根負けしたか、

「ならば伊右衛門、これでどうじゃ。岩殿に其処許の真情を伝えるためのひと芝居。気持ちが伝われば其処許とて安らけく暮せるのであろう」

と言った。しかし、そこでその話は途切れ、立ち消えたようだった。喜兵衛は濁った目で梅を見て、もう善い下がれ――と、吐き捨てるように言った。悖《さか》う訳にも行かず、梅は座を立ったが、縁に至って立ち眩《くら》み、崩れるように座り込んだ。喜兵衛は何か企んでいる。喜兵衛は何を企てている。喜兵衛は。

ずきり。下腹が痛んだ。

ずきり。

それから凡《およ》そひと月の間伊右衛門は伊東宅を訪れなかった。

聞けば、火付盗賊改の加勢で八王子まで赴いているという。

喜兵衛も家を空けることが多かった。こちらは色里である。

そして――。

師走《しわす》の薄曇りの肌寒い午後、その女はやって来た。

梅は離れの障子の隙間から覗き見るようにしてその女を見た。

誰もが皆――醜女と嗤い囃す。烈女悪妻と悪罵を投げ掛ける。

民谷――岩である。

民谷様の奥方様が参られました——と早口に小者が伝える声が庭でするのを聞き、梅は身を乗り出し食い入るように凝視したのだった。座敷には正座した武家の妻女の右半身が窺えた。

——どこが醜いのか。

喜兵衛の対面《まむかい》に毅然として座ったその姿は、質素な出立《いでたち》ではあったが、目を覆う程に醜いとは到底思えず、凜《りん》として美しかった。これで何故醜女と呼ばれるのか、梅にはまるで解らなかった。梅はこのひと月の間ずっと、まだ見ぬ義姉——伊右衛門の執心している女——の容姿《すがたかたち》を、あれこれと想い巡らせた。幾ら巡らせても想いは像を結ばず、梅は煩悶した。大女。竹馬女。蛇女。女角力《すもう》。梅の想像の及ぶ範囲は精精縁日の見世物小屋のそれであり、それらは慥かに美しいと呼べる姿ではなかったが、ふた目と見られぬ醜き姿とも思えなかった。庭を隔ててそこに居る岩——義姉は勿論そのどれでもなく、十人並みどころか目を見張る程整った姿をしていた。義姉は澱みない張りのある声で、伊東様におかれましては御機嫌麗《うるわ》しゅう、民谷伊右衛門が妻、岩に御座居ます——と言った。善く通る声だった。

梅は少しほっとしていた。もし——岩が噂に違わぬ醜女だったなら、その醜女に執心する伊右衛門も梅の理解を越えてしまうからである。岩は、美しい。

喜兵衛は顔こそ善く見えなかったが、濁声は善く聞こえた。

「よう参られた。又左衛門が逝きて早四月《よつき》。儂がこの組に入りて既に七年が過ぎようとしておる。而《しこう》して、新参の伊右衛門の方は稀にこの家に参るものの、御身と差し向かいになるのは初めてのことである。気遣いは要らぬ故、ゆるりとするが善い」

岩は無言で一礼した。

「堅苦しい挨拶は抜きじゃ。人伝聞《ひとづて》きしよりずっと齢《とし》若く、病も癒え息災に見える。嬉しく思うぞ。今後は心易くお出入り給われ」

「御言葉――有り難く承ります――」

如何《どう》なされたかその浮かぬ顔、無妻なる我が方に女ひとりで出入り致さば伊右衛門嫉妬立腹致すやもしれぬと懸念でもしておられるか――と喜兵衛が挑発するように問うと、揶《から》われておりまするか伊東様、御覧の通り妬《や》かれる面相では御座居ませぬ――と岩は答えた。

自ら――醜きことを認めるような口振りである。

梅は困惑して、一層に眼を凝らし耳を澄ませた。

「しかし岩殿。儂は再三その方を嫁に迎えたいと申し立てておった男ぞ。ならば」

「筆頭与力様御縁談の儀、亡父は何も申しませせなんだが、吾も薄薄と心づいてはおりました。しかしてそれも――吾が病みつく以前のことで御座居ましょう」

幾度断られたことか――と喜兵衛は面白くなさそうに笑った。

「――儂も嫌われたものじゃな。又左衛門も――儂では不服でも伊右衛門ならば良かったのであろうな。如何《どう》じゃ。亡き父君が見込んだ伊右衛門は良い婿か。暮し振りに不足はないかな」

僅か間が空いた。

「伊東様。亡父が殿様との御縁談を御断り致しましたのに他意は御座居ませぬ。与力と同心、組内での婚儀は御法度、況《まし》て吾は総領、嫁してしまえば家名が絶えて仕舞いまする」

二一一

解っておる解っておる——と、喜兵衛は再び笑った。

可笑しくもないのに笑うのは肚に毒がある証である。

喜兵衛は唐突に笑いを中断して、陰気な声で言った。

「岩殿、御身を呼び寄せたのは儂の儀に非ず。他でもない、御身の連れ合い伊右衛門がこと」

「我が夫、お役目の上に於て何か粗相失敗《しくじり》でも致しましたか」

「そうではない。岩殿、伊右衛門が屋敷内でのこと、御聞かせくださらぬかな」

内内のことなれば、如何《いか》に与力様と雖《いえど》も——と、岩は夫と同じように言った。

「それは重重承知しておる。だがここは肚を割って正直に申して戴きたい。伊右衛門は良き夫であるか。暮し向きに不自由はないか。御身に不服はないか」

「不服は御座居ません。あったとしても申し上げられませぬ」

「左様か。だが伊右衛門の方は諍いごとを認めおったぞ。凡て自分に非があるのだと申した」

そうなのだ。慥かに伊右衛門はそう言った。

見れば岩はやや下を向き、硬くなっている。何かを思い詰めてでもいるような様子だった。

「夫はそう申しましたか——あの方はそうした御方。仮令《たとい》それが真実《ほんとう》であったとしても、そのように申すは家名の恥となることに気がつかぬ。与力様の面前で——妻の至らぬを詰《なじ》るならまだしも、当主である己の腑甲斐《ふがい》なきを世間に吹聴していったい如何《どう》なるとお考えなのか——」

否定するような——肯定するような。

伊右衛門もそうだった。梅には理解出来ない。

喜兵衛はあくまで親切ごかした言葉を連ねる。

「岩殿。儂も伊達《だて》に筆頭与力を七年も続けてはおらぬぞ。儂の知る処に依れば民谷の家、その暮し向き逼迫《ひっぱく》し、中間小者下女をも置かず、家財着物の類悉く売り払い、朝夕の煙も立て兼ねる惨状とか。先代の残した借財も微微たるもの、同じお扶持を戴いてその有様は——」

「お恥ずかしきことなれどそれは事実。しかし凡てはこの岩の切り盛りが至らぬ所為《せい》」

「ならば聞こう。それが真実ならば、伊右衛門は何故御身を庇うようなことを申すか」

「それは——」

「そうであろう。因《ちなみ》に岩殿、昨今伊右衛門は屋敷に毎夜戻っておるか」

「先月より——屋敷を空けております。火盗の臨時の助役《すけやく》と聞き及びますが」

「嘘じゃ」

「嘘——」

「与力の儂の知らぬ助役があろうか。大方赤坂辺りに囲いたる白拍子《しらびょうし》の所であろう」

「赤坂に——囲うとは」

「伊右衛門は比丘尼《びくに》狂いを好み、馴染みの比丘尼を請《う》け出して囲い女とし、昼夜通い詰めておると聞く。これは組内では知らぬ者のなき話じゃ。近頃では役目も疎《おろそ》かにしておる」

そんな馬鹿な——と梅は思わず声に出して言うところだった。岩は怪訝そうな声音で、俄かには信じられぬこと、日毎夜毎《ひごとよごと》、こちら様のご普請に伺うておるものとばかり——と言った。

喜兵衛は大袈裟な手振りで、それも嘘じゃ、当家になど月に一度も来はせぬわ——と吹いた。

「善いか岩殿。善ッく聞くがいい。調べてみれば彼《か》の伊右衛門、見掛けと違うて大道楽者であるぞ。この頃では博奕打《ばくちうち》の仲間に入り、渡世《とせい》の如き賭け事三昧であるという。博奕は御法度。もし組頭の耳にでも入れれば追放であるぞ」

「追放――お役御免――で御座居ますか」

「左様。あの屋敷、御身にしてみれば先祖伝来住みし我が家であろうが、そもそもは御先手組同心に与えらるる拝領屋敷である。御役を解かれれば出ねばなるまい。然る時、女は男に付くもの。役は家ならず人に付くもの。ならば御身は逃れ難し。傷《いたま》しや、御身は女に生まれたばかりに代代守って来た御先手同心のお扶持切米をも他人の手に渡すことになる。のみならず民谷の家自体が危急存亡《ききゅうそんぼう》の憂き目となろう。哀れ夫の悪事に引かれ路頭に迷うことになるを黙って見過ごすことも出来ず、無躾《ぶしつけ》乍らも書状認《したた》め呼びつけるが如き運びとなった次第じゃ」

嘘だ――。

赤坂に身請けした遊び女を囲っているのは、当の喜兵衛そのひとなのである。

博奕に狂っているのは堰口官蔵の筈だ。一から十まで真っ赤な嘘に違いない。

梅は固唾《かたず》を飲んだ。凡て悪辣な罠である。

「それは――真実《まこと》なので御座居ますか――」

岩の声は震えていた。肩口も震えている。

梅は座に飛び出て真実を語りたいという衝動に駆られた。もどかしい。

だが。

ずきり。下腹が痛んだ。

――あの女が。

罠に掛かれば。

拙者、独り身ならば――。

お前が好きと言うたならば――。

そうはいっても妻あるお方――。

独り身ならば如何《いかが》しようというのかな――。

この喜兵衛とて考えぬでもないのだぞ――。

梅は夢夢《くらくら》とした。武家の作法は梅の知るところではないが、婿養子である伊右衛門は勝手に三行《みくだり》半《はん》を書けぬ立場なのではないか。喜兵衛は、岩にあることないこと吹き込んで伊右衛門に見切りをつけさせるつもりなのではないか。それならそれは――。

――真逆《まさか》喜兵衛は、この梅のために。

喜兵衛は柄にない猫撫で声を発した。

「儂は御身とは本日が初見であるが、縁付きを望んだ時期もあり、今は亡き又左衛門殿とも着任以来の馴染み。何かと贔屓《ひいき》に思うておる。岩殿、伊右衛門が博奕狂い比丘尼狂いを止めるよう、御身から意見してはくれぬか。別に伊右衛門のことなどは構わぬのだが、御身の行く末を思えば心が痛む。だが支配同然の身分である儂が申したのでは角が立つ。斯様な内証《ないしょう》の異見が言えるは女房ならではのことかと」

「無駄に――御座居ます」

岩はきっぱりと言った。

「無駄とな。そは如何《いか》に」

「吾の異見を要れることは御座居ますまい」

「伊右衛門はそれ程に廃者《すたりもの》か」

「そうでは――御座居ませぬ」

そう言ったあと岩は沈黙し、下を向いた。

そして何かを吹っ切るように顔を上げた。

「伊東様、殿様は吾も存じ得ぬ家内の事情までこと細かに御存知の上、親身なる御心遣い有り難く、恥を承知で申し上げます。我が夫伊右衛門は、そもそも真面目なる夫《おとこ》。色に狂い遊びに溺《おぼ》るるが真実だとすれば、それは偏《ひとえ》に吾の所為《せい》――」

「御身の所為、と申すか」

「左様に――御座居ます」

やはりきっぱりとした口調ではあったが、少しだけ涙雑じりに――梅には届いた。

「吾は、気性荒く理に勝ちて、世にいう婦《おんな》の心根を悉く持ち合わせぬ厄介者。濃《こま》やかなる心遣いなどは出来ぬ性質《たち》。道理を通せば義理を欠く、筋を通さば情けを欠く、そうした人付き合いをするより儘《まま》ならぬ女に御座居ます――」

離れて尚――梅はその真情の際際《きわぎわ》しきに気圧《けお》されるような気がした。

「片や我が夫伊右衛門殿は、婿として同心として、何不自由なき立派な御仁。なれど吾と暮すうちは本来の善き性質を発揮すること叶わず――夫を立てるが役目の妻に貶《けな》されては立つ瀬もありますまい。悪しき妻を持ちたる伊右衛門殿の懊悩《おうのう》は、吾が見ても深きもので御座居ましたし、そうした想いはお役目にも障りあろうと、懸念も致しておりました。そうは思えど天性のこの捻《ひね》くれたる性質ばかりは変えられず、夫に甘えるが如く夫を責めて、自戒はすれども埒《らち》も明かず。そのもどかしさが余計に吾を駆り立てて、一層夫に辛く当たる毎日。伊右衛門殿とて辛くも悲しくもありましょう。慣れぬ女遊びも賭け事も、その憂《う》さ晴らしで御座居ましょう」

梅には――矢張り理解出来ない。そんな間柄は梅の埒外である。

どうも、岩は伊右衛門のことが嫌いではないらしい。伊右衛門も岩を好いている。それでも解り合うことがならぬのだろうか。岩は伊右衛門に辛く当たり、伊右衛門はそれに耐え、耐えることが岩を駆り立て、伊右衛門は追い込まれて、岩もまた――。

――そんな悲しいものなのか。

喜兵衛は黙っている。梅が思うに、岩の返答は喜兵衛の予想したそれとは大きく異なったものだったのであろう。嫉妬して激昂して――という並の筋書を喜兵衛は立てていた筈である。

悪辣なる策士は思案の末に漸く言葉を発した。

「だが――伊右衛門が乱行が御身の所為《せい》とあらば、それを止めさせる術《すべ》はただひとつ。偏に御身と伊右衛門を隔てること。夫婦離るるより彼《か》の者の更生相叶わぬということになろう――」

「左様心得まする」

「しかし——岩殿、それではそれこそ埒が明かぬぞ。伊右衛門を家から出さば民谷家には男子居らず、お役勤まる者居らずば御身まで役宅から放逐されよう。一方でこのまま投げおけば、組頭様のお耳に入るは遠きことではない。その場合も御身は路頭に迷うことになろう。だが、例えば我らが先手を打ち、お頭様に訴え出ても、中中取り成すのは難しい。場合に依っては伊右衛門乱行は妻の所為《せい》とされ、伊右衛門お構いなし、御身の独り転びということも有り得る」

「それもまた身から出た錆。この岩、家屋敷に執着は御座居ません」

「何と申す」

「元より覚悟のことに御座居ます。先月の夫婦諍いのその後も、吾は剃刀《かみそり》を取り出だし、自害まで図った程に御座居ますれば、家屋敷を失うなど、どれ程のことで御座居ましょうや。我が夫の立身の、何よりの妨げは妻たるこの岩。妻として夫が身を守立《もりた》てんがため、吾にただひとつ出来得ることは吾自身を消し去ることに御座居ます。しかし出来ませなんだ。婚礼より日も浅く、内儀が自害したとあらば、それはそれで障りが御座居ましょう。民谷伊右衛門は世間様の笑いもの。それに吾とて、己を滅してなる大義忠節などない——とも考えました故」

——この人も——死ぬことを——考えていた。

でも梅とは違う。梅は己の辛きを以て死を望み、他人への配慮がその決心《こころ》を妨げた。岩は夫のために死を考え、己の信念がそれを阻《はば》んだというのである。

喜兵衛は、大きく躰を倒し、肘掛けに凭《もた》れた。

不機嫌な顔が梅からも見えた。

その時。岩は、伊東様——と喜兵衛を呼び、急に畳に両手を突いて、畏まった。

「お心遣いの程忝のう存じます。これ以上の御思案は御迷惑でも御座居ましょう。そこで——この岩、ひとつお尋きしたいことが御座居ますれば、お答え戴けますでしょうか」

「た——容易いこと」

「先程、お役目は家に付くに非ず、人に課せらるるものと——仰せられましたな」

「如何《いか》にも申したが」

「ならば伊右衛門、不埒なる乱行が収まりお役目滞りなく勤まるように相成った暁には、仮令《たとい》民谷伊右衛門より旧姓境野伊右衛門に戻りしとも、御先手組同心のままで居られましょうか」

「それは——案ずるまでもない。姓が変わるだけならば——届け出で許可を戴けば」

「今住まいます、あの組屋敷は」

「境野伊右衛門の屋敷となろう」

ならば——岩は言った。

「ならば吾は——伊右衛門と離別致し——家を出ましょう」

「い、岩殿。正気か」

「正気に御座居ます。尤も——世間では狂うておるという噂。醜き狂女を離別したとて、伊右衛門殿に傷はつきますまい。伊東様、このこと組頭様に御伺いを立てては戴けますまいか。伊右衛門殿は新参軽輩の上、手枷首枷《てかせくびかせ》ある婿養子、己の口からは申し難きこと。殿様ならば、組頭様とも近しき御方故——」

「それは簡単なことであるが――それで御身は納得行くのか。悔いはないのか」

「悔いは御座居ませぬ。吾なき後、伊右衛門殿の行く末が安泰ならばそれで良し。彼《か》の伊右衛門も、吾さえなければ屹度《きっと》目覚ましき働き振りとなりましょう。与力様も変わらずお取り立てくださいますよう、宜しく御約束くださいますなら、この岩に思い残すことは御座居ません」

「御身は――如何《いかが》なさるか」

「奉公にでも出ましょうや」

「民谷の――家はどうなる」

「どこに行こうと何をしようと吾は民谷岩。民谷家は吾が生きておりますうちは絶えませぬ」

岩は姿勢を正した。喜兵衛は苦虫を噛み潰したような顔になった。

「伊右衛門が――承知致すか」

「承知致しましょう。主の留守に昼日中より家を空けし女房など、不義者と誹《そし》られて当然」

「不義者――か」

喜兵衛は一層に不機嫌な顔になった。しかし肚では笑っている。喜兵衛はそういう男だ。

一方、梅は動顚している。こんな結末があるか。岩という女が――梅には理解出来ない。

その時岩がすうと顔を向け、梅を見た。目が合った。

梅は――背筋が凍った。岩の、顔の、左半分が――。

伊右衛門の惚れた女の顔は――。そんな、これでは。

醜女は、崩れた顔で哀しそうに梅を見返した。

直助権兵衛

直助は雷雨を抜けて走っている。

どこをどう駆けているものか、善く判らない。汗と脂と額を伝う生温《なまぬる》い雨水が眼に入る。殆ど前が見えない。幾度も泥濘《ぬかるみ》に足を取られ、転び、滑り、総身が泥に塗《まみ》れて、元結《もっとい》も切れ髪も散《ざん》ばらになり、泥が雨に流れているのか皮膚《はだ》が夜に溶けているのか、最早自分の本当の大きさも、己が誰だかも解らなくなって、それでも直助は走っていた。

今はただ――走るという行為だけが、直助というものだった。

走るのを止めた途端に直助は雨になり泥になり夜になってしまう――そんな気がした。

一度も振り返らなかった。

来る来る来る。御用提灯を掲げた大勢の捕り方が追って来る。六尺棒や指叉《さすまた》を振るう音、大八を引く音。大勢の跫《あしおと》。御用じゃ御用じゃと叫ぶ声。後背から気配の束が押し寄せる――。

それは雨の音である。風の音である。夜の音である。間違いなくそれは妄想である。捕り方なんか居ない。それでも直助は振り返った時にそれが居ないと――確証することができない。

だから振り返れなかった。

遠雷が聞こえた。

二二一

足が縺《もつ》れ、直助は大きく前にのめり、ずるずると奈落へ滑り落ちた。

がぶり、と奇妙な音がして刹那《せつな》世間が途切れ、前進が止まって、直助は直助でなくなった。

そして直助は——泥水になった。

直助が直助としての自覚を取戻すまでには、可成《かな》り時間がかかった。

五感が利かなかった所為《せい》である。

最初に戻ったのは触覚だった。水に浸っている部分と外気に晒されている部分の温度差が直助の直助としての自覚を呼び覚ました。続いて、耳元で鳴るぴちゃりぴちゃりという水気のある音を確認し、直助は聴覚を取戻した。それは徐徐にさあさあという遠い音を伴い始め、音の遠近が世間の奥行きを知らせてくれて、直助は漸く世界と己の関係を識《し》った。

直助は半身を水に浸し、横たわっているようだった。

ゆるりと眼を開ける。何も見えなかった。躰を返す。

月が皎皎《こうこう》と照らしていた。

——冷やっこくて良いわ。

そんなことを思った。指先に気を遣る。二度三度指を曲げてみる。指は泥を掻いただけだった。何も持っていない。指が固まって開かず、振れど叩けど、何としてもそれは直助の右手から離れなかったのに。どこで落としたのか、全く記憶がなかった。

——あれ程離れなんだに。

匕首《あいくち》。探さねば。

二二二

直助は身を起こす。座った尻が半分も浸《ひた》らぬ浅瀬である。葦《あし》が生えている。狭い川のようだった。雨はすっかり上がっており、見上げると満天に夏の星が輝いていた。横たわっている時には星など見えなかったように思う。月明りに圧《お》されて霞《かす》んでいたものか。立ち上がるとその理由はすぐに解った。両岸に鬱蒼《うっそう》と茂る巨木が、直助の上に木下闇《このしたやみ》を作っていたのである。月だけが枝の間を潜って覗いていたのだろう。直助は立ち上がった。

直助が滑り落ちて来た土手の途中に匕首は突き立っていた。つんのめった拍子に手から抜けたのだろう。もしも手離れしていなければ己の胸を貫いていたやもしれぬ。直助は濡れそぼった片袖を引き千切り、それを幾重にも包んで、懐深くに仕舞った。

——何処だ。

周辺《あたり》を見回す。見回せど右も左も同じような陰鬱な景色である。

——何刻だ。

再び見上げる。月の高さから推し計るに子の刻は回っていよう。

——如何《どう》する。

どうしようもなかった。直助は流れの澱んだ浅瀬に立ち竦んだ。

せせらぎ。

哇哇《ああ》。

直助は硬直する。

水音に何かが雑じっている。空耳か。

哇哇。

――赤子。

赤子の泣き声か。

――否――葦水鶏《よしくい》か。

水鳥は赤子のような声を発するものであるという。ぞくり、とする。蒸《む》し暑い夏の夜とはいえ、しとどに濡れたまま川中に立っているのだから、冷えたのだろう。直助は頸に付着した水草を拭い取った。手にべったりと貼りつく。振り捨てる。ぼちゃりと水面が揺れる。その時。

――鬼火か。

葦の葉蔭にちらちらと、幽《かす》かに、朦朧《ぼんやり》とした明かりが漂っていた。

哇哇。哇哇。違う、水鳥じゃない。直助は右手を懐に差し込み、匕首を握り締めた。

――あれは。

不可思議なものが見えた。

舳先《へさき》に提灯を掲げた小舟が黒き川面を揺蕩《たゆと》うていた。

舟上には釣り竿を小脇に挟んだ侍が蹲《うずくま》っている。

侍は何かを抱えている。哇哇、哇哇と声がする。

赤ん坊を抱いているのだ。草木も眠ろうという刻限に人気《ひとけ》なき川に浮かんだ舟上で――。

凡《およ》そこの世のものとは思えぬ。妖《あやかし》であろう。

舟はゆっくりと流れて、直助の目前まで到達した。

赤子が呱呱《ここ》と泣いた。真っ黒い侍が直助に気づいて顔を上げる。直助は怖じ気づいてはいたのだが、妙に肝《きも》が据わってもおり、これが世にいう産女《うぶめ》の怪か――などと思うていた。

侍は身構えた。舟がゆらりと揺れて、妖《あやかし》の顔が一瞬、月明かりに晒された。

――この顔。

侍は低い声で言った。

「だ――」

「何者か。斯様な刻限斯様な場所で怪しき風体。魑魅魍魎《ちみもうりょう》の類なら退散するが良い。死霊亡者の類であれば成仏されるが良い。当方に祟らるる覚えなし。いずれ恐ろしゅうはないぞ――」

直助は懐から手を抜き、川中へと歩み出た。

「旦那さん。伊右衛門の旦那さん。手前《てまい》でやす。直助でやす」

「直助――直助だと申すか」

直助は水を漕いで進み、舟に取りついた。

「やっぱり旦那だ。お――御見逸《おみそれ》しやした。身なりが違エやしょう、それにその――」

「それは俺の言うことだ。直助――本当に直助か。それにしても――一体その態《なり》は如何《どう》したことか。その有様は尋常ではあるまい。まるで絵に見る水虎舟亡者《かっぱふなゆうれい》ではないか」

御互い様――ということだったようである。否、直助の状態の方が一層に怪しかったろう。

「その方、今までどこで何をしておったのだ。こともあろうに妹御の通夜の席から姿を晦ましそのまま逐電《ちくでん》を致すとは不心得な――まあ良い。そこに居っては儘なるまいに。乗るがいい」

赤子を抱いた侍――伊右衛門は不可解なりと眉を歪めてそう言った。直助は僅か戸惑ったが結果促されるままに舟に乗った。泥濘《ぬかる》んだ土手を上がり切るのは難儀だったし、見る限り此岸に上がれそうな場所はなかったからである。伊右衛門が更に続けて問おうとするのに先んじて直助は、ここはどの辺りで――と尋ねた。伊右衛門は、隠坊堀《おんぼうぼり》である――と答えた。

ならば深川岩井橋近辺である。随分走った気がしたが、それ程移動はしていない。

赤ん坊はまだ泣いている。伊右衛門は無言でそれを揺すり、笑いもせずにあやしている。

直助は裾を搾《しぼ》り、怪訝そうにその様子を見た。

「旦那――その」

「おう――春に生まれた。俺の子だ」

それは――と直助は言葉を失い、やおら間を空けて、お目出度うございます――と言った。

さては仕官なされたか、嫁御をお貰いになったかと問うと、伊右衛門はそれには答えず、逆に、その方宅悦や又市とは会っておらぬのか――と尋き返して来た。袖が死んでから会っちゃおりやせん――と直助は正直に答えた。もう一年は経つであろうに――と伊右衛門は言った。

「すまぬが直助、櫓《ろ》を漕《こ》いでくれぬか。赤子《やや》が居るので両手が利かぬ」

「それは構いやせんが――旦那は一体《いってえ》」

「見た通り夜釣りだ」

「お子様を連れて――ですかい」

「左様」

「危なかアねえんで」

危なくはない――と伊右衛門は言った。

「なあに、この子は善く眠る子でな。寝つけば一刻や二刻は寝ておる故、釣りに支障はない。白河夜船《しらかわよふね》とは善くいったもので、舟の揺れるが心地良いのか、寝苦しき部屋に居るより善く寝おる。最前までも寝ておったのだが、乳恋しくなったとみえてな。抱いておるうち流された」

伊右衛門は眼を細めて赤子を見ると、お染《そめ》と名づけた、女の子じゃ――と言った。

「それより直助、その方のことじゃ。俺も所帯を持って後、又市等とは縁が切れたが、いずれ案ずる迄もなく舞い戻っておろうものと、そうも思うておったのだ。しかして西田殿に――」

「西田――尾扇を――旦那は御存知でやしたか」

「知ったのはその方が逐電した後のことだ。以前より妻の脈を取っておった医者坊主故――」

「さ――左様で――」

直助は冷や汗をびっしりとかいている。しかし濡鼠《ぬれねずみ》なのが幸いし、目立つことはない。

「聞けばあのまま戻らず今日に至ると申す。妹思いのその方のこと、もしや後追いでもしたのかと、内心案じておったのだが――真逆《まさか》直助、その風体は――入水《じゅすい》のし損ねではあるまいな」

「違エやす」

「ならば何故」

「どうも――いけねェ。お子の前じゃ――いけねェ」

「齢端《としは》も行かぬ乳飲み子じゃ。憚ることはあるまい」

「ですから余計——憚るンでさァ」

ぎち。ぎち。ぎち。櫓を漕ぐ音。さあさあと川面を走る風。

「解らぬな」

「手前はね——旦那」

ぎち。ぎち。ぎち。哇哇、哇哇と赤子の声。

「手前は今宵——この手で——この櫓を持った手で——」

直助の五体にその時の感触が蘇る。手は震え、脚はわななき、眼は霞み、耳鳴りがして。

思い切り。

ずぶり。

「人を殺《あや》めて参《め》りやした」

「何と——」

伊右衛門は黙った。赤子も泣き止む。ぎちぎちぎちと、直助は櫓を漕ぐ。

「殺して逃げて、滑って落ちて——そこで旦那に助けられたんでさあ——さァ旦那、どこにつけるんでやす。手前は人殺し。どこの御家中か存じやせんが、御立派なお侍が咎人《とがにん》と一緒にいちゃあいけませんや。仰る通りの岸へ着けやすから、そこで手前のこたァ忘れてくだせエ。おッと、お奉行所に御報せになるのだけはご勘弁だ。手前にはし残したことがある——」

伊右衛門は厳しい顔つきになった。直助は伊右衛門がどういう男か善く解っている。伊右衛門は御定法に外れたことを嫌う男だ。頼んだところで見逃してはくれぬやもしれぬ。しかし。

それならそれで観念するしかあるまい――とも思う。一事が万事、直助の筋書通りに運ぶ訳もなく、初《しょ》っ端《ぱな》からどこで頓挫《とんざ》しようと詮方なしの捨て鉢で、半ば諦め為したこと。伊右衛門に拾われたというこの偶然も、また直助の運であろう。

しかし、伊右衛門の反応は直助の埒外《らちがい》のものだった。

「誰を――殺した」

「何を――お尋きなさる」

「直助。その方は口程に軽はずみな行いをせぬ男。それが人を殺めたとあらば、曰くも因縁も深きものぞと推察致す。ただ――金品欲しさ故ではあるまい。欲得ずくの所業ではなかろう」

詮索御無用――と直助は言った。伊右衛門には関わりなきことである。知れば、累が及ぶ。

しかし伊右衛門は続けた。

「中《あ》てててやろう。それは袖殿の死に――関わることではないのか」

「それは――」

「苦にして命を断つ程に、重き病ではなかったに――と宅悦もあの折言うておったぞ。ならば直助、妹御は袖殿は、何故に死なれた。もしや――」

「言いたくねェこと。思い出したくねェことで――」

「その殺人《ころし》――袖殿の――仇討《あだう》ちなのだな」

直助は答えなかった。それは正しくもあり、間違ってもいる。

侍の敵《かたき》討《う》ちとは――所詮動機《わけ》が違うのだ。

「誰を殺した——袖殿の敵《かたき》とは誰だ」

伊右衛門は尚も糺《ただ》す。殺したのは。直助が脇腹を——胸を——下腹を刺したのは——。

「殺《や》ったなァ件《くだん》の——西田尾扇でさァ」

「何と——しかし、それでは、その方」

「主殺しの大罪人——で御座居ますよ」

ずぶり。血飛沫《ちしぶ》き。滴《したた》る血。流れる血。溜る血。脂。悲鳴。嗚咽《おえつ》。

匕首から離れなかった指。櫓を握る手に力が籠る。櫓を離すことが出来ぬ。

伊右衛門は沈痛な面持ちになり、それでその方——と直助を見ずに呼びかけ、

「見られたか」

と問うた。

直助は上の空で言う。

「その場ァ見られやしませんや。ただ、殺ったなァ元の奉公先。奉公人も顔見知り、医者陸《いしゃろく》にやあ面も見られた。いずれ近《ちけ》ェうち、町方の手が回りやしょう。獄門《ごくもん》か磔《はりつけ》か、遠いこっちゃねエ——だからね旦那、手前なンかと一緒にいちゃいけねェ。いけねェんですよゥ——」

ぎち、ぎち、ぎち。直助、直助——伊右衛門が呼ぶ。

「直助。その方先程、し残ししこと有る故逃げ果せたき旨《むね》を申したな。し残しことと申したは、未だ敵《かたき》が残っておるということではないのか——憎《にっく》き敵はひとりに非ず、残る的をば射抜くまで、捕まる訳には行きはせぬ——そうした意味なのであろう」

ぎち。ぎち。ぎち。ぎち。ぎち。

「仰る通りなら——如何《どう》しやす」

直助は思う。伊右衛門はこの手の融通は利かぬ男だ。直助が罪を重ねるのを知って尚——。

——逃がしちゃあくれねェだろうよ。

ぎち。ぎち。ぎち。ぎち。でも。

「仰せの通り手前にゃあ、憎い相手がまだたんと居りやす。この首が、三尺高ェところに上る前《めえ》に、ひとりでも多く——たァ思いやす。ただ、手前は逃げ果せよう生き延びようなンてェ、尻《ケツ》の穴の小せェ了見は持ち合わせちゃいねェ。最後の最後は手前が死んで——それで、幕だ」

そう。直助はいずれ捕まらねばならぬ。捕まって、御仕置されて、直助の大願は成就する。

何故なら——袖の敵《かたき》は——。伊右衛門が呼ぶ。

「直助」

「へい」

「俺の——屋敷に来い」

「何と」

「匿《かくも》うて——進ぜよう」

何と仰る——直助は耳を疑う。伊右衛門は平然としている。

「しかしそれでは——旦那、イヤ、旦那。気は確かですかい」

「正気だ。痩せたりと雖《いえど》も俺は武士。武家の組屋敷には町方の詮索の手も——及ぶまいぞ」

「でも旦那――」

伊右衛門はそっぽを向いたまま、構わぬ――と言い、その代わり露見致した暁には庇いはせぬぞ、火盗にでも町方にでも即刻引き渡す――と続けてから直助の方を向いた。直助は、ただ俯向《うつむ》き気味に無言で櫓を漕いだ。黒黒とした川面に白き月が映って揺れていた。

「だ、駄目だ――いけやせん。ご迷惑に――旦那にゃ御内儀様やお子様も――」

「案ずるな。中間《ちゅうげん》の格好でもして居れば目立つこともない。元より中間小者を雇い入れんと思うておった折故、丁度良い。下手な渡り中間など雇っては如何《いか》なる悪さに及ぶやも知れぬ。その方ならば――」

「人殺しですぜ」

伊右衛門は笑わなかった。直助はぼそぼそと問うた。

「旦那は――何処に御住まいの――如何《いか》なる御身分になられやしたか――」

「俺は今――四谷は左門殿町《さもんどのちょう》の組屋敷に住まう、しがない御先手組同心だ」

「な――何ですって――」

櫓を漕ぐ手が止まる。直助は細い眼を精一杯見開いて伊右衛門を見る。

「入婿故、民谷姓を名乗っておる。民谷伊右衛門だ」

「た――民谷――では、あの――上役様に――伊東」

伊東――喜兵衛様か――と伊右衛門はつまらなさそうに呟き、思い出したように言った。

「そうか。直助、その方伊東様に面が割れておるのか――」

「旦那――旦那はあの――」

「知っておる。知ったのは最近のことだがな――」

伊右衛門は利倉屋の一件を知ったのだ。又市が喋ったのか。喜兵衛自身から聞いたものか。

否、伊右衛門は今、民谷と名乗った。ならばあの老同心の娘婿になったのだろう。それなら。

――知っていて当然か。

拙《まず》いか――と伊右衛門は言った。

「その方の顔も名も――身許も――伊東様は御存知だ。拙いか」

拙くはない。否、これぞ天の配剤――直助の鼓動は高まった。

直助のし残したこととは――実に伊東喜兵衛と、その朋輩に対する意趣返しなのだ。ただ喜兵衛は手練《てだれ》、時機を窺わねば易易《やすやす》と叶うことではない。そのうえ直助は、喜兵衛に荷担した朋輩が誰と誰なのか、未だ摑めていなかった。探る必要がある。ならば。

喜兵衛配下の同心宅に住込めるというのなら勿怪《もっけ》の幸いではないか。

「旦那――その――舅様は――民谷様の、あの御老人は」

あの老同心も直助の顔を知っている筈である。伊右衛門は素っ気なく死んだ――と言った。

「お亡くなりに――左様で」

ならば余計に都合は良い。

直助は舟をゆるりと岸に寄せて、櫓を離し、伊右衛門の方に向き直って座り、舟の上で両の手を突き、散ばら頭を舟底につけた。

「旦那――いや伊右衛門様。今までの数数の失礼、お詫び致しやす。直助、一生のお願《ねげ》エでやす。ここはひとつお言葉に甘え――この直助を、お屋敷にお雇い入れくだせえ」

「しかし直助、与力に顔を知られていては我が屋敷も善い隠れ家とは言えぬぞ。伊東様は――五のつく日毎に――俺の屋敷にお出でになる。それでなくとも狭い組内、その方も顔を合わせずには済まされぬぞ。人相書でも回覧《まわ》ろうものなら、即日お縄になろう」

「それなら――手前に考《かんげ》えがありやす。誓って御迷惑はお掛けしやせん」

「兎に角直助、それ程迄に願うのであれば、先ずは子細を語るがいいぞ」

「それは――」

それはなるまい。直助は他ならぬ与力殺しを企んでいるのである。伊右衛門も、知れば流石に許さぬだろう。知って匿えば罪になる。しかし匿って貰わねば望みも果たせはせぬだろう。

「何も聞かず、何も問わずに――お雇いくださる訳にゃあ参《めえ》りやせんか」

「匿うたならそれだけで、最早俺とて同罪だ。それでも理由は言えぬと申すか」

「言えやせん。元より、徒党を組めば累が及ぶと思うてのひとり働き。極道仲間の小股潜りや按摩にも内証のこと。旦那に話せば――旦那に迷惑が及びやす。ですから――」

お願いでやすお願いでやす――と直助は懇願した。小舟が揺れた。赤子が一声だけ哇哇と泣いた。直助は伊右衛門を見上げる。戸惑いを隠せぬ伊右衛門は、悲しそうに直助を見て、

「まずは――我が家へ」

と言った。

伊右衛門は器用に子を背負い、釣り道具を携えて陸《おか》へと上がった。

下男だった直助は慣れたもので、提灯を掲げてその前に出ると、爽爽《さつさつ》と歩を進めた。

すっかり落ち着いている。しかし胸の内には、狂おしい興奮が――息を巻いていた。

道行く者も絶える刻限である。犬の子一匹見当たらぬ。江戸の朱引きのどん詰まり。

四谷。左門町。

粗末な門構えの質素な家だった。

伊右衛門は頸を伸ばして中を窺うようにし、そろそろと玄関の戸を開けた。

微昏《うすぐら》い玄関には、既に奥方が座っていた。ずっと待っていたのであろうか。

「ご苦労で――あったな」

伊右衛門はそう言った。

「どうも腹が空《す》いておるようだ。中中泣き止まぬ――ん、そちは怪我でもしておるのか」

「大事ありませぬ。ややを――」

若い声だった。それにしても何か――納得の行かぬ遣り取りである。

伊右衛門が外に立って所在なげにしていた直助を無言で招き寄せた。

「魚は釣れなんだが客が釣れた。ああ、そちは何もせずとも善いぞ。その子に乳を――明日は非番故、支度は全部俺がする。子の世話をしてくれ。さあ上がるが善い。これは妻の――」

赤子を抱いた若い女房は、暗がりで会釈をした。

――この物腰は。

覚えがある。覚えはあるが――そんな筈はない。直助の疑念を余所に奥方は夜陰の只中へと消え、すぐに伊右衛門が水を張った盥《たらい》を持って現れたので、問うことも追うことも出来ず、直助はただ悶悶《もんもん》と脚を洗うて、奥へと通された。外見は古びているが屋内の造作は新しい。足の裏に触る床の感触も張って間もないそれである。仏間を抜け、庭を望む小綺麗な座敷に至る。伊右衛門は直助に寛《くつろ》ぐように伝え、風呂の支度をする故暫《しばし》待て――と言い残して、部屋を出て行った。庭木の枝越しに丸い月が望める。隣室の襖は開け放ってあり、相変わらず几帳面に蚊帳《かや》が吊ってある。蚊帳越しに奥方の後ろ姿が見えた。

――先程のあの顔あの声は。この女《ひと》は。

直助の善く知った女――ではないのか。

声を掛けるべきか――直助は思案し乍《なが》ら女を見る。赤子に乳を遣っているのか。赤子が寝ついたのを団扇《うちわ》で扇《あお》いでいる様子である。声を掛けることは憚られた。四半刻《しはんとき》程待って直助は伊右衛門に呼ばれた。既に丑三つ刻は回っていただろう。簡単に髪を束ね、帷子《かたびら》を借りて直助は漸《よう》う人間らしい格好になり、元の座敷に戻った。閨《ねや》の行灯の火は落ちていた。伊右衛門は直助を座らせて、向き合うように己も座った。

「どうだ。人心地ついたか」

「へい、御世話になりやした」

「事情を打ち明ける気になったか」

「へい。肚《はら》を――決めやした。お話し致します」

まず利倉屋の一件は御存知でやすね――と直助は念を押した。善ッく存じておる――と伊右衛門は言った。直助はわざとその先を尋くことを止め、己の事情を語った。

「桜の終わった頃のことでやす――」

義憤から手を出した利倉屋の一件も落着したかに見えて、そのころ直助の身辺は落ち着いていた。欲得ずくで始めたことではなかったが、又市はお前が取らず誰が取る――と言って、少なからぬ分け前をくれた。懐も潤い、陽気の所為《せい》も手伝って、直助の気は緩んでいた。

そんな折のことである。直助は雇い主の尾扇に呼び出された。医者は殊勝な顔で、日頃の勤勉苦しからず、一席設ける故ゆるり楽しむが良い――と言うた。就いては御母堂なり御父君なりもお呼びし、謝意を示したいが御身には在らず、その代わり身寄りの者縁者朋輩《ともがら》、遠慮なく呼ぶが良い、そうだ自慢の妹御を是非に連れ来るが良かろう――と、普段は金勘定しか頭にない藪医者はしたり顔で言ったのだった。

元より身寄りと言えば袖よりいない。

吝《しわ》ン坊の医者殿の、どうした風の吹き回し、こうしたことも二度はあるまいと、直助は袖を伴いそそくさと出張り、尾扇の饗応を受けた。その、帰り道である。

「手前は強《したた》かに酔っていた。袖は飲めねェが、尾扇に勧められ嘗めるくらいは飲んだから、頬が染まる程度でさァ。そこを――」

襲われた。直助は昏倒し、気がつくともう朝で、袖の姿はなかった。

慌てて西田屋敷に戻り事の次第を告げ、それから袖の長屋へ駆けた。

「袖が戻ったのはその日の夜でやした。袖は――」

「言わずとも良い」

「袖は何も言わなかったが――その跡は――躰を見りゃ解りやしょう」

「それで――鬱《ふさ》いでしまったか。袖殿は」

伊右衛門は深刻そうにそう言った。直助にしてみればこの伊右衛門も憎くないことはない。そもそも袖の惚れていたのはこの男なのだから。

「袖は本当に口を利かなくなっちまった。躰の傷は癒えるが心の傷は癒えねえもので。暫くすると口は利くようになったが、死にてェ死にてェとばかり言う。しかし死ぬ気がねェのも解ってるんでやす。袖は辛ェだけなんで。それを他人に解らせようと――してただけで。手前は解ってやろう救ってやろうと――しやしたがね」

「何故相談を――」

伊右衛門は語尾を濁して、出来ぬか――と結んだ。出来る訳がない。特に伊右衛門になど話せることではない。直助は世間からそのことを隠すことに必死だった。宅悦に灸を頼んだのみである。袖は宅悦の前では何故か屈託がなかった。按摩が鈍感な所為《せい》だろうと、直助は思っている。宅悦は己の下心にさえ気づかない、そうした男である。

手懸かりはなかったのか――と、伊右衛門は問うた。

「ただひとつ。袖の懐には、文が入《へえ》っていた」

「文――とは」

下郎驕《おご》るなかれ、武家に歯向こうたる報い——。

そう書かれていた。

「それは——真逆《まさか》」

「へい。伊東喜兵衛の意趣返し——に違《ちげ》ェねえ——と、その時は思いやした。しかし確証はねえ。身に覚えがあるといやァ利倉屋の一件しかねえが、これでも悪さは一人前にして来た躰。何処で怨みを買《こ》うているか解ったものじゃあねえ。第一《でえいち》、その時分にゃあ伊東方に、こちとらの素姓は割れてねェ筈だった。利倉屋の主人は誓って口を割るような男じゃあねえ——」

「西田——尾扇か」

伊右衛門は陰鬱に言った。西田尾扇。直助の殺した男。痛い痛い痛いという、断末魔。

「伊東と西田が繋がってるなんてそン時ゃあ思いもしねえ。しかしね、これだけは確かなんですよ。袖は手前の所為《せい》で甚振《いたぶ》られたんです。袖自身の因果じゃねえんです。遣り口がド汚ェ。手前に怨みがあるのなら手前を責めりゃいいものを——」

絡め手で、真綿で首を絞めるが如く。敵の手口は陰湿だ。直助が下手《へた》に動けば、直助ではなく周囲に累が及ぶのだ。だから極力他人と切れて、直助は単独で探索を続けた。袖を元通りにする唯一の術は敵《かたき》を探し出し、殺すしかないと、強く思ったからである。如何《どう》しようもなかった。相変わらず死にたがる袖を宥《なだ》め透かし、励まし煽てて——。

何の成果もなかった。

そして。

ぶら下がった袖の屍体の下で直助は初めて尾扇を疑った。尾扇は言った。

身に沁みたか——。

もう侍には手を出すまいぞ——。

なる程そういう仕掛けか——直助は了解した。あの宴がまず罠だったのだ。塡《は》められた。

尾扇は直助に妹がおり、剰《あまつさ》え直助がそれをいたく大事にしていることだけは知っていた筈である。ただ、それも奉公の決まった折に一度会わせた切りである。直助は袖には西田宅に寄り付くことを禁じていたのだ。西田の屋敷は長屋からは離れており、足繁く通われては道中虫が付かぬとも限らぬし、半端に戒《いまし》めるくらいなら、禁じるが良策と思うたのである。だから尾扇は袖の居所を知らなかった筈だ。尾扇は——誘《おび》き出したのだ。人身御供を差し出すために。

「それでその方——通夜の座から——」

「居ても立ってもいられやしねぇ。しかし如何《どう》することも出来ねェ。ただあそこにゃあ居られなかった。袖の骸も——見たかァなかった」

信じたくなかったのだ。袖が死んだのは。

——許してくれ許してくれ。兄《あん》ちゃんは。

「何処に居った。何故今になって——」

「品川辺りで人足の真似事をし乍ら熱《ほとぼり》を冷まして居りやした。あの時下手に動いても、実のある結果は望めねえ。加えて、又市や宅悦にも毒手が及ぶ。仮令《たとい》西田が伊東に通じていたところで、素姓や面が割れてるのは手前だけ——そう思いやした」

「時機の到来を待っておったと申すのか。それで――」

「へい。それで――」

ずぶり。

まずは急所を外して。大声が出ぬように、下腹に。

な、直助、何をする、く、狂うたか――。

西田。この野郎、俺が何も知らぬと思うたか。このまま泣き寝入りすると思うたか――。

な、何のこと――わ、儂が何を――。

恍《と》惚《ぼ》けるな。野郎、伊東の外道と通じて――。

あ、あのことか、あ、あれは――。

ずぶり。

もう一度。ぐう、と医者は呻く。

わ、儂は――ああでもせずばあの方に何をされるか、く、薬屋小平の二の舞に――。

吐きやがったな屑野郎、矢ッ張りそうか。袖を手込めにしやがったのは伊東なんだな――。

い、伊東様達はこのままでは気が済まぬと――利倉屋の次は、この儂へ――。

何だって利倉屋とてめえが一緒になる。小平とは誰だ。言え――。

ぐさり。

そ、それは、い、岩殿の、う――。

許してくれ許してくれ。どろり。血溜に足を取られる。ぬるぬると畳が滑る。

おい尾扇、誰が袖を慰みものにしやがった。伊東ひとりじゃねえだろう――。

そ、それは、あ、秋、だ、誰か――誰かある、ひ、ひとごろし――。

巫山戯《ふざけ》ンじゃねえッ――。

ずぶり。ぐさり。

痛い、痛い痛い。

俄か雨。指の形の破れ障子。血飛沫。血塗《まみ》れ。ぐったりした医者。

如何《どう》なさいました旦那様、どなたかいらっしゃいますか――跫《あしおと》。気配。妄想の追手。

「岩――と申したのか。西田は」

「へい。どなた様のことか――」

伊右衛門は、額に手を当てた。

「直助。己の的は――伊東殿か」

「へい」

「それでは――俺は――」

「当然のこと。伊東様ァ旦那が上役。お手をお貸し戴く訳にゃあ参りますまい。頼める義理もねェ。さあ如何《どう》なさいます伊右衛門様。町方に突き出されても文句は言えねェ。ここで斬り捨てられても仕方がねェ。この直助、疾《と》うに覚悟は出来ている。出来ちゃいますが――」

伊右衛門は悲痛な顔相になり、立ち上がった。

直助は襤褸屑《ぼろくず》のような衣を摑んで庭に下りた。

「旦那。サァどうなさる。手前もお話ししたからは、肚を括《くく》っておりやすが――それでも伊東は討つつもり。その気持ちに変わりはねェ。旦那のお気持ち次第《しでえ》じゃあ、荒っぽい真似をしてでもここから逃げなくちゃァならねェ。旦那と遣り合って勝てるたァ思わねェが――」

直助は襤褸の中から匕首を引き抜いて構えた。

「止さぬか直助。俺はその方を売ったりはせぬ。慥《たし》かに立場もあるし大義もあるが――人情もある義理もある。人倫道徳に照らさばその方にも理はあろう。身分高きと雖も与力に非があることも確かである」

「ならば――如何《どう》」

「待て直助。非道とはいえ伊東喜兵衛は筆頭与力、一筋縄で始末のつく相手ではないぞ。西田尾扇の悪事とて、報復を怖れた訳でも利に走った訳でもない。ただ累が及ぶ前に畏れをなし、忠誠を示したのであろうぞ。伊東様とはそうした男。非のあるなしは無関係。その伊東喜兵衛に正面から噛み付いて――ただで済む訳がなかろう。何よりその方は面が割れて居るのだぞ。俺が匿うたところで、面が割れておっては匿うたことにならぬではないか」

面。

面か。

直助は、これで如何《いかが》――と言って匕首を己の額に突き立て、斜めに切り裂いた。

「な――何をするかッ」

生温かい、ぬるりとしたものが眼に入る。茫漠《ぼんやり》と赤い。

二四三

直助は得物を置き、更に傷に指を入れ、皮を剝ぐようにした。漸く激痛が走り、直助は嗚咽を漏らして突っ伏した。どくどくと血が流れた。痛い、痛い痛い――それは尾扇の断末魔だ。

「うう」

「な――直助ッ、く、狂うたか」

「こ、これで――手前は直助じゃあねえ。旦那の見知らぬ名なしの権兵衛。旦那は直助ならぬ権兵衛を雇い入れただけ――ど、どうでやす、雇って戴け――やすか」

直助は痛みを堪え、屈んだまま、左目だけで伊右衛門を見上げた。

伊右衛門は眼を見開き、蒼白になって硬直している。額には脂汗が浮かび、月光に照らされて光っていた。まるで――そう、刺されて果てた時の尾扇と――同じような顔だった。

おい、おいと伊右衛門は口だけを動かした。蚊帳が揺れて内儀が出て来る。

それもこれも赤い。真っ赤だ。眼の端の血が映り込むのだ。

「雇って――くだせえ」

伊右衛門は下を向き、がたがたと震え、やがて顔を上げて、

「相解った」

と言った。

途端に直助の意識は遠退いた。直助は有り難《がて》ェ忝《かたじけ》ねェと何度も礼を述べたつもりだったが、本当に言えたかどうかは定かでない。袖が伊右衛門の横に立っているような、不思議な安堵感の中、直助は――ゆっくりと――気絶した。

ごわごわとする。

蟬の声がした。

眼が開かぬ。

蒸し暑い。

そうした感覚が徐徐に人の形に整えられて、直助は覚醒した。

無理矢理に眼を開ける。世間は霞んでいる。

直助は座敷に寝ている。

縁側には夏の陽射しが燦燦《さんさん》と差し込んでいる。

優しげな顔つきの若侍が赤子を覗き込んでいる。横には楚楚《そそ》とした若妻がその様子を見つめていた。直助は朦朧《ぼんやり》と眺める。幸せそうな光景である。それでいて何処か作り物染みている。

何処か壊れている。暖かいような。冷えているような。

気がついたか直助――と若侍が言った。

なおすけ。違う、そうじゃねえ。あれは伊右衛門、横に居るのは袖。袖じゃねえ、あれは。

そろそろ包帯を取り替えましょう――女が――伊右衛門の女房が言った。

――この声。

直助は急に思い出した。昨夜の疑念。あの女は。

起き上がろうとするときつく制された。

「いかん。直助――その傷は深い。膿《う》んでは命を落とすぞ。暫くは休養せい。遠慮は要らぬ」

「旦那。直助じゃねえ。権兵衛で――」

直助は完全に覚醒し、それだけを言った。情け深い言葉には涙が出るが、有り難い申し訳ないと思う反面、直助には親切にする伊右衛門の気が知れない。これで善かったのかという思いもある。軽薄な謝辞は似合わぬように思った。伊右衛門も無言で頷き、さあ面倒を看てやれと内儀を促す。内儀は、はい――と答えてすうと立ち上がり、直助の枕元に静静と寄り来た。

直助は不自由な視線を駆使してその顔を見る。間違いない。そんな訳はない。眼を疑う。

「直助様――いいえ、権兵衛様でしたか」

「お梅――さんで」

利倉屋のひとり娘――梅。紛うことなき梅である。

お久しゅう御座居ます――と梅は言った。伊右衛門の声がする。

「そう。昨夜は紹介せなんだが――これなるが我が妻だ。民谷梅である」

――民谷――梅。

「こ――これは一体《いってえ》――どういうからくりで――」

直助は混乱した。

「お梅さん――いや、その、奥方、奥方様は慥か」

かの伊東喜兵衛に輿入れした筈である。そのために武家の養女になったのではなかったか。

直助は利倉屋の主――梅の父からそう聞いていた。利倉屋は大いに喜んでそう語ったのだ。

直助はそのために奔走したのだし、そして直助の只今の有様も凡《すべ》てはそこに起因している。

伊右衛門は言った。

「俺は利倉屋の一件は全く知らなんだ。あの紅梅の夜、その方どもが伊東宅で何をしたのか、俺はこの梅の口から聞くまでは考えたこともなかった。だから民谷がどう関わっているのかも残念乍ら詳しくは知らぬ。だが養女の一件だけは、どうやら我が舅、民谷又左衛門の謀であったようだ。聞けば利倉屋では真に受けていたらしいが、その算段は有効なようでいて、実は大きな穴がある」

「穴――とは」

「戦国の世の昔より、組の差配と組内配下の縁組は禁じられておるのだ。武家の婚姻は徒党の証。縁により党を結び、ひとつ組の中で一族が結束を強固にし力を蓄えることを嫌うた故の禁である。梅が養女に入りし民谷の家は御先手御鉄砲組同心。一方伊東喜兵衛は同筆頭与力。ならば養女になったとて無駄。同じ組中の上役下役の縁組は法度なのだ。縁付きは許されぬ」

「それは――それじゃあ」

「勿論、そうした古い決まりごとは破ることも出来よう。伊東喜兵衛という御方はそうした横紙破りも平気な御方。ご自身もそう仰せられていた。しかし――この度はそれをせなんだ」

「騙し――たんで」

騙されたのです――と梅は無表情に言った。

「亡き義父《ちち》が最初から利倉屋を謀《たばか》る腹積もりであったのか否か、亡くなってしまった今となっては量りようもない。最初は違った考えがあったのやも知れぬ。ただ結果的にはそうなる」

「で――」

「梅は輿入れと称し伊東家に引き込まれ、ただ伊東家の離れに押し込められて、一年近くに亙り幽閉されていたのだ。尤も、俺とてそれを知ったのは夫婦になって後のことであるが――」

「それが――」

それが――直助や又市が躰を張って行った、あの強談判の結果なのか。

梅を幸せにするどころか、更なる不幸に陥れてしまっただけだったか。

――何のために。

それでは何のために袖は死んだのだ――。直助は、梅の横顔を茫漠《ぼんやり》と眺めた。

一年以上開いている。大人びて見えるのは眉を落とした所為《せい》ばかりではない。

眉を落として――。

「そのお梅さんが何故――旦那の」

何故伊右衛門の妻となっているのだろう。赤子はすうすうと寝ている。伊右衛門はその寝顔を見つめている。梅はその伊右衛門の顔を見つめている。何処から見ても幸せそうな若夫婦の絵柄である。でも――。

――何か壊れている。

満ち足りてはいない。

「私が――望んだのです。少なくともそれは――事実」

「お梅さんが――」

「俺はな、直助——否、権兵衛。又市の周旋でこの民谷家に婿に入った。無頼の輩《やから》を介したとはいうものの縁があっての結び付き、多少の不満は詮なきことと、それでも懸命に励んだものだ。だが——上手くは行かなんだ——」

伊右衛門は庭の稲荷社を眺め乍ら訥訥《とつとつ》とした口調で語った。

「——しかしそこは婿養子、嫌だといっても出るのは俺だ。ただ民谷方にしてみても、俺を出してしまえばお役御免になる。女房の方も嫌だと言えば路頭に迷う八方塞がり。そんな折のことだった——俺は諦めていた。しかし女房はどうにも俺が我慢ならなかったとみえて、与力に相談を——持ちかけたのだそうだ——」

伊右衛門は言葉も表情も濁し、暫く黙って、こう続けた。

「——一部始終はこの梅が聞いている。俺はどうやら、前の女房にすっかり嫌われた」

女房は、己は堪えられぬ故家を出る、しかし家名は残したい——と希望したという。

伊東が策を練ったのだと伊右衛門は語った。

「そンな、都合の良い策があるもので」

「与力は組頭様のところに行って——こう言ったのだ」

お頭様も御存知の通り、先日鬼籍に入りました民谷又左衛門方に縁組叶いまして新規お召し抱えになりました同心民谷伊右衛門、人柄実直にして才気煥発、真に稀なる人材なれど、これ最近様子尋常ならず、子細糾しても答えず、拙者も心を砕き居り候ところ、原因は伊右衛門が妻にありと漸う判明致し候——。

五体具《そろ》わずしては仏にも成り難しとは因果の理を説きしもの、人は形の目出度からんこそ願わしかるべきこと。容顔麗《うるわ》しきを福徳の相といい、悪しきを貧賤《ひんせん》の相と申すとか。伊右衛門が妻容姿醜く性質《たちあし》悪く、夫を蔑《ないがし》ろにし家事を疎《おろそ》かにしたる所業目に余り、捨て置かば伊右衛門のお役目成り難く、子を生すことも難しく、民谷家の絶えるは遠からぬこと——。

しかして亡き又左衛門、生前よりこの不出来な娘が浅ましき行状を心密かに憂え、斯様な事態が起こり得ることを見通して、拙者も相談を受けること数限りなく、曰く、性質悪き故縁遠き娘なれば、縁付きたる暁にも恙《つつが》なく暮しが成るとは思い難く、さりとて婿を取らず養子を立てて家名を譲るも角が立つ、総領は吾なりと娘が異議申し立てるは必定、とか——。

そこで又左衛門一計を案じ、町家の娘より性質善き者を選び内内に養女と為し、秘密裏に我が伊東家に預け置くことと致し候。又左衛門が遺言に曰く、娘が入婿と恙なく暮すなら、かの養女は拙宅から然るべきところに嫁がせ給え、もし娘の悪しき性質が災いし民谷家存亡の時を迎えし時は、娘を廃嫡《はいちゃく》と為し家から出し、代わりに養女を立てて入婿が妻と為すべしとかや。拙者が見るに今が将《まさ》にその時ならん。ならば又左衛門が遺志を汲み、伊右衛門がことを守立てんが上役の役目と覚ゆ。願わくは先の縁組伺いを反古と為し給わんことを御願い上げ候——。

「騙《かた》りだ。だが、利倉屋娘梅を養女と為すという——養父の記した証文は確かにあるのだ。そして梅もまた、現に伊東宅に居る。お頭にしてみれば与力を疑う理由はない」

「でも旦那、利倉屋の方にゃあ言い訳が立つめェに。そんなこたァ嘘だとすぐ知れる」

「父は——」

梅は一度伊右衛門の様子を窺うようにしてから言った。

「あの人――伊東は――私をお店《たな》に連れて行って――父にこう言ったのです」

その方が娘梅、余に嫁ぎて早十月《とつき》から経つが未だ余に心許さず。発端にては余に非もあり、町家より武家に嫁ぎし身でもあり苦労も多からんと今日まで過ごせしが、昨今その様子訝《いぶか》しく糾してみれば組内の若き同心に恋い焦がれ、想うだけなら許しもするが、余の目を盗みて彼の者と密かに通じ、子を孕みたる旨白状致した――。

余は不惑を越えて種薄く、梅が腹の子は彼《か》の者の子であることは間違いなし。御定法に照らさば不義者は重ねて四ッつ、その場で手打ちにしてもお構いなしである。しかし元を辿れば余にも非はあり、梅の望んだ縁とも言えず、彼の同心も余の大事な手下なれば大義を曲げ、瞋恚《しんい》を滅して二人を添わせんと欲するが、如何《いか》に――。

幸い余は祝言婚礼の一切を行わず、梅が輿入れしたことを知りし者は僅か。加えて梅の通じたる相手はその方も知る民谷又左衛門が娘婿なり。その方に異議なければ、組頭に内内に御伺いを立て、万事万端調うように取り計らうが――。

「父に異議のある訳がないのです。不義者と成敗するところを温情を以て救い、好いた同士で所帯を持たせようと――あの人はそう言うのですから」

梅はそう言った。慥かに発端が発端だけに梅の心変わりは真実味があるし、そもそも利倉屋側が拗《ね》じ込んだ縁組でもあるから梅に非がある場合は文句も言い難い。況《まして》や不義の子を懐胎したとなれば言い訳は出来ない。喜兵衛は平身低頭する利倉屋に向け、こう結んだのだそうだ。

今度という今度は正式に武士の妻となるのだ。利倉屋、その方はこれなる梅を、努努《ゆめゆめ》娘と思うてはならぬ。これなるは民谷家の梅。きっぱり親娘の縁を切り、二度と会わぬと覚悟せい。それが娘の為、その方の為である——。

「私は——それでも善かった。伊東の家で暮すくらいなら、父と会えずとも——だから」

「それで——その」

「だから——それに関しては、半ば本当なのです。そうですね旦那様——」

伊右衛門は何も言わなかった。ただ、愛しげな目付きで赤子を見ている。

春に生まれた。俺の子だ——。

伊右衛門は慥かにそう言った。直助は玄妙な気持ちになる。

伊右衛門は悪妻に手を焼いていたらしい。妻は妻で伊右衛門に愛想を尽かし、家を出たがっていたという。梅はどうやら伊右衛門に惚れていた——そこで寝ている赤子が二人の子なら、不義密通も事実なのかもしれぬ——。喜兵衛自身はどうなのか一向知れないが、少なくとも喜兵衛の嘘は、その三方の欲求を満たしたことになる。

——そうなのだろうか。

直助は梅を見る。伊右衛門を見る。

伊右衛門は急に立ち上がり、釣りに行って来る——と言った。

その背中を追う梅の視線はやけに粘質だった。

直助は釈然とせぬまま、眼を閉じた。

こうして――直助の、権兵衛としての生活は始まった。

三日ばかりは顔が火照《ほて》って起きられず、ずっと寝ていた。

伊右衛門は判で捺《お》したように同じ時間に家を出て、梅は甲斐甲斐《かいがい》しく直助の世話をした。伊右衛門のいない間の梅は、直助の知る昔の梅と変わらなかった。ただ赤子に乳を遣る時だけ、梅は梅でなくなった。そして伊右衛門が戻った途端に、梅は伊右衛門の妻になった。

意外だったのは、伊右衛門がそれは子煩悩《こぼんのう》な父親だったことである。

相変わらず笑いはしなかったが、その眼は常に赤ん坊を捉えていた。

一方梅は、夫が居る間はずっと、夫の姿を追っているように見えた。

どこか――いびつだった。

四日目に直助は起き上がり、伊右衛門の用意してくれた奴《やっこ》の衣装を着た。顔には包帯が巻かれていたから怪しげな折助《おりすけ》ではあったが、纏ってみればそれなりで、民谷家中間権兵衛で御座居ますと、巫山戯《ふざけ》て言うてみる程に恢復《かいふく》した。

肚の中は相変わらず暗澹《あんたん》としていたのだが。

六日目に包帯を取り、髷《まげ》も糸鬢《いとびん》に結い直した。顔の傷は黒黒として惨《むご》たらしく、思った以上に人相を変えていた。面が割れているとはいえ一度会うた切り。喜兵衛などには判るまい。

その翌日から、直助――権兵衛は庭の手入れなどを始めた。更に翌日には使いにも出た。

その六日のうちにも収穫はあった。梅の言葉や伊右衛門の素振りから、喜兵衛以外の、袖の敵《かたき》の見当がついたのである。喜兵衛の腰巾着、秋山長右衛門と堰口官蔵の二人――である。

尾扇は今際《いまわ》の綴《と》じ目に、秋——と慥かに言った。三宅組の同心で秋のつくのは秋山だけである。何より直助がそう思うのは、梅の拐《かどわか》しを手伝ったのも秋山と堰口だというし、人相から推し量るに強談判の場に居たのもその二人らしかったからである。

ならば顔は判る。

夜討ちをかけるか。

ひとりずつ切り離して狙う。

侍相手である。一対一でも分は悪い。

しかしそれだと、二人目からはやり悪《にく》くなる。

直助は草を毟《むし》り乍らそんなことを考えている。

未だに判らぬことも幾つかあった。

小平とは誰だろう。それから——。

——岩。

そう思った途端。

悲鳴が聞こえた。

権兵衛、権兵衛——梅の悲鳴である。縁側で梅が叫んでいる。

「如何《いかが》——」

直助は庭を抜け、縁側に駆けつける。

大きな青大将が縁側でのたくっていた。

梅は余程蛇《くちなわ》が嫌いなのだろう。すっかり色をなくして竦んでいる。蛇が赤子に近付こうとも、わあわあ喚くだけである。直助は持っていた草刈り鎌で蛇を引っ掛け、庭に放った。蛇はのろりと折れて鎌を抜け、庭石の上に落ちた。梅はそれを見てまた悲鳴を上げた。

「奥方様、赤様を――」

取り乱した梅は今にも赤ん坊を踏んでしまいそうだった。直助に促されても尚、梅は赤子を抱こうとしない。早《はよ》う、早う蛇を殺して――などと益々狼狽《うろた》えている。蛇は、鎌の刃で傷ついたのか、僅かな血痕を残して縁の下に消えた。それでも梅は足下を気にしてわなわなと怯えた。

「な、生殺しに――なされたか」

「御心配《しんぺえ》要りやせん。毒持つ蛇じゃねえ」

「そ――そういうことではないのです。蛇は――」

蛇は陰地に生じ陰気を好むという。故に執念深いともいう。この民谷の屋敷は余程蛇に好かれるのか、こうしたことはこの六日のうちにも四度程あった。梅はその度に大袈裟に騒ぎ立てて、直助に蛇を殺すように命じた。蛇は殺さねば戻って来るのだ――と、梅は何度も言った。

蛇を好む女は少ない。だから恐れて当然だと、最初は直助も不審に思うことはなかった。しかし伊右衛門もまた異様に蛇を怖がった。一昨日の非番の夜も、閨に小蛇が現れたのだが、伊右衛門は梅以上に慌てふためいたのだった。伊右衛門は赤子を抱き締め、蚊帳の端に竦んで、蛇を出せ、蚊帳から出せ、蚊帳の外に出してしまえ――と叫んだものである。

「――蛇は殺さねば。止《とど》めを刺さねばなりませぬ――」

梅が言う。直助は梅を見る。瞳が暈《ぼ》けている。

――何故赤子を抱かぬ。

直助は酷く不安になり、梅から眼を逸らした。赤子を抱き慈しむ時の梅の顔は母親のそれである。梅は決して赤子を厭うている様子ではない。なのに。再び見る。梅は蛇を見るような眼で赤子を見ていた。

ぞくり、とした。

同時に玄関先で声がした。嗚呼《ああ》旦那様がお戻りじゃ――と、梅は赤子を取り残したまま、小走りに主を出迎えに行った。直助は醜く捲《めく》れた傷ッ面で赤子を覗き、小さく溜め息を吐《つ》いた。

どこか落ち着かぬ、そう、どこか壊れた、いびつな幸福《しあわせ》。

――余人には――知れぬことか。

直助は再び――溜め息を吐いた。

そうこうしているうちに、半月が過ぎた。

伊右衛門の言った通り、武家屋敷には町方の手が回ることはないようだった。伊右衛門の話だと、世間では一時期町医者殺しの評判が立ったらしいが、直助の耳に直接入ることはなかったし、瓦《かわら》版《ばん》などにもあらぬ憶測が書かれていたらしいが、いずれも嘘八百、直助のなの字も書かれてはいなかったという。結句、直助は自分が咎人であることを屢屢《しばしば》忘れた。

しかし、自分が人殺しである――という自覚だけは常について回った。法を犯したことよりも、尾扇を殺めたその時の、あの感触のその方が、遙かに勝っていたのである。

また、半月も経つというのに、その間直助は一度たりとも喜兵衛を見ていない。

最初の夜、伊右衛門は喜兵衛が定期的に通い来る——というようなことを漏らしていたが、直助は訪れたところに未だに出くわしていない。直助は使いに出るといっても精精近所、長くて四半刻であるから、その間に来て帰ったということもないだろうと思う。半月の間には、二度ばかり伊右衛門の夜釣りにつき合わされたが、真逆《まさか》その間に訪れているとも思えなかった。何しろ、戌《いぬ》の刻に屋敷を発ち、子《ね》の刻を過ぎて戻る釣りである。そんな真夜中に、しかも主の留守に与力が同心宅に来る訳がない。伊右衛門は矢張《やは》り二度とも赤子を連れ、釣れようが釣れまいが構わぬ素振りで黙黙と釣り糸を垂れた。場所も隠坊堀の辺りと決めているらしかった。

——不可解な習慣《ならい》よ。

不可解というなら蛇の騒ぎも矢張り幾度か起きて、その度梅も伊右衛門も過剰に反応した。しかしそれも些細なことといえば些細なことで、伊右衛門と梅の暮しは可もなく不可もなく、穿《うが》った見方さえしなければ、十分に満ち足りたものであると——そういう風にも受け取れた。取り敢えず平穏ではある。

——急《せ》いても仕方なし。

多分追手はかかるまい。ならば緩りと構えんと、直助は思う。一年近く待ったのだ。今更急ぐ理由もない。下手を売れば匿ってくれている伊右衛門宅にも迷惑が及ぶ。だから失敗《しくじ》ることは出来ぬ。策を練る時間《とき》も欲しい。

直助は——権兵衛になり切った。

そんな——蒸し暑い日のことである。

直助は伊右衛門に乞われて生け垣の手入れをしていた。

丁寧に塵芥《ごみ》を取り除き、枯れ葉を千切り、直助は没頭していた。

玉のように汗が浮いた。かんかんと陽が照りつけている。間もなく西陽になるだろう。

油蟬の声がじりじりと聞こえている。直助はその時、喜兵衛も尾扇も、袖も梅も伊右衛門も忘れていた。ただ指先の、その細かい動きの、それだけにひたすら集中していた。

ふと我に返り、直助は振り向いた。

縁側では梅が、赤ん坊を陽に当てて、産着を縫っている。

赤ん坊は気持ち良さそうに寝息を立てているようである。

そうした光景は殺伐とした直助にも安堵《やすらぎ》を齎《もたら》してくれる。

不気味な懸念は払拭されて、直助は手仕事に没頭できる。

再び生け垣を、
崩れた顔。

「あ——」

生け垣の上に崩れた醜い顔があった。

梅の悲鳴が聞こえた。

「ああ、い、いわ——いわさま——」

「いわ——さま」

岩様の――。

尾扇が言っていた――。

崩れた顔はにやりと笑った。

「あ――」

そしてすぐに消えた。

「お、奥方様、お梅様――あ、あれは」

「の、覗きやる、岩様が覗きやる」

「岩様とは、岩様とはどなた――」

梅は半ば狂乱の相を呈して、飛び退くように立ち上がり、もう一度腰を抜かして、わなわなと震え、赤子をひしと抱き締めて、顔を埋め、

「な、何を今更、己が望んだことであろうに、浅ましきこと――」

と、呪うように言い、嫌じゃ嫌じゃと言い乍ら這うように奥に進む。

直助はその後を追い、縁側に取り付きて、

「今のあの――あの」

「直助――権兵衛、ここを閉め、戸を閉め、岩様が覗く――覗く」

――前の女房殿か。

直助は察して振り返る。あれが。あの化け物が――。

「毎夜毎夜蛇になりて覗き、終《つい》には――」

――蛇だと。
何だ。何故蛇などになる。前の女房は望んで家を出たのではないのか。
ならば何故――梅は何を恐れているのだ。
直助は駆け出した。背後で梅が権兵衛、権兵衛と呼んでいる。
木戸を乱暴に抜け、直助権兵衛は駆ける。
――まだ追いつく。
化け物でもねえ限り女の脚だ。遠くまでは行けねえ。
ごろごろと空が鳴る。蟬が鳴き止む。雨が来る。
岩。岩様。お前様は一体――。
直助権兵衛は走っている。尋かねばならぬ。
あの女に――尋かねばならぬ。
ばらばらと豆を撒くような音。
直助権兵衛は雨を抜けて走っている。
傘も差さず、濡れそぼった乞食のような風体の――。
――居た。
「岩様ッ――」
女は振り返り、醜げな顔を歪めて、
にこりと笑った。

提灯於岩

岩は心安らかであった。

己の選択は間違うていなかったと、そう思う。

そして岩は提灯を張る。張り乍《なが》ら岩は、伊右衛門を思い出している。

こうした几帳面な手仕事は、何故か岩に伊右衛門を想い起こさせる。

——破いてばかりおった。

岩は声を出さずに笑った。

あの日。

昨年の暮れ——岩は喜兵衛宅から戻るや否や、早早に伊右衛門に離縁がことを切り出したのだった。伊右衛門は俄かに驚惑し、幾度も幾度も、考え直すよう——岩に懇願したのだった。

——そういう男《ひと》なのだ。

自分のことを気遣っているのだと、岩はそう素直に受け止めた。

正直いって己が醜いことを、岩は重重承知している。ただ、恥と思わぬだけである。しかし一緒に暮す者にしてみれば、それは本人以上に気遣いの要ることなのだろう。そうしたことはその頃はもう十二分に解っていた。だから岩は伊右衛門に、深く感謝の意を表した。

剰《あまつさ》え己を滅する程気を遣い、間尺に合わぬ扱いを受け尚も堪え、それでも離縁はしたくないと言う——その優しさに感謝したのである。三十俵三人扶持の軽輩、辛苦の忍耐を重ねてまで守る程の価値はあるまい。ならばその努力は偏《ひとえ》に岩のために手向けられたものなのだろう。

岩が謝辞を述べると伊右衛門は一層に困惑し、怒ったり泣いたりした。岩は見ぬ振りをし、手早く身支度をして後、手続き全般凡《すべ》て伊東喜兵衛様に委ねておれば、沙汰を待つまでもなく今この家を出んと思う——と、伊右衛門に告げた。

俺の——俺の気持ちは如何《どう》なるというのだ——。

伊右衛門はそう言った。

そこまで俺を厭うなら、何故に縁を望んだ——。

とも言った。

答えれば喧嘩になると思うた。岩の気持ちは言葉では通じない。喧嘩になれば情が絡んで、それは卑怯な打算を生むのだ。いずれそれ以上の問答は未練になると、岩は判断した。元より伊右衛門が憎い訳ではないのだ。しかしもしも未練が昂じて縒《よ》りを戻すようなことになれば、結句元の木阿彌《もくあみ》。一緒に暮せば必ず岩は、それまで同様伊右衛門を責め立て貶《けな》すに違いない。己のことは己が一番善く知っている。岩は、罪なき夫を苛《いじ》めるような暮しはもう沢山だった。

離縁の決心《こころ》変わらず、吾はこの家を出たいのじゃ。主との暮しは懲《こ》り懲《ご》りじゃ——。

わざと憎げにそれだけ言った。凡ては——伊右衛門のためである。

岩が決意を述べた折にも、伊東喜兵衛はこう助言したものである。

岩殿、御身の決心真《まっこと》以て潔し。されど伊右衛門は心根優しき夫《おとこ》なれば、御身に未練も多からん。然らば御身は決して甘言を垂れず、ただ偏に厭うたりとのみ申すが善かろうぞ――。

その通りである。こと細かに真情を手繰《たぐ》り、言葉選びて語りても一向通じず、互いの溝は深まるばかり。仮令《たとい》本音と違うても、厭じゃ嫌いじゃと申した方が、まだしも伝わり易かろう。

伊右衛門は大いに悲しみ、落胆した。

しかし、岩はそのまま家を出たのだ。

それが伊右衛門のためである。喜兵衛は、働き存分なれば境野伊右衛門を同心として引き続き召し抱えることを約束してくれた。然るべき間をおいて後妻の世話もせん――とも言うた。

だから、矢張《やは》りそれが伊右衛門のためなのである。

その足で岩は再び喜兵衛宅に寄り、家を出たことを告げ、後を与力に託した。喜兵衛はことの急なるに大いに驚き、且《か》つ感心して、支度金じゃ餞別《せんべつ》じゃ――と金子《きんす》を渡し、四谷塩町《しおちょう》の紙《かみ》売《う》り徳兵衛《とくべい》という者を訪ねよ、屹度《きっと》御身の力にならん――と言った。

岩は言われるままに徳兵衛宅を訪れ事情を話し、翌日彼の者を請人《うけにん》として番町の外れの長屋に入居した。旗本屋敷に住込奉公する口もあったのだが、それは固辞した。今更武家の屋敷で暮すのには抵抗があったし、武家の息女として習い覚えたことは一切したくなかったからである。市井に身を置きたかった。独立《ひとりだち》したかった。容貌を鑑《かんが》みれば酌婦の類が勤まらぬことは歴然としていたが、飯盛り女や賄《まかな》い所の口はかかったし、縫い子や髪結いなどの仕事もあったのだが、結局岩は達磨《だるま》の色つけや傘張り提灯張りを生業《なりわい》とすることに決めたのだった。

実に気儘な毎日だった。

身なりが汚かろうと、顔が醜かろうと――元元身分なき身の上であるから障りにはならぬ。蔑まれても当然ならば、何を言われても腹も立たず、またそうした下賤の中に身を置く限り、誰も何も言いはしなかった。

もう道行く者どもは岩を見なかった。偶《たま》に見られて、例えば岩が笑い返しても、蔭に隠れて嘲る者はいなかった。おっと色目かェ怖ろしや、おいらにその気はねェわいな――と、巫山戯《ふざけ》て言うが落ちである。岩はわざと滑稽な素振りを見せ、笑われてやる余裕まで持った。

仕事も楽しかった。岩はそれまでただ己が食うために畑を耕していたのだが、提灯も傘も張れば使える品物《もの》になる。粗末な品でも役には立つし、引換《ひきかえ》に金を貰うことは正しいと思うた。

そうして、岩は貧乏長屋で、たったひとり年を越した。

それでも岩は心安らかであった。

――あの男。

又市という僧形の男が再び岩の許にやって来たのは、まだ白いものがちらつく頃だったろうか。白装束に身を包んだあの男は、亡父が晩年馴染みにしていた足力按摩の宅悦を伴って、最初の時と同じように、矢張り突然に現れたのである。

又市は早早に頭を下げた。

岩様――暮れより江戸を離れておりました故後手に回りやした。この度のこと、如何《いか》なる子細にての御決心か存じませせぬが、先《ま》ずは仲人口を勧めたる者としてお詫び申し上げやす――。

続けて宅悦がこれまた頭を下げたまま、もそもそと言うた。

お労《いたわ》しやお岩様。元はといえば今は亡き、お父君へとつかまって、ご相談を受けたはこの儂で、これなる又市を紹介したのもこの儂で、悪気ゃあねェとはいうものの、生まれついての愚か者、斯様な事態になろうとは夢にも思わずおりましたわい。この寒空にこの長屋この有様を知っちまっちゃァ心が痛む。儂の知る伊右衛門様は悪《わり》い男じゃなかったに、この変節ァ――。

岩は按摩の言葉を遮《さえぎ》り、きっぱりと否定した。

伊右衛門殿という人はお前様の言う通り悪い人ではありませぬ――。

そう言って二人に頭を上げさせ、暫く考えてから、岩はこう続けた。

詫びることなどありませぬぞ又市殿。吾は今、不自由なく健《すこ》やかに暮しておりまする。そもそもそなたが居らなんだなら、吾は父が死してすぐ後に、斯様な暮しをしておった筈。仮令《たとい》僅かなりともあの家で、妻という役を勤められたのも、偏にそなたのお蔭であろう。伊右衛門殿という善き夫を周旋し給うて、感謝する謂《いわ》れこそあれ、詫びられる謂れはありはせぬ――。

その時又市は、最初の時と同様に岩の様子を穴の開く程眺め回して後、こう尋いたのだ。

岩様――それではあなた様は只今――お幸せだと仰るか――。

勿論じゃ――と岩は言った。

宅悦は、ここの暮しに不便がないと仰いますか――と驚いた。

元の暮しも貧乏暮し、何処へ行こうと吾は吾――と返答した。

しかしそれじゃああんまりだ、あの伊右衛門は――と宅悦が言いかけたのを又市は制し、岩様、伊右衛門様が早速に後添いをお貰いになりやしたのを――御存知で――。

と尋いた。宅悦はオイ、又さんよ、お前はナニを岩様の前で――などと慌てた。

岩は精一杯の笑みを作り、
存じ上げませなんだが、それは何より。元より吾が家を出たるは、仮令《たとい》境野姓に戻ろうと、同心として引続きお役に就かせ候の、相応しき後添いを世話し候のという、与力様のお約束があってのこと。約定果たされた由、伊右衛門殿の息災とも併せ、何より嬉しく思います――。

と言うた。息災も何も伊右衛門は――と言いかけた宅悦をまたもや制して、又市は言った。

伊右衛門様は益々御立派な同心にお成りなさいやした。年明け早早、秋山長右衛門様の御媒酌で伊東様縁者の娘御と細《ささ》やかに祝言を上げ、今や伊東様の弟分とまでいわれる御様子――。

その時又市は岩の眼を見ていた。岩の本心を探っていたのだろう。宅悦の慌て振りもまた気遣いであったろうと思う。慥《たし》かに前夫の再婚を心から喜ぶ女というのは少なかろう。

しかし岩の気持ちに偽りはなかった。又市はその気持ちを見透かしたらしく、
伊右衛門様はお幸せ。それがあなた様のお幸せに――なるンでやすね――。

と念を押すように言った。岩は頷いた。

宅悦は尚も慌てていたが、又市はそれを無視するような大声で、口上でも述べるように、
お健やかで安心致しやした。ただ何か困りごとが御座居やしたら、奴《やつがれ》は下谷金杉に住まいます故、お声をお掛けくだせえまし。何処へなりとも参上致しやす――。

と朗朗と告げ、按摩を引き立てるようにして帰って行ったのだった。

――伊右衛門。
健やかならば、申すことはない。幸せならば――。
岩の選択は間違っていなかったことになるからだ。
その後風の便りに伊右衛門が子を生《な》したと聞いた。
実《まこと》に喜ばしきことである。本当に心からそう思う。
岩と添い続けていたならば、未だ子を生すことなどなかっただろう。
聞けば、大層な子煩悩だともいう。
だから岩は心安らかなのであった。
ただ。
それから半年――。四日ばかり前。
提灯を収めに行った帰り道のこと。
ふと、懐かしさが胸の端に湧いた。
生家が見たくなった。伊右衛門の幸せを確認したき欲動に駆られた。
四谷と番町は、目と鼻の先である。
気がついた時には足が向いていた。
――柄にもない。
そして岩は大きな満足と、小さな後悔を得た。
見慣れた縁側では若い女房が、優しげな顔で繕い物をしていた。

その横には小さな赤子が、すうすうと寝息を立てていた。

庭の手入れも行き届いていた。折助も雇い入れたらしい。

障子も破れていなかった。

疲弊した、父と二人の無味乾燥な暮し。嘲笑と侮蔑を撥ね返すように過ごした病後の暮し。

そして伊右衛門との短かった暮し。擦れ違い、罵りあったその場所に、慈愛が満ちていた。

その場所での岩の歴史は、もう終っていた。

淋しい訳ではなかったが、少しだけ胸が締め付けられるような感慨があった。

ああ善かったと――それは本当にそう思うた。伊右衛門は幸せに暮している。

岩は大きな満足を得た。だが――。

折助が振り返るのと、女房が顔を上げたのは同時だった。

女房は悲鳴を上げた。

――当然じゃ。

庭先から身なり賤《いや》しき醜げな女が覗いていたのであるから、驚かぬ方がどうかしている。

――短慮であった。

岩の小さな後悔とはそれである。

岩は悪意なきことを笑顔で知らしめたつもりだったが、ただ崩れた顔は表情に乏しく、相手に真意の伝わらぬことも知っていたから、言い訳をせずにすぐに立ち去ったのだった。

――あの奴《やっこ》は。

岩様ッ――。

――何故追って来たのか。

夕立ちの縦筋に霞んで立ちはだかった折助は、岩と同じく顔の崩れた男だった。

お前様は、伊右衛門様の前の奥様か――。

如何《いか》にも――そなた様は――。

手前は伊右衛門様を主人と仰ぐ中間男、権兵衛なり――。

ならば奥方様にお伝えあれ。お武家様のお屋敷を覗きたる無礼、見苦しき面晒し肝《きも》を潰させし非礼、呉呉《くれぐれ》もお詫び致しまするとお伝えくだされ。ただ生まれ育った家なれば、近在を通り掛かった故に覗いた出来心、今は他家《ひと》のお屋敷と重重承知しております。他意はなき故――。

他意は――ないと申されるか――。

誓って他意はありませぬ。今後は近寄ることも致しませぬ――。

その時中間は奇妙に顔を歪めた。尤も岩と同じく、面を縦断する傷跡が男の顔から感情を消していたことは事実である。強い雨足、降り頻る夕立ちが一層男の表情を読み悪《にく》くしていた。

お待ち。お待ちを――立ち去ろうとする岩の背中に向けて、中間は尚も言葉を掛けた。

何か――まだ何か――と、岩は振り向かず答えたのだった。

深川万年橋西田――尾扇を御存知か――。

その昔、吾を死病から救いし医者殿――。

ならば――両国利倉屋は如何《いか》に――。

一面識もなかれども、珍しき薬揃えたる問屋とか聞く。四代前より取引きありとかや――。

されば――小平は如何に――。

――小平。

小平のことなど、その時の岩は綺麗さっぱり忘れていた。

小平とは――ああ、それは担ぎの薬売りなり。親の代より出入りする馴染み、利倉屋より薬を卸し受け、我が家に持ち来る者。ただ――。

ただ――如何に――。

ただ一昨年の暮れより姿を見せず――。

一昨年の――暮れ――。

それが何だというのか、岩は奇妙な気持ちになったことを覚えている。

西田尾扇も利倉屋も小平も、知ってはいるがそれだけのこと。武家の暮しのただの思い出。今ではつき合いもない。伊右衛門の中間に質《ただ》される覚えなどなかった。

中間は最後にこう尋いた。

それらの者、与力伊東喜兵衛様と関わりありやなきや――。

――伊東喜兵衛。

それは全く知らぬことだった。伊東のことなど岩は何も知らない。伊東と岩が面と向うて口を利いたのは、岩が家を出た日のそれが、最初で最後のことである。

男はそれ切り黙り、岩は斜めに礼をして去った。

——あれは何だったのか。

伊東、西田、利倉屋、小平。伊右衛門の小間使い。

岩は詮索することを止めた。関係のないことである。

岩は提灯をひと張《はり》仕上げて鴨居《かもい》に掛けた。朝から張ってまだ四張である。

朝から晩まで張って塗って、それでも手間賃は僅かなものである。しかし怠けなければ糊口《ここう》は凌《しの》げた。足下には所狭しと張り子の達磨が並んでいる。土間には骨だけの傘が束ねてあり、張った傘はその横に広げて乾かしてある。足の踏み場もない。

岩は手を休めて、額の汗を拭った。手拭いに膿と血が付く。

——治らぬ疵よ。

油もつけぬ髪はかさかさに乾き、反対に頭皮は汗で蒸れている。

隙間だらけでも閉め切った部屋は暑い。肌も火照っている。行水でもせねば気が遠くなる。

長屋には庭などないから傘や達磨を片付けなければ水も浴びることが出来ぬ。せめて躰を拭こうと思い、岩は土間に下りた。瓶から柄杓で水を掬い、一口飲んでから岩は盥《たらい》に水を張った。

片肌を脱ぎ、手拭いを水に浸したその時。

蔀戸《しとみど》の辺りに気配がした。

「誰か——居やるのか」

慌てて襟を合わせた。

これでも羞らいは残っているか——岩は少し可笑しかった。

「お岩様、いらっしゃるか」

曇《くぐも》った声音とともに、大きな丸い影が射した。

「その声、そなたは、宅悦殿」

「その宅悦で御座居ますわい。覚えておいでで——お邪魔ではないかエ」

「な——何か御用がおありか」

「一寸《ちょいと》お耳に入れてェことが御座居ますンで」

「耳に——とは、吾の耳にか」

「へい。こればっかりは——黙っておるのも」

「暫待たれよ」

岩は身なりを整え、干してあった傘を閉じて戸を開けた。

戸口には杖を持った宅悦と、そして顔の崩れた中間——権兵衛が立っていた。

「そなたは——伊右衛門殿の——」

中間はへい、と言って礼をした。

宅悦は、肉厚の額に皺を寄せて、この刻限、女所帯に上り込むなァ気が引けるンで御座居ますけれど、延引《のっぴ》きならねェことでもあり、宜しゅう御座居ますかのう——と言った。岩は再び襟を深く合わせて、この面を御承知の戯言《ざれごと》か——と答えた。宅悦は汗で照った禿頭を掻き、

「目明きにゃどう見えるか知らねども、儂は今、岩様を美しゅうに視る」

と言い、否否、御無礼、誓って下心は——と言い訳をした。

岩には宅悦の言葉の意味が解らなかった。なのに按摩は饒舌に続けた。

「又さん――又市は嘘ばかり言う男だが、こればっかりゃア真実《ほんとう》だった。儂は最初、お岩様の醜げなところばかり見ておった。だが時を重ねてこうして視りゃア、慥かに清廉潔白、何処から視たって――」

「止さねェかい」

　喋り続ける宅悦を権兵衛が止めた。

「お岩様。先達ては失礼致しやした。手前は一寸《ちょっと》した今浦島《いまうらしま》、知らねェことが多過ぎた。色色調べ探り出し、この宅悦に話を聞いて、やっと領《わか》ったところでやす。御迷惑かとも存じまするが手前にも抜き差しならねェ事情《わけ》がある。少しばっかりお話をお聞かせ戴けねェもンですか」

　宅悦は話したきことありと言い、権兵衛は尋きたきことありと言う。

　岩は二人を中に導き、達磨を除けて座らせた。

　岩は提灯の真下に座った。奇妙な光景だった。

「お尋ねしてェことってのは幾つもねェんで。とはいうもンの、ただ尋いてただ帰ることも出来めェし、この宅悦が話すうち、我慢ならぬと言い出して――」

「ほんに我慢がなりませぬわい。この前こちらに参った時ゃア、又公が止めるものだから、黙り通して帰《けえ》ったが、儂ゃアどうにも気持ちの据わりが悪《わり》い――」

　却説《さて》何から話したものか――と権兵衛は己の顔の傷を撫でた。

「手前は今でこそ中間奴の身なりでやすが、元はあの、西田尾扇の使用人で御座居やした」

「西田様の――」

「なァに医者の使用人と呼びゃア聞こえはいいが、奥向きの雑用をするばかりの、馬鹿でも出来る下男働き、往診に侍らされることもなく、だからお岩様とのことも存じ上げなかったという次第《しでえ》――そう、去年の梅の咲いた頃――否その前《めえ》がまだあるか――発端は――多分もっと前なんでやすが――但し手前が関わったのは一昨年の暮れからで御座居やす――」

権兵衛は淡淡と語った。

利倉屋の娘が伊東一派に拐《かどわか》され辱めを受け、権兵衛等が抗議に赴いたこと――。伊東は表向き要求を呑み、利倉屋の娘を側室に迎えたが、それは大いなる欺瞞であり、娘はただ離れに幽閉され、辱めを受け続けていたらしいこと――。更にその時の遺恨が残り、権兵衛の妹が攫《さら》われて、手込めにされたらしいこと――。その手引きをしたのが西田尾扇であり、権兵衛の妹はそれが元で命を断った――と、どうやらそういう話であるらしかった。

岩が察するに、権兵衛はその妹御の仇を討たんとしているのである。

何と口を差し挟んだものか――実のところ岩は当惑していた。慥かに知った者は多く関わっているものの、所詮は他人ごと。特に今の岩にとってはどこか別の国の話のように聞こえた。

「筆頭与力ともあろうお方が――左様に不埒な行いを為すとは――」

漸くそれだけを言った。実際は、そんなこともあるだろう――と思っていた程度なのだが。

伊東の乱行はそんなもンじゃあねェ、もっと酷ェ目に遭ってる者は大勢居やす――と権兵衛は言った。権兵衛はその時分、伊東の身辺を詳しく探索したらしい。岩は益々当惑する。

「権兵衛殿、宅悦殿、慥かに哀れな話、非道な話ではあるが――」

何故に吾に話すのか――と、岩は尋いた。

何も知らぬし、知って出来ることもない。

権兵衛はへい、と言って宅悦を見た。宅悦は暫く下を向いてもぞもぞとしていたが、やがて赤くなり、白くもなって大いに躊躇《ためら》い、おゥ矢ッ張り申した方が御身のためぞ――と独り語りをして、漸う顔を上げた。

「又市は、岩様のお心乱す故、要らぬことは言うなと申したが、真実《まこと》は真実じゃ。お岩様、善くお聞き下さいまし。民谷様方、この一件に無関係に非ず、まず、その利倉屋と伊東の仲裁をしたのが、他ならぬお父君、又左衛門様なので御座居ますわいな」

「ち――父が――真逆《まさか》そのようなこと」

又左衛門は他人の世話を焼くような男ではなかった。宅悦は頰を弛ませて言う。

「否、こらァ真実《ほんとう》だ。いざ談判に乗り込んだァいいが、伊東喜兵衛侮《あなど》り難《がて》ェ悪党振り、儂等ァもう少しで伊東に膾《なます》にされかけた。危ねェところを助けてくださったのが又左衛門様なンで。儂はそれが縁でつかまらせて戴くようになったんですわい。ですから」

権兵衛が続けた。

「伊東にどう話をつけたかァ知りやせん。ただ利倉屋にゃこう言った。娘は伊東の許に嫁がせる、そのためにゃ町人じゃあいけねェ――お岩様、いいですかい、お父上は伊東に嫁がせるてェ名目で、利倉屋の娘を民谷家の養女に取ると――そこまで言った。その旨証文も書いた」

「民谷家の――養女となー―そのような大事を――」

父が岩に隠して――。絶対にあり得ぬことだった。

「左様なことは――一向に聞かぬ。吾は知らぬ――」

「そりゃあ娘のあなた様にゃあ言わねえ筈だ。この話はどうやらまやかしだ。お父上ァ利倉屋ァ騙したんですぜ。利倉屋の親父てェのは猪《いのしし》みてェに前しか見えねえ親父だからすっかり信じ込み、今でも信じているようでやすがね」

――父が。

嘘を吐いた。

ぐらり、と岩のなかで何かが揺らいだ。

世間体は気にすれど、仕事しか出来ぬつまらぬ男――それが。

岩の見ていたのは岩の父でしかなく、民谷又左衛門という男は別に――居たのか。

知らぬ。そんな父は知らぬ。岩はそんな見知らぬ男と二十何年もの間暮していたのか――。

それだけじゃあねえンで――権兵衛は続けた。

「問題は伊東喜兵衛がなぜ利倉屋の娘を拐したか――なんで」

「そ――そんなことは」

「それに就いちゃあ誰しもが、ただの偶然と思うていやしたがね。これは所謂辻取《いわゆるつじど》りだ。町で見初めた小娘を、攫い慰みものにしたと――ところがどうも、そうじゃあねえ」

「何かの――企みが――」

企みというより意趣返しでやすか——と権兵衛は言った。そして近くに転がっていた達磨を拾い上げ手で弄《もてあそ》び乍ら、

「伊東って男はどうやら世間中に遺恨があるらしい。己の利達や功名にゃ何も興味を持たねェ癖に、一寸《ちょいと》でも気に入らねェことがあるてェと、非があろうとなかろうと、道理が通ろうと通るまいとお構いなし、執念深く遣り返すんで」

と言った。そして達磨を両手で包むように持ち、西田尾扇は——と呟いた。

「——尾扇は手前の妹を攫う手引きをした。大枚叩いてお膳立もした。何故そんなことをしたかといえば、偏《ひとえ》に伊東の機嫌を損ねるのが怖かったからに他ならねェ。奴ァこう申しやした。小平の二の舞になりたかァねェ——と」

「小平とは——薬売りの小平殿——か」

「左様で。先日お岩様ァ、小平は一昨年の暮れから姿が見えねえと、そう仰いましたね」

「左様に申しました」

「小平は——伊東一派に殺されたと——手前は睨んで居りやす。一昨年の暮れ近く、そちこちで小平を探し歩いていたというお侍てェのが居りやして。こいつが人相風体から推し量るに、どうも秋山長右衛門と堰口官蔵だ。小平は伊東に捕まったんで」

「捕まった——何故」

「小平のことを伊東に指したなァ九分九厘尾扇だ。そして利倉屋は小平が指したに違ェねえ」

「得心の行かぬこと。何故小平殿や利倉屋様が——」

「そうでやしょう。身寄りなき担ぎ屋小平は行方知れず、利倉屋はひとり娘を奪われた。尾扇が怯えるのも無理はねェ。しかし お岩様、尾扇も小平も利倉屋も、こりゃア皆、伊東にゃ関わりのねェ連中で。こりゃどれもお岩様、あなたに関わる者どもだ」

「待たれよ権兵衛殿。されば伊東様はこの吾に、民谷の家に仇を為さんとして――」

そこが手前にも解らねェ――すッとしねェ、と中間は言い、達磨を畳に転がした。

「伊東の本音は解らねェ。ただ凡てはお岩様、あなた様を真ン中に置いて起きている。手前にゃあそう思えてならねェ。だからこうして――」

それは思い込みだ――岩は僅か均衡を取戻す。

「問われても答うることなどありませぬぞ権兵衛殿。吾にとっては何もかも初耳。聞けど徒《いたずら》に戸惑うばかり。そなたの妹御は哀れでならぬが、それにしても尾扇利倉屋小平と、いずれ聞かねば忘れておる程の微《かす》かな縁じゃ。薄情な言い分ではあるが、彼等に不幸が及ぼうと、吾は今日まで知ることすらなかった。それでは民谷の家に仇為したことにはなるまい」

そうなんですがね――と権兵衛はまた俯向《うつむ》いた。

「ただお岩様、父君のお怪我もまた――どうやらその一連の災いだった節がある」

「父の怪我――あの鉄砲の――あれは事故じゃ」

「利倉屋の娘が聞いていたんで。伊東の野郎が秋山に命じて――鉄砲に細工をさせたらしい」

「そんな――戯《たわ》けたこと。伊東様が、真逆《まさか》――それでは」

伊東が――父を殺したと。

それでは伊東の、あの日あの時岩へと向けた、あの親切めかした口調は何だったのか。親身になって案じていると、言うた言葉は何なのだ。真逆まるごと虚言だと――そんな筈はない。そんな虚言を弄して、一体何の意味がある。一体何の得がある。一体何の――。

「嘘じゃ嘘じゃ。吾には信じられぬ。伊東様は吾が家を出る折も――」

「それだ――その日のことでやすよ」

権兵衛は前屈みになる。醜く傷つき捲《めく》れた顔が、ぬう、と前に出る。

岩は――目を背ける。そして直様《すぐさま》己を恥じて、己を見つめる権兵衛の眼を見返す。

「手前がお尋きしてェのは――まずそこだ。お岩様、あなた様は御自身で望まれて家を出なさったとか。それは真実なンで御座居やすか」

「真実じゃ。吾は――自ら望んで家を出た」

「何故」

「それは――伊東様が――否、言えぬこと」

「伊右衛門様の後添いは、お岩様と伊東とが、相談するを聞いていた。奥方様の話じゃあ、伊右衛門憎し腹立たし、厭うて嫌《きろ》うて我慢がならず、それでお家も捨てようと――」

権兵衛はぱん、と膝を打つ。

「――思い至ったという話だが。屹度《きっと》相違はござりやせぬか」

「そ――相違――ご――ざらぬ」

そう。仮令《たとい》本音と違えども――待て。

――聞いていたとはどういうことだ。

権兵衛はふうん、と鼻を鳴らし腕を組み、何故にそれ程嫌いなさった――と尋いた。

「只今言えぬと申した筈」

「伊東は平気で嘘を吐く。目的《めあて》のためなら手段《てだて》は選ばねェ。相手を苦しめんがため、相手の利になることもする。馬鹿にするため金を貸す。甚振《いたぶ》るために出世をさせる。直接責めずに周りを責める――それが奴の手口なんでやす。そうして陰から笑う。嘲る。ド汚エ奴で」

「それでは――しかし」

伊右衛門は比丘尼狂いを好み――。

この頃では博奕打の仲間に入り――。

凡て――嘘であったならどうだ。信じる根拠など何処にある。

ぐらり。部屋が揺れた。世間が揺れたのか、岩が揺れたのか。

――なんのために、い、い、い。

「ご――権兵衛殿――」

「騙された――とお思いか。そりゃあ多分お岩様、騙された。伊東は――何と言ったんです」

「い――伊右衛門殿が赤坂に女を」

赤坂に女郎囲ってるのは伊東本人でやすよ――と権兵衛は言い、こう続けた。

「お岩様。利倉屋の娘、蹂躙しし後伊東が離れに繋ぎおきし娘こそ、今の伊右衛門様の奥様、梅様に御座居まするぞ――」

「それは——」

驚いた。しかしそれは——何か意味のあることなのだろうか。

例えば伊右衛門の妻が利倉屋梅だと、どのような不都合があるのか。

梅が生娘ではないだとか、武家の娘でないだとか、そうしたことか。

岩は軽い混乱の中、それは大きな問題にはなり得ぬと——結論した。

「それが——何だと」

「いいですかいお岩様。まず伊東は、お荷物のお梅様を放り出したかったとする。お梅様に飽いたか、将《はた》また以前のように離れに妾を侍らせたくなったか——事実今じゃあ内外に何人囲ってるか知れたもんじゃねェくらいだからこれは間違いねェ。一方お梅様はお梅様で、屈辱の暮しにゃあ堪え切れねえ。おまけに伊右衛門様にひと目惚れ、伊東ンところからは出たかったとする。そこンところにお岩様、あなた様が現れて、自ら望んで家を出られると仰る。これ幸いと伊東喜兵衛、梅を伊右衛門に縁付けた——と、筋書きは一応立つんでやすがね」

岩はふと、眼の上を気にした。提灯が見えた。こんなことをしてる場合ではない、後二ッつは張らなくば生計《たづき》が立たぬ、早く提灯を張らなくては——そんなことを思った。

「まず岩様、あなた様ァ伊東に騙された」

「もう——」

——もうそれはいい。それでもいい。

「そして伊右衛門様も——騙された」

——それも、いいのだ。

伊右衛門は岩が伊右衛門を嫌っていると思うているのだろう。それでいい。

「騙されようと誑《たぶら》かされようと、今が良ければそれで良いではありませぬか」

「良かァねえ」

「何故に」

「伊右衛門様は——健やかじゃあねエ」

——今度は何を言い出すのだ。

違うのか。伊右衛門が騙されたというのは——岩の本心を知らずにいるということではないのか。ならば、もしや——。

「伊右衛門殿は——上役の妾同様の娘と——ご承知の上でお内儀をお貰いになったのですか」

「そりゃあ御存知だ。お梅様は伊東の手を逃れ、伊右衛門様に嫁いだその時に、伊東の悪事を洗い浚《ざら》い伊右衛門様に喋っちまったんで。己の素姓も語っちまった。それでも伊右衛門様ァ許しなすった。妻として迎えなさった」

「あの御方は——そういう御方——」

「だがお梅様はただひとつ、お岩様に関しちゃア——嘘を吐いた。お梅様はお岩様と伊東の遣り取りを聞いていたにも拘《かかわ》らず、お岩様が伊東に騙されたと知ってい乍ら、黙っていた。何故か解りやすか」

「——解らぬ」

「そりゃあお岩様。お梅様があなた様の本心を見抜いたからだ。あなたが本当は伊右衛門様を厭うてねェと察したからだ」

「そのような――邪推じゃ」

「それならそれでも結構ですがね。ただ、伊右衛門様の方はお岩様にたっぷりと――未練があったンで御座居やしょう。お梅様ァそこに感づいた」

「伊右衛門殿がこの吾に――未練などあろうものか」

あるでしょうよ――権兵衛は己の顔の傷を撫でた。

「少なくともお梅様はそう思うたのでさァ。だから口を噤《つぐ》んでいなさる。もしもお岩様の本心を、伊右衛門様が知ったなら、旦那様ァ必ずお岩様に靡《なび》く。心変わりは間違いねェ。お梅様は緊緊《ひしひし》と、それを感じて暮していなさる。だからお岩様、お梅様ァあなた様のことを何より恐れているンでさァ。あの恐れようは――ありゃあ異常だ。伊東の企みに気づいて尚、その尻馬に乗るように、見て見ぬ振りでそそくさと、伊右衛門様と添うた故、背徳《うしろめ》てェ気が募り、障子に影が差しゃあ前の奥様が来た、蛇がのたくりゃお岩様じゃと、恐れ戦《おのの》くという始末」

――ならばあの時も。

この醜き顔を――恐れた訳ではなかったか。

権兵衛は俯向《うつむ》いたまま、ゆっくりと続けた。

「お岩様――。あなた様は邪推と仰るが、手前にゃアそうとは思えねェんで。仮令《たとい》通じ合わねども、あなた様と伊右衛門様とは――」

「止《よ》しや」

「止しません。もしもそうならこの一件も、矢っ張り伊東の悪功《わるごう》だ。お岩様を唆《そそのか》し、伊右衛門様を誑かし、好き合うた、ふたりの仲を引き裂いて――」

「止しや。止めぬか。そのような当て推量、迷惑千万――」

未練。執着。思慕。後悔。そんなもの。

岩はぐらぐらと揺れる。

わしが――。

間違うていたと――。

岩は額に手をやる。疵に触る。宅悦の声が聞こえる。

「そンなら哀れだあンまりだ。儂は最初、伊右衛門様が変節し、伊東と計りお岩様を追い出して、民谷の家を乗っ取ったか――と思うておった。伊東喜兵衛の犬に成り下がったかと憂えておった。怒っておった。だがそりゃ違うた。それもまた罠じゃったとは、酷ェ話だわい――」

民谷――。民谷の家を――。

「待ちや。宅悦殿、そなた今――民谷の家を乗っ取るの云云《うんぬん》の――と申したな」

「も、申しましたがな」

岩はきッと顔を上げた。

「左様なことが出来る訳はない。民谷の裔は吾ひとり。吾と離縁した以上、伊右衛門殿とて民谷の姓は名乗れまい。境野伊右衛門として改めてお取り立てになると、伊東様も――」

「岩様。伊東がどんな口片《くちびら》を切ったか知りやせんがね。あの御方は今でも民谷伊右衛門だ」

「嘘じゃ」

「岩様、手前が調べましたところ、境野伊右衛門は民谷又左衛門が養女梅と縁組致し、今でも立派に民谷伊右衛門。一方岩様、あなた様は廃嫡扱い。あなた様と伊右衛門様の婚儀自体が、なかったことにされちまったンだ。あなた様ァだから今、ただの──ただのお岩様で」

「何をッ。いい加減なことを申すと──」

「ほんとうでございますよ」

「吾は──」

眼の前が夢夢《くらくら》した。

つまらないものだ。

民谷の姓を剝奪されたというそれだけのことで、ここまで覚束なくなるならば──結局岩自身も──父と同じように──民谷という名、家という形に己の多くを委ねて生きていたのに外《ほか》なるまい。岩は達磨を見て、権兵衛を見て、宅悦を見て、それで何とか己を奮い立たせる理屈を探した。畳に手を突く。達磨が転がる。定まらぬ視線はやがて提灯を捉えた。

吾は──ただの岩──それで。

それでも良いではないか。いずれ提灯を張るのに姓は要らぬ。氏も要らぬ。所詮人は白提灯のようなものではないか。ならば字など紋など描かずとも、灯火を入れれば役には立とう。

吾は提灯於岩なり──。

胸に手を当て、岩は漸く落ち着き、権兵衛を見据えた。

「吾が――伊東に謀《たばか》られたことはよう解りました。しかしもう良い。以前宅悦殿に申しました通り、今の暮しに不足はない。伊右衛門殿とて同じこと。仮令《たとい》どなたに騙されようと、お内儀に隠し事があろうと、それは些細なこと。お役を果たしお子を生し、励《はげ》み慈《いつく》しむ暮しならば、それは幸せ。徒《いたずら》に暴き立て掻き乱しても詮方なきこと――」

権兵衛は袖を捲《たく》し上げ、自《おの》が腕を摩《さす》った。

それから、お聞きくだされ――と言った。

「手前の本懐は伊東を討つこと。奴等が旧悪を暴くこと。だが、手繰《たぐ》れど解《ほぐ》せど民谷が絡む。お岩様が、伊右衛門様がそこに居る。ただ手前も、岩様の仰る通り、それが健やかな暮しなら口出し手出しはしたくねぇと――こうも思っておりやした。ただ――」

権兵衛は低い声で途切れ途切れに、力なく語り始めた。

岩が垣根を覗き見た、その日の夜のことであるという。

その日、伊右衛門は伊東にでも呼ばれたものか、珍しく帰宅が遅かったのだそうだ。

梅は岩を見て怯え、平常心を取戻して後も我を失い、呆《ぼう》と座った切りだったという。

赤子は泣き通しで、それでも一向梅は構わず、そのうち泣き疲れて寝たようだった。

権兵衛は次の間に控えていたらしい。

陽が落ちても燈は灯されず、座敷には月光が射し込んでいた。

角行灯の障子紙が月気を透かして、青く染まっていたという。

咄嗟に徒《ただ》ならぬ気配がしたのだそうだ。

それは畳を摺《す》る音であり、衣《きぬ》の擦《す》れる音であり、息遣いであったのだろうが、権兵衛には鬼が気でも吐くような、悍《おぞま》しい、禍禍《まがまが》しい、形容し難い焦燥として届いた。権兵衛は堪らずに、御免なさいませ——と言うや否や襖を開けたのだという。

下を向いていた梅が顔を上げ、血走った眼《まなこ》を見開いた。

権兵衛は息を詰めて、刹那——竦んだ。

梅は赤子の顔に両手を押し当てていた。

何をなさって——。

ぐい、と押しつける。

何をなさってるんで、奥方様ッ——。

手を摑む。引き剝す。赤子が泣く。生きている。

離しやッ、離しや権兵衛、この子さえ、この子さえ——。

離してなるかお梅様、ヤレお気がお狂《ちが》いなすッたか——。

この子さえいなければ——。

火がついたように泣く赤子。足搔《あが》く梅。獅嚙《しが》み付く権兵衛。

「殺そうと——なさっていた」

「実の——子を——」

「我が子を」

どれだけ揉み合ったか、権兵衛は覚えていないと言った。

気がつくと梅はぐったりと身を横たえ、畳の縁に顔を乗せ、はらはらと涙で頬を濡らしていたという。赤子は蒲団から転げて泣いていた。権兵衛は赤子など扱うたことがないので逡巡し、そろそろと手をば伸ばしたその時に、伊右衛門が戻ったのだそうだ。

伊右衛門は権兵衛を退けて赤子を抱き上げ、叱咤するように梅を問い質した。梅は南京操《なんきんあやつ》りのように起き上がり、くるりと座り直し、許し給え許し給えとさめざめ泣くばかり。伊右衛門が尚も問い詰めるに、梅はこの子さえ——とぼつりと漏らし、それを聞くなり伊右衛門は、何を我が子にその言い種《ぐさ》、貴様それでも母親か——と怒鳴った。梅はその袂《たもと》にすがり、堰を切ったように語り出した。

旦那様、梅はもう堪えられませぬ。明日はまたお出掛けなさいますか。夜釣りに出掛けられますか。もう厭で御座居ます——赤子が泣くと殴られて、言われるままに赤子を出せば、乳が洩れるは汚らしと蹴られる。梅は、梅はなンなので御座居ますか。梅は梅は——。

愚痴を申しても詮方なきは重重承知して居ろう——。

いいえ承知出来ませぬ。こんな暮しは——。

俺の妻では不足と申すか——。

旦那様の妻になりとう御座居ます。梅は慕うておりまする。梅は焦がれておりまする。それを斯様な仮初《かりそめ》の、名ばかりの妻の生殺し、生きてい乍ら死ぬようなもの——。

振り解く伊右衛門に梅は尚も取り付いた。

お待ちくださいまし。お見捨てにならないでくださいまし――。

ええい煩瑣《うるさ》い。如何《いか》なる理由《わけ》があろうとも、自《おの》が子供に無体な仕打ち、左様な浅ましき所業犬畜生にも劣ろうぞ。どの面下げて母親と、俺の女房といいやるかッ――。

でもこの子さえ居らねばと、そう申されたは旦那様――。

何を勝手な。俺が言うたは別のこと、この子がここに居る故に、親たる者が身勝手な、軽挙妄動は慎むべしと、そちを諫めたそのつもりじゃ――。

それはいずれも同じこと。なンと仰せられようが。旦那様は、その子が居らねば手に手を取って、何処へなりともこの梅と、逃げ果《おお》せると申された。そう申された――。

梅は伊右衛門に取りすがり赤子に手を伸ばす。伊右衛門は躰を揺すって振り切った。

止さぬか梅ッ――。

旦那様は何故に、そんな子を慈しむのです――。

子に罪はない。誰が何と言おうとも、この子は俺の子、民谷の子供。親の俺が育てるわ。俺が育《はぐく》まねばこの娘、明日にも死ぬしか道はないのだ。赤子と雖《いえど》も生き延びる、天賦人権はあろう。どんな親、どんな素姓であろうとも変わりはない。どうじゃ梅、善ッく見るが良い。この褻《け》がれなき小さき瞳を確《しか》と見よ。この小さきものを――お梅よそちは――殺せるか――。

梅は崩れ落ち慟哭《どうこく》した。幾度も幾度も詫び、赤子を受け取り抱き締めて尚号泣した。

権兵衛は為す術なく部屋の隅に畏まっていたのだという。

これが――伊東の意趣返しなんで――と権兵衛は結んだ。

岩は朦朧としている。

――そんな子。

――仮初の妻。

――どんな親でも。

「いいですかい。あの御子は――伊右衛門様の御子じゃねェ。伊東喜兵衛の種なんでやすよ」

「う――」

あの嬰児《みどりご》が。伊東の――。

「――嘘じゃや。それなら何故に伊右衛門殿は――」

そういうお方なんですよ――と権兵衛は言った。

「伊東は梅様に子が出来たので慌てたンでさァ。生まれたなァ女の子だったが、もし男だったら跡目だ何だと言い出すに決まっている。そこで腹の子ごと梅様を伊右衛門様に押しつけたんだ。ところがどっこいそれだけじゃねえ。祝言の後も伊東は五日毎《ごのひごと》に通い来て、梅様を――」

「馬鹿な――」

「馬鹿じゃねェんだ。どうやらそれが――お召し抱えの条件だ」

「狂うておる。そのような無法があろうかッ。そのような――」

「だからこそ伊右衛門の旦那様ァ伊東の奴が来る夜には、お子さんを抱いて夜釣りに出るんでさァ。もしも嘘だとお思いならば――今日は五の日だ。隠坊堀に行かれ、御覧になるがいい」

そんな――。

あの内儀は偽りの妻。あの赤子は他人の子。

伊右衛門は毛程も幸せではないではないか。

伊右衛門は――。

「嘘じゃ嘘じゃ。幾ら伊右衛門が腑抜けでも、そこまで与力に愚弄され、尚も非道な縁組を、認むる道理などはない。伊東に服従せねばならぬ義理もないわッ」

岩は激昂し、拳で畳を叩いた。

「他人の妾を娶るだけならまだしも、娶って後も関係を続けさせるなど――そのような人倫に外れた悍《おぞ》ましき所業を許すなど――そこまでの屈辱があろうかや――」

ぐるぐると岩の心は回った。視線が忙しく部屋中を巡る。

「何故堪える。何故我慢する。何故――」

幾度も叩いた。幾つかの達磨が潰れた。

「伊右衛門の旦那が逆境に甘んじていなさる訳は――まずお梅様への同情もありやしょう。望まれねェで生まれた赤様にも深ェ情をかけていなさる。ですが手前の見たところ、その心中を察すれば、焼ッ八の捨て鉢だ。お岩様、あなた様に厭われた、傷心故の投げ遣りだ――」

「吾の所為《せい》と――言いやるか」

「民谷の家名を――絶やさんことが一義かと」

「家を」

「あなた様の戻るところを」

「し——」

岩は立ち上がった。

「——知った口を利くでないッ」

何のために家を出た。何のために武家を捨てた。何のために女を捨てた。

何のために名を捨てた。何のために誇りを捨てた。何のために——。

数刻前まで安らかだった心は何処にもない。

「吾がしたことは——何だったというのだッ」

頭に血が逆流《のぼ》った。ずきずきと疵が疼き、毛穴から血膿が滲んだ。眼の内側が熱くなって、
世間が白く飛んだ。岩は髪の毛を掻き毟《むし》った。

「伊右衛門は何故幸せにならぬ。何故じゃ何故じゃ」

「お、お岩様ッ、お、落ち着きあれッ」

宅悦が腰を上げる。岩は達磨を蹴散らし、張ったばかりの傘を蹴破った。

宅悦が岩の肩を押えた。離せ、離せ下郎——。

「お、お労《いたわ》しやお岩様。お気持ち信《まこと》に哀れなり」

「哀れ——とな」

「あなた様は何も悪かァないわい」

「悪く——」

それでは誰が悪いのだ。

伊東か。伊右衛門か。父か。世間か。家名か。何だ何だ何なのだ。

落ち着きあれ、可哀想にお心乱してしもうたか——。

岩様、岩様、お鎮まりを、気をたじらせても始まらぬ——。

「黙りやれッ」

岩は吠えた。狼のような声だった。

「何故聞かせたッ。何故知らせたッ。肚立たしき哉《かな》恨めしや、わしは——己等が憎いわッ」

岩は権兵衛に向け傘を振り翳《かざ》す。おのれ悪いは貴様等じゃ、そしてこのわしじゃ。

しかし知らせねば、真実を、真相が——権兵衛は岩の見幕に圧《お》されたじろぐ。

宅悦が背後から抱き竦める。お岩様、お岩様、乱暴はいけねェ——。

宅悦は、ぎゅう、と抱き竦める。

岩の躰が宅悦の腕と腹に密着し、
ぬるり。——おう。

宅悦の指が岩の額に触れた。

岩は反射的に宅悦を突き飛ばした。

そして按摩の足力杖を奪い取り、持ち手の角を宅悦の頭に打ち下ろした。鈍い音がした。

「お——いわ——」

「た——宅悦殿」

瞬間、岩は我に返った。のろり、と赤い液体が禿頭を滑った。按摩は手を差し延べる。

「い、いいんだ。儂は御覧の通りの醜男じゃから――こ、このくらいの」

太い指先が痙攣している。掌には、べったりと血膿がついていた。

岩の眼の前が、真っ赤になった。

「厭じゃ。厭じゃ厭じゃ厭じゃァ」

幾度も、幾度も振り下ろした。ただ目茶苦茶に振り下ろした。

轟轟と耳鳴りがして、岩はただ辺り中を打ち続けた。達磨が赤く染まって次次潰れた。

厭じゃ厭じゃ厭じゃ厭じゃ厭じゃ厭じゃ厭じゃ。

いやだ。

静かになった。

ふと見上げると、折角張った提灯が破れて、口を開けている。真っ赤な飛沫が飛んでいる。

畳の上には血塗れの按摩が息絶えている。頭を押えた中間が、呻き乍らのたうち回っている。

人の声がする。戸口から幾人かの長屋の住人が覗いた。岩は杖を放り、狼のように叫んだ。

「己等も吾に仇なすかッ。吾に搦《から》め捕られる覚えなし」

岩は数名を弾き飛ばし、人垣根を破って駆け出した。

――伊右衛門殿。伊右衛門殿。恨めしや伊右衛門殿。

髪を振り乱し、衣をはだけて、岩は駆ける。何処までも駆ける。

隠坊堀――。隠坊堀へ。するすると景色は変わり、夜陰が岩を包む。哇哇《ああ》。哇哇。

潰れた左眼に提灯の燈が滲んだ。

又市は民谷家の座敷に正座《すわ》っている。

真向かいには伊右衛門が、辛櫃《からびつ》の如き大きな桐箱の上に腰を掛けている。

雨戸は閉ざされ、蚊帳《かや》で囲まれた座敷には、異様な香気が充満している。

魔除けの香が焚《た》かれているのだ。蚊帳の四隅には香炉が置かれ、白い煙の筋が四本、真っ直ぐ立ち上っている。伊右衛門は窶《やつ》れている。何も言わず、眼は開いているが何も視ていない。

「櫛《くし》を——」

伊右衛門が口を開く。

「櫛を求めて参ったと」

「お言いつけ通りに買《こ》うて参《めえ》りやした」

又市は畳を摺って伊右衛門に近づき、恭《うやうや》しく品物を差し出した。

伊右衛門は黙して受け取り篤《とく》と眺めて、善き品か——と問うた。

「その差し櫛ァ三光斉《さんこうさい》が手になる蒔絵《まきえ》の神品《じんぴん》、物好きなされし菊重ね。櫛背《むね》に古風な銀細工。そこいら辺りの小間物屋、お六櫛屋《ろくくしや》に並ぶ代物じゃあねェ。その分値も張るもンで、お預かりした金子《きんす》ァすっかり遣い切っちまいやしたが——」

「足りぬ分は出すぞ」

「結構で御座居ます」

そこはソレ、小股潜りの口車──と又市は言って身を引いた。伊右衛門はそうか苦労を掛けたな──と労《ねぎら》い、暫く櫛を見つめて、大事そうに懐に仕舞った。

「お梅様は」

「臥《ふ》しておる」

「矢張《やは》り──その、お岩様が」

「妄想だ。覗く訳がなかろう」

岩の行方は、杳《よう》として知れない。

「しかし秋山様も、その御家族も」

「あの男は小心なのだ。そもそも岩は秋山と面識がない」

「そうですかい──まァ世間でもつまらねェ噂は立ってますがね。ヤレ大川端の二《に》八蕎麦屋《はちそばや》が駆けて行く鬼を見ただの、暗坂《くらやみざか》に狂女が立っていただの、根も葉もねェ嘘言《そらごと》は事欠かねェ。だが一方で、玉川の御浄水《ごじょうすい》に身を投げたただの雑司が谷の森で首を縊《くく》っただの、もう亡くなっているてェ噂もある。いずれ噂話では御座居やすが──奴《やつがれ》にゃあどっちも我慢がならねえが」

「俺も──」

伊右衛門は重苦しい口調で言った。

「──岩はもう──」

死んでいる——と言いたいのだろう。

そう思いたい気持ちは、又市には善く解る。

離縁したとはいえ、岩は伊右衛門の妻だった女だ。

又市はその倦み疲れた顔に当てられて、かける言葉を探した。

言葉はなかった。

岩が失踪してから六日。

又市はその間、西へ東へと忙しく奔走した。

二十二三ばかりの女髪取り乱し、四谷御門を抜け、走り去る——。

又市の耳にその噂が届いたのは、惨事の起きた翌朝のことである。

——お岩様。

悪い予感がした。そしてその予感は的中した。

又市が駆けつけた時、既に岩の長屋の前には人集《ひとだか》りが出来ていた。棒を持った小者が戸口に立って侵入を阻《はば》んでおり、中はもう蛻《もぬけ》の殻《から》のようだった。野次馬《やじうま》に尋ねると、人殺しだ、酷《むげ》ェ有様だそうだ——と言うた。中は血の海、まるで鬼が人でも食ったようサァ——とも言うた。人垣を割って出て来た八丁堀にお畏《おそ》れ乍《なが》らと歩み寄り、屍体《ほとけ》の身許を問うと、まだ判らぬが直《じき》に知れよう——と言う。心当りありやもしれず、と又市が言うと、番所に連れて行かれた。

筵《むしろ》を剥ぐと、見慣れた単衣を纏った肉塊が転がっていた。

——宅悦。

禿頭は割れ、頸は折れ、顔は腫れ上がり、元の面相は知れなかったが、宅悦に間違いはなかった。横には血塗れの足力杖が二本添えてあり、一本は折れていた。それが凶器《えもの》なのだろう。

雑司が谷は地獄長屋に住まう足力按摩宅悦なり——とだけ告げ、又市は黙った。

番屋には岩の置請人《おきうけにん》である紙売り徳兵衛が小さくなっていた。徳兵衛は又市を見ると、おおあなたはいつぞやの御行殿、いや、この度は豪《えら》いことになり申した——と言った。

実際豪いことだった。

宅悦殺しの下手人が岩であることはほぼ間違いなかった。騒動の直後に長屋の住人が大勢覗いている。その時岩はまだ手に足力杖を持っていたのだというし、狂乱して駈けて行く岩を見た者は二人や三人ではなかった。辻辻の番人も目撃しており、中には様子を怪しみ追い駆けた者も幾人かいたが、いずれも追いつけず、見失っている。

走る様は韋駄天《いだてん》の如く。その形相悪鬼羅刹《あっきらせつ》の如く——。

狂女の鬼走り——。

噂は瞬く間に広まった。

町方は捕り方を動員して江戸中隈なく探索し、また請人徳兵衛も八方手を尽くし、残すところなく尋ねたが、岩の行方は全く知れなかった。徳兵衛は請人として長屋の取替金《とりかえきん》や提灯問屋の弁償金など、大枚二両がところを支払うこととなったという。請人ひとりの難儀であった。

——何故宅悦が。

又市は得心が行かなかった。

また、不可解な証言も耳にした。岩の長屋にはもうひとつ死骸があったというのである。

頭割れ、血を流した中間侍が死んでおった——。

イヤあれは生きておったぞ、指が動いておった——。

ナニを生きているものか、顔が二ツに割れておったわ——。

役人はいずれも取り上げなかったらしい。何しろ死骸はないのである。

——直助。

又市がその、もうひとつの死骸の正体を知ったのは、夜も更けてからのことである。

番屋を出た又市は、矢も盾も堪らず民谷家に赴いた。評判は届こうとも、詳細は知るまい。

着いたのは夜半を過ぎた頃だったが、伊右衛門は留守だった。戸は堅く閉ざされ、雨戸も閉まり、呼べど叫べど返事はなかった。ただ中からは微かに赤子の声が聞こえていたから、ならば少なくとも梅はいる筈と思い、又市は大声で、御行でやす、小股潜りでやす——と呼んだ。

嘘じゃ、声色を使うても駄目じゃ——。

又市様が来る訳もない——。

岩様、岩様——。

許されよ——梅はそう叫んだ。

怯えていた。矢張り岩が狂うて出奔したことを知っているようだった。

幾度か呼んだがまるで埒が明かなかった。そこに。

轣轆《れきろく》と車輪の軋《きし》る音がした。

伊右衛門が戻ったのだった。

流石に伊右衛門は憔悴していた。のみならず大きな荷車に戸板やら材木やらを乗せ長い道程《みちのり》を引いて来たらしく、疲れてもいるようだった。伊右衛門は又市の姿を認めて大いに驚いた。

伊右衛門は荷車を指し、詳しきことこそ聞きたいが、疲れてもおり、岩のこと、梅大いに怖がり、これより屋敷の戸締り修繕をせねばならぬ故、日を改めてはくれまいか――と力なく言った。又市はそれ以上何も言えなかった。その時の伊右衛門は、本当に疲れていたのである。

――無理もなかろう。

そう思った。

少しの間荷を下ろす伊右衛門を眺めて、又市は踵《きびす》を返した。

そもそも――伊右衛門を岩に周旋したのは又市なのである。

又市が関わらねば斯様な惨事は起きなかったのかも知れぬ――そう思うと素直には立ち去り難く、又市は組屋敷を出ずに迂回《うかい》して裏庭に回り、稲荷社の後ろに立ったのだった。又市は、そこに立って初めて岩を見、岩と言葉を交わしたのだ。そしてその横に控えて又左衛門と語らい、そこから伊右衛門を迎え入れたのである。

又左衛門様が生きていたなら――。

そう呟《つぶや》いた。その時。

又市――又市か――。

稲荷社の陰からそう呼ぶ声がしたのだった。

直助だった。

生け垣と稲荷社の隙間に身を潜めていたらしい。

又市よ、宅悦が、宅悦が——と言い乍ら直助は蹣跚《よろよろ》這い出て来た。又市はそれを聞いただけで、もうひとつの死骸が直助であったということに至った。オイ直、一体《いってえ》手前等《てめえら》何をしやがった——と言い寄り、又市は月光に晒された直助の顔を見て、息を呑んだのだった。

異相だった。深い傷が顔を斜めに縦断し、額は割れ、紫色に腫れ上がっていた。

瞬時に子細《わけ》ありと察し、又市は下谷の自《おの》が宿に直助を誘《いざな》ったのだった。

直助は岩に強《したた》かに打たれたらしく、顔を歪め、足を引き摺って歩いた。

そして又市は、直助に経緯《いきさつ》成り行きを聞き、ことのあらましを知った。

岩の突如の狂乱に肝《きも》を潰し不意の殴打に昏倒した直助は、覚醒してすぐあらぬ限りの力を振り絞って逃げたのだそうだ。尾扇殺しの下手人である直助は、未だ疑われぬ身と雖《いえど》も町方と関わることを厭うたのである。

——また、後手に回った。

悔しかった。直助の切羽詰った事情も解るし、宅悦の気持ちも汲めぬではない。それでも、矢張り岩に告げるべきことではなかったのだ。岩から何か聞き出すにしても、面と向かって切り出さずとも幾らでも道筋はあった筈だ。仮令《たとい》真実であろうとも、否、真実だからこそ——。

——どこでどう狂うたか。

何か、些細なことなのだ。

沢山の僅かな歪みが其処此処《そこここ》を少しずつ軋《きし》ませ、気がつくと取り返しのつかぬことになっている。やがて大きな亀裂が生じることは明白である。岩の狂乱は、積み重なった不幸の結果ではない。更なる凶事の予兆に過ぎぬ――そんな気がした。

又市は多く関わっている。

このまま捨て置くか。

――そうも行くめェ。

又市は考えた。どうにも後手にばかり回る。先手を打たねば――。

だが。

直助は言った。

真逆《まさか》コンな大事になろうたァ、夢にも現《うつつ》にも思わねェが、又市お前の話を聞きゃァ、慥《たし》かに手前の考え足らず、可惜《あたら》宅悦の死んだのも、お岩様の物狂いさえも手前の所為《せい》だろう――。

そうなンだ、そうなンだ、みンな手前の所為なンだ――。

手前は暫く身を隠す。お岩様が斯様なことになった今、元元曝《さら》せる面じゃなし、どの面下げて戻れるか。伊右衛門様に会うたなら、心配《しんぺえ》ねェと伝えてくンな。加えて今まで受けた数多の恩義、返しますとは言えねェが、決して忘れはしませぬと、添えて伝えておくンない――。

それでも手前ァ伊東を討つ。本懐遂げるその日まで、くたばりゃしねえそのつもり。だから又市、お前様ともこれまでだ。関わりゃ累が及ぼうぜ――。

又市は止めなかった。

暁七つの鐘を聞く前に直助は姿を消した。

それッ切り、又市は直助と会っていない。

「又市よ。権兵衛、否、直助はその後——」

伊右衛門は相変わらず虚《うつ》ろな視線を虚空に向け乍ら、陰気な声でそう尋いた。

又市は、さァ——と答える。

「怪我を——していたのであろう」

「手当ァしておいた。命に別状はねェ」

「あれは——掻き乱す男だ——」

伊右衛門は呟く。

「——囲いを揺さ振る」

「直にその気はねェでしょうよ。囲うのは旦那だ」

そうよな——伊右衛門は暗い声で言う。

「あれは——真実《まっこと》西田尾扇を殺したのであろうか」

「どうやら間違《まちげ》ェねェようで」

「刺し殺したと言っていたが」

「聞きゃア滅多刺しでさァ。見た訳じゃねェが」

滅多刺しか——伊右衛門はそう繰り返し、顎を摩《さす》った。

「昨日——伊東様が——屋敷《ここ》に参られた」

「五の日――でやすか」

知らぬ振りをしても始まらぬ。直助から聞いている。伊右衛門は侮れぬ男よ――と言った。

「俺を蔑むか、又市」

「そんなこたァねェ。ただ――」

「ただ何だ」

「他に道はなかったんで」

「どんな道だ」

「旦那が断ればどうなりました」

「子供は生まれることがなかったであろう。梅も生きてはおるまい」

「――なる程ね――」

そういう選択だったのか。

「――お梅様はしかし――苦しんでいらっしゃる」

「梅のことは不憫に思う。だが梅もまた――自らこの道を望んだのだ」

そうなのだろう。直助の話を聞く限り、梅は岩の真情を察し、且つ喜兵衛の謀を知り乍ら、尚口を噤んで伊右衛門と添うたのである。それ程喜兵衛が厭だったのだろう、と又市は思う。梅は伊右衛門に活路を見出したかったのであろう。現状を維持するよりは行動を起こした方が良いと――多分それが真実だ。梅はそうした気持ちを、伊右衛門に対する思慕だと思い込んでいるだけである。伊右衛門もそれは察しているに違いない。

伊東殿がな――伊右衛門は続けた。

「へい」

「俺に岩を斬れと言う」

「お岩――様を――で」

「恩を仇で返す狂女と」

「ふン何が恩だか――」

罪の意識があるから怖がるのだ。恩を売った覚えがあるのなら、怖がることはないだろう。

左門町に怪異な出来事が起こり始めたのは、岩が駆け落ちた翌日の夜からのことであった。

最初にそれ――を見たのは、秋山長右衛門の五歳になる娘、つねであった。

夕餉《ゆうげ》の最中、つねが急に泣き出したのだという。理由を問うと、
戸口から怖いものが覗いている――。

そう言ったという。

家人が見ても何もいない。

暫くして、厠《かわや》で再びつねが泣くので行ってみると、
格子戸から怖い顔が睨む――。

と言う。訝しんだ長右衛門の妻が見ると、厠の小窓から、崩れた顔が凝乎《じっ》と見ていた。

女房は肝を冷やし大声を上げ、中間奴が数名、棒だの錑《もじり》だのを持って裏に回ったが、もう誰もいなかったという。サテ見間違いかとその場は収まった。

同日、伊右衛門は勤めを休み、前日搬入《はこびいれ》た木材で戸板を打ち付け補強して、玄関以外の出入り口を塞ぐ細工をしていたのだそうだ。前夜又市の受けた説明通りなら、梅を落ち着かせるためである。梅は平素から岩様が来る岩様が覗くと喚いていたと直助も言っていたし、実際又市も錯乱気味の梅の声だけならば聞いている。相当に恐れていたのであろう。

あちこち頑丈に塞いで仕舞えば如何《いか》に岩とて侵入《はい》れまい、ならば梅も安心するだろうと、伊右衛門にしてみればそういう了見だったようだが、一向に梅の震えは治まらず、手の施しようがなかったらしい。とはいえ伊右衛門も幾日も勤めを休む訳には行かず、しかし赤子の世話もあり、已《や》むなくその翌日は秋山家から下女と小者を借り受けて梅に付添わせることにしたのだそうだ。だが梅は、伊右衛門の留守中も岩が見ている覗いている、そこの隙間から覗いておった、此処の穴から見ておったと繰り返したらしい。のみならず念入りに塞いだというのに蛇が一疋《いっぴき》紛れ込み、行灯の油を嘗めたものだから堪らない。梅は絶叫し下男下女は大いに慌てた。蛇は、追い出そうにも追い出す口が塞がれており、仕留めようにも中中仕太《しぶと》く、下男も下女も手を焼いた。結句梅は癇《ひきつけ》を起こし失神したという。これがいけなかった。

秋山宅を覗いたのも岩に違いないということになってしまったのである。

その翌日から、左門町界隈では怪しい火が燃えたり、不気味な声が聞こえたり、ひっきりなしに怪事が続いた。それらは全て岩の仕業とされた。

生死の別もつかぬというのに。

生き乍ら鬼となれば生死など関係ないということか。

そして一昨日《おととい》。

秋山長右衛門自身が怪異を体験した。その日——。

秋山は非番で、家にいた。伊右衛門の評した通り小心者の同心は、岩が徘徊《はいかい》しているという噂を頭から信用していたし、娘が二度、妻が一度、それらしき相好《そうごう》の者が自《おの》が役宅を覗いているところを見ているので、気が気でなかったのであろう、一日蒲団を被って寝ていたらしい。

午後になって、秋山は雪隠《せっちん》に行ったのだそうだ。

その時のことである。

妙に静かだった。

長右衛門——。

と呼ばれた。

不意を衝《つ》かれた。

長右衛門、長右衛門——。

三声《みこえ》まで呼ぶ。昼日中のことである。

自分をそう呼ぶのは亡き父か叔父くらいのものである。

駒込から叔父が来たのだと思い、秋山は門まで赴いたが無人である。

誰じゃ——と問いを発した途端に、秋山はぞっとした。

慌てて座敷に駆け戻り、障子を閉めたその刹那。

長右衛門、俺じゃ小平じゃ——。

嗄《しわが》れた声はそう言ったという。

長右衛門は腰を抜かした。途端に高笑いが響いた。

よくも、よくも。恨めしや長右衛門――。

ふと見ると戸板が一枚外れていた。

長右衛門永くはあるまじ――。

立て掛けた戸板の陰から。

こ、小平、ま、迷うたか――。

秋山は裏返った声でそう言ったという。

小平が死んだと、少なくとも秋山は知っていたことになる。

間もなくじゃ長右衛門。念仏申し命待つべし――。

秋山は臆病者ではあるのだが、そこは窮鼠《きゅうそ》猫《ねこ》を噛むの喩え通り、恐怖に逆上《のぼ》せ戸板に駆け寄り、悲鳴を上げつつ蹴りつけた。戸板はぐるりと回り、陰からは得体の知れぬ黒きものが飛び出した。主の再びの悲鳴を聞きつけ中間が馳せ参じ、ひと騒ぎとなったが、飛び出したものは縁に潜ったか裏木戸を抜けたか、煙のように消えていたという。長右衛門すっかり怖じ気づき、家族を呼び寄せ座敷に集わせて、庭玄関に中間小者を配し、己は鉄砲を持ち、火縄に火を点け火皿に火薬を盛り、まんじりともせずに過ごしたのだそうである。

夕七つ。

それまで晴れ渡っていた夏天《かてん》が俄かに翳《かげ》った。

ああ――。

と、小さくつねが叫んだのだという。

秋山が恟《びくり》と痙攣して振り返るに、誰も居らぬ筈の奥座敷に人影があった。

おのれ卑怯者ッ言うことあらば目の前に来たれッ――。

秋山は激昂して引鉄《ひきがね》を引き、ドウ――と鉄砲を撃《う》った。

手応えはなかったが、家の内の鉄砲なれば壁天井に響き、その音夥《おびただ》しく、この轟音如何《いか》なる天魔《てんま》厄神《やくじん》にても恐れぬことあるまじ――と豪語するに、ふと見ればつねが倒れている。耳元の大音響に驚き怯えて癇《ひきつけ》たのであった。秋山は大いに驚き周章狼狽《あわてふためき》、鉄砲を投げ捨て、水を吹きかけ気付を用いたが、つねは、手足震わし、のう兇《おそ》ろしと譫言《うわごと》を言うばかりで再び癇る。これはものに驚きたる驚風、早速医師を――と中間に命じたのだった。

医師の到着を待つ間も、秋山は動顚し続け女房も泣き喚き、主《ぬし》が撃ちたる鉄砲にて子煩《わずら》い、もし死するようなことあらば、主ャあ、我が子を撃ち殺したるも同じなり――と責め立てた。

泣き声。罵り声。悔やむ声。怒鳴り声。大騒ぎだった。

その時、秋山は笑い声を耳にした。

生け垣に――。

黄昏《たそがれ》の雀色に馴染んで。

崩れた顔が笑っていた。

秋山は――気絶した。

結局つねは朝を待たずに死んだ。

だから。秋山が伊東に泣きついたかして、伊東は伊右衛門に岩の始末を命じたのだろう。

伊右衛門は立ち上る白煙を呆と眺めている。岩を――斬れ――。

又市は、で――旦那ァ何とお答えになりやしたか――と尋いた。

「秋山殿の娘御は実《まこと》に哀れだ。しかし奥方の申す通り、室内で鉄砲など撃つ方がどうかしておる。何をそれ程怯えるか、俺には解らぬ。小平と申す者が、直助の推量《かんがえ》通り秋山等の手で殺められて居ったのだとしても――それと岩の出奔とは関係なきこと。岩が悪いの、人殺しだの、己が元妻ならば己が始末せよだのと、拗込《ねじこ》まれても迷惑な話。濡れ衣の上に無理《むりじ》強いされても応《オウ》とは言えまいが」

「お断りになった」

「又市――」

伊右衛門は漸く瞳の焦点を又市に絞った。

「その方、一昨日ここに参ったな」

「参《めえ》りやした」

「梅が――騒いだであろう」

「騒がれた。納戸の隅に岩様が居ると――」

「あれは何刻であった」

「丁度申《さる》で」

「左様。秋山が鉄砲を撃った刻限だ。そこに居たのが岩なら、納戸に居たのは誰だ」

「なる程道理。では――」

「岩など居らぬ、幻ぞと答えた」

伊右衛門の言った通り、又市は一昨日この屋敷を訪れている。

それまでは慎重に、思案に思案を重ね、丹念に探索を続けていたのだが、思いの他流言の飛ぶのは早く、特に左門町界隈の動揺著しく、三度後手に回っては取り返しがつくまいと、そう思うての訪問であった。何か、策があった訳ではない。

門前に立った時、又市は異様に不吉な印象を持った。

それはずっと尾を引いており、未だに拭い去れない。

――匂いか。

匂いである。今は――怪しげな香の立ち籠める匂い。

玄関にも鰯《いわし》の頭が打ち付けられている。これも魔除けのつもりだろう。加えて――。

明り取りから鼠の穴まで、穴という穴が塞がれ、隙間という隙間が丁寧に閉ざされている。

だから気が澱み、酷く生臭く思うのかもしれぬ。年経《ふ》りし旧家の、歴史を吸うた埃《ほこり》の匂いもあるのだろう。それらが綯い交《ま》ぜになって又市の鼻腔を刺すのだ。明りに乏しい所為《せい》もある。

一昨日は、ただ不吉だと思うた。

又市は仄昏《ほのぐら》い鴨居《かもい》を見上げ、その上の欄間に打ち付けられた板を確認した。

三一一

伊右衛門は一昨日、今座っている桐箱に乗って欄間に板を貼っていた。家中を塞いでも尚、欄間から小さな岩が覗く——と言って、梅が怖がるのだと、伊右衛門は説明した。

続けて伊右衛門は、宅悦のこと気の毒に思う——と言った。察するに、どうやら町方の訪問はあったらしかった。結果、訪ねたものの又市は、何を話したものかただ戸惑ったのだった。伊右衛門が何処まで知り、且つ何処まで察しているのか、読み切れなかったからである。

赤子が引っ切りなしに泣いていた。

岩様ッ、岩様がッ——。

納戸で梅が騒いだのは慥かに七つだった。梅の見たのが現実《ほんとう》で秋山家の怪事も真実《ほんとう》ならば、岩は二人いたことになる。伊右衛門はただだっ子でも扱うが如き顔で梅を介抱し、善く見ろ岩などおるまいと、噛んで含めるように諭し、梅は恨めしそうな拗《す》ねるような顔をしたのだった。宥《なだ》めに宥めて、奥の間に寝かせても梅は赤子の世話どころではなく、又市が見兼ねて、これでは赤様も儘なるまいから、乳母なり下女なりお連れせんと言うと、聞くなり梅は、大丈夫ですと赤子を抱き上げ、やっと乳を遣ったのだった。伊右衛門は悲しそうにそれを眺めていた。

又市が、伊右衛門に櫛を見繕《みつくろ》って来てくれと頼まれたのはその時である。添うてより櫛のひとつも買ったことはなく——と伊右衛門は言い、一両を出したのだった。

今日又市は、その時乞われた櫛を届けに来たのである。

——そういやァ今日は。

又市は耳を澄ませる。赤子の声がしていない。

お子様はお静かで——と又市が言うと、梅が落ち着いて居る故——と伊右衛門は言った。

「逆さかもしれぬな。子が泣くと梅は乱るる。子の声で惑う」

「ならば」

梅の見たのは伊右衛門の言うように幻覚《まぼろし》であったのかもしれぬ。すると——。

秋山の方とて同じよ——と伊右衛門は言う。そんなものは——と吐き捨てる。

「斬れと申されても——斬れぬわ」

伊右衛門はそう言った。慥かに居所も知れぬ、生死も知れぬものを斬れる訳がない。

又市が顔を向けると、散っていた伊右衛門の瞳が凝っている。その視線の先を辿る。

——刀掛けか。

伊右衛門は、刀掛けを見ているのだった。

そこには——又市が婚礼の際用意した——刀はなかった。どう見ても竹光である。

——だから斬れぬと。

「旦那——あの差料は——真逆《まさか》お手放しに」

——櫛を買うためか。

「心配を致すな。研ぎに出しておるだけだ」

「研ぎに——でやすか」

手入れを怠《おこた》ると斬れなくなる故——伊右衛門はぽつりと言った。

又市は得体の知れぬ違和感を覚えた。

人を斬れぬ男――。それが又市の知る伊右衛門である。

岩との縁談を持ちかけた時、又市はそのことを知った。

俺は父親の介錯《かいしゃく》をしたのだ――。

その時、伊右衛門はそう言った。

それ以来、人が斬れぬ。それでもお役は勤まるか――。

そうも言った。

その昔、伊右衛門は摂州の小藩の若い藩士だった。六年前の御堀改修工事の際に不正が発覚し、それが元で藩はお取り潰しになり、伊右衛門の父はその際腹を切ったらしい。父親というのは勘定方であったらしいが、直接不正に関わっていた訳ではなく、また責めを負う立場にもなく、かつ人柄温厚にして人望篤き御仁でもあり、だから誰からも責められず叱られもせず、特に恨まれてもいなかったにも拘《かかわ》らず、自ら進んで責を取り、切腹して果てたのだという。

伊右衛門はその際に、介錯をせよと命じられたのだという話だった。

それは――厭ではあったが――。

しかし伊右衛門は淡淡と父の首を打ち落としたのだという。隣室では母が胸を突いて死んでいた。武士だから。仕方がない――。そう思ったという。

それから刀は抜かぬ。それで御先手組は勤まるか――。

勤まりやしょう、と又市は答えたと思う。所詮棒突である。正直言えば腕は要らない。伊右衛門は左様か――と言い、はにかむように俯向《うつむ》いたのを又市は覚えている。

――だからか――。

岩がいないから斬れぬのか、刀がないから斬れぬのか、それとも斬れぬから斬れぬのか。

又市には判らなかった。心底、深意の探れぬ男である。

伊東様は何と仰せで――と又市は尋いた。それで納得する喜兵衛ではなかろう。

「居らぬものは見えまいと、見えるなら斬れようと」

「はァ」

「居らずとも見え、姿なくとも害を為すと申すなら、悪鬼邪神の類なり、生死は知れずとも、生きて生霊、死すれば死霊、いずれ加持祈禱に頼らねばなるまい――となと」

「それで」

「はいはいと言うておいた」

伊右衛門の言葉とも思えなかった。

酒でも飲むか――と伊右衛門は言うた。

と、と、と、と音がした。伊右衛門は天井を見上げる。

「鼠よ。最近は蛇だけならず、鼠も多い。これだけ穴を塞いでも、ああしたものは自然に湧くのかと思う程だ。それ、見よ」

伊右衛門が顎をしゃくる。見れば蚊帳の外の畳の縁を黒き小さきものが横切った。

「昼となく夜となく出るのだ。梅がいちいち騒ぐ」

伊右衛門は桐箱から降り、やっと立ち上がった。

「酒の支度をしよう。暫待て」

畏れ入りやす――と又市が畏まった、その時のことである。

悲鳴が聞こえた。伊右衛門は顔を顰《しか》め、蛇か――と言った。

又市はぞくぞくと悪寒を覚え、伊右衛門を差し置いて蚊帳を潜り、隣室の襖を開けた。寝床が乱れている。梅の姿はなく、赤子も居なかった。咄嗟に手を当てる。湿った夜具は冷たい。

「旦那――」

伊右衛門は厳しい顔つきになり、梅、梅と呼んだ。

勝手の方で物音がして、もう一度悲鳴が聞こえた。又市は先の襖も開ける。

岩様、岩様と、赤子を抱いた梅が土間で叫んでいる。厭じゃ厭じゃ、近寄るなッ――。

「お梅様ッ」

又市が駆け寄る。竈《かまど》の横に大きな白い蛇がいた。又市は竦んだ。

――これが。

梅は追い詰められるような格好で身を縮めている。勝手口は厳重に打ち付けられているため開かぬらしい。伊右衛門は又市を避けて土間に降り、足で蛇の頭をぎゅうと踏んだ。

「さあ、梅、奥へ行け」

「こ、殺してくだされ」

「無駄な殺生はせぬ。何度も申すがこれは岩ではない。蛇だ。又市、すまぬが梅を奥の間に」

へい、と言って又市は梅の肩を抱き、立たせた。震えている。豪《えら》く震えている。

赤子は確乎《しっか》り抱かれ、声も出さない。

伊右衛門は蛇を表に出すつもりらしい。大きな蛇はのろのろと動き、伊右衛門は四苦八苦している。さあ梅様――と又市が誘うに、厭じゃ厭じゃ、そっちにはお岩様が――と言う。どうやら神経が参っている。このままでは拙い――と、又市は思うた。

梅がどうしても寝所は怖いと聞かぬので、已《や》むなく仏間に床を移し、漸う梅を宥めて、又市と伊右衛門は元の座敷に落ち着いた。襖を開けて蚊帳越しに眺めるに、梅は暫く赤子をあやすような仕草をしたり乳などやったりしていた様子だったが、そのうち眠ったらしかった。静かになり、寝息が聞こえて伊右衛門が襖を閉めたのは亥《い》の刻くらいだったろうか。

暑かった。

息苦しかった。

通気の出来ぬ部屋である。

伊右衛門は気にならぬのか、桐箱に凭《もた》れるように座って手酌で酒を飲んでいる。

又市も一口嘗めたが、燗《かん》だか冷《ひや》だか判らぬ温《ぬる》さで、乱酔悪心《らんすいおしん》は間違いなかろう。

「このままでは――戴けやせんぜ。伊右衛門様――」

領《わか》っておる――が、と伊右衛門は言った。

如何《どう》しようもないのかもしれぬ。

昨日又市は、梅の実家である利倉屋に行っている。主の利倉屋茂介《もすけ》は又市を見ると、お懐かしや御行殿――と大いに喜び、はらはらと落涙までして、奥へと通した。

梅が嫁いでから、すっかり気落ちしているらしかった。

茂介は、御行殿には過日並並ならぬ御尽力を賜り——などと堅苦しく礼を述べ、諄諄《とくとく》と前置きをしてから、皆様にお骨折りを戴いて、折角叶うた輿入れなれど、娘梅、不義を働き、不貞の子を孕む為体《ていたらく》、重ねて四ツというところ、御主人様の寛大なる処置によって民谷家に輿入れ致し云云と説明した。頭から喜兵衛の怪誕巧詐《かいたんこうさ》を信用しているようだった。

更に、お岩狂乱の噂も茂介の耳には届いていた。当然だろう。

手前ども伊東様よりきつく申しつけられ、娘にも会えず孫にも会えず、子細を存じ上げぬまま今日まで過ごして参りましたが——巷騒がす鬼女、その名も三番町の提灯於岩と聞き及び、民谷家の、サテ又左衛門様の娘御もお岩様と仰った筈、その岩がもしも同じお岩様ならば、嫁した梅とは縁続き、もしや梅にも災禍《わざわい》の及びはせぬかと案じおり——。

茂介は心配そうにそう言った。なる程直助の話の通り、岩と伊右衛門の婚儀はなかったこととされているらしい。こうした僅かな了解の差異が重なって、大きな軋轢《あつれき》となるのだろう。又市は敢えて誤謬《ごびゅう》を訂正せず、ただうんうんと聞いた。そしてこう言った。

御主人の、娘御を案じなさるお気持ちは痛ェ程善く解りやす。お察しの通り鬼女はまさしく民谷岩様、ただ聞けば先年岩様は、勘当されて家を出て、今は縁切れ。御心配《しんぺえ》には及びますまい。寧ろ奴《やつがれ》の案ずるは、お岩様の狂うたる理由《わけ》——。

茂介は矢張《やは》り左様かと膝を打ち、だが御行殿、岩様の狂うたる理由、それがこの利倉屋と、何か関わり御座居ましょうや——と不審を露《あらわ》にしたのだった。

又市は頷き、こう尋いた。

例えば服せば顔爛《ただ》れ、疵残り、相貌崩れるが如き毒薬に、お心当たりはねえですか——。

茂介は暫く考え、そんな毒は——と言って黙り、
民谷様には壮気精《そうきせい》を納めておりましたが——。

と言った。聞けば、その薬は血の道の良薬で、民谷家の四代前の当主伊左衛門が衰弱した妻の英気を養うために買い求め、爾来《じらい》民谷家では常備薬としているのだそうである。高価なものではないが他の問屋では扱わぬもの、民谷家出入りの薬売りが年に一度仕入れて民谷家に届けていたという。それが小平なのだろう。又市は毒のことは深く質さず、小平のことを尋いた。

茂介の話だと小平は当時十七八の若造で、父親も担ぎの薬屋で名は孫平《まごへい》、三年前に躰を壊し隠居して小平がその跡を継いだのだという。継いで間もなく小平は失跡したのだ。

小平さんも行方知れず。孫平さんも御心配でしょうなあ——。

茂介はそう言った。又市が孫平の居所を問うと、浅草辺りに住まうらしいが——と言った。

又市は、いずれお梅さんの御様子は奴《やつがれ》が見て参《めえ》りやしょう——と懇意尽《こんいづく》に告げ、引き止める茂介に丁重に礼を述べて利倉屋を辞し、浅草に出向いたのだった。

そして——。

「旦那」

「何か——」

「岩様は——」

「岩が――岩が如何《どう》した」
「いや。何でもねェ。今――どうしていなさるかと思いやしてね」
又市は眼を閉じ、岩の顔を想い浮かべた。
――もしも。
もしもあの疵がなかったなら。
そんなことは、考えるだけ無駄である。岩が醜くならなかったなら。
仮令《たとい》それが誰の所為であったとしても。
岩にしてみれば。
何を今更――といったところか。
――でも。
醜いから。わしが醜いからお前様は――。
わしが醜いから――。
――おッ母さん。
針売りお槇――。
荒れ果てた昏《くら》い小屋。乾いた板張りの床。埃《ほこり》。湿った筵《むしろ》。
横たわる老女。ふしだらに脱ぎ捨てられた着物類。守り袋。
又市の持っている、唯一の身の証。黒く汚れ、擦り切れた袋。
お槇は――又左衛門が察したように――間違いなく又市の母である。

母と知り、又市は竦んだ。血が引いて息が詰まった。

何もせずに背を向けている又市を、お槇は詰《なじ》った。

なンだい、どうしたンだい、意気地がないねェ——。

冗談じゃァない、さっきの威勢はどうしたンだい——。

ほら、しんさん、おいでな。昔みたいに優しくしておくれ——。

何だいその目は。お、お前しんさんじゃないね。何だいこの若造ッ——。

馬鹿におしでないよッ——。

ナニさ、ナニさナニさ——。

その時又市はただ困惑して、目紛《めまぎ》らしく想いを巡らせて、結局何も言えなかった。

もしおッ母様と呼んだなら、生き別れた息子で御座居ますと言うたならば——如何《どう》なるか。言ったところで、お槇はすぐには信じぬだろう。否、疾《と》うの昔に忘れてしまっているやも知れぬ。だがしかし。もしも覚えていたならば、もしも信用したならば——。

幾ら知らぬこととはいえ、お槇は自《おの》が腹を痛めたる息子を蕩《たら》し込み、いざ契らんとしていたことになる。それを知らしめるは善いことか。可惜《あたら》恥を知りたる人間《もの》ならば堪えられることではないのではないか。ならば如何《どう》する——。

醜いから。わしが醜いからお前様は——。

違う、それは違う。

——否。違わねェ。

三二一

又市はその時、即座に否定できなかったのである。ならば違わぬ。又市が竦んだのは、お槇が母親だったからではない。醜かった所為《せい》なのだと、今となっては——そう思う。

又市は当惑し、口籠り下を向いた。お槇は馬鹿野郎、腰抜け野郎——と叫び、
知っているのサッ。妾《あたし》ァ薄汚ェ姥ァだわい——。

それを承知で枕を交わす、粋な男を待っていただけ——。

嗤われようが貶《けな》されようが、夢を見てる間ァ幸せだわいナ——。

何もかも壊しゃあがって、この下司野郎《げすやろう》、さァ何処へでも去ねッ——。

お槇は胴巻きをぶつけた。胴巻きは扉に当たり、金は外にばら蒔かれた。

又市は黙って辻堂を出た。

そのすぐ後。お槇は首を吊って死んだ。

——おッ母さん。

黙って寝てやること以外、お槇を救う道はなかったのだろう。否——。抱かずとも良い。

枕を交わさずとも、ただ擁《いだ》き合うだけで十分の、そうした褥《しとね》の取りようもある筈である。

又市はそれも出来なかった。出来なかった理由は——。

矢張り醜かったからではなかったか。かさかさの皮膚《はだ》が、皺の寄った頸が、縮れた後れ毛が骨張った指が、弛緩した躰が——堪えられなかったからではなかったか。もしも母が若く美しいままだったなら、乳を求める赤子のように、又市は母に甘えていたのではなかったか。それが出来ていたなら——仮令《たとい》枕を交わさなくともそれだけでお槇は満足したのではなかったか。

それが──出来なかった。

お槇は死んだ。

関わるべきではなかったのだ。

又市が余計なことをした所為《せい》である。

だから。

今度も。

「奴《やつがれ》は──余計なことをしたんでやしょうか」

又市は弱音を吐いている自分が可笑しい。

言葉通りにならぬことなど何もないと。

そうして、強がって生きて来たのに。

「又市」

「へい」

「世の中の、殆どのことは余計なことだ。余計なことが寄り集まってなるようになっている。受け入れれば幸となり、受けつけねば仇となる。所詮はそれだけのこと。禍福を定めるのは已自身と──それはその方が申したことであろう」

「へい」

「俺もそう思う」

伊右衛門はそう言った。

又市は頭《こうべ》を垂れた。

騒騒《ざわざわ》。

気配。

「何か」

梅の悲鳴。

岩様、岩様じゃ――。

「また蛇か――」

悲鳴と共に大きな音がした。がたがたと玄関先まで音が遠ざかる。

「蛇にしちゃあ音が大きいぜ旦那」

又市は蚊帳を潜り仏間の襖を開ける。仏壇が倒れている、梅の姿はない。旦那、伊右衛門の旦那、と叫ぶ。上り框に梅が倒れており、手を玄関口に向けて伸ばし、岩様、岩様ァと呻いている。玄関の戸は開いていた。

「お梅様ッ、どうなさったッ」

「岩様が、ややを、染《そめ》を――」

伊右衛門が聞きつけ、又市を除けて飛び出し梅の肩を抱き、強く揺すって、おい梅ッ、染はどうした、何処へやったッ――と問うた。梅は玄関を指差し、岩様が、岩様がと繰り返して、

「岩様が攫《さろ》うて逃げた」

と言った。又市は勢い外に飛び出す。背後で伊右衛門が震え声で、馬鹿な――と言った。

飛び出したものの組屋敷の中道には人ッ子ひとり居らず、ただ暗く、静かで、誰か立ち去った気配とて、あるような、ないような、いずれ門前には岩のいの字もなく、左へ行ったものやら右へ行ったものやら、咄嗟に無駄と判断し、又市は屋敷に戻った。

框には同じ姿勢のまま、梅が顔を板に押しつけて号泣している。伊右衛門は眼を見開いて立ち竦み、又市の顔を見るや、又市ッ――と柄になく大声を上げた。

「俺は――染を探しに行く。お前は梅を」

伊右衛門は厳しい顔つきでそう言い捨て、腰のものも携えず、素足のまま框を駆け降りた。又市は大声で、お隣に、組のお方にご助勢を――と叫んだ。おうおうと声を立てる梅を抱えるようにして寝所に運び、仏壇を立て直して蒲団を運ぼうとしているところに、隣家の女房が駆けつけてくれたので、又市は梅を託して伊右衛門を追った。

――岩様が――来たのか。

又市は闇雲に駆けて木戸に至り、立ち止まった。

――否。這入《へえ》って来た様子はなかった。

だからといって梅が出て行った様子もなかった。針が畳に落ちても聞こえる程の静かな夜である。狭い家でもあり、玄関から出入りすれば又市にも伊右衛門にも――必ず判った筈だ。

だが赤子は消えていた。

――妖しのものか。

岩が死して迷ったか。それにしても――。

——何故赤子など。

又市は、白《おの》が胸の内のどす黒い闇が、一瞬顔を覗かせたような気がした。

やがて隣家の中間が各屋敷を廻って大事を告げたので、半刻も経たぬうちに組屋敷の門門《かどかど》に提灯が掲げられ、大勢の者が篝火を灯して馳せ参じた。声を上げ、組内総出で捜索《さが》したが、まだ生まれて幾月と経たぬ乳飲み子故、呼んで返事をするでもなく、結局夜は明けた。

無情に、鐘が鳴った。

染が見つかったのは卯《う》の刻を過ぎた頃のことだった。

見つけたのはさる与力の家の女中頭だった。伊東喜兵衛の役宅の、丁度裏手に当たる雑木林の中で、幸薄き乳飲み子は無残な姿に変わり果て、すっかり冷たくなっていたのだった。母の姿を求めるように、その小さな手を開いたまま——。

やがて眼を真っ赤に充血させ、蒼白い顔に一層血の気が抜けた死人《しびと》のような伊右衛門が、髪取り乱して到着した。伊右衛門は染の姿を見るや否や、その小さな骸を取り上げ、ひしと抱き締めて、声を上げて泣いた。頰を当て、涙を流して泣いた。同心も中間も小者も、誰ひとり慰めることも出来ず、ただ茫然と立ち、やがて幾人かは貰い泣きを始めた。

又市は見ていられなかった。胸が締めつけられるような、息が詰まるような、堪え難い気持ちが湧いて、顔を伏せ、木陰に身を隠して眼を閉じた。それでも伊右衛門の泣く声や、取り巻きの啜《すす》り泣く声が耳から容赦なく侵入《はい》って来て、又市は掻き乱された。

——また——。

死んだ。罪もない、齢端《としは》も行かぬ赤ん坊が。

——梅様に。

又市が民谷の屋敷に戻ろうと躰を翻《ひるがえ》したその矢先。

中間を伴った伊東喜兵衛が姿を現した。又市は再び身を隠し、木陰から窺った。

喜兵衛は鷹揚に構えて、泣き濡れる伊右衛門の脇に立ち、腕の中の赤子に一瞥をくれた。

「悲しいか」

伊右衛門は答えず、ゆるりと顔を上げた。

この世のものとは思えぬ程の——悲愴な顔だった。伊東は一瞬怯《ひる》み、驚いたような顔で、

「貴様、本当に悲しいのか——」

と呟いた。

又市は肩が震えた。

その哀れな子は——喜兵衛の子なのだ。

喜兵衛は動揺をすぐに収め、仕熟《しこな》し顔で、周囲の手下どもを気にして続けた。

「民谷。貴様が子を惜しむ気持ちは判らぬでもないが——侍たるものが左様に人前で取り乱して何とする。無様《ぶざま》であるぞ。善いか、天地の間に出ずるもの一度はいずれも滅せざらんや。生は死の元である。されば世間の世話の如く、年寄りたるもの先に逝き、若き者は後に残る筈には極まらぬわ。親より先立てば如何《いか》ばかり悲しからん。なれども——」

そこで喜兵衛は汚れ物でも見るような、蔑むような目つきで伊右衛門を見た。

「――老少《ろうしょう》不定《ふじょう》ということもある。幸も不幸も末の露《つゆ》、本《もと》の雫《しずく》よ。同じ若死にをするならば生まれて間もなく死したるは不幸中の幸いじゃ。なまじ育ってから失うより、不憫は少なかろう。幼気《いたいけ》なきうち死んだのだ。ならば不幸も少なしと思え」

慰めの言葉だと――その場に居合わせた多くの者は受け取っただろう。しかし、それは慰めならぬ嫌がらせである。喜兵衛は多分、伊右衛門は、育ての親の情こそあれど、所詮は人の子と――つまり悲しみも半分だろうと――そう考えていたに違いない。何しろ、死んだのは押しつけた己の子なのである。だが、伊右衛門が真実その死を悼《いた》み、深く悲しんでいると知って驚いたのだろう。そしてそれならば――と、咄嗟に思いついた甚振《いたぶ》りの言葉を掛けたのである。

――そういう男なのだ。

伊右衛門は陰気な眼で喜兵衛を見返した。

「お――」

涙声。それを振り切るような口調で伊右衛門は答えた。

「――お言葉――御尤も。お見苦しき醜態を晒し申した」

喜兵衛は腹立たしそうにフン、と鼻を鳴らした。

盾突《たてつ》くと図ったのに、伊右衛門が柔順《なら》ったから気に入らなかったのだろう。

そして頸を傾げ、周囲《あたり》を見回し乍ら、一同に聞こえるように大声で言った。

「其処許《そこもと》とは又左衛門以来の懇意じゃ。御身の不幸《ふしあわせ》はここにおる一同嘆かわしく思うぞ。だがな伊右衛門。これも偏《ひとえ》にあの岩の怨みより起こりたること。一同、左様心づかざるや――」

同心中間どもの間に響動《どよめき》が渡った。

伊右衛門は死んだ子を抱き、大勢の視線の只中に立ち竦み、切れ切れに言った。

「しかし——それは——前妻は——」

「生死も知れず——と申すか。しかしそれも意味のなきこと。生きておれば稀代の狂女。死んでおるなら悪しき怨霊。善いか、岩は其処許を嫌い、夫を棄て家を棄てたにも拘らず、何を思うたか町人を殺して遁走し、剰えの逆恨み、其処許ばかりならずこの組屋敷全体に仇を為そうとしておるのだぞ。秋山のこともある。これは民谷家だけの不幸ではない。この組屋敷全体の不幸でもある。如何《いかが》致す」

喜兵衛は声高に続けた。

「度重なる不幸、怪しき噂、このまま捨て置けば世の風評になり、遠からず組頭様の耳にも届かん。されば其処許も只では済まぬぞ。否、人心を惑わす不穏なる流言が御目付筋に届かば、組頭様もお咎めを受け、その累我等凡《すべ》てに及ばん——」

伊右衛門は口を一文字に結び、陰鬱な眼に蒼き火を灯して喜兵衛を見ている。

「伊右衛門、岩の始末をつけぬうちは安泰はないぞ。一昨日も申した筈だ。死しておるなら祈り鎮め祓《はら》い清めよ。生きておるなら斬り捨てよ。貴様も武士なら、その子供の仇を討て」

喜兵衛は厳しい口調で責め立てるようにそう言った。

「この——」

低い声。

「この子の葬儀《とむらい》を済ませました後――」

抑揚のない語り。

「――決着を――つけまする」

そう、伊右衛門は言った。

――決着――とは。

又市は動悸が激しくなる。伊右衛門が人垣を抜け去る。それを見送る喜兵衛は、僅か肩を震わせている。笑っているのだ。又市は臓《はらわた》が煮えるような想いに駆られ、それを抑えるように視線を上に移動させる。楡の木。その樹上に――。

瞬間又市の肝は凍りついた。

崩れた顔が凝乎《じっ》と見ている。

岩。

違う。

あれは。

――直助。

直助だ。そうか。否、しかし。

同心や小者が中中立ち去らぬので又市は動くに動けない。声も掛けられぬ。

――どう、動く気だ。

崩れた顔は葉や枝に紛れ木洩日《こもれび》に晦《くら》んで、やがて見えなくなってしまった。

慎《つつ》ましやかな葬式だった。

伊右衛門は深く悲しみ、梅は廃人のように放心して、両名とも殆ど口を利かなかった。又市は二人に代わって多くを仕切り、しめやかに、細《ささ》やかにそれは終わった。

その間にも染の死骸が見つかった雑木林から赤子の声がする——だとか、青き燐光がどこそこの家に飛び込んだ——だとか、だから次の犠牲者は某氏である——だとか、怪しき噂は跡を絶たず、左門町組屋敷内は静かに恐慌を来していた。菩提《ぼだい》を弔いに訪れた僧侶も顔を曇らせ、

凡夫盛る時は神も咎め少なし、衰《おとろ》うる時には霊、家に蔓《はびこ》るとかや。拙僧の観ずるにこの家には悪しきもの満ちたり。この度の不幸も如何様《いかさま》狐狸《こり》の脅しに非ず、用心さるるべし——。

と宣《のたまわ》った。ただ伊右衛門は沈痛な顔をするのみの上の空。又市は気休めと知りつつ隣家の持仏堂より日蓮上人の曼陀羅《まんだら》を借り受け、また二月堂《にがつどう》の札、牛玉《ごおう》、或は黒札《くろふだ》、角大師《つのだいし》など魔除け厄除けを偈箱《げばこ》より取り出だし、天井や四方の柱に貼った。

何の験《しるし》もないことは、誰よりも又市が知っていたのだが。

民谷の屋敷内は線香焼香の香りが混じり、一層異様な匂いで満ちた。

秋山長右衛門失踪の報せが民谷家に届いたのは、そうした、染の弔いごとが粗方《あらかた》片付いた日の夕方のことであった。秋山は伊右衛門が一子岩に攫わるる——と聞いた時より高熱を発して寝込み、譫言《うわごと》を発し、医師や鍼医《はりい》など呼んで種種療治をすれども一向本復せず、やがて何かに取り憑かれたように起き出して、いずこかに消えたのだという。噂に依ればその先先夜より、怪しき人影が深夜長右衛門の家に這入《はい》って行くのを何人もの者が見ているという話だった。

——直助か。

直助に違いなかった。秋山宅を覗き、且つ忍び込み、秋山を追い詰めた異相の者は、又市の考えでは岩ではなく直助である。ヤレ顔が醜いの、崩れておるのといい乍らも、秋山等は多分一度もまともに岩を見ていない筈だ。どんな顔かも知るまい。

直助は秋山を罠に嵌《は》めて、小平殺しを自白させたのだろう。

——だが。

染は——染は違おう。染を攫ったのは直助ではない。直助に染を殺す謂《いわ》れはない筈だ。否。

——伊東の子——だからか。

もしも直助が——伊東の種だというだけの理由で赤子を殺したのであれば、それは又市にとっては許しておけぬことである。秋山の娘の場合は秋山自身が殺したようなものであり、仮令《たとい》直助が仕組んだこととて、直助にその気があったとは考え難い。だが染の場合は攫った者がその手で殺しているのだ。

——矢張り、違おう。

家族縁者を狙ったのでは伊東の遣り口と代わり映えがせぬ。直助の性質とは遠い。

朋輩だった直助の動きひとつ摑めない。又市には為す術《すべ》もなかった。

そこまで考えて、又市は急な睡魔に襲われた。櫛を届けに来てより三日、寝る間もない程に働いている。今日こそ宿に戻ろうと思っていたのだが、如何《どう》にも怠《だる》く、消耗して、又市は民谷家の玄関口の四畳間に躰を長らえた。畳に鼻をつけると、岩の匂いがするような気がした。

これは古い藺草《いぐさ》の――。
否、埃か。
――岩様。
岩は幸せそうに笑っている。
優しげに、屈託なく笑うと、その顔は幼くさえ見える。
顔に疵もない。
――この畳には岩様の――。
岩は横たわり、伊右衛門が、添い寝でもするように寄り添っている。
背中を向けているから、伊右衛門の表情は窺い知ることができない。
笑っているに違いない。そう思った。
――これは夢か。
又市にはその自覚がある。何故そんな夢を見るのか――。
伊右衛門は優しく、撫でるように岩の髪を梳《くしけず》っている。
髪の毛が。
ごそりと抜けた。
血膿がどろどろと流れ、辺りは血の海になった。
――厭だ。
やがて又市は眠った。幾度も、幾度も魘《うな》された。

三三三

翌朝又市は伊右衛門に呼ばれた。

眼は赤く腫れ、頬は痩《こ》けて、伊右衛門は鬼気迫る顔相になっている。

「色色と施し気配りを賜り、実《まこと》に有り難く思う。ついては、又市——」

——何を言い出すのか。

「——利倉屋殿に染の亡くなったを報せてはくれぬか。身分が異なる故焼香弔問《しょうこうちょうもん》は叶わぬまでも、染は利倉屋の外孫。報せぬ訳には参らぬであろう」

「悲しみやす」

伊右衛門は悲しいのは俺も一緒だ——と言った。そして、

「だからこそ、その方に頼むのだ。利倉屋主人は亡父又左衛門の企みも伊東喜兵衛が謀も、何も知らぬのであろう。ならば真実を真実のまま伝えるはあまりに酷。その方の言の葉の技を以てせねば、生半なことでは納得するまい」

と言った。又市が頷くと伊右衛門はすまぬ——と言って深く礼をしてから、

「それから又市、手数を掛けるが、頼まれ序《つい》でに聞いてくれ。研ぎに出したる差料が、もう研ぎ上がっている筈だ。代金は頼みし折に支払うておる故、請け出して来ては貰えまいか。ここに、この者に渡しくだされと——一筆認《したた》めてある」

と結んで、書状を手渡した。

その伊右衛門の指には——。

長い髪の毛が絡まっていた。

又市は早速利倉屋に向かった。

孫娘染奇禍《きか》に会いて身罷《みまか》り候――と告げると、茂介は大いに悲しんだ。

そして手を顔に当てさめざめ泣いた後、

「申し上げます。斯様な不幸を招いたのも、隠し事などしたる所為《せい》――」

と畏まり、又市の耳に口を寄せ、毒薬は――御座居ます――と言った。

「矢張り――御座居ましたか」

「売ってはならぬ、使うてはならぬ秘薬。勿論外に出したことはないのですが――」

盗まれましたか――と又市が尋くと、茂介は小さく、はい――と答えた。

盗んだのは小平の父、孫平である。又市はそれは言わずに、

「お梅様も、流石に消沈してはいらっしゃるが、御無事で坐《おわ》す。どうか御亭主も、くれぐれも弱気になられぬよう――」

と念入りに諭し、利倉屋を出た。多くを語るのは又市とて辛かった。

両国橋を渡って大伝馬町に至る。研師《とぎし》から刀を受け取り、四谷に戻るともう未の刻だった。

それにしても刀というものは熟熟《つくづく》重いものだと、又市は持つ度に思う。この鉄の塊を四六時中携え、時には振り回す侍という連中のことを、矢張り又市は善く解らぬと思う。

屋敷に戻ると、どこか様子が違っていた。

声を掛けても返事がないので上がり込む。

座敷に伊右衛門と梅が向き合って座っていた。

既に蚊帳が張ってある。

戻りました――と又市は告げ、蚊帳の外から恭しく刀を中に差し入れた。

又市は刀の扱いなど知らぬから、こうしたことは作法に反することかもしれぬ、とも思うたが、伊右衛門は咎めることもなく、御苦労であった――と言ってそれを受け取った。そして、

「暫く休んでくれ。もうひと働きして貰うかもしれぬ」

と蚊帳の中から言った。

又市は仏間に控えた。仏壇には真新しい位牌が並んでいる。

蚊帳の向こうで伊右衛門の声がした。

「これから――伊東殿が参られる」

――今日は五の日か。

囀《さえず》るような、啜り泣くような梅の声。

「このような――喪《も》も明けぬうちに――」

「あのお方には関係ないこと。如何《どう》するか梅」

「如何すると――い、厭で御座居ます。梅はもう」

「厭か」

伊右衛門は短くそう言って黙る。梅はやや乱れ、

「どこぞへ――何処《いずこ》へなりと――今、この梅を連れてお逃げくださいませ」

と言った。伊右衛門は答えなかった。

「旦那様は、お――お約束くださいました。二人ならば何処へなりとも――と。不幸なことに今、染を失い、この梅は、梅は――」

又市は顔を上げた。蚊帳の霞の向こうで梅が泣き崩れていた。

伊右衛門は淡淡と言う。

「梅――慥かに今のそちの境遇は自ら望んだものではあるまい。元来そちは明るく健気な娘であったと聞いておる。ならば、ここ暫くの暮しは、そちには辛い世過《よすぎ》であったのであろう。ならば。善いか梅、そちに残された道は――ふたつある。否、ふたつしかない」

「ふたつ――とは」

「まず、伊東殿のところに戻る道だ」

伊右衛門は信じられぬことを言った。又市は自《おの》が耳を疑うた。

「な――何を、旦那様、伊右衛門様、お気は慥かか、ご正気か」

「彼《か》の方はそちを大事に思うておる」

「またそのような――お戯《たわむ》れを――」

「戯れてなどおらぬ。彼の方は童《わらべ》だ。好いた相手に邪険に接する」

「聞きとう御座居ませぬ。そのような――忌まわしい――嘘じゃ」

「そちを殺すことも放逐することも、彼のお方にとっては、実は簡単なことだった筈。ならば何故わざわざ俺と縁付け、その後も世間の目を誤魔化してまで、そちの許に通って来る」

「嫌がらせで御座居ましょう」

「勿論俺に対してはそうであろう。しかしそちに対しては如何《どう》か。そちは厭うておるが、先方は厭うてはおらぬ。彼のお方は好いたものは遠ざけ、好かぬものを引き寄せる天邪鬼《あまのざこ》。差し詰め弟分とまでいわれておる俺は——相当嫌われておる」

「む、無体な——」

梅は声を上げる。

嫌いなら嫌いと、死ねと申してくだされ——と叫ぶ。

伊右衛門はやや項垂《うなだ》れて、そうか——と言った。

「ならば良い。あとひとつの道は——」

「それは」

「利倉屋に戻れ。俺が——話をつける」

「そんなことは出来ませぬ。梅はそれ程恥知らずでは御座居ませぬ。今更、このような躰になって、どのような顔をして戻れと、父に会えと申されるのか。店に戻ったからといって娘に戻れる訳もなく——」

「梅」

厳しい声が梅の激情を止める。

「以前と今と何処が違うか。そちの躰は同じ躰だ。どのような顔をして戻るも何も、親許に帰るのだ。娘の顔をして戻れば良い。父御は迎えてくれよう」

「旦那様——」

「偽りの夫なり」

梅は涙雑じりの大声を出した。

「何も解っていらっしゃらぬ。梅はあなた様を伊右衛門様を慕って——」

「止せ。それはそちの勘違いだ」

それは——又市もそう思う。戻れるものなら利倉屋に戻るのが一番とも思う。そして先程伊右衛門が言った、もうひと働きとは——梅を両国まで送って行くことなのではなかろうかと、又市は思い至った。しかし、ならば伊右衛門はその後——誰に、如何《どう》話をつけると——。

梅は酷《むご》い酷いと突っ伏して咽《むせ》び泣いた。

子を失ったばかりの、決して幸福とはいい難い娘には、慥かに過酷な物言いではあろう。

伊右衛門は宥《なだ》めもせず、いずれも厭か、厭なのか——と重ねて問うた。

「そちにその気はないのだな」

「地獄の淵でも旦那様と——」

伊右衛門は音もなく立ち上がった。

「旦那様——行かないでくださいまし、今宵は釣りなど——」

梅は立ち上がった伊右衛門の裾を掴み、泣いて引き止める。

「安心せい。どこへも行かぬ」

伊右衛門はそう言って蚊帳の端まで歩み寄り、又市に、色色苦労を掛けた、もう用はなくなった故、帰るが良かろう——と、告げた。又市は蚊帳の際まで寄り、頭を下げた。

顔を上げて善く見ると、麻越しに掠れた部屋は掃除されており、桐箱も香炉も片付けられ、床まで敷《の》べてある。枕がふたつ並んでいた。

腰を浮かす。立ち去り難い。未練がある。

伊右衛門は蚊帳の中に仁王立ちしている。

がらがらと戸が開く。

伊右衛門は動かない。

みしみしと板を踏み、

きしきしと畳を踏んで——。

——伊東喜兵衛。

襖が開いて、狒のような赤奴《あかやっこ》——伊東喜兵衛が、暗がりから顔を出した。眼が合った。

「何だ貴様——貴様はいつぞやの強請《ゆす》り御行——」

又市は飛び退くように身を躱《かわ》し、片膝を突き、懐から鈴を出し、

りん。

と鳴らした。

「御行奉為《おんぎょうしたてまつる》」

ふン、と哂《あざわら》い喜兵衛は濁った眼《まなこ》から発する重たい視線を蚊帳の幕に投じる。

「伊右衛門。何をしておる。真逆《まさか》忌中故御遠慮などと辛気臭いことを申すのではあるまいな」

「拙者は名ばかりの親なれば、本来喪に服するは伊東様御自身かと」

「何じゃと」

「その気がござらぬのならそれは御勝手。お気になされず、お好きにされるが善い」

「ほう。貴様――女房が犯されるのを見物すると申すのか――それも一興じゃ。構わぬぞ。見ておるが善い。さあどけ。蚊帳の外に出い」

「それは出来兼ねます。この中こそ――拙者の居場所」

「解らぬことを申すな。狂うたか伊右衛門」

喜兵衛は蚊帳越しに伊右衛門に攫《つか》み掛かり、押し切るようにして中に縺《もつ》れ込んだ。喜兵衛は腰を落とした伊右衛門の肩口を、馬鹿者――と怒鳴って足蹴にし、梅に歩み寄ってその腕を摑んだ。梅は引き千切るようにそれを振り解く。

「お離しくだされ。梅はもう、このような屈辱は――」

「悖《さか》うかッ――喜兵衛は梅を殴打する。梅は蹣跚《よろめい》て伊右衛門の方に倒れた。

喜兵衛は鼻息荒く梅を追い、幾度も蹴りつけた。

「厭か。厭じゃろう。儂はお前が厭がれば厭がる程嬉しいのだ。お前が悲しめば悲しむ程楽しいのじゃッ。どうじゃ、この伊右衛門は見物がしたいと申しておるぞ。好いた男の前で儂に躰を開くが善い――」

又市は見兼ねて蚊帳を潜ろうとした。途端に伊右衛門が振り向き、

「蚊帳を捲るなッ」

と怒鳴った。

——何を——。

何を考えているのだ。背中に冷や汗が浮く。真夏に寒気がする。

又市は気圧《けお》されて怯《ひる》んだ。

喜兵衛もまた、伊右衛門が怒鳴った途端に黙った。

「伊右衛門——貴様——」

「何か」

「貴様、悔しくはないのか」

「悔しい——却説《さて》。一向に——」

「儂は貴様を愚弄しておるのだぞ。侮蔑しておるのだぞ」

「存じております」

「何ッ」

喜兵衛は伊右衛門の頬を打った。

伊右衛門は動じない。

「貴様——武士の誇りはないのか」

「武士——拙者は高高棒突。それまでは木匠」

「おのれ屁理屈を——」

喜兵衛は暫く伊右衛門の胸倉を摑んで、その白面を睨みつけていたが、腹の辺りを押えて、
気に入らぬ——と呟いた。

「気に入らぬッ。興が乗らぬわッ。今宵は帰る」

喜兵衛は胴間声を張り上げ、伊右衛門を振り捨てるようにして蚊帳を潜り、又市に一瞥をくれて、一瞬の狼狽を見せた。

「貴様——」

伊右衛門がすう、と立ち上がる。

蚊帳に景影が映る。その向こうに掠れた伊右衛門が立っている。その更に向こうに、伊右衛門の影が大きく広がっている。その後ろに漆黒の闇が口を開けている。喜兵衛はその前で又市を見据えて立ち竦んでいる。

「ど、どけ」

又市は素直に除けた。

喜兵衛が又市を通り越し、仏間を抜けようとしたその時。

ばさりと闇が弾けて、夜の塊がなだれ込んで来た。

「い——伊東様——お、お助け——」

——堰口官蔵。

玄関は開いていた。

そこから夜が染みて来る。

昏黒の闇が膨らみ、その真ン中に。

崩れた顔が浮かんだ。

「逃がしはしねえ。伊東喜兵衛ッ」

「お――おのれ妖怪ッ」

伊東は刀の柄《つか》に手を掛けて一歩踏み出したが、そこに堰口が倒れていたため足を取られた。

崩れた顔は撥《は》ね釣瓶《つるべ》の如き勢いで闇の帳《とばり》を抜けて飛び出し、思い切り伊東に打ち当たった。

ずぶり。

「直助ッ」

又市は叫び、そのままの姿勢で固まった。伊東の肩越しに直助の顔があった。

「痛ェか。痛ェだろう。どうだ。おい喜兵衛ッ」

直助は裂けた顔を歪ませて突き、押した。喜兵衛はじりじりと又市の方に押され来る。

「お、お前――如何《いか》なる遺恨――」

「てめえに妹を嬲《なぶ》られた怨みよ」

「ふ、ふふ、お前はあの尾扇の下男か――こ――」

喜兵衛は腰を落とし、躰を捻《ひね》るようにして勢いをつけ直助から離れた。

半回転《まわり》して蚊帳の前まで後退《あとしざ》る。

喜兵衛は、醜怪な顔を引き攣らせて笑っていた。

「――これは傑作じゃ。下郎でも仕返しする気骨があるか。天晴《あっぱれ》である。褒めて遣わす」

「巫山戯《ふざけ》るなッ。袖は死んだンだッ」

直助は得物を腹の横で構えて叫んだ。

「秋山は昨日送ってやったぜ。堰口にはてめえの最後を見せてやろうと思ってな。おい伊東、てめえがひとりになるなァ風呂か雪隠か、この屋敷に忍んで来る時だけ。待っていたぜッ」

「愚か者めッ。怒れ。もっと怒れ――。それだけ貴様の悲しみは深いのであろう。それだけ貴様の心の闇は深いのであろう。愉快だ。実に愉快だ。儂はな、貴様のような、身の程知らずの蛆虫《うじむし》に思い知らせてやりたかったのだ。貴様等をこの上なく酷い目に遭わせてやりたかったのだ。見よ伊右衛門。この男のように貴様も怒れ。悲しめ。そして儂を喜ばせろッ」

喋り過ぎだッ――直助は突進した。

澱んだ仏間に一陣の風が舞い、次の瞬間直助は喜兵衛を通り越して、夥しい血を吹きながら蚊帳の薄膜に突き進み、伊右衛門に突き当たった。伊右衛門は蚊帳越しに直助を抱き留めた。

喜兵衛の手には段平《だんびら》が握られていた。

「愚か者が。痛いというのはそういうことをいうのだ」

喜兵衛は刀身を下に向け、じりじりと直助に迫った。

「腰抜けの虫螻《むしけ》蛄《ら》に突《つつ》かれたところで、蚊に食われた程も痛くはないわ。さあ、わざと急所を外しておいたわ。膾《なます》にでもしてくれようか」

喜兵衛はふうと腕を上げる。刀身が鈍く光った。

「へへへ――。さっさと斬りな。何度斬ったって――いいんだぜ」

直助は伊右衛門に抱かれたまま喜兵衛に背を向けてそう言った。

「強がりを申すなッ」

喜兵衛はその肩口をすっと斬り下ろした。

「つッ、強がりじゃあ――ねえ」

蚊帳の幕面が大きく揺れて、伊右衛門の姿が薄れた。直助が向き直る。最初の一撃で腹を横一文字に薙《な》ぎ払われたらしい。下半身は血で真っ黒に沈み、昏い床面に溶けている。

「やい伊東。いいことを教えてやろうか。手前の本当の本懐は、てめえを討つことじゃあねェんだよ。何故ならな、妹が死んだのはてめえの所為《せい》じゃねエからよ」

「何だとッ――」

伊東は刃を返し、直助の胸を斜めに斬り上げた。

「そッ――その調子だぜ。いいか、妹はてめえ達に嬲りものにされて、慥かに深く傷ついた。だがな、妹が思い悩み、悲しんだその理由《わけ》は、こ、こちらの伊右衛門様に惚れてたからよゥ」

黙れッ。それはいずれも同じことじゃ――。伊東はもう一度斬りつけた。

「し、しかしな、し――手前も、この俺も妹が好きだった。堪らねェ程好きだった。だから、だから俺は、幾ら諭しても聞いちゃくれねえ妹の、その躰を清めてやると――言って――」

――直助。

「――妹を抱いたのよ」

直助は、泣いていた。

「だから妹が、袖が死んだは俺の所為《せい》よ。妹の仇はこの俺自身だ。この俺様が死んだ時、俺の本懐は遂げられる。残念だったなァ伊東。てめえに斬られて、俺は喜ンでるんだぜ」

黙れッ——伊東は上段に構え、直助の顔面目がけて重き凶刃を振り下ろした。

直助はぐう、と声を発して前にのめり、動かなくなった。

伊東の荒い息遣いが夜を震わせる。

仏間は一面血の海なのだろう。しかし又市には地面の底が抜けて、地獄が口を開けているようにしか思えなかった。畳はもう、夜に蝕《むしば》まれた、ただの黒一色だったからである。

伊右衛門は変わらぬ姿勢で立っていた。落ち着いた物腰。沈んだ低い声。

「気に入りませぬか——伊東殿」

「何——だその口の利きようは」

「こ奴は、喜んで死んで行った」

「伊右衛門——貴様」

喜兵衛は息を弾ませ、刀を振り翳《かざ》して、ふらふらと伊右衛門に近づいた。

——伊右衛門も死ぬ気か。

「だ、旦那ッいけねェッ」

又市は叫んだ。すると呪縛が解けたように躰に自由が戻り、又市は喜兵衛の背中に、頭から思い切り突っ込んだ。畳がぬるりと滑り、喜兵衛は直助の死骸に躓《つまず》いて、二人は縺《もつ》れ、結界を破って蚊帳の中の薄明《はくめい》へと傾《なだ》れ込んだ。喜兵衛は、闇雲に抜き身を振《ふる》った。又市は飛び退く。

梅は怯え正体をなくして蚊帳の隅に震えている。伊右衛門は中央に幽鬼のように立っていた。

「大きな——蚊だ」

伊右衛門はそう言った。心許ない行灯の僅かな燈が、足下から朦朧《ぼんやり》と伊右衛門を照らし出している。その影は更に茫漠《ぼんやり》と、蚊帳の内部を覆い尽くしている。ここは――。

この場所は――。

「い、伊右衛門。貴ッ様ァ」

「侍たるものが左様に乱れて何とします」

「こ、こ奴等は、貴様が導き入れた曲者であろう」

「曲者――そこなる又市は拙者に妻を周旋してくれたる恩人。伊東殿、あなたにも」

伊右衛門は視線《まなざし》で梅を示す。

「妻を――授けてくれた。伊東殿にとっても恩人だ」

「ば――馬鹿な」

「馬鹿は貴公だ。折角の良き妻を――」

伊右衛門は梅に顔を向けた。

「だ、旦那様」

「さあ、梅」

伊右衛門は手を差し伸べる。梅は震え、泣き、蹣跚《よろよろ》と伊右衛門に近づいた。

梅の白い、細く可憐《かれん》な指先が伸び、伊右衛門の差し伸べた手の先に触れた。

伊右衛門はにこりと嗤った。

「子供を殺したな」

——梅が——。

返事をするべく、息を呑んだ、その刹那。

梅はくるくると回り、伊東の前に倒れた。

何が起きたのか全く解らなかった。

それは、梅にしても同様だったのだろう。円《つぶら》な瞳を見開いて喜兵衛と又市を一二度見比べ、次いで夫の姿を探し求め、蕾《つぼみ》のような丹朱《くちびる》を数度わななかせて——梅はそのまま、絶命した。最後の視線は伊右衛門には届かなかった。悲鳴を上げる間すらもなかった。

ぱちり、と鍔《つば》が鳴った。

伊右衛門が——梅を逆《ぎゃく》袈裟《げさ》に斬り上げたのだった。一瞬の早技だった。

又市は目の前でこと切れている梅を見て尚、状況が理解出来なかった。喜兵衛は眼を剝いている。喜兵衛にも解っていない。又市は畳がみるみる血で染まるのを見て恐慌を来した。

「だ、旦那、狂ったか。本当に狂ったかッ。う、梅様を——」

「狂うておるなら初めから。俺はこの梅を生かそうと、つい先程まで思うておった。道筋も立て罪も許して、生かしてやろうと思うておった。生きよと申した。しかしこの梅は、如何《どう》しても厭じゃと申す。この道を選ぶと言うのなら、この決着しかないのだ」

「つ——罪とは」

「この梅は——己が産んだ赤子を殺めたのだ。岩にできる筈がない。梅が先に殺めて捨てておいたのだ。そして襤褸《ぼろ》を丸めて一日中、抱いたりあやしたり乳を遣ったりしておったのだ」

あの時――赤ん坊は最初からいなかったのか。

「岩の騒ぎに乗じ、自《おの》が邪念を満たさんと鬼畜となり、罪なき赤子を屠《はふ》るとは――哀れなり」

伊右衛門は喜兵衛に向き直った。ざらついた、巨《おお》きな影がぐるりと回る。

「見たか。意地を張ると大事なものを失う。伊東殿、それ程母が恋しいか」

「な――」

「己なンぞに岩は渡さぬ。梅と――逝け」

伊右衛門は、ぱちりと鯉口《こいくち》を切った。小癪《こしゃく》なり伊右衛門ッ――喜兵衛は吠え、抜き身を大上段に構えて、覚悟ッ――と叫ぶや否や躍りかかった。

一刀の下に。

喜兵衛の段平が弧を描いて飛んだ。

指がぼろぼろと落ちて、畳に大刀が突き立った。

たじろぐ間もなく繰り出された二太刀目は、喜兵衛の胴を薙ぎ、そのまま蚊帳を颯《サッ》と切り裂いた。擦れた皮膜は裂け、鋭利な境界を持った闇がぽっかりと口を開けた。

喜兵衛は畳に膝を突いて、次に腰を落とし、べそをかくような顔をした。

「泥が、泥が泥が――泥が泥が泥が」

喜兵衛は下を向いてそう繰り返し呟き、自《おの》が腹から溢れ出る血潮を両手で掻き集め、腹に戻すような仕草をした。伊右衛門はその傍《かたわ》らにすっと立ち、その鼻先に血塗られた刃先を翳す。

「介錯仕る」

血刀《ちがたな》が閃《ひらめ》き、ごろごろという音がした。遠くで笛でも吹くような音が続き、やがて止んだ。

喜兵衛の首級は蚊帳の外まで転がり、直助の死骸の脇で止まった。

「悪党振りもそこまでか。貴様も真の悪党ならば、首が飛んでも――動いて見せよ」

伊右衛門はその首を見下し、哀れむようにそう言ってから、ゆるりと顔を向けた。

「又市。悪いところに居合わせたな。立ち去るが良い」

「し――しかし、い、伊右衛門様――」

「その方には感謝しておるのだ。迷惑を掛けたくない」

こ、このお始末は――又市はそこまで言って絶句する。又市の目前には梅が息絶えている。

蚊帳の切れ目から直助の割れた顔が、その横には喜兵衛の驚いた顔が落ちていた。

更にその向こうに、腹這《はらばい》になって脱力した堰口が虚ろな眼でこちらを見ていた。

伊右衛門は窶《やつ》れてはいるが全く乱れていない。端正な歩調で屍体を跨《また》ぎ、切れた蚊帳を潜って堰口の前に至り、立てるか堰口――と尋いた。堰口はひいひい泣き乍ら後ろに這い擦った。

「殺しはせぬ。善いか。直《ただ》ちに組頭三宅様の役宅へ走り、斯様に口上致すのだ。筆頭与力伊東喜兵衛乱心の上同心民谷伊右衛門宅に押し入り、妻女梅に乱暴狼藉《ろうぜき》、止めに入った民谷家中間権兵衛を惨殺の上、梅も殺害、只今、民谷伊右衛門によって討ち取られ候――とな」

堰口はぽろぽろと涙を零《こぼ》し、口を開いて首を振った。伊右衛門は柄《つか》に手を掛ける。

「嘘はお得意であろう」

「あ、相解った、わ、解り申した」

堰口は足を怪我しているのか、幾度も転び、わなわな震えて、やがて夜陰に呑まれた。

又市の総身に漸く震えが来た。

伊右衛門は真一文字に切られた蚊帳の向こうの漆黒の中に、ひとりくっきりと立ち、又市に背を向けて嗤っている。足下の喜兵衛の首を嗤うのか。走り去った堰口の余韻を嗤うのか。

「い――伊右衛門様」

「申したであろう。去るが良い」

「岩様は――」

「岩は俺の妻だ」

「岩様の――」

凡ての始まりは。

「あの――」

最後にこれだけは。

「言うな。解っておる。又左衛門、誰にも渡したくなかったか」

「へい」

「俺が貰うた」

伊右衛門はそう言って嗤った。

又市は深く一礼をして去った。

夜明けは遠く。夜はただ深く――。

しうねん
百物語
前北斎筆
鶴喜板

嗤う伊右衛門

岩の行方はその後も知れず、四谷左門殿町の怪事も、民谷家の惨事を以て一応止んだ。

その夜。

伊東喜兵衛乱心の報せを受けた組頭三宅彌次兵衛は慌てた。他の手下なら兎も角も、喜兵衛は異母弟であり、加えて自ら推挙した筆頭与力でもあり、夜も明けぬうちに民谷家に赴いた。屋敷の門前には民谷伊右衛門が立っており、彌次兵衛を折り目正しく迎え入れた。その余りに沈着冷静なる物腰を見て、また屋内の酸鼻《さんび》を極める有様を目の当たりにして、彌次兵衛は寧《むし》ろ疑念を抱き、伊右衛門方証言のみで裁量を下すは危険と判断し、伊右衛門には追って沙汰あるまで閉門蟄居《へいもんちっきょ》の旨《むね》申し渡したのだった。

しかし喜兵衛は日頃の悪逆非道が祟って、誰ひとり讃える者なく、また微に入り細を穿ちて調べ進むに、その放逸なる行い目に余り、如何《いか》に弟と雖《いえど》も彌次兵衛も庇い切れず、結局伊右衛門お構いなしという沙汰を出すに及んだ。

惨事から、僅かひと月後のことである。

微かに事情を知りたる者は、これも皆、お岩の祟りであろうと語った。

事情を知らぬ者も祟りであるということだけは疑うことをしなかった。

岩は祟り神となった。

一方、秋山長右衛門の遺体は隠坊堀の浅瀬で発見された。外傷はなく、衰弱の上転落し、水死したのであろうと判断された。ただ、秋山は白骨の上に覆い被さるようにして死んでおり、そちらの身許は知れなかった。白骨が小平の成れの果てなのか、或は別人なのかは、直助が死んでしまった以上藪の中である。

また、堰口官蔵は直助から受けた傷が化膿して病みつき、高熱を発すること二十日余り、すっかり人相も変わり、記憶も朧《おぼろ》になって、可惜《あたら》三十五歳で隠居を余儀なくされ、跡取りもいなかったので、その血筋は絶えた。

利倉屋茂介は梅の骸と染の位牌を引き取り、丁寧に供養して後得度剃髪して仏門に入った。

こうして、事件に関わった者の殆どは絶えた。

伊右衛門だけが残った。

そして一年――。

四谷左門殿町、民谷の屋敷に再び怪事あり――との噂が立った。

そこで分家縁者一同が話し合い、御書物奉行配下同心で、民谷家の遠縁に当たる佐藤《さとう》余茂七《よもしち》という者が選ばれて様子を伺いに行くこととなった。又左衛門が死して以降、縁者と本家とは絶縁状態にあったし、ただでさえ名高き鬼女の祟りの左門殿町、その火元でもあり、赤子を入れれば四人まで人死《ひとじに》を出した凶凶《まがまが》しき屋敷であるから、寄り付く者はいなかったのである。

矢張り真夏のことである。

余茂七という男は世事に疎《うと》いところがあり、又左衛門とも一二度顔を合わせたことがある程度で、伊右衛門とは一面識もなかったから善く事情が呑み込めず、已むを得ず人を介して御先手組同心今井伊兵衛《いまいいへい》という者に面談し、伊右衛門の近況などに就いて説明を乞うた。

今井は淡淡と語った。

閉門蟄居のひと月間、伊右衛門は一度も外に出ず、食事も日に一度隣家の中間が届けるものを食うだけであったという。日中も物音ひとつ立てず、生きているのか死んでいるのかすら解らぬ程で、幾ら蟄居と雖もこれでは躰を壊す、命も失う——と案じた同心連中が世話を焼いても、心配御無用、我ただ沙汰に従うのみ——の一点張りであったらしい。また、その屋敷も、まるで目張りでもしたように塞がれていて、玄関以外窓もなく、またその木工が巧みで、蟻の這い入る隙もない、寄せ木細工の如き緻密さであったから、これは伊右衛門、余程にお岩様が怖いのであろう——と世間は噂した。岩の生死は、依然判明していなかったからである。

しかし。

閉門が解けて後、評判は一転したのだそうだ。

伊右衛門は精力的に役向きを果たし、職務励行の忠臣として名を馳せたのだという。

一日も休むことなく怠けもせずに、退屈なお役目にも不平憤懣を垂れることもなく、更には大層腕も立ち、助役の捕物では目覚ましき活躍振り、本役の火盗からも信頼と人望とを得た。加えて物腰低く威張ることなく、人当たりも至って良く、他家の中間や小者にも分け隔てなく接したので、下からも上からも好かれ、瞬《また》く間に名声を獲得したのだという。

また、その暮し向きは贅沢浪費を嫌い飽くまで質素で、酒も食らわず女遊びもせず、唯一の道楽だったらしい釣りも止め、中間小者下女の類も置かなかったから、俸禄だけで十二分に足り、内職などせずとも悠悠自適《ゆうゆうじてき》、生計《たづき》に窮する様子もなかった。

内助の功があるでなし、独り身で何故にそこまで出来るのかと、同役一同大いに感心し、且つ不思議がったという。元来そういう質《たち》の男だったのであろう。それまでは稀代の狂女を娶ったばかりに良き芽が出なかったのに違いない――と、上役等、事情を知る者は噂した。

ただ、伊右衛門は後添いを貰う気は全くなかったらしい。齢《とし》もまだ若くそれ程の評判であるから、縁談も少なからずあったが、どんな良縁でも興味も示さず、悉く断ったという。それもこれも女房で苦労した所為《せい》だろう、もう女は懲り懲りなのじゃろう――と、巷の者は囁いた。

余茂七はそんな品行方正《ひんこうほうせい》な男の顔など想像出来なかった。

――出来過ぎてはいまいか。

余茂七がそう言うと、今井は、然《さ》もあらん――と言った。

案の定、伊右衛門の評判は長く続かなかったのだそうだ。

民谷伊右衛門、素行著しく不審なり――と風評が立ったのは春を過ぎた頃であるという。

伊右衛門はどういう訳か、まず役宅の庭の樹木を皆伐《き》ってしまったのだそうだ。それから塀囲いを外し、生け垣もすっかり取り払ってしまったのだという。そこまではまだ善かった。

続いて伊右衛門は、徐徐に屋敷自体を解体し始めたのだそうである。屋敷の裏側の屋根の庇から、毟《むし》るように綺麗に外し、悉く割って、薪《たきぎ》にしてしまったのだそうだ。これは異常だ。

解体作業は徐徐に建物を侵食した。そのうち屋敷はなくなるだろう――と噂が飛んだ。

奇行を怪しみ、同心どもが尋ねるに、最初伊右衛門は、

冬に備え、薪を蓄えて居り候――。

と答えたという。相変わらず礼節を弁《わきま》え、乱心している者の口調とは思えなかったらしい。

しかし伊右衛門が壁を壊し始めるに至って、流石に周囲の者も狼狽した。そこで今井は伊右衛門を呼び出し、壁をなくしては薪があろうと暖を取ること儘なるまい――と意見し、その真意を質したのだそうだ。すると伊右衛門は真顔で、

実を申せば蛇が湧く。鼠が湧く。虫が湧く――。

と、答えた。その説明では壁天井を剥す理由にはなるまい――と更に問うと、

我が役宅、子細《わけ》あって厳重に穴を塞ぎ念入りに囲い、隙間なく造作致しておる故、蛇這い出ずる時鼠駆けたる時、屋内から出すこと能《あた》わず、因《よ》って取り壊したり――。

と言うたらしい。今井は益々不審に思い、壁なければ虫類余計に侵入《はい》り、天井なければ雨とて防げず、そもそも厳重に塞ぎたるは虫類禽獣《きんじゅう》の家裡《いえうち》に侵入せぬようにとの計らいではなかったか――と聞いたのだそうだ。すると伊右衛門は、

蛇も鼠も侵入《はい》っては来ず。皆、裡《うち》より湧く――。

と言った。

蛇は湿地に湧き鼠は野に棲みて、家に寄り付き巣くうことはあれど家裡より湧き出ずるが如き戯言は聞かず、ならば何処か家中に巣あらん――と今井が尚も問うに、伊右衛門は、

畳を上げても蛇の巣はなく、天井抜きても鼠は居らず、しかし蛇鼠湧くは不思議——。

と答え、更に続けて、
いずれ屋敷が広過ぎ候。座敷ひとつあれば我は足るなり——。

と言って笑ったという。

その言葉通り、夏を迎える頃にはひと間の座敷を除いて、民谷の屋敷は柱と梁を残し、ほぼ解体されてしまった。荒れ果てた柱だけの屋敷に破れた蚊帳だけが茫漠と光っている情景を見て、組屋敷の者は戦慄したという。事実なら慥《たし》かに狂気の沙汰であろう。

それでまだそこに住んで坐《おわ》すのですか——と余茂七が問うと、今井は、
ひと月は暮しておったようだが、三日前より姿が見えぬ——と言った。

——勤勉で鳴らした民谷伊右衛門ではなかったのか。

余茂七はその足で民谷家に向かった。

刺すような夏の陽射しが、執拗に項《うなじ》に当たる。

ちりちりと肌が焦げるような炎天下の午後である。

余茂七は汗を拭い、気の進まない道程《みちのり》をのろのろと歩んだ。

藍玉《あいだま》でもぶちまけたような快晴の空に、染め抜いたが如き白雲が揺蕩《たゆと》うている。

——上の方は風が速いのか。

そんなことを思う。

森が騒騒《さわさわ》と鳴った。

三六〇

組屋敷入口の木戸の前に立つ。
陽炎《かげろう》が立ち登っていた。
ゆらゆら。
そこに。
白い人形《ひとがた》が揺れていた。
――眼の迷いか。
余茂七は木戸を抜け、一軒一軒表札を確め乍《なが》ら、酷くのんびりと進んだ。
何処も同じような屋敷である。惨劇があった場所とは凡《およ》そ思えない、長閑《のどか》な場所だ。
庭に繁茂した木木が、目に痛い程に青青としている。
――おや。
矢張り白装束の男が立っている。
――幻ではなかったか。
余茂七は、どうせそこまで行き着く前に消えるだろうと思い、単調な作業を続けた。
逃げ水か何かと思うていたか。
しかし男は逃げず隠れず、余茂七はとうとう男の立っている門前に至ってしまった。
そこが民谷家だった。
「ああ――あの」
余茂七が声を掛けると男は深深と礼をして、すうと立ち去った。

余茂七は暫くその男の白い背中を目で追って、それから建物を見た。

——本当なんだ。

今井の話は本当だった。

流石の余茂七も呆れた。

凡《すべ》て真実なら明白《あきらか》に伊右衛門は乱心している。

外壁は粗方《あらかた》なくなっていた。最早柱の上に屋根が乗っているだけという感じである。その屋根も半分は抜かれている。余茂七は門を抜け、玄関に至った。一応戸はあるが、ここから入らずとも両脇の壁はなかった。それでも余茂七は、玄関を開けて這入《はい》った。

屋内の景観は更に異常だった。まず畳が剝されている。家財道具も殆どない。ところどころ天井がない。鴨居には欄間がない。厠に扉がない。板の間は辛うじて残っているが、積まれた畳は全滅だった。上げたまま戻さず、雨に濡れた後天日で乾かされたか、もう二度と使えぬだろう。床下から草が生えている。蚊帳の吊られた、縁側のある座敷だけが普通だった。

——どうやって住んでいるのか。

根太《ねだ》を渡って座敷に行ってみた。

方方が切り刻まれた蚊帳を潜る。

長持ちだか桐箱だかが出ている。

押入れがなくなった所為《せい》だろう。

衣類や具足でも入っているのか。

大きな、辛櫃《からびつ》の如き頑丈そうな木箱が目についた。
余茂七は暫くその上に座っていた。
庭には朽ち果てたお稲荷様の社が建っていた。雨曝しの鳥居が白っ茶けている。
抜けるような空に流木の如き白い鳥居は、まるで火事場の焚き落としのようだ。
――廃屋なんだ。廃材なんだ。皆。
余茂七がそうした印象を持ったのも、その鳥居がそこにあった所為《せい》かもしれぬ。
――却説《さて》、如何《どう》しよう。
余茂七は途方に暮れた。
半時もすると、陽《かげ》が翳って来た。
――夕涼みには良いかもしれぬ。
そんなことを思う。
その時。
くすくす――。
ふふふ。うふふふふ。
笑い声だった。風に乗って、遠方の声音が届いているのか。
ははは。
岩。岩。
――岩と――言ったか。今。

「誰か居るのですか」

ははははは。

岩よ、岩よ。

「ま――真逆《まさか》」

ははははは。

領《わか》った。領ったぞ。

生きるも独り。死ぬも独り、
ならば生きるの死ぬのに変わりはないぞ。

生きていようが死んでいようが汝我が妻、我汝が夫。

「え――」

何処じゃ――どなたじゃ――余茂七は立ち上がった。ははは、ははははと笑い声は続いた。

稲荷社。朽ちた鳥居。西陽に透けた破れ蚊帳。廃屋には人影はおろか生き物の気配もない。余茂七はまだ陽が落ちてもいないというのに俄かに怖じ気づき、及び腰でそろりそろりと根太を渡り、草を掻き分け玄関から律儀に出て、一目散に逃げた。

鬼か、もののけか。世にいう天狗笑いという奴だろうか。

――お岩様の祟りか。

青くなって駆け戻り、食事も摂らずに蒲団を被って寝た。

笑い声はいつまでも耳から離れず余茂七は震えて眠った。

翌朝。

余茂七は目覚め、前日の怪異を家族に話し、大いに笑われた。叔父には腰抜けと詰《なじ》られた。

憔かに、このままでは子供の使いである。余茂七は怖かったのだが、立場上このままにも出来ぬので、大いなる逡巡の末、再び四谷に向かった。

民谷家の門前には昨日と同じく、白装束の男が立っていた。

衣装は修験者風だが、夏の所為《せい》かやけに軽装で、修行者とも思えなかった。

男は眼を閉じ頭《こうべ》を垂れ、片手で拝むようにして、もう片方の手に持った鈴をりん、と鳴らした。余茂七は男の傍らに近づいて、自分が民谷の縁者であることを告げ、門前にて何をしておられるのか——と尋ねた。男は余茂七に会釈をし、再び門に向け黙禱してから、

「笑い声が途絶えたようですので——」

と言い、顔を上げて、

「——お弔いに参りやした」

と結んだ。

「弔いとは」

「伊右衛門様の」

「え——」

「お岩様の」

二人とも死んでいると言うのだろうか。

「その――あなたは、いったい」

「奴《やつがれ》はこちら様に深ェ関わりを持つ男」

「関わり――この民谷の家に――ですか」

「伊右衛門様に。岩様に。又左衛門様に」

「お岩様も御存じなのですか。あの――」

善く存じております――と男は言った。

「恐ろしげなお方でしたか」

「とんでもねェ。綺麗な、美しいお方でした」

「ほう。私の聞くのは醜い怖いというばかり」

「そりゃあ――」

男は少しだけ溜めてこう続けた。

「綺麗の醜いの、男だの女だの、侍だの町人だの――余り関係ねェことなのかも知れやせん」

余茂七には意味が解らなかった。

生きるの死ぬのも変わりないと、昨日の声は言っていた。

民谷家の様子は前日と全く変わっていなかった。しかし仮令《たとい》たった一日でも、日が経っている分古くはなっているのだ。だから、そこは、一層廃墟に近づいていた。

余茂七は再び根太を渡って、座敷に至った。男は庭を回り稲荷社の横から現れた。

男の言う通り、笑い声は止んでいた。

蚊帳を潜り、男は黙黙と座敷に上り、昨日余茂七が腰掛けた箱の前で止まった。

見れば、小さな蛇が箱の周囲にとぐろを巻き、絡まり、のたくっている。

昨日は蛇などいなかったと思う。男は箱の蓋に手を掛けた。

手伝いを乞われて余茂七は蓋の隙間に恐る恐る指を差し込んだ。

開けようとすると、僅かな隙間から蛇がぬるぬると幾疋も出て来た。

余茂七は声を上げた。腕を伝って何かが逃げたのだ。それは鼠だった。

蛇の巣なのか。それとも鼠の——。

「その桐箱は——」

「心配御無用。蛇は陰気を好むもの。鼠もまた然り。陽光の下には居らりゃァしやせん」

男はそう言った。

重たい蓋を持ち上げると、次次と鼠が走り出し蛇が這い出し、それでもまだ、中には夥しい数のそれが蠢《うごめ》いていた。何百という蛇と、何百という鼠と、種種の虫。余茂七は顔を顰め、蓋を離して後ずさった。男の言った通り、開けた途端にその多くが中から溢れ出た。男も堪らず離れたが、不吉な虫や獣はのろのろと根太を這い柱を伝い、わらわらと庭に逃げて、あっという間に消えてしまった。男は厳かに中を窺い、鈴を鳴らしてから合掌した。

虫どもが概ね収まった頃合いを見計らい、余茂七は抜き足で近付き、怖怖中を覗いて見た。

そして余茂七は仰天した。桐箱の中には、居残った虫や蛇や鼠に埋まるようにして、蒼白い顔をした若侍が、色褪せた打掛けを優しく抱くようにして横たわっていたのである。

打掛けからは干からびた腕や脚が、そして髑髏《どくろ》が覗いている。

髑髏の頭部には髪の毛が残っており、そこには――。

菊重ね模様の、高価そうな蒔絵の櫛が差してあった。

どう見ても死後一年は経っている。しかもこの櫃の中で朽ちた骸のようだった。

若侍は骸に打掛けを被せ、添い寝でもするような格好で櫃に入り、そして――。

死んだのだ。そう、侍が生きていないのは確実だった。剝き出しになった二の腕や、腿《もも》や頸などの柔らかい皮膚の、所所が破けている。肉が千切れ、骨が露呈しているところまである。

たぶん生き乍ら鼠や蛇に嚙まれ、食われ、じわじわと死んだのだろう。

それなのに――。

侍の顔は――。

伊右衛門様とお岩様です――と男は言った。

伊右衛門は。

嗤っていた。

余茂七は手を合わせ、意味もなく、ただはらはらと泣いた。

嗤う伊右衛門　了

解説

京極夏彦と『四谷怪談』と

高田衛

俗に『徳川実紀』と呼ばれる江戸幕府の正史がある。代々の将軍の治政・事録を綴合したもので、日々の記録が記され、その分量は厖大《ぼうだい》なものである。その内の『常憲院（徳川綱吉）殿御実紀』巻廿九は、元禄七（一六九四）年の前半の日録を収めている。

この年の四月二十七日の項にこんな記事が見える。

○廿七日　大番多田三十郎正房倡閭に遊び闘争し、小姓組兼松又右衛門某が為に害せられしをもて。又右衛門は斬に処し。三十郎をば戮せられ。同伴せし與力二人幷に松平左京大夫頼純が家人一人は。これに座し切腹せしむ。　　　　　（以下これを『御実紀』と称する）

この日、大番士の多田三十郎が兼松又右衛門に殺され、又右衛門は斬罪、同伴与力二名、他一名が切腹させられたというふうに読めるだろう。だがこの記事は不正確な略記であって事実とはちがう。

というのは、この事件をめぐって、『御当代記』や『元禄世間咄風聞記』や『甘露叢』といった資料が、それぞれ詳しく記述していて、それを全部総合しても細部については不明確なのだが、大まかな事実はわかるのである。右の諸資料によって、ほぼ妥当と考えられる事件の全体像を多少推測をまじえて書いておこう。

七百石の旗本で大番頭森川紀伊守組に属する大番士多田三十郎が、同じく旗本で小姓組（村越伊予守組）の兼松又右衛門と共に吉原に遊んだのである。与力二名が同行したが、他に供の者たちも居たであろう。旗本御家人の吉原遊興は公式には御法度であるが、何事もなければ黙認されていた。遊興のさなか、多田は酔いざましか何かで外出し、与力の一人の知人と思われる武士と出合い、喧嘩になった。どういうもつれ方があったかわからないが、結果をいうと相手は乱刃をふるい、多田は斬殺された。多田を斬った犯人はすぐ逃げたらしい。さて同行した兼松だが、多田殺害の時点で、そこに居たかどうかわからない。どちらにしても多田の殺害がわかった時点で彼は犯人を探し討ちはたすべきであった。ところが兼松はこの事件に巻きこまれまいとして、現場から去ったらしいのである。別な所にいた与力二人もまた狼狽し、多田の死体を放置したまま吉原を離れようとした。この事件、四月二十七日ではなく、四月十六日の夜に起きたのだった。妓楼、茶屋、供の者らの口から、兼松、与力らの関連がわかり、彼らは翌十七日に逮捕された。また与力らの口から、多田を斬殺して逃走したと思われる武士の名もわかり、捜索が始まった。多田を斬ったのは、松平左京大夫頼純の家来で気田喜八郎という下級武士であった。

この事件は大騒動になった。醜態をきわめたのは多田、兼松の二人の旗本である。御法度の遊里での放蕩がばれただけでなく、多田にいたっては、天下の旗本とあろうものが、無名の武士と喧嘩して斬り殺されるという呆れはてたる仕儀である。兼松はまた兼松で、現場に居合わせなかったならば、ただちに犯人捜索の上で討ちはたすべきであるのに、周章して自己保身をはかろうとした。同伴の与力も似たようなものである。

四月十九日頃、多田の斬殺者の気田喜八郎が縛について、事情が判明するにつれて、幕府司直は硬化していった。時に元禄太平の御代、士道も、いや旗本の内実もここまで堕落したかと、江戸市民は笑った。幕府司直は、係累者を次々に逮捕していった。たとえば多田三十郎の実弟は甲府宰相の家臣渡辺家に養子として入って、渡辺五郎太夫と名のっていたが、この事件の恥辱に耐えず養家を出奔、係累者として追及されるにおよんで逃亡をはかり、本郷の先の巣鴨の某寺で自害している。

四月二十一日、とりあえずの裁決が出た。多田三十郎の父、多田伝四郎正清は御納戸番組頭を務めていたが、ただちに免職、逼塞が命ぜられた。三十郎死骸は親の引き取りを許さず、浅草の刑場にて（死骸を）打首にしたのである。

二十七日に至って、兼松又右衛門は同じ浅草の刑場にて斬罪となった。同日、多田殺害犯の気田喜八郎および与力二名は、小伝馬町牢屋敷にて処刑された（『御当代記』には「打首」とある）。それに関連して、多田三十郎の上司、兼松の上司、与力らの上司らに、遠慮、謹慎等の処分があったが、そのことはいいだろう。先の『御実紀』の四月二十七日の記事は、こういう裁決を略記した記事だったのである。

なぜ、いきなりこんな事を書くかといえば、右の打首になった与力二名のうちの一人が、実名もはっきりしていて、御先鉄砲頭松平五郎左衛門組与力、伊東（藤）喜兵衛であるからである。この人名は『御当代記』その他の記すところで、『甘露叢』の方では「伊東（藤）伊右衛門」と記している。

このことが、泉鏡花文学賞受賞小説、京極夏彦の『嗤う伊右衛門』と何の関係があるかについては、おいおいに語ってゆく。元禄七年四月二十七日、打首になった与力の名が、伊東（藤）喜兵衛、もしくは伊右衛門であったということ、さらにはそれと『四谷怪談』との関係については、国文学の世界でもほんの数名しか知らない事実であることを、申しそえておく。

世に著名なお岩の怪談が、日本中の多くの人に知られるきっかけとなったのは、文政八（一八二五）年初演の鶴屋南北作狂言『東海道四谷怪談』（以下『四谷怪談』と略称する）においてであった。南北はこれを『忠臣蔵』のウラの世界として書き、この時期稀に見る大当りをした。はじめ美女として登場し、後に醜悪凄惨な怨霊となるお岩を演じたのは三世尾上菊五郎である。この一作によって菊五郎は歴史に残る名優となった。その相手役の民谷伊右衛門を演じたのは七世市川団十郎である。虫も殺さぬ美男でいながら、同時に冷酷無残な悪人でもあるというそれまで例のない難役を、団十郎は徹底した〈色悪《いろあく》〉として演じきった。この怪談狂言を成功に導いたのは、この団十郎であり、以後〈伊右衛門〉という役は、役者にとってもっとも魅力的な役となったことは良く知られている。

『四谷怪談』では、伊右衛門は妻のお岩と復縁するため、舅の四谷左門を暗殺し、その仇を討つためにと称して、まんまとお岩との復縁に成功する浪人として設定されている。暮らしは貧しく、お岩は出産するが、伊右衛門は悪友の秋山や関口と遊びほうけて、質種になけなしの家財や蚊帳を持ち出す、むごい男である。

ところがその伊右衛門に、隣家の伊藤喜兵衛の孫娘お梅が一目惚れをする。伊藤は豪富の武士で孫娘可愛さに、何とか伊右衛門を婿にしようとして悪計を立てる。すなわち悪友ともども伊右衛門を接待し、大金をひけらかしつつ、伊右衛門に婿入りを請う。「妻が居るので」と伊右衛門が拒絶すると、実は乳母のお槙が〈血の道〉の薬と称して、今頃はお岩に毒薬を呑ませている、という。その毒薬を呑めば顔面が崩れ、ただれ、ふた目と見られない醜悪な顔になってしまうという。

実際、お岩はその薬のため、激痛とともに顔が崩れただれ、醜怪な相に変ってしまっていた。それを見た伊右衛門は、伊藤の申し出を承知し、お岩を小者の小平との不義との名目で離別する。按摩の宅悦から、この奸計のすべてを聞いたお岩は、重病の中で伊右衛門、伊藤らへの復讐を誓いながら、もだえ死にに死ぬ。

それから、芝居はお岩の怨霊が次々に怪事をひき起して、伊右衛門側を追いつめる話になるのだが、その最初の形は次のように展開した。伊右衛門とお梅の祝言の夜だが、初夜のお梅の顔がお岩に変り、伊右衛門は思わず、その首を斬ってしまう。転がり落ちた首はもとのお梅であって、あわてた伊右衛門は、大変な事になったと、屏風の蔭にいた喜兵衛を呼ぶと、喜兵衛の顔は、先になぶり殺した小平の顔に変っていた。おどろいた伊右衛門がその首を斬り落とすと、それはもとの喜兵衛の首であった、というふうに。つまり、錯乱した伊右衛門が、お梅と喜兵衛を自分の手で討ちはたす、という形である。

『嗤う伊右衛門』は、この南北の『四谷怪談』の書きかえである。

しかし、京極夏彦は調べる作家であった。ただたんに南北の『四谷怪談』を恣意的に書きかえるのではなく、巷説がもとになったという、この亡霊騒動のもとの形はどうであったかを、文献によって調べあげたのである。そういう文献類は、「関連文献」として小説の終りに彼自身がリストをあげている。

事情通だけが知る、もう一つの〈四谷怪談〉が、そこにあげられている。実録小説『四谷雑《よつやぞう》談集《だんしゅう》』である。

実録小説というのは、事実談であるがゆえに、そして事件関連の人名や地名や年月日を明記するがゆえに、板木に彫っての出版ができなかった小説のことである。〈柳沢騒動〉、〈伊達騒動〉、〈加賀騒動〉など、みなこのような実録小説の形で伝わったのである。

ただし、それらがほんとうに事実であるという保証はない。だから、その意味では、実録小説というのは〈事実譚〉であると称するところの小説《フィクション》である、ともいえる。著者は常に不明である。なぜなら、そういう実録小説の著者であると分れば、虚説宣伝の罪でただちに幕閣の側から処分されるからである。実在する人名や所属名（藩名や役職など）をあらわに書くことが、すでに禁忌であった。著者不明のそうした実録小説を（そういうものを特に読みたがる人は多いから）貸本屋（文政期、江戸に八百軒以上あったといわれる）が、人を雇って書写させ、その写本を賃料をとって貸したのである。

『四谷雑談集』は、そういう実録小説であり、南北の『四谷怪談』のネタ本であった。ここには、『忠臣蔵』などに関係のない、江戸の巷説としての、お岩・伊右衛門をめぐる怪談が書かれてあった。

それは次のような話であった。

貞享・元禄の頃、四谷左門町に住む、御先鉄砲頭三宅弥次兵衛組与力、伊藤喜兵衛、同組同心田宮伊右衛門、同秋山長右衛門の三人の家で、引きつづく怪異によって、計十八人の者どもが次々に不審死をとげ、三つの家は断絶したということがあった。

それというのは、同心田宮又左衛門は一人娘お岩を残して死去したが、お岩は二十一歳の時にかかった疱瘡のため、醜悪な顔かたちとなった上に、性質も悪かったので、跡を継ぐ婿が来なかった。ようやく、事実をいつわって、だますようにして連れてきたのが、摂州浪人で伊右衛門という男であった。隣家の伊藤喜兵衛がこの伊右衛門に、我が妾の一人を押し付けようとして、伊右衛門を言いふくめ、放蕩のかぎりをつくさせ、またつねにお岩を責めて打擲《ちょうちゃく》させるようにして、一方ことば巧みにお岩を説得して離縁させた。お岩は番町の某旗本家に奉公に出て、伊右衛門は喜兵衛の妾と結婚し、四人まで子をもうけて安楽に過した。田宮の家は、こうしてお岩から奪われ、喜兵衛の悪計によって伊右衛門がこれを横領したというわけである。しかし、このことが何も知らなかったお岩に知れた時、お岩は激怒して鬼女のごとくになり、人々の制止をきかず、狂奔狂走して行方不明となった。そして、その後、伊藤、田宮、秋山の家々に、さまざまな怪事が次々に起って、この三つの家は滅びたというのが『四谷雑談集』のあらすじであった。

「江戸切絵図」の四谷地図を見ると、左門町の小路に、はっきりと「鬼横町」の地名が記してあり、また「田宮イナリ」の記入もあって、どうやらお岩という女性が、激憤のあまり鬼女となって狂走したという史実はあったらしいのである。

『四谷雑談集』は、この史実と、先の〈多田三十郎事件〉を併せて書かれた実録小説であるが、〈多田三十郎事件〉とのかかわりはめだたず、これに気付いている人は学者のなかでも多くないことは先述した。

さて、京極夏彦は、南北の『四谷怪談』を書きなおすに際して、お岩怨念の死霊執念のタタリの物語である『四谷怪談』とともに、この巷説らしい実録小説『四谷雑談集』の物語を大きく関与させたのである。

小説を読めばわかるように、京極は自己の小説の中に、この両方の物語を適宜とりいれている。

直助権兵衛やお袖や灸閻魔《やいとえんま》の宅悦、針売お槇、小平、利倉屋、医師尾扇、佐藤与茂七らの名は、『四谷怪談』にしか出てこない名である。しかし、御行《おんぎょう》の又市、三宅弥次兵衛（御先鉄砲組々頭）、田宮（民谷）又左衛門、などの名、それに伊右衛門、お岩、伊東喜兵衛などの、『嗤う伊右衛門』にとって不可欠で奇怪な人物設定は、『四谷雑談集』に拠っている。

要するに京極夏彦は、この著名な怪談世界を二つの典拠のアレンジから出発させているわけである。それは、京極がここに新たな四谷怪談の世界を創るに際して、まず、でたらめや無根拠な設定を排した、ということである。

実際、『嗤う伊右衛門』を読んでいて、驚くのは、この物語のどんな細部にも、かならず根拠（文献的根拠）があるということであった。二つの主典拠の一つは荒唐無稽な芝居であり、もう一つもまた実録本と称しつつ、そういう名目で書かれた虚構《フイクシヨン》でしかない（事実という保証はない）。にもかかわらず京極夏彦は、自己の語り続ける物語において、恣意的な展開を排するあまりか、何らかの形で、右の二つの主典拠の裏づけを施しつつ、自己の小説作りを進めているのだ。

たとえば、かの色悪の伊右衛門が、ここでは「木匠《こだくみ》の伊右衛門」として登場するのは、読者の意表をつくが、これは『四谷雑談集』の人物設定を採ったのである。当時の御家人は貧しく、まして浪人に至っては、土木、花卉《かき》栽培、養鯉、製陶など、何らかの手職を持つのは当り前であったし、木工、大工は、御先手組の仕事にも無関係ではなかった。意外に見えても、これは当時の下級武士にはリアルな設定なのである。

そういう設定をこまかく文献から採る反面で、その中身は京極夏彦の独創によって徹底的に塗りかえられてゆくわけだ。江戸の底辺にうごめく無頼たち、御行の又市や医師下僕の直助や脂ぎった按摩宅悦などの中に、とけ込んで生きている木匠の浪人伊右衛門は、いまだかつて笑ったことがないという無表情な男で、すぐれた剣の技倆を持ちながら、訳あって竹光を腰に、人と争うような気配さえなく、めただぬ伊右衛門の、人柄の謎や存在感は、もはや『四谷雑談集』とは異なって、まさに、この独自な小説のなかで独自に生きはじめてゆくのである。

同じことは、女主人公であるお岩の設定についてもいえる。

御先手組同心民谷家の後継者だが、その美しかった容貌が、二年前にかかった疱瘡のせいで、宅悦の言葉によれば、

「その肌は渋紙《しぶがみ》のように渇き」「髪は縮れて白髪が雑《ま》じり、枯れ野の薄《すすき》よ。左の額にゃ黒痘痕《くろあばた》、左眼《ひだりまなこ》は白く濁《にご》って見えなくなっちまった。おまけに何処を如何傷《どういた》めたか、腰も海老《えび》の如くに曲がっちまった——」

という女なのだが、これはその形容や表現まで、『四谷雑談集』の設定をそのままここに引用して用いているのである。

それは二日《ふため》と見られない、不幸でグロテスクな醜女の姿貌にほかならない。京極夏彦は、これをそのまま受け入れながら、『四谷雑談集』と違って、そういう自己の醜さを誰よりもよく知りつつ、その自己の醜さに凜として立向ってゆく女、お岩を書いてゆくのである。それを多くの人は誤解して、口さがない世間では、四谷の鬼女と評判することになる。こういう設定も、典拠にもとづいている。しかしその中味はまったく京極夏彦の世界に化している。

人物設定に限って、そういう京極夏彦の世界が、どういうふうに現れるかを、お岩の例ですこしだけ説明してみよう。

疱瘡にかかって顔面にあばたが生ずる例は江戸時代にままあった。だが、お岩のように左の額から左眼にいたるまでが腫れただれて、膿汁が出るという、極端な変貌はただの疱瘡の結果

などではない、と京極は小説の中で示唆しているのである。

それは毒薬によるものでしかない。ただお岩本人はそのことに気づいていない。

そういえば、民谷又左衛門の上司にあたる筆頭与力の伊東喜兵衛が、美しかった頃のお岩を、自分の妻にと強く望み、たびたび申し入れていた。かたくなにそれを拒んでいたのがお岩自身である。父の又左衛門もまたお岩が家の後継者であるがゆえに、伊東の求婚をきびしく拒んでいた。

伊東はそれを怒っていた。恨んでいたといってもよい。伊東は何をするかわからない危険な男だった。

その上、民谷の家では代々「そうきせい」と呼ぶ薬を常用していた。小平がこれを運び、お岩もこの薬は飲んだ。

読者は『四谷怪談』のお岩が、伊藤喜兵衛の陰謀で毒薬を飲まされ、顔面が妖怪化したストーリィを知っている。京極夏彦のお岩の人物設定のなかで、その変貌の契機が、たんなる疱瘡では絶対にありえないこと、毒薬がからんでいる可能性が示唆されるとき、ただちに『四谷怪談』の伊藤喜兵衛の仕かけを思い出すはずである。

その途端に、お岩の醜い姿の奥に秘められたミステリーが感受されるであろう。一方には、お岩の姿を見るたびに必要以上に、わしが悪かったと嘆く又左衛門の姿も、京極は書く。伊東喜兵衛の不可測なまでの悪辣さとともに――。

こうして、二つの主典拠に拠りながら、つまり物語の大枠を、そのまま引き継ぎながら、京極夏彦の、彼でなくては見えてこない奇怪な世界が創られてゆくのである。それは逆説や矛盾をはらんだ、ミステリアスな世界でもある。

お岩はこの上なく醜い。しかし同時にお岩はこの上なく美しい。京極の筆力は、そういうことが当然ありうることとして、それを立派に書ききってゆく。

『嗤う伊右衛門』が刊行された時、多くの人が驚いたのは、巷説の四谷怪談の世界が、こんなにも違った解釈によって読み解けるものなのかという、意外性であったようだ。

ことにお岩と伊右衛門の、巷説ならば、たがいに憎悪と執念と怨念でのみつながれた男女の関係が、じつはまったく違う関係、たとえば純愛ですらあったという新解釈が、たんに成立するのみならず、一種のリアリティを獲得している凄さに、多くの驚きの思いが表白されていたことをおぼえている。

それは、その通りなのである。

いくつかの物語の主要構成やその細部を、そのまた自己の小説の構成や細部に引き継ぎつつも、中味はまったく異なるものへ、異なる世界化してゆく文学的技法を、パスティッシュというらしいが、京極夏彦の『嗤う伊右衛門』は、その意味でみごとな『四谷怪談』のパスティッシュなのである。

その中で、特に注目したいのは、『四谷怪談』でも『四谷雑談集』でも、奇怪な存在であった伊東（藤）喜兵衛の役割である。

彼は身分的には御先鉄砲組与力の一人にすぎない。食禄八十俵、同心ほど薄給ではないにしても、富裕であるわけがないのだが、彼だけは異様な富と力を持ち、それをもっぱら悪業に発揮している。『四谷雑談集』のそのような人物設定を、ここでも引き継いだ結果、『嗤う伊右衛門』での伊東喜兵衛は、原拠にもまして重要な存在となった。

京極はこの男に、組頭三宅弥次兵衛の異母弟という出自と、蔵前の札差《ふださし》の子として育ったという新しい設定を付加して、この男のいわれなき傲慢さ、人間不信、財力、淫乱さ、卑劣さとあくどさ、いわば呪われた存在としてのリアリティを賦与している。自分が武士の遺児であると知った時、札差の義父を脅しつけ、育ての母と妹を強姦して、金で購った御先手組筆頭与力の職についた男である。彼の悪行のために、すでに何人かの男、女が、屈辱のための自死や破滅に追いこまれている。

伊東喜兵衛が、民谷の婿となった伊右衛門と、性的奴隷として囲ったお梅とを、さいなみ追いつめつつ、この二人の組合せを推進して、かつて自己を拒絶したお岩を苦しめようとしてゆく過程は、典拠を踏んではいるけれども、それを超えて、喜兵衛が作ってゆく嗜虐の地獄図として書かれている。

ついに喜兵衛のたくらみが成り、自己がお梅に生ませた赤子を伊右衛門に抱かせ、あやさせる図の陰惨さは、五日毎《ごのひごと》に、いまは民谷の妻であるお梅を性的に陵辱するために喜兵衛が通いつづけるという条件で彩られている。お梅と伊右衛門が喜兵衛の欲情の支配下に置かれたかりそめの夫婦であったという事実が暴露されることによって、彼の悪魔的な所業は衝撃的に読者の心胆を寒からしめるであろう。

人として許されるはずもない、あまりも魔人的な伊東喜兵衛の悪行が、伊右衛門の忍耐、お岩の犠牲をいいことにして横行しているのだ。これほどにお岩と伊右衛門が追い込まれた地獄図を示すものはないだろう。

こうした伊東喜兵衛を書くところに、京極夏彦の典拠『四谷雑談集』を透視する、作家の視線をわたしは感ずる。

『四谷雑談集』には、先述したように、伊東喜兵衛が自己の妊婦となった妾を、伊右衛門に押しつけるため、伊右衛門に妻のお岩を離別させる話がある。しかし、なぜ伊東がそんなことをする必要があるのか。読者にはたんに奇異な話として、そして逆に伊右衛門の側の好色譚として、この話題は受けとっていたのである。

京極夏彦は違った。

彼はこのような実録小説の、いささか講釈的な話題のなかに、真相としての伊東喜兵衛の無恥無慙なる嗜虐性とエゴイズムを読んだ。実録小説に、別途な真相があるという意味ではない。怪談実録と称する虚構《フィクション》に、それが言葉の不足や、あるいは事実の隠蔽によって、表わされていない物語の原型を、パスティッシュの作家の、書くべきモチーフとして受けとったというふうに理解してよいのかもしれない。

京極夏彦にとって、『四谷雑談集』というテキストが、どういう歴史的事実を秘めているかはどうでもよいことである。京極夏彦は別に実録小説を書くわけではないし、事実を探求するわけではない。彼はテキストを読みきることによって、自己の小説のモチーフを創り、そして書きあげるのである。

だが、一介の老国文学者としてのわたしにとって、作家京極夏彦の、こういう特異な（とあえて言おう）想像力は、まさに驚愕にあたいする。驚愕の京極なのである。

ここから、話は冒頭の『御実紀』さえ報じた〈多田三十郎事件〉にもどる。

この事件の記録は、伊藤（東）喜兵衛なる御先鉄砲頭が、かつて存在し、さまざまな不埒（多田三十郎斬殺の黒幕は伊藤であった可能性さえある）の挙句、打首となり、その家は断絶した。この話には、遊女八重菊との悲恋の物語も付随していた。

『四谷雑談集』が巷説としての〈お岩怨霊譚〉を語るのに、この〈多田三十郎事件〉と併せたのは、この両話を江戸の人々が、目ざましい語り草として愛好したからである。そしてその時、伊藤（東）喜兵衛の名が、四谷左門町の三宅弥次兵衛組組屋敷住人として組みこまれ、二つの異なる話のかすがいとなった。そして伊藤を語る一説に「伊右衛門」という伝承もあったことは、まことに意味ぶかい。資料的な実証の先に予想できるのは、伊藤喜兵衛または伊右衛門という人物（実際には親子である）の凶悪さであった。

一つの物語が、どのような原点から、どのような過程で発展してきたかを重視するのは、学者の悪い癖であろう。

京極夏彦は、それとは別途に、作家の想像力において伊東喜兵衛という形象の奇怪な本質性を見ぬき、またきわめて独自に、典拠をはるかに超えた、典拠とは異なる、諸悪の源泉ともいうべきおそろしい妖人の姿を書ききったのだ。

しかも、伊東喜兵衛は、けっして『嗤う伊右衛門』の主人公ではない。剣を抜くことのない、そして笑うことのない伊右衛門は、最終的に人を斬り、そして嗤う。
そこには正常と、狂気が交錯している。表現者京極夏彦の、複眼的な達成がそこにある。
かくして『嗤う伊右衛門』は、現代においては稀にみる独自な傑作となった。

（たかだ・まもる　東京都立大学名誉教授、日本近世文学）

C★NOVELS版解説　一九九九年八月

解説

恐怖の戯作、畏るべし
『嗤う伊右衛門』と京極夏彦

高田衛

この作の原拠となったのは御存知の怪談狂言『東海道四谷怪談』（文政八年（一八二五）初演、以下『四谷怪談』と称す）である。

美しきお岩さんが、たばかられて毒薬を飲まされ、激痛とともに顔面が崩れ爛《ただ》れ、髪の毛もごっそりと抜け落ち、二目《ふため》と見られなくなったそういう自分の醜悪な容貌を鏡で突きつけられ、惑乱し、按摩《あんま》の宅悦《たくえつ》からすべての事情を聞いて絶望し、激しい怒りのうちに悶死《もんし》に追いこまれ、ついには世にもすさまじい怨霊となって、次々に敵方をとり殺し、いまや憎悪の対象となった夫の伊右衛門にもはげしく襲いかかり、執念の恐ろしさを見せてやまないという、世にも有名なお岩の怪談のことである。

まさにグロテスクで不気味かつ猥雑《わいざつ》な怪奇劇以外のなにものでもないのだが、作者鶴屋《つるや》南北《なんぼく》の名誉のために記しておけば、これは文化・文政という絢爛《けんらん》たる江戸文化の繁栄期を背景に、人間世界というものの、華美の反面のいやらしさ、したたかさ、謎の奥深さ、はびこる悪意や笑いを、人々の複雑な葛藤と、被害加害の関係などを媒介にして、鋭角的に形造った南北一代の傑作であったのである。『忠臣蔵』を裏返しにする形であった。

『嗤う伊右衛門』に登場する主要人物、主要条件は、ほとんどこの『四谷怪談』にもとづく。民谷岩、民谷伊右衛門、直助権兵衛、お袖、伊東喜兵衛、伊東梅、小平、針売老女お槇、秋山長右衛門、堰口官蔵《せきぐちかんぞう》、医師西田尾扇《びせん》、按摩宅悦などの人々……。蚊帳《かや》、手鏡、秘薬そうきせい、蛇、提灯などの小道具や、隠亡堀《おんぼうぼり》、地獄長屋のような場所など——。それに死んでゆく赤児。

だが、本書を読みはじめた人はすぐに気がつくにちがいない。これはどうも『四谷怪談』とは違うぞ、と。

その通りなのであって、この本のストオリィは『四谷怪談』とは全然違うのだ。

著者京極夏彦は、本書の末尾に関連文献を記して、みずからそれを明らかにしている。

その筆頭に書かれた『四谷雑談集《よつやぞうだんしゅう》』がそれである。

これはつまり怪談狂言『四谷怪談』の種本《たねほん》となった実録小説であった。著者は『四谷怪談』を原拠としながらも、その種本であった『四谷雑談集』をも併せて原拠にして、ストオリィの方はどちらかといえば、こちらの実録小説の方を多く採用しているのである。

では『四谷雑談集』はどんな話かといえば、多田三十郎という旗本が吉原で遊蕩して、他の遊客に斬殺されたスキャンダルと、四谷左門町御先手組々屋敷内、同心田宮又左衛門の嫡女お岩が成人した後に疱瘡にかかって、生れもつかない醜悪な容姿となり、性質までねじけたため、父の没後も婿の来手《きて》がなかったところ、小股潜《こまたくぐ》りの又市という利発者によって、摂州《せっしゅう》浪人の伊右衛門が入婿として入る。しかしその伊右衛門は、上司の与力伊東喜兵衛らと組んで、お岩をたぶらかして離別し、お岩は奉公に出る。伊右衛門は伊東の妾お花を後妻に直し、四人の子供にも恵まれ、幸せな生活を送る。お岩は後にそれを知り、自己が謀《はか》られたことを悟って乱心し、荒れ狂って周囲の人を傷つけて狂走したまま行方不明となる。やがて、お岩をさいなみ苦しめた御先手組の、伊東家、秋山家、そして伊右衛門の田宮家の人々は、何の祟《たた》りか次々に変死し、死者は合計十八人、三つの家はそれぞれ断絶してしまうという因縁話、この二つの武家をめぐる巷説を一本にまとめたものであった。

『嗤う伊右衛門』で、『四谷怪談』に登場しない人物、民谷又左衛門（お岩の父）や小股潜りの又市（御行《おんぎょう》の又市）らが登場し、事件の舞台が四谷左門町の御先手組々屋敷に設定されるのは、この『四谷雑談集』に拠ったものである。伊右衛門にしても入婿以前は境野伊右衛門であった。これは『四谷雑談集』の異本、「今古実録」本の記述を採ったのである。

ただし、江戸小説史、江戸演劇史研究の専門の側から言わせてもらえば、この『四谷雑談集』の成立やテキストにはまだ不分明《ふぶんみょう》な問題がかなり残り、『四谷雑談集』と『四谷怪談』との関係についても、かならずしもそう簡単なものではないのである。

私はかつて、お岩や伊右衛門をめぐる巷説や実録小説（念のために記すが、実録小説とは事実そのものではなく、事実であるかのごとく、もっともらしく書いた虚構《フィクション》のこと。場所、日時、人名などは実名を書いたので刊本にできず、ひそかに写本で通用しており、貸本屋が筆写人を雇って筆写本を造り、賃料をとって読者に読ませた）が、内容的にどういう事実から、どういう過程、具体的などういう作業を経て、どんな人の手で作られたかを調べ、そこからようやくにしてミステリアスなこの物語の原型へ近づくことができた。

京極の『嗤う伊右衛門』を最初に読んだとき、たまげたのは（まさに驚愕であった。京極の驚愕であった）、私が古資料を発掘し、精査して、おぼろげながら研究者の側からたどり着こうとしていた、ミステリアスな江戸武家の闇の世界が、京極によって『四谷怪談』と『四谷雑談集』という二つの典拠を併せて、これをパロディ（骨子《こっし》は残し、全体像を完全に転換する創造的方法）化するなかで鮮やかに再現されていたことであった。

そのことをありのままにC★NOVELS版の『嗤う伊右衛門』（中央公論新社）の解説として、書いたことがある。それが契機になって、私自身の今までのお岩、伊右衛門研究を、分かりやすい一般向けの『お岩と伊右衛門――四谷怪談の深層』（洋泉社、二〇〇二年刊）という一冊にした。京極のユニークなパロディの解説もそこへ付加して収めている。『四谷怪談』そのものの全体的背景をも書いているので、興味を持たれる読者には一読していただければ幸甚である。

今回、京極夏彦が直木賞（受賞作は『後巷説百物語』）を受賞したのを機に、この泉鏡花文学賞受賞作『嗤う伊右衛門』を読みかえしてみた。

こんなに怖ろしい小説だったのか、とあらためて思った。

『四谷怪談』と『四谷雑談集』を下敷きとし、それを作り変えていても、それらと全く違った世界が、江戸の深い闇と、それを解きほぐすという進行形をもって書かれているのであるが、それは京極の先行作『姑獲鳥《うぶめ》の夏』や『絡新婦《じょろうぐも》の理《ことわり》』の、いわゆる京極堂の世界ともつながる恐《こわ》さを持って、しかもパロディ独特の知的操作がスリリングなのだ。

なんといっても画期的なのは、二人の主人公のお岩と伊右衛門の意表をつく造型であった。

まずお岩。

彼女は、四谷左門町の御先手組の中でも、微禄ながら由緒正しく、組の草創期以来、長きにわたって続いた同心民谷家の跡取娘だが、その美しかった容貌は二年前にかかった疱瘡のせいで、按摩宅悦に言わせれば、「その肌は渋紙《しぶがみ》のように渇き、髪は縮れて白髪が雑《ま》じり、枯れ野の薄《すすき》よ。左の額にゃ黒痘痕《くろあばた》、左 眼《ひだりまなこ》は白く濁《にご》って見えなくなっちまった。おまけに何処を如何《どう》傷《いた》めたか、腰も海老《えび》の如くに曲がっちまった――」という次第なのだが、これなどは『四谷雑談集』の設定を、その形容や表現までそっくり引用して用いているのである。

それは二目と見られない、不幸な醜女の姿態にほかならない。そのような設定をあえてそのまま受容しながら、京極夏彦は、グロテスクな自己の容貌をつよく認知しつつも、気丈にその自己の醜さに心で立ち向う女、お岩を書いた。その気丈さを多くの人は誤解して、口さがなく、彼女を四谷の鬼女と評判することになる。

しかし、お岩の醜貌というのは実は疱瘡という病気の後遺症だけではなかったのだ。それはある毒薬を、ある悪意ある何者かが、お岩が気づかぬ形で飲ませていたことに原因を持つのだった。物語が進展してゆく先の先まで行かなければ、そのことは読者には知らされない。お岩は自分が妖気さえ漂う何者かの悪意によって、次第に容貌を崩壊させられたという事実を知らないのである。知らないままに、ただ自己の気力でもって、自己の醜悪さに立ち向ってゆく女。身勝手な頑《かたく》なさにも見えるお岩の哀れさが、事態をますます破局へ追いこんでゆく。

しかし……。

そのお岩はじつは美しい人でもあったのだ。

腫れ爛れ崩れた左の顔面は否定しようがない。

だが、御行の又市はお岩をまともに観察しながらびしりと言う。

「それにしても隙のねえお方だ。——それに——噂に違《たが》わぬ別嬪《べっぴん》だ」

むくつけな直言に怒るお岩に対して、

「——いいや、それだけじゃねェ。それにお前様は心根が清廉《せいれん》でいらっしゃる。痛痛しい程、ひとつも淀《よど》んだところがねえ。澄んでいらっしゃる。そこを綺麗と申し上げたまで」

「お岩様、善くお聞きなせえ。世間の下司どもがお前様を笑うのは、そのお顔の疵《きず》が醜い所為《せい》じゃあ御座居ませんぜ。そンな隠せば隠せるものを隠さねえ。飾りもしねえし恥かしがりもしねえ、そんな強《つえ》エお前様が、世間は怖《こえ》えんだ。怖えから嗤《わら》うんでさあ」

御行の又市は「小股潜り」という異名もあり、弁口《くち》の立つこざかしい男だ。先述したようにこれは『四谷怪談』の方ではなく、『四谷雑談集』の中に端役として登場する。「御行」というのは、刷り物のお札《ふだ》を撒いて辻に人を集め、御行すなわち厄ばらいをする、大道芸人でもあれば下級の宗教者でもあれば小悪党でもある。行者の白衣を着し、頭に白布を巻き、端を両脇に垂らした服装《なり》が普通だった。

この小説のなかでの又市は、崩れ長屋に住む浪人伊右衛門、医師下僕の直助、按摩の宅悦らと同列の貧乏人仲間で、この世の地獄を冷たく見据える現実主義者《リアリスト》であり、人の隙を読む名人であり、そしてあえて言えば人の生死の無惨さを知悉《ちしつ》した悪魔祓《はら》い師でもある。世間の俗悪に対して直言し、真実を見ぬく異能の人だ。

京極夏彦のすごさは、下賤《げせん》といっていいこの男のキャラクターを創造するとともに、重用《ちょうよう》し、シェクスピア劇の道化のように、端役のままで、物語の司祭者にしたことだ。

（その後の京極の著作の多くに、特に『巷説百物語』の系列に、この御行の又市というキャラクターが登場し、江戸の闇の中で大きな役割をはたす。京極の独自なトリックスター、御行の又市というキャラクターを此処で産みだしたことも『嗤う伊右衛門』の成果のひとつである）

京極夏彦において、お岩はこの上なく醜い。そしてこの上なく凛然と美しい。又市はそれを指摘した。絶対矛盾の自己同一といっていい、ミステリアスな世界がこうして幕をあけてゆくのだ。

そして、伊右衛門なのである。

京極の伊右衛門を語る前に、日本の伝統劇歌舞伎が作り上げ、伝えてきた〈色悪《いろあく》〉としての伊右衛門にふれておくべきであろう。

名優の中村仲蔵が『忠臣蔵』の斧定九郎の役を演じた時、それまでのむさ苦しい山賊姿の扮装だったこの役を、黒紋付の尻からげ、素足の内股までまっ白な白塗りで、月代《さかやき》を伸ばした御《ご》家人《けにん》風な髪から水をしたたらせた、いとも粋な扮装に作りかえた上で、冷酷に百姓与市兵衛を殺して財布を奪うという、強悪な役柄を創造した。それは黒い背景にサーチライトのような強烈な照明で浮かびあがる男の美のイメージであった。美しいばかりでなく、冷たく、兇悪で、今どきの言い方でいえば、むせかえるようにセクシィであった。

それ以来、『忠臣蔵』の定九郎のすっきりしたスタイルは定着し、〈色悪〉といわれる役柄が生まれたと言われている。

そして『四谷怪談』の伊右衛門は、まさにその〈色悪〉の典型として作られた。危険なほどにセクシィな美男で、それはあえてグロテスクな醜女お岩の姿と対比させる意図もあったのであろう。その上冷酷で、驕慢で、必要ならば簡単に人を殺した。

その点では、もう一つの典拠『四谷雑談集』の伊右衛門も大きくは違っていない。周囲にそそのかされたとはいえ、妻のお岩の醜貌をうとみ、上役の妾との恋情に生きるという男である。ただ人殺しではないけれど。

『嗤う伊右衛門』では、伊右衛門は破れ長屋の一室、素浪人で蚊帳の中に端座する姿で登場する。蚊帳は『四谷怪談』では重要な小道具であった。だがこの小説では、伊右衛門という異端の人の結界となって、読者にはなかなか正体が窺えないというシンボル的な役割をはたしている。

この騒がしい界隈で、伊右衛門は笑いのない男である。静かさの中に暗い過去をしのばせる。「生真面目でいけねえ」と言われれば、静かに「いけないかな」と答える。貧しいにもかかわらず、たたずまいは端正で、剣に達しているようだが、逆に剣を忌避するかの言動をみせる。

帯びていたのは竹光である。直助、宅悦、又市といった連中の近隣に居ながらも、彼だけは控え目な武士の風格を持つ。木匠《こだくみ》の伊右衛門として大工の術にたけていた。これは読者の意表をつくが『四谷雑談集』の設定を忠実に引き写したのである。当時の下級武士たちは貧窮していた。御家人たちの副業や手職は当り前であった。細工物、花卉《かき》栽培、養鯉、土木、写本筆写制作などだが、まして浪人であれば木匠は、いざという時、今で言う工兵技術の役、たとえば砦作り、木柵破壊、鉄砲棚などの製作に当ることができた。

　伊右衛門はまた謙虚で行儀も良かった。おとなしいだけに見えたが、たとえば直助の妹お袖の自死に狂った直助が、検死に来た八丁堀の役人や手下に抵抗して、叩き伏せられそうになった時など、「同心が何か言う前に伊右衛門が前に出、早速の御出信《おいでまこと》に忝《かたじけ》なく存ずる、彼《か》の者は身内を失《うしの》うて取り乱しております故この場は平に御容赦願いたい——と慇懃無礼《いんぎんぶれい》に言い放った。大袈裟な動作ではなかったが、隙のない動きだった。下っ引きも中間《ちゅうげん》も先手を封じられ、直助もまた硬直した」という存在感を示すのである。

　だからこそ又市は、お岩への入婿に伊右衛門を斡旋《あっせん》したのだった。伊右衛門は又市にすべてを告げられている。顔の一部に欠陥があること、気性が正しく強いこと。民谷という古い家系のこと。伊右衛門は又市にだまされたのではない。彼にとってお岩は、妻に値いする武士の娘であったのである。

　ところがこの二人の組み合わせが、なぜか悲劇的なのだ。

伊右衛門がお岩の身になって考え、行動することが、お岩にとっては男らしくない男に見えるのである。逆にそのお岩の思いが伊右衛門には夫への理解の拒否に受けとれる。読者はこんな伊右衛門を読んでいて、いらいらするかもしれない。この男がなんとも煮えきらない優柔不断な男に見えるかもしれない。

この辺《あた》りを書く京極の筆は、性格悲劇を書くシェクスピアのように（少し大袈裟だが）荘重でしかも計画的だ。それがすなわち二人が悪意ある大きな陥穽《かんせい》へ落とし入れられる過程なのだから。

それはいろいろな形で二人を追い詰めてくる。伊右衛門の上司伊東喜兵衛は、傲慢無礼な男だが、それ以上に、人をさいなみ苦しめ、しいたげる（殺人、窮死への追いこみを含めて）事を無上の喜びとする男である。その妖人的、魔人的迫力は、はじめは見えてこない。だが、小説の進行のなかで少しずつ見えてきて凶悪化する。

言って置くが、京極の読者には推理力が必要である。読みつつ推理しなければ、なぜお岩さんが伊右衛門に歯向かうのか、なぜ端正な伊右衛門がお梅の恋慕を拒まないのか、分からない。それが分かりはじめてくると、先に言ったように、この小説は読むのも恐くなる。

私は中途まで読みすすみ、（二度読みにかかわらず）背筋が凍るような恐さを感じた。

とどのつまり、お岩も伊右衛門も、得体のしれない大きな悪意の陥穽に落ちこんでしまうかのようなのだ。その悪意の影に伊東喜兵衛がいる。また、（後に分かるのだが）彼が周囲にもたらす靡爛《びらん》した武士社会が見えはじめてくる。人の殺害の実行専門家。権威追従おべんちゃら型、輪姦愛好者、性的奴隷、近親姦社会等々……。

〈武士は三年に片頬《かたほ》〉という諺《ことわざ》がある。侍は三年に一度片頬がゆるめられる程度にしか笑うことはない、という意である。本来、武士とはそういうものだった筈だ。またそのような侍をこそ夫とする、厳格な妻（女）も昔は居たであろう。また〈偽武士のだんぴら〉という諺もあった。真の武士は剣を抜かない。それは一生の大事の時であり、抜けばかならず相手を斬るという意味だ。剣を脅しや凶器に用いる武士社会への戒めの諺であった。

伊右衛門とお岩は、そういう武士の端正さを持っていた。しかしいかんせん、腐敗した武士社会の中で、彼らもその社会に対応して生きなければならない。妻のお岩との心の結びつきは、逆に争いになるなかで、やはり疲れは蓄積する。妻は伊右衛門のために去る。付けこむ上司、同僚、女……。物語はそして破局へ――。

矛盾と謎と奇怪さとで語り続けられるミステリアスな社会の二人。その謎が解けてゆくときの、異様なおどろき。

京極夏彦の独創力と構想力は畏るべき凄味を持っている。最後に伊右衛門は「嗤う」のだが、「嗤」の字を彼は用いた。たんなる笑いを意味する漢字ではない。「あざ笑う」とか「冷笑」するなどの意があるのだが、ここでの「嗤い」は壮絶そのものの笑いだ。そして最後の驚くべき結末。

京極夏彦の創った民谷伊右衛門は、机竜之介とも眠狂四郎とも違う、もっと痛切で悲しいニヒリストである。

中公文庫版解説　二〇〇四年六月

対談 生きている怪談

高田衛×京極夏彦

『四谷怪談』を現代に置き換える試み

高田　『嗤う伊右衛門』を拝見しましてね、びっくりしましたよ。これは本当に読者をびっくりさせる新しい『四谷怪談』ですね。『四谷怪談』の解釈のし直しというのでしょうか、しかし『四谷怪談』の巷説《こうせつ》的な原拠である『四谷《よつや》雑談集《ぞうだんしゅう》』を知っている人から見ますと、さもありなんというふうに理解できる。僕自身が本当に驚いたのは、「お岩さん」の解釈が百八十度と言っていいくらい変わったところです。百八十度変えるというのは、変えるという楽しみが見えるだけに、そのことにどういう意味があるのか問題になる場合が多いと思うのですけれども、京極さんの今度の試みは、むしろお岩の物語の本来あるべき姿を引っ張り出してくれた、そういう百八十度のひっくり返しだという感じがしましたね。

京極　そうですね。現在、『四谷怪談』といえば四世鶴屋南北の作品を指しますよね。もちろん『東海道四谷怪談』とはっきり名付けたのは南北ですから、それは当たり前なんですけれども。

高田　そうですね。つまり猛烈なお化け（笑）。

京極　その南北が『四谷怪談』を作るうえで材料に使ったものがいっぱいあるわけです。例えば今おっしゃられた『四谷雑談集』ですね。入手は困難ですが、僕は活字本である『近世実録全書』のコピーで『四谷雑談集』を読んだんです。『四谷雑談集』と『四谷怪談』のストーリーは全然違いますよね、僕はそれを読んだ時にハッとしましてね。岩というキャラクターは、南北のつくったものがオリジナルじゃないんだということが分かって、びっくりしたというか、嬉しかったですね。南北の仕掛けが分かったといぅんでしょうか。もちろん芝居として『忠臣蔵』の間でやるものですから元禄時代の話として『四谷怪談』は書かれていますけれど、メンタリティは元禄時代のそれとはかなり違うのではないかと。

高田　そうですね。よく読んでみると元禄以降の時代の風俗や世相も多分に盛り込んでありま す。

京極　我々は江戸時代をひとくくりで見るような癖があるので、一緒だろうと思ってあまり気にしませんが、多分、南北の芝居を見た当時の人たちは、元禄に名を借りた現代劇を見ているような気持ちだったんじゃないかと思ったんですね。

高田　私もそうだと思います。

京極　我々はそれを単なる時代ものとして今読んでいるけれど、それはちょっと違うんじゃないかという気がしたわけです。そこで、南北の使った材料を使って、私なりに今の世の中で『四谷怪談』を書いたらどうなるだろうかと考えた。そうすると、南北のやった作業というのは当時有効だったけれども、今はそんなに有効じゃないかもしれない。それでは現在有効なものはどういう姿なんだろうということを次に考えたんですね。だから、先生のおっしゃった本来あるべき岩の姿を意識したわけではないんですが、今の世の中だったらあの物語はどう読まれるべきかということは、かなり考えたところはありましたね。

高田　なるほどね。よくわかります。あるべき「お岩」と僕は申しましたけれども、それはどうして言ったかといいますと、南北のつくったお岩さんは、イメージ的には累《かさね》の怪談（下総《しもうさ》国羽生村の醜婦・累は嫉妬深く、夫・与右衛門に殺され、その怨念が仇をなしたという話）を引き継いでいます。つまり、あの変貌ですね。美しいお岩さんが毒薬を飲まされることによって本当にグロテスクな顔かたちに変わってしまって見た人も震え上がってしまうような恐ろしい姿になっているという、あのつくり方ですね。そういうことは本来の、つまり江戸に伝わる「四谷の物語」ではなかったわけですね。

京極　そうですね。

高田　それを読まれた京極さんの『嗤う伊右衛門』の決定的なすばらしさは、お岩は醜いかもしれないけれどまた美しい人だという、醜い面もあるけれど、美しく見えるということをはっきり書いておられますね。ほんとは矛盾なんだけれども。

京極　はい。

高田　ただし、美しいお岩は同時に一つの個性をはっきり持っていて、自分の与えられた顔が少し崩れていたり、顔から膿《うみ》がわいたりするところを直視している。

京極　はい。

高田　そういうものを絡み合わせて、非常に見事な強い個性を持つ女性として書かれているところが興味深い。日常的なささやかな問題で伊右衛門と食い違いが生ずる。伊右衛門はやさしいけれど、そのやさしさゆえに食い違いが生ずると譲ることができない、そういう人間関係になっている。これはまさに現代につながる人間関係といいますか、夫婦関係といえますね。その辺が、ただ単に鮮やかだったというのではなくて、江戸時代のお岩さんの本当の姿も実はそれに近いものだったんじゃないかと、僕もそう思っていたんですよ。累の話に代表される怪談劇の流行の中でその高まりというか執着をあまりにも狙ってしまったのが今までのお岩さんのドラマなんだと思います。

京極　今回、僕は史実を書こうとしたわけではないので、詳しく調べてはいないのですが、まず田宮家に伝わる、家を助け、おのれを殺しても家のために身を挺《てい》して働いた貞女の鑑《かがみ》のお岩さんというのがありますね。それから生まれつき性格がひねくれていて、なおかつあばた面になってしまって、悪女といわれて放逐された『四谷雑談集』の岩と、それから、実にはかない可憐な女性だったのが、悪党・伊右衛門の奸計《かんけい》にはまって醜く変貌してしまう『四谷怪談』の岩と、岩にはその三種類の顔があります。これはどれも捨て

 てはいけないと思ったんですね。つまり、やっぱり人間ですから、固定した見方で解釈すると一つの人格になってしまうけれども、これは全部採用できるような形にしないと、何か申しわけが立たないような（笑）、そんな気がしたものですから。物語の中の登場人物ではなく、現実の人間として捉えるならば、三人のキャラクターは並存し得るわけです。それは一人の人格の中にあってもおかしくないものなんだと気がついた段階で、ほとんどこの作品はできたという感じでした。

高田　お岩の新しい解釈もさることながら、『四谷怪談』そのもののどろどろした人間関係や文化・文政という時代を多彩な登場人物を使って京極さん独特の筆先で書き込まれている。その中で岩の夫である民谷伊右衛門はむしろ非常に近代的な姿を見せていると感じました。

京極　ええ、文化・文政という時代はそれ以前のような志を持って生きることが困難な時世だったと思うんです。何のためにどう生きるかという指針が簡単には見つからない。伊右衛門のありようは、高田先生がおっしゃった近代的な姿という側面をはからずも表しているとは思います。

高田　最後のところは『牡丹灯籠《ぼたんどうろう》』のお棺の中での姿にちょっと似ましたね。

京極　そうですね。『四谷雑談集』でも櫃《ひつ》の中に入って亡くなりますけど、箱の中に入って死ぬというのはモチーフとしてすごく面白かったので。これはぜひ使いたいと思ったんですね。それに岩のその後の人生を行方知れずのままで終わらせると、この短い小説の中

四〇〇

ではちょっと結末的にはよろしくない。ラストには岩もいてほしいという気持ちがありましてね。結果的には『牡丹灯籠』に似ちゃうかなと思ったんですけれども、ああいうふうな形に仕上げたい、という願望がありまして。

高田　結果的にですね、そうなったのは。

京極　ええ。『牡丹灯籠』も僕はもちろん好きなんですが、あれは中国の『剪燈新話《せんとうしんわ》』が原拠だと、はっきりと分かっていますでしょう。そこでちょっと敬遠していたんです。ただ、『嗤う伊右衛門』に関しては累《かさね》的な要素を採用することだけは避けたかったんですね。でも『牡丹灯籠』ならいいかなと思いまして。

高田　なるほど。実はその累を排除された点は、僕にとっては非常にうれしい。と言うのは、今後この小説を一般の読者は新しい『四谷怪談』として読むと思うんですけど、累の怪談とははっきりと違う世界がここで見えてくるだろう。それは僕にとってとてもありがたいことなんですね。

京極　ええ。私は累については別にやりたいと思っていたものですから。『四谷怪談』と累の怪談はもともと違う話なのだから、ここでは累の要素だけは排除しようと思って設計しました。

高田　そうですか。この次は別途にぜひ累の怪談も何らかの形でとり上げてほしいですね。

京極　はい、累もそうなんですが、実は高僧にして憑《つ》き物《もの》落としとして有名な祐天《ゆうてん》上人の方にもずっと以前から興味を持っていまして。高田先生の『江戸の悪霊祓い師《エクソシスト》』を読ませていただいた際、何かもやもやしていたところがスッとしたような感想を持ちました。あいまいな部分が実にきちんと書かれていて、影響を受けました。

高田　そういっていただけるとうれしいですね。

京極　いずれ祐天上人の視点で綴られた作品を僕はぜひ書いてみたいと思っているんですが、なおかつ累の怪談話はまた別個に書きたいとも企んでいるんです。祐天上人と無関係には書けませんが。ですから先生の最近のお仕事はありがたかったです。『江戸怪談集』が出た時も喜びましたし、特に『四谷雑談集』が河出文庫の『日本怪談集　江戸編』に収録されたときは非常に嬉しかったですね。

高田　ありがとうございます。あの『四谷雑談集』は『近世実録全書』に入ってますが、その本自体が今、古本屋さんに行ってもなかなか手に入りません。

京極　ないですね。僕も実物は手にしていません。

高田　近世文学の研究でも、この「実録物」という分野がテキストの問題もありまして、ちょっと研究がおくれているんです。それでびっくりした事の一つに京極さんの作品中にも登場する伊東喜兵衛《きへえ》という人物は、この小説のキーマンの一人ですが、じつは実在の人物で史料をたどると幕府に処刑といいますか切腹させられた、と記録されているんです。喜兵衛は芝居でおなじみの南北の『四谷怪談』では高　師直《こうのもろなお》の家臣ということになっていますから、これはもう悪役中の悪役ですね。その喜兵衛が京極さんの作品では全く文化・文政時代の人に書きかえられている上に、その一種の凶悪さ、これが実在した伊東喜兵衛と全く一致するんですよね。この件はご存じでしたか。

京極　いいえ、知りませんでした。そのお話は初めてお聞きしました。私は『四谷雑談集』からヒントを得て、あとは作品のストーリーに整合性を持たせるためにだけキャラクターをつくり上げたものですから、もしそうだとすればそれは偶然の一致といいますか……。

高田　いや、これは単なる偶然ではなくて、京極さんが書いている時に、伊東喜兵衛はこうでなくてはおかしいという思いがなせるものだったと思いますよ。書く人の中の真実感の表明というのでしょうか。事実が後から裏付けしていくんですから、面白いですよね。

京極　確かにこのような設定にしてしまうと、こうでなくてはおかしいという思いはありました。でも本当にそうだったんですね。

高田　日本には西洋のように絶対的な「神」に対する「悪魔」という考え方はないですから、伊東喜兵衛の描き方は難しかったと思うんです。しかし、よくまあここまで人間の「悪魔」性を書ききりましたね。精神的凶悪な人間として見事に描ききったと思います。そういう例は、前作の『絡新婦《じょろうぐも》の理《ことわり》』にもあると感じました。

京極　いや（笑）……そうですね。両作の関係ということであれば、『嗤う伊右衛門』の構想が執筆中の『絡新婦の理』に影響を与え、なおかつ『嗤う伊右衛門』の方もその結果を受け継ぐ形で出来上がったというべきなんでしょうか。そもそも『絡新婦の理』にはお岩は出てきませんが、名前の似た石長比売《いわながひめ》が出てきますし。

高田　そうなんですよ（笑）。

京極　それは、本当に偶然です。『絡新婦』という妖怪を説明していく上でたどりついたのですけれど、ただその結果『絡新婦の理』でフェミニズムを扱わざるを得なくなり、続く『嗤う伊右衛門』の岩という人にそれが投影されてしまったのかもしれません。岩は近代的に自立した女性であってほしいというのが決まってしまったのは、そのせいかもしれない。

高田　この二つの作品に共通するのが家の問題です。家に対する徹底した破壊衝動を読者はきっと感じると思います。それに『絡新婦の理』では十五人の人物が死んでいく。それで『四谷雑談集』は十八人が死んでいった、とまとめられていますが、数えると十五人なんです。僕は、そのあたりも京極さんが執筆をされる過程でなにかつながったのかと思いました。これもまた偶然かもしれません。

京極　不思議なつながりというか流れといいますか……。

高田　流れですね。今おっしゃったこと、つまり『絡新婦の理』が書き上げられないと『嗤う伊右衛門』は書けなかったと。

京極　もちろん全然別のシリーズですし、趣旨も内容も違うものですが、やはり私の書いているものとしてはつながっておりますので。多分、次の作品は『嗤う伊右衛門』がなければ書けなかったものになると思います。

高田　なるほどそういうものですか。何となく、それ分かります。

京極堂のモデルは祐天？

京極　先ほど申しましたが、僕はいずれ祐天の一人称で小説を書こうという構想を持っているんですね。で、伝記に従うとすると、非常に頭の悪い子供だったのが、感得して高僧になっていきますね。ただし、加持祈禱《きとう》を行うがゆえに教団と切れたり、それでも、教団に若干利用されながらもずっと沿うようにいて、最終的にはトップに昇りつめる。とてもダイナミックな人生です。ほかのお坊さんにはちょっとない視点の動きがあると思うんですね。これはあまりないケースですよね？

高田　ないと思います。かなり珍しい人ですね。

京極　まさに波瀾《はらん》万丈なのですが、実際にこういう人生を送られたのか、どこまでが史実なのかは、僕には分からないんですが、伝記物語としては、これほど面白い人はいないと思っていたんですね。

高田　でも、『徳川実紀』のようなものがきちんとそれを記録していますので、羽生村の事件などは事実なんですよね。

京極　僕が興味を惹《ひ》かれるのは、そういう場合、その当人はどういう気持ちだったか、どういうつもりだったのかというところなんですね。それで祐天の物語を構想する上で、どうしても避けて通れないのが、呪術の実行者のメンタリティであると。そのあたりのことは色々と考えたので、僕の他の作品にもかなり色濃く反映しています（笑）。加持祈禱する本人の視点で、憑き物落とし師の一人称で書かれたものというのは、多分ないんじゃないかと思うんですね。

高田　ないと思います。ただ、それについては恐らく京極さんの読者がみんな聞きたがることの一つだと思うんですが、『姑獲鳥《うぶめ》の夏』以来、京極堂・中禅寺秋彦は、自分では陰陽《おんみょう》師《じ》と言っていますね。この人物は祐天をヒントになさったということはありますか。

京極　ええ、あります。

高田　やはりそうですか。

京極　完全なモデルではありませんが、祐天上人のスタイル。例えば水子を祓《はら》うというのは、当時必然性があって出てきたことですよね。それ以前はやっていなかった。子供に霊魂なんか認めていなかったのに、どうしても死んでしまった子供たちに未練が残る女性たちがいて、結果的に必然性があって出てきた概念じゃないですか。今でこそそれが悪用されたりしているわけですけれども、当時にしてみれば、やはりびっくりするようなことだったと思うんですね。

高田　そう言われればそうですね。女にとってこんな切実なことはないわけだし。

京極　あっ、そういう浄化の仕方があるんだと、それで心安らかになれるんだと思えたとしたら、その祐天の行為によって癒し、救いが出来上がっちゃってるわけですね。それは過去の教団はやってこなかったことで、彼がやり始めたことですよ。だからそういうことの構造を実はわかっていたと思うんですよね。祐天自身が。

高田　なるほど。

京極　そんな水子霊なんてないんだ、だけど、そうすることによってここの場はおさまるのであると、彼女たちは救われるのだと、救われた段階で改めて信仰の道に入ってくればいいんだと、そういうような割り切りが祐天の中に必ずあったと思うんですね。僕は中禅寺という男のキャラクターをつくる際に、その辺の有り様を少し参考にしたのだと思います。

高田　なるほど。祐天の伝記も何種類かありましてね。ご存じのように、東横線の駅名になっている祐天寺、あれが祐天上人開祖のお寺ということになっていますが、実は祐天上人は浄土宗の総本山であるところの増上寺《ぞうじょうじ》のトップ、大僧正まで昇り詰めた人ですから、本来ですとお墓は増上寺になければいけないわけです。

京極　そうですね。

高田　それをわざわざ祐天寺という寺をつくって、そこの開祖にして、お墓をそちらに移しているんです。浄土宗という宗門では、祐天は、その偉大さは認めたとしても、やっぱりちょっと別系統になる。それで増上寺とは別に祐天寺をつくったということであろうと思うんですね。それだけ祐天上人の足跡は非常に強かったし、ある意味では宗門の教理を踏み越えても、生きている人間たちの弱さが理解できる宗教人だった。同時に、弱さが理解できるというのは自分が弱さと強さの両方を持っているということになりますから、戦うこともできる。そして同様の知恵によって戦う強さを京極堂は持っている、という印象を受けたんです。

京極　そうなのかもしれませんね。

高田　ただし、京極堂は恬淡《てんたん》としていますね、功利、名利には。そこが今、京極堂が非常にもてるところになるんじゃないかなと思うんです。奥さんがちゃんとしていますしね（笑）。

京極　そうですね（笑）。

いまこそ怪談の復権を

高田　僕自身、国文学者には違いないんですが、鳥山石燕《とりやませきえん》とか『江戸怪談集』を研究していると、非常に偏った男じゃないかと思われている。確かに偏っているかもしれない（笑）。しかし、国文学の表通りをちゃんと歩いているんですよ。これは裏通りじゃないんです。『伽婢子《おとぎぼうこ》』や『雨月物語』以来、日本怪異小説の系統というのは日本文学の表通りだという考え方を持っているんです。ただ、それが近代に入ってあまりにも無視されてきた。柳田國男あたりまでは怪異小説の道筋には非常に理解があったし、泉鏡花との仲のよさを見てもわかるとおりです。そういう日本のロマンチシズムの世界を何とかして残していきたいという気持ちが強いんですよね。今は必ずしもそうでなくなってきているということが残念で仕方がないわけです。

京極　僕はミステリーというラベリングをされて出てきました。ミステリーというジャンルは、系統としては、例えば江戸川乱歩、あるいは横溝正史ぐらいまでは遡れるんですけど、その先は海外の系譜にいっちゃうんですね。僕自身のスタンスとしては、江戸の怪異小説、怪談、そうしたものの流れを汲《く》んで今の自分があるんだという認識なものですから、実はそこに大きなずれがあったんです。

高田　なるほど、なるほど。

京極　なぜそうしたズレが生じたのかを僕なりに考えてみますと、日本の怪談文学というものが余りにも軽んじられているせいではないかという結論に辿《たど》り着いた（笑）。最近は特にそう感じます。僕は曲亭馬琴も大好きなんですね。馬琴は怪談というよりは『八犬伝』の方が有名ですけれども、あの精緻《せいち》な、病的なほどに整合性を求めた書きぶりとか、ああいうものの中にこそ、今のミステリーのルーツというものを、日本文学の場合は求めてもいいんじゃないかと思うんですね。

高田　それはよくわかります。

京極　あんな長い年月をかけて、最初の頃に書いた伏線のつじつまが後ろの方で合ってしまうような（笑）、精力的に自分の世界の再編みたいな仕事をした人間というのはまれにみるのじゃないかと思いますし、それはミステリーとして読み解いてもおかしくないと思うので、そっちの流れの方に僕なんかは遡ってほしいんですけれど、どうしてもミステリーというと、海外の、最終的にはポーから発したものだとか、そういう形にされてしまう。その辺は忸怩《じくじ》たるものが……実はあります（笑）。

高田　先程、京極さんが執筆中の作品と構想中の作品がそれぞれ反応し合うという話がありましたが、上田秋成の『雨月物語』にも似たようなところがあるんです。ずい分以前に私が新説を出したのですが、『雨月物語』を構成する九つの物語はそれぞれ独立しているが、秋成の中では、最初の物語を書くことが、第二話の準備になってしまったのです。そして第二話を書くことが同時に第三話を生む温床になった。つまり花の輪のように繋がっていて、そして最後の第九話が最初の第一話に重なる大きなサークルになっている。一つのサイクルとして円環的完成する。そうすると続篇が出来ないんですね。

京極　『雨月物語』に続篇がない理由としてはそういう見方があるんですね。

高田　ええ、そして京極さんの『絡新婦の理』も……。

京極　最後に一番はじめに戻ってしまいます。

高田　いや、小説というものの醍醐《だいご》味《み》を感じました。

京極　そうですか。何だか恥ずかしいですけれども。

高田　たくさんの方が指摘されるように、これだけどろどろした世界というのは、今までの日本の小説にはないですね。

京極　いやあ、分からないですけれどもね。

高田　私の知っている限りないと思います。類例があるとすれば江戸時代に一つだけあります。振鷺《しんろ》亭《てい》という作者の作品で『千代嚢《ちよの》媛七変化《ひめしちへんげ》物語《ものがたり》』というのが挙げられますが、もちろんこんなスケールの大きいものではありません。日本の推理小説もかれこれ百年近いのでしょうけれど、本当に京極さんでなければ書けない世界だと思いますね。

京極　非常に光栄です。

高田　驚きました。京極さんは今、仕事をしていらっしゃる人ですけれども、古典を読んでいる僕にも研究対象になるような気がします。

京極　いえいえ……。僕は本当に怪談が好きなものですから、怪談の復権をそのうち実現させたいという思いはありますね。今僕が書いているのはミステリーだったり、あるいはこの『嗤う伊右衛門』も純粋な意味で怪談ではないと僕は判断しているので、いずれ本当の怪談小説が書ければすばらしいだろうとは思います。遠い目標ですが。それから日本には埋れたすばらしい怪談物語がたくさんあるということを知ってしまいましたので、目標成就のためには、もっともっと読まなきゃいけないと思っているんです。ところが、なかなか読めない。埋れた作品というものはたくさんまだまだあるはずなんですが……。

高田　ありますね。ただ活字になっていないんですよ。

京極　原本で読むのはなかなか大変です、素人には。ですから活字本で読むしかないのですけれども、それにしても余りにもタマが少ない。もっと注目されていいだろうと、ずっと思っていましたから、その意味でも本当に先生のお仕事はありがたい。ただもっともっと埋れた作品が出てくればという希望は尽きない(笑)。それで、この間多田克己さんが、本を手に入れたことをきっかけに『絵本百物語——桃山人夜話』の影印復刻をしたんですね。先生がまとめられた鳥山石燕の『画図百鬼夜行』ほどのスケールはありませんが、お化け好きから見れば非常に欲しかった本だったものですから。

高田　作者は竹原春泉ですね。
京極　そうです。文は桃山人。絵はいろいろな所で散見していましたが文章の方は、今まで未収録だったようです。少し仏家の説教くさいところがありますが、実に面白い。
高田　どうして早く復刻されなかったのか、不思議なくらいですね。
京極　本当にそう思います。やっと刊行にこぎつけたという感じです。これを皮切りに古典怪談の名作が続々世に出てくるようになれば喜ばしいことだと思うんですが。
高田　それは、呼び水になるかもしれません。上田秋成が活躍した明和・安永・天明年間と長篇読本の時代の文化・文政年間にはさまれた寛政という時代は、なかなか整理がつかず、今は空白期とされています。この寛政年間には、絵本ものの怪談、『雨月物語』を継ぐような短篇怪談が実はかなりあります。ようやくこれから活字になる勢いが出てくるんじゃないかと思います。ただ改竄《かいざん》本が多かったり、すぐにはいい結果は期待しづらいのです。それでもこの時期のものを掘り出して活字にしておくということは、長篇読本と短篇怪談読本との間をつなぐ意味で必要なことなんです。
京極　たしかにそうだと思いますね。命脈が通じている以上、空白ということはありませんからね。必ず何かがあったからこそ後があるわけで。
高田　そうなんです。
京極　作品としてはそんなによくなくても、何をモチーフにしたかということが、その時代を知る手掛かりになるかもしれないという気もしますし。

高田　特に京極さんのような方は我々が感じないものを感じ取るということもあるでしょうから、そういう方のためにもやっぱりつくっておく必要はありますね。

京極　ええ。実際、僕が驚きましたのは、僕の作品を読んで下さる方の中で、妖怪が好きですとおっしゃる方、それから、日本の怪談の系譜を受け継いだような文学を非常に好みますという方が、ことのほか多かったことなんですよ。

高田　あっ、そうですか。

京極　ええ。それが僕にとっては何よりもうれしかったことであり、かつびっくりしたことでもあるんです。多くの読者はもちろんミステリーとして読んで下さっているんだろうと、僕も最初は思い込んでいた。ところがそうではなくて、むしろ割合でいうとそういう方の方が多いようなんですよ。つまり、その人たちはこの状況に、ある意味でかつえているのではないかなと思うわけで、そういう人たちがこんなにいるのに、発信元が手をつけないでいる状態というのが今なんじゃないかなと思うんですね。

高田　なるほど、ただ、どうなんでしょう。つまりグロテスクなもの、怪談的なものにあこがれる人が、あるいはそういうことに好奇心を持ち続ける人が多いということは、僕は人間としては根本的には健康な現象の一つだと思いますよ。ただ、あんまり多いのはどういうものでしょうね。

京極　あんまり多いのはいかがなものかと僕も思います。でも、全くないのはやはり変だと思うんですね。

高田　ええ、かえって全然ないということは病的な状態じゃないかと私も思います。

京極　僕の考えですけれども、そうしたものを隠すことによって、今の殺伐とした社会環境が形成されているというのは言えるのかもしれない。それは隠すべきものではなくて、やっぱり与えるべきものだし、そこから汲《く》める豊穣《ほうじょう》というのは計り知れないものだと思うんですね。そこに還元していくというか、闇を知ることによって自分たちの生きる考えを新たにするという状況は確実にあるわけですから。それを、闇に目をつぶることによって無理やり去勢してしまうようなあり方が、全く違うところに闇が口を開けてしまう原因となっているんじゃないかと思うんです。たしかに先生がおっしゃるように、みんながみんなグロテスクなもの、怪奇なものに趣向が向くのはいびつだと思いますけれども、人間の中にゆがみは必ずあるものですから、ある分ぐらいは与えてあげてもいいと思うんです。

高田　そうですね。僕はやっぱり、泉鏡花が存在しなければ近代日本文学はどんなに寂しかったか、わびしかったかと思いますね。

京極　そうですね。

初出『新刊ニュース』トーハン一九九七年九月号／
「偉大なる我らのエンタテインメント」前半として
『対談集　妖怪大対談』角川文庫　二〇〇八年六月刊所収

◉

関連文献

作者不詳　『四谷雑談集』　未詳
　坪内逍遥監選『近世実録全書』早稲田大学出版部／昭和四年収録
　高田衛編『日本怪談集』河出文庫／平成四年現代語訳収録

唐来《から》山人《さんじん》　『模《も》文画《もんが》今怪談《こんかいだん》』　天明八年

山東京　伝《さんとうきょうでん》　『絵《え》本東《ほんあずま》　土産《みやげ》』　享和元年

曲　亭馬《きょくていば》琴《きん》　『勧善常世《かんぜんつねよ》物語《ものがたり》』　文化三年

柳　亭種彦《りゅうていたねひこ》　『近世怪談霜夜星《きんせいかいだんしもよのほし》』　文化五年

四世鶴屋《よんせいつるや》南北《なんぼく》　『東海道四谷《とうかいどうよつや》怪談《かいだん》』　文政八年

文政町方書上《ぶんせいまちかたかきあげ》　『於岩稲荷《おいわいなり》由来書上《らいかきあげ》』　文政十年

仮名垣魯文《かながきろぶん》　『雨夜鐘四谷《あめよのかねよつや》雑談《ぞうだん》』　明治十九年

『嗤う伊右衛門』

単行本　一九九七年六月　中央公論社

C★NOVELS　一九九九年八月　中央公論新社

角川文庫　二〇〇一年一一月　角川書店

Mステージ　二〇〇三年二月　NTTドコモ

中公文庫　二〇〇四年六月　中央公論新社

京極夏彦

一九六三年生まれ。九四年『姑獲鳥の夏』でデビュー。九六年『魍魎の匣』で第四九回日本推理作家協会賞（長編部門）、九七年『嗤う伊右衛門』で第二五回泉鏡花文学賞、二〇〇三年『覘き小平次』で第一六回山本周五郎賞、〇四年『後巷説百物語』で第一三〇回直木三十五賞、一一年『西巷説百物語』で第二四回柴田錬三郎賞、二二年『遠巷説百物語』で第五六回吉川英治文学賞を受賞。主な著作に「百鬼夜行」「巷説百物語」「書楼弔堂」の長篇シリーズ、『狐花』、『病葉草紙』、『遠野物語remix』、『地獄の楽しみ方』などがある。

公式ホームページ「大極宮」
http://www.osawa-office.co.jp

嗤《わら》う伊《い》右《え》衛門《もん》

二〇二四年一〇月二五日　初版発行

著者　京極夏彦《きょうごくなつひこ》
発行者　安部順一
発行所　中央公論新社
〒一〇〇-八一五二　東京都千代田区大手町一-七-一
電話　販売〇三-五二九九-一七三〇
編集〇三-五二九九-一七四〇
URL　https://www.chuko.co.jp/

DTP　平面惑星
印刷　TOPPANクロレ
製本　大口製本印刷

Published by CHUOKORON-SHINSHA, INC.
Printed in Japan
ISBN978-4-12-005847-9 C0093